本书出版得到广东省本科高校教学质量与教学改革工程"文艺学教学团队"项目和暨南大学高水平大学专项"本科生人才培养（文艺学教学团队）"的共同资助

文化视野中的
文艺研究与边界拓展

暨南大学文艺学研究与教学文集
（2006–2015）

蒋述卓　郑焕钊　主编

暨南大学出版社
JINAN UNIVERSITY PRESS

中国·广州

图书在版编目（CIP）数据

文化视野中的文艺研究与边界拓展：暨南大学文艺学研究与教学文集. 2006—
2015/蒋述卓，郑焕钊主编. —广州：暨南大学出版社，2016. 11
ISBN 978 – 7 – 5668 – 1966 – 6

Ⅰ. ①文…　Ⅱ. ①蒋…②郑…　Ⅲ. ①文艺学—文集　Ⅳ. ①I0 – 53

中国版本图书馆 CIP 数据核字（2016）第 249206 号

文化视野中的文艺研究与边界拓展——暨南大学文艺学研究与教学文集（2006—2015）
WENHUA SHIYE ZHONG DE WENYI YANJIU YU BIANJIE TUOZHAN——JINAN
DAXUE WENYIXUE YANJIU YU JIAOXUE WENJI（2006—2015）
主　编：蒋述卓　郑焕钊
....

出 版 人：徐义雄
策划编辑：潘雅琴
责任编辑：赵粱信子　陈沛莹
责任校对：周海燕　李林达
责任印制：汤慧君　周一丹

出版发行：暨南大学出版社（510630）
电　　话：总编室（8620）85221601
　　　　　营销部（8620）85225284　85228291　85228292（邮购）
传　　真：（8620）85221583（办公室）　85223774（营销部）
网　　址：http：//www. jnupress. com　http：//press. jnu. edu. cn
排　　版：广州良弓广告有限公司
印　　刷：佛山市浩文彩色印刷有限公司
开　　本：787mm×960mm　1/16
印　　张：18. 375
字　　数：370 千
版　　次：2016 年 11 月第 1 版
印　　次：2016 年 11 月第 1 次
定　　价：50. 00 元

暨南大学中文系文艺理论教研室教师简介

饶芃子，女，1935 年生，广东潮州人。暨南大学中文系教授，博士生导师。1957 年毕业于中山大学中文系，曾任暨南大学中文系系主任、暨南大学副校长、学校学位委员会主席。1981 年协助肖殷先生创立暨南大学文艺学硕士点，1983 年被遴选为文艺学硕士生导师。1993 年以"比较文艺学"为创点方向，领衔成功申报暨南大学文艺学博士点，同时获国务院学位办批准为博士生导师。曾任暨南大学"比较诗学与比较文化研究中心"主任，《思想文综》主编，现为"海外华文文学与华语传媒研究中心"名誉主任。

是中共广东省委第六届候补委员，广东省第八届人大常委，广东省社会科学界联合会第三、四届副主席，广东省作家协会第四、五届副主席，广东省文艺批评家协会第一届副主席。曾任中国世界华文文学学会会长、中国文艺理论学会副会长、中国比较文学学会副会长、中国作家协会文学批评理论委员会委员。现任中国世界华文文学学会名誉会长、世界华文文学联会副会长。是国家教委高校人文、社科"八五""九五"规划项目中文学科评议组成员，国家社科基金"九五""十五""十一五"规划项目中文学科评议组成员。

59 年来，饶芃子教授在文艺学、比较文学和海外华文文学的教学与研究方面做了大量工作并取得突出成就。著有《文学批评与比较文学》《艺术的心镜》《心影》《中西小说比较》《中西文学戏剧比较论文集》（英文版，谭时霖等译）《本土以外——论边缘的现代汉语文学》《中西比较文艺学》《戴平万研究》《比较诗学》《世界华文文学的新视野》《边缘的解读：澳门文学论稿》《比较文学与海外华文文学》《世界文坛的奇葩》《饶芃子自选集》等学术著作 16 部（含合著）。主编教材《中西戏剧比较教程》《海外华文文学教程》，参与主编《台港澳暨海外华文文学大辞典》，主编论著《比较文学与比较美学》《中国文学在东南亚》《比较文艺学论集》《流散与回望》等 6 部，主编《思想文综》（10 辑）和学术丛书《传统文学与当代意识丛书》《万叶文丛·学术书系》《比较文艺学丛书》《比较诗学丛书》《港澳及海外华文文学研究丛书》（共 36 本）。先后主持完成国家和省部级社科规划项目 10 个，现为国家社科基金重大项目"百年海外华文文学研究"首席专家。迄今培养硕士数十人，博士 56 人，博士后 2 人。科研和教学成果 13 次获国家和省部级奖励。

　　1982 年被广东省政府评为"广东省先进工作者"（即省级劳动模范）；1992 年起获国务院颁发"突出贡献专家"政府特殊津贴；2005 年被《人民画报》选为"中国 20 世纪 125 个有影响的女性"之一；2007 年被推选为"当代岭南文化名人五十家"之一；2011 年被评为首届"广东省优秀社会科学家"；2015 年获"中国比较文学终身成就奖"。

蒋述卓，男，1955 年生，广西灌阳人。文学博士，师从著名文艺理论家王元化教授。现为暨南大学中文系二级教授、文艺学专业博士生导师，国家重点学科文艺学学科带头人，广东省人文社科重点研究基地"海外华文文学与汉语传媒研究中心"主任，暨南大学中国文艺评论基地主任，文学院文化产业研究与发展中心主任。曾任《暨南学报》主编、文学院院长、学校副校长、党委书记。学术兼职有教育部中文学科教学指导委员会副主任、国家社会科学基金评审委员会委员，中国文艺理论学会副会长、中国古代文学理论学会副会长、中国中外文艺理论学会副会长、广东省中国文学学会会长、广东省文化学会副会长、广东省作家协会主席、广东省文艺评论家协会主席等。《中国社会科学》杂志外审专家、《文学评论》《中国比较文学》等杂志编委。主要从事文艺学基本问题、中国文学批评史、中国文学批评学术史；佛教与中国文学、宗教与艺术关系；文化诗学、文学与文化关系；中国当代流行文艺、城市诗学和文化产业诸领域。出版《佛经传译与中古文学思潮》《佛教与中国文艺美学》《宗教艺术论》《宗教文艺与审美创造》《在文化的观照下》《文化诗学：理论与实践》《宋代文艺理论集成》《二十世纪中国古代文论学术研究史》《诗词小札》等著作 20 余种。发表学术论文 200 余篇。主持完成国家社科基金、教育部人文社会科学重点研究基地重大项目、广东省社科规划、广东省教育厅人文社科、广东省委宣传部项目多项，现主持国家社科基金重点项目一项、国家社科重大基金子项目一项，是广东省高等学校质量工程项目"文艺学教学团队"负责人。曾获中国首届青年优秀社会科学成果奖二等奖，教育部第四届人文社会科学优秀成果奖二等奖，中国文联文艺评论论文类特等奖、广东省第八届鲁迅文学艺术奖，全国第四届高等学校教学名师（国家级教学名师）奖，广东省优秀社会科学家称号，为享受政府特殊津贴专家。

　　刘绍瑾，男，1962 年生，湖北监利人，1979 年考入武汉大学中文系，1983 年考入武汉大学研究生院，师从王文生教授研习中国文学批评史，1986 年获硕士学位，后分配到暨南大学中文系任教至今。其间于 1995 年至 1998 年在职攻读本校文艺学专业博士学位，导师为饶芃子教授。1998 年晋升教授，2001 年遴选为博士生导师。在近三十年的学术研究和十多年的研究生教学过程中，逐步形成了以中国古代文论、文艺美学为中心的研究方向，旁及比较诗学，并对当下审美文化亦有关注。主要著作有《庄子与中国美学》（1989 年初版、1993 年重印、2007 年修订版）、《复古与复元古》（2001）、《古今对话中的中国古典文艺美学》（2012，合作）、《二十世纪中国古代文论学术研究史》（2005，合作）、《宋代文艺理论集成》（2000，合编）、《先秦文艺思想史》（2012，副主编）、《中国山水诗史》（1992，合作）、《中国山水文化》（1995 年初版、1998 年重印，合作）等。与蒋述卓教授合作主编《儒道佛与中国古典文艺美学》丛书、《中国古典文艺美学的现代价值研究》丛书两种。在《文学评论》《文学遗产》《文艺研究》《古代文学理论研究》《文史哲》《学术研究》等全国二十多家重要学术刊物上发表论文八十多篇，其中被转印、转摘的近二十篇。独立主持国家社科基金项目"中国复古文学思想研究"（2003）、"道家的艺术精神与中国美学的现代建构"（2013）两项、教育部人文社科项目"海外华人学者对中国文论的阐发与研究"（2011）。主持教育部重点基地重大研究项目子课题 3 项，参与项目多种。是教育部"马工程"重点教材《中国文学理论批评史》专家组成员（该教材已于 2016 年 8 月由高等教育出版社初版），广东省精品课程《文学概论》负责人。学术兼职有首届全国青年美学研究会常务理事、全国中外文论学会理事、广东省古代文论研究会常务副会长、广东省美学学会常务理事等。《庄子与中国美学》先后 5 次获得国家教委（教育部的前身）、广东省委宣传部、中华全国美学学会等单位授予的优秀学术著作奖、优秀图书奖；《先秦文艺思想史》获教育部 2015 年人文社科成果奖著作类二等奖；《中国山水诗史》《中国山水文化》也分别于 1995 年、1998 年被广东省高等教育厅授予人文社会科学研究优秀成果奖二等奖。

苏桂宁，男，文学博士，1990 年获暨南大学文艺学专业文学硕士学位，1995 年就读于华东师范大学现当代文学专业，师从钱谷融先生，1998 年获文学博士学位。现为暨南大学中文系教授，文艺学专业博士生导师。曾任暨南大学中文系主任、中国语言文学研究所所长。主要研究方向为文艺学、文艺美学、文艺与文化、20 世纪中国文学文化。独立出版有学术著作《艺术人格论》《宗法伦理精神与中国诗学》《在文化转折的十字路口》《消费时代中国文艺的价值演变》《20 世纪中国市民形象与市民文化》等，发表学术论文数十篇。主持完成国家社会科学基金项目、教育部社科项目和广东省社科规划年度项目、广东省教育厅社会科学项目多项。

傅莹，女，1964 年生，文学博士。华东师范大学中文系学士；暨南大学文艺学硕士与博士；中国艺术研究院博士后，威斯康星大学访问学者。现为暨南大学中文系教授，文艺学专业硕士生及博士生导师。兼任中国文艺理论学会理事。主要研究方向为比较文艺学、文化产业与管理等。出版《中国现代文学理论发生史》（专著）、《多重视域中的文艺学》（副主编）等著作，曾在《文学评论》《文艺研究》《文艺理论研究》《当代电影》等刊物上发表学术论文多篇。主持完成国家社科基金艺术委托项目"中国当代视听文本的文艺文化研究"；主持广东高校人文社科重点研究基地重大项目"海外华文文学银幕史"；主持广东省社会科学年度项目"全球化语境下华文文学与华语电影的跨界研究"；主持完成国务院侨办项目"文学概论课程教学体系改革"等。参加"深圳'十一五'规划文化产业项目"横向课题；参加广东省人文社会科学重点研究基地创新团队项目"世界华语电影诗学"等。曾指导大学本科生完成省级及国家级"挑战杯"学术科技作品竞赛、大学生创新计划项目多项。

闫月珍，女，内蒙古自治区呼和浩特人。先后在内蒙古师范大学、华南师范大学获得文学学士、硕士学位，后入暨南大学跟随我国著名文艺理论家蒋述卓教授攻读文艺学博士学位，又入浙江大学跟随张节末教授从事博士后研究，美国哈佛大学访问学者。现为暨南大学教授、文艺学专业博士研究生导师，《暨南学报》副主编。兼任中国古代文论学会理事、《文心雕龙》学会理事、广东省中国古代文论学会副秘书长。主要研究领域为中国文学批评史、比较诗学和海外汉学。出版了《叶维廉与中国诗学》（专著）、《哈佛大学燕京图书馆藏民国时期国学教材（李兆民卷）》（主编）等著作多部，在《中国社会科学》《文学评论》《文艺研究》《文艺理论研究》《文学遗产》《中国比较文学》《民族文学研究》发表论文多篇。论文《器物之喻与中国文学批评》获广东省人文社科优秀成果奖一等奖。

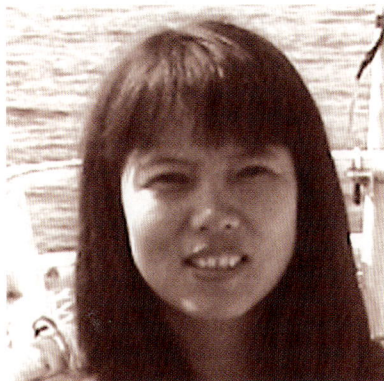

朱巧云，女，宁夏中卫人。1993 年获宁夏大学历史教育学士学位，1998 年获宁夏大学中国古代文学硕士学位。2001 年考入暨南大学中文系，师从饶芃子教授，攻读文艺学专业博士学位，2004 年获文学博士学位。毕业后留暨南大学中文系工作。现为暨南大学中文系副教授、硕士生导师、系副主任。主要研究方向为比较文艺学，专注于海外华人诗学家、海外华人古体诗词等领域的研究。广东省高等学校"千百十人才培养工程"第六批校级培养对象。2012 年 7 至 2013 年 8 月在美国加州大学洛杉矶分校做访问学者。出版专著《跨文化视野中的叶嘉莹诗学研究》，参与撰写著作、教材 4 部。在《文艺理论研究》《江苏社会科学》《甘肃社会科学》《暨南学报》等刊物发表学术论文 30 多篇。主持国家社科基金项目 1 项、省部级等科研项目 5 项，参加国家级、省部级等项目 9 项。为本科生、硕士研究生讲授《文学概论》《艺术概论》《比较文学专题》《文艺心理学》《文艺学专题》《马克思主义文艺理论》等课程，发表教学论文 4 篇，主持省级、校级教改项目各 1 项。

郑焕钊，男，1984年，广东潮州人。2003至2007年在暨南大学中文系获得学士学位，后于2007年至2012年师从蒋述卓教授攻读硕士和博士学位。毕业后留校任教，现为暨南大学中文系讲师，硕士生导师，文学理论教研室主任。学术兼职有《网络文学评论》专家顾问、暨南大学中国文艺评论基地电影评论委员会副主任。主要从事梁启超与近代文学思想、海外汉学、网络文艺、影视文化和文化产业的教学和研究。在《文艺研究》《文艺理论研究》《当代电影》《暨南学报》等刊物发表学术论文和文艺评论20多篇。独立主持国家社科基金青年项目、广东省社科基金青年项目和广州市社科基金各一项，并参与国家和省部级项目多项。指导大学生课外"挑战杯"学术科技作品竞赛、大学生创新计划项目多项。曾获得广东省哲学社会科学优秀成果奖二等奖（排名第三）、暨南大学首届新任教师教学比赛优秀奖、暨南大学大学生"三下乡"社会实践活动"优秀指导教师"等。是广东省高等学校"千百十人才培养工程"第八批校级培养对象。

刘惠明，女，1974年生，湖南汉寿人。2011年获中山大学文学博士学位，师从王宾教授，2012年获法国让·穆兰里昂第三大学（Université Jean Moulin Lyon–3）跨文化研究博士学位，师从利大英（Gregory B. LEE）教授。现任职于暨南大学文学院中文系。研究方向为当代西方文学/文化批评、跨文化研究，尤为关注利科哲学诠释学思想研究。主讲课程有：20世纪文学理论与文学批评、西方文论专题、文艺学专题、中国人文经典选读、文学概论、电影美学等，出版学术专著《作为中介的叙事：保罗·利科叙事理论研究》。曾在欧美以及中东地区任教，任教学校包括：科威特海湾科技大学（Gulf University for Science and Technology）人文学院（2008），美国代顿大学（University of Dayton）人文学院（2009—2010学年），法国让·穆兰里昂第三大学人文学院（2012—2013学年）。

目　录

第一辑
比较文艺学

海外华文文学的比较文学意义

饶芃子

20 世纪 80 年代开始，随着国家改革开放政策的推行，国门开放，中外文化、文学交流日渐增多。在现代精神观照下，在新的文化语境中，我国的学术研究进入了一个新阶段。在这个阶段，文学研究出现了两个在当时令人注目、在今天看来具有全局性意义的学术领域：比较文学和海外华文文学。后者几经拓展和正名，成了今天国内外许多华人作家、学者积极参与的世界华文文学。有一些文学现象，在其初兴之时，看来似乎只是具体局部的现象，但将其放在文学的整体发展中，就成了有全局性影响和意义的问题。事实上，随着 20 世纪 80 年代初海外华文文学的兴起，以及后来这一领域的发展，人们已逐渐认识到，其对世界性汉语文学的研究、世界汉语文学史的研究，特别是对中华文化向外移动与外族文化相互影响的研究，都有广泛和深刻的意义。本文主要从它与相关学科互动的角度，论述海外华文文学的兴起对比较文学领域的拓展和意义。

中国比较文学和海外华文文学一样，是在改革开放之后才迅速发展起来的。在中国本土，它们是共生共进的两个新兴学术领域，都具有世界性、开放性的特点，彼此有着很深的学术关联。

如果以举办全国性学术会议作为一个标志，海外华文文学首次研讨会的召开是在 1982 年（广州）①，比较文学首次研讨会的召开是在 1983 年（天津）②。此后，海外华文文学每两年召开一次全国性/国际性学术研讨会，比较文学每三年召开一次学术年会暨国际研讨会。现在，海外华文文学和比较文学已各自拥有一个相当大的学术队伍，还先后成立了全国性学会③，出版了学会主办的全国性学术刊物《中国比较文学》和《华文文学》，并且进入了高等学校课堂。

海外华文文学和比较文学不但诞生的文化背景相同，其所经历的途径也十分相似，都是走由"上"而"下"而不是传统学科所走的由"下"而"上"的道

---

①　1982 年 6 月，中国当代文学学会台湾香港文学研究会发起，与厦门大学、福建社会科学院、福建人民出版社和中山大学、暨南大学、华南师范大学等联合在暨南大学举办首届"台港文学讨论会"。

②　1983 年 6 月，由南开大学、天津师范大学、天津外国语学院和天津市外国文学会共同发起，在天津召开第一次全国性的"比较文学讨论会"。

③　1985 年 10 月，中国比较文学学会在深圳大学成立。2002 年 5 月，中国世界华文文学学会在暨南大学成立。

路。我国以往各传统学科的确立，基本的途径都是先有教材或相关教科书，在本科专业开课，然后才慢慢成熟起来，成为本科专业中一门稳定的课程；经长期教学实践，有一定的学科基础之后，才建立硕士点，直至有高层次、前沿性的学术成果和影响；再建立博士点，培养该领域的高学位人才。与此同时，成立各种相关的研究机构，主办国内外学术会议，逐渐形成一个相对稳定的学术圈子。这是过去许多老学科所走的路。但是，这两个学科发展的途径不是这样的，它们是先由高层学者倡导，在国内召开全国性、国际性学术讨论会，举办学术研讨班和讲习班，培训人才，在国内外形成较大影响；然后依托相关学科招收高学位的硕士、博士研究生，直至学科各方面条件相当成熟，为了适应教学的需要，才编写出各种不同层次的教材。这种由"上"而"下"的学科发展道路颇具特殊性。

但从两个学科发展的具体情况看，由于学术知识背景不同，发展的进程和所达到的学术高度并不完全一样。比较文学在国际上是一个老学科，有近百年的历史，而且早就成为一门"显学"。但由于种种历史原因，20世纪初传入中国之后，比较文学并没有发展起来。20世纪20—30年代，比较文学虽曾受到学界的关注，报刊上发表过一些对中国文学和其他国家文学进行比较的论文与文章，清华大学还先后给学生开出《比较文学》《中西诗之比较》《中国文学中的印度故事的研究》等课程①，但抗战以后因社会的变动就静寂了。一直到改革开放以后，才获得学术生机，蓬勃发展起来，因为这一学科已有一定的学术积淀和历史基础。20世纪80年代，在其复兴之时，国内学界已有一批这方面学养很深的学者，他们学贯中西，虽然年龄较大，但学术造诣深，在学界有号召力，并且身体力行地开展学术交流和对话，所以学术活动和成果很快就与国际接轨，学科迅速走向成熟。现在这一领域的许多成果，已进入世界比较文学的视野，受到各国学者的重视。中国比较文学学会自1985年在深圳大学成立至今，已有整整20年的历史，召开过八届学术年会暨国际研讨会，还在香港承办过"第十七次国际比较文学研讨会"，现在这个学科已无人不知，也有了本科专业和若干硕士点、博士点。

海外华文文学是20世纪80年代初才出现的全新学术领域，而且是以台港澳文学作为"引桥"而逐渐拓展开来的。虽然其起点与比较文学同时，但国际上没有关于这方面经验的借鉴，所以是早期的先行者一步一步拓展开来的。20多年来，海外华文文学已发展成为一支相当庞大的学术队伍，有数以百计的学术著作和难以计算的学术论文，召开过十三届学术年会暨国际研讨会，培养了不少从事这方面研究的硕士、博士研究生，但由于这一领域的参与者横跨世界各国，直至2002年5月才在暨南大学成立全国性学会。尽管如此，作为一个具有世界性

---

① 杨周翰、乐黛云主编：《中国比较文学年鉴》，北京：北京大学出版社1987年版，第15页。

的新的学术领域，它已受到国内外华人学者、作家的认同，也逐渐与国际上的移民文学、离散文学接轨，形成一个极具东方特色的文化、文学"圈"。但海外华文文学要作为一个有经典意义的成熟的学科，还要在原有基础上有所推进，不断深入，这关系到学科发展的前景，以及在相关学术领域的影响。现在我们还缺少有理论体系能构成学科依托的权威著作，这是近期学者们正在努力去做的一件大事。此外，由于语言的局限，这个领域的许多作品和研究成果还没有引起世界其他国家，特别是西方主流学术圈的关注。为此，应倡导和支持国外有双语写作能力的华人作家进行双语创作；还要推动这方面的翻译工作。在学术研究上，应将华人的汉语文学和华人的非母语文学打通研究，与具有国际性和多种语言优势的比较文学联姻，寻找更广泛意义上的华人文学的内在规律以及其蕴含的世界性乃至全球性特征。

由于海外华文文学和比较文学在它们发展的过程中有相同与相似的背景和路径，所以这两个领域的根部和肌体，有它们之间不寻常的天生的学术联系。由于彼此之间有若干学术上的交叉地带，因而在研究的视野和方法上，有许多可以互通和相互跨越的学术空间与视点。

海外华文文学和比较文学在中国学界，均属于文学研究新辟疆域，在开阔文学研究新视野、新思路、新方法上，均起了积极的作用。这两个领域的确立，为中国的文学研究，提供了一种更为开阔的视野和新的阐释内容与角度，并由此引起了对传统思维模式的反思，而它们之间，也是互动共进的。关于比较文学和海外华文文学的互动，我在《海外华文文学与比较文学》一文中已有所论述①。这里我要进一步阐明的是：在海外华文文学的学科内涵和研究成果中存在着若干可供比较文学拓展的新视点。

首先，海外华文文学的兴起为比较文学提供一个极富创造性的探讨对象和新的学术空间。比较文学的学科精神、学科个性在于跨越。通过跨文化、跨学科等的文学研究，开展与世界各民族文化对话，促进互识、互证、互补，实现不同文化之间的沟通和理解，特别是对东、西方异质文化的沟通对话。所以，开放交流、沟通对话，是比较文学作为一门学科与生俱来、贯穿始终的本质所在。

海外华文文学是中国本土文化在世界各国的延伸和发展，形成一个各具特色、丰富多彩的文学世界。这个"世界"，是华族文化向外移动，与各种"异"文化接触、对话、融合之后形成的。所以这个领域所面对的是多种不同中外"混合"文化主体之间的多元化对话。这种对话，既不是一个民族内部不同地域的"对话"，也不是同一民族的过去视域与今日视域的"对话"，而是一个民族向世界各方移动以后形成的种种不同视域的"会谈"。由于向外移动以后所接触的国

---

① 饶芃子：《海外华文文学与比较文学》，《暨南学报》2000 年第 1 期。

家、民族的文化可能完全不同。作为创作主体的个人对各种"异"文化所持的态度也各种各样，兼之各个国家、民族的主流文化对外来文化采取的政策也不相同，所以这种"对话"或"会谈"是多重复杂的。

为了探索、研究各国华文文学在与异质文化交汇以后形成的新形态、新特点，就必须有比较文学的开放意识和跨文化视野，而不能只是以单一文化眼光审视问题。因为我们面对的是许多两个文化圈之间的相互交叉点，如果只了解"自己"，不了解"他者"，就难以解释这种复杂的"混血"文学现象，不利于认识其中丰富、复杂的文化内涵。早期的海外华文文学研究成果往往是求"同"多于探"异"，事实上，"异"的文化质素更值得我们的关注。正是有了各种各样"异"的介入，才构成这个多姿多彩的文学世界。

海外华文文学是处在中外文化相遇、碰撞的最前沿，当中有各种错综复杂的关系和矛盾，但从大的方面看，主要是两个问题：一是原先本民族文化和居住国主流文化的差距、间隔形成的紧张关系与矛盾；二是居住国各种非主流文化之间的关系和矛盾，并由此而引发的华族文化与其他边缘文化的矛盾。而这些都会通过这样或那样的方式反映在华文作家所写的文学作品中。华人移居海外的原因十分复杂，各移居国的文化生活环境也不一样，生活方式千差万别，生存的状态各不相同。一个人有一个人的故事，每个海外华人的经历，都是炎黄子孙在地球上延伸的轨迹，各种坎坷曲折，是喜是悲，都是中华儿女的传奇。海外华文作家从自身的体验出发，结合在域外的所见所闻，以文学的形式表现这些家在别处的华人，在双重文化背景中的各种生存状态和情感世界，这是他们感受文化差异之后的艺术结晶。尽管写的是华人，说的是华人的故事，但当中有他们在与其他文化交遇之后所获得的新的感受和认识，具有跨文化的特色。海外华文文学既有别于中国本土文学，也不同于居住国的主流文学，是一种新的文学类型、一种有特殊文化载体的文学，对其作解读和文化诠释，也是比较文学跨文化研究中的重要课题。所以，海外华文文学的创作实践，拓宽了比较文学的研究对象和内涵，其新意在于可以将它们作为民族文化向多方面移动的一个依据来研究。

其次，海外华文文学为比较文学的国别、地域比较，特别是理论研究提供了新的角度和内容。

在传统比较文学的跨国别、跨学科和比较诗学研究范式中，未见有关于海外华文文学或海内外华文文学的阐释。但是，事物在不断发展，学科的内涵也是如此。应该说，所有的学科都是一种"活的存在"，是一种从过去延续至今，又从现在走向未来的"动"的过程。这是一个不断变化、扬弃、丰富发展的过程。20多年来，比较文学在中国的发展，正好说明了这一点。特别是在跨文化、跨学科的研究上，我们从来就没有执着于某一时空条件下的"成说"，其中接纳海外华文文学为比较文学的一个论题，在学会举办的国际研讨会上设立这方面的圆桌就是一个实例。

海外华文文学的兴起，有可能为比较文学提供一系列新的视域、新的对话模式、新的融合和超越的机缘。海外华文文学在各国"旅行""居住"，开花结果。由于生成、发育、发展的条件、土壤很不一样，对它在各个国家和地域的起点、传播、中介、影响、融合、变形等的追问，就极具比较文学的价值和意义。

现在，国内学坛对海外华文作家、学者在推动中华文化文学走向世界的作用还未有关注。事实上，海外华文作家作品中呈现出来的那种文化的"混杂性"，在客观上已成为当前世界文学进程中的一道独特的"风景线"，在某种程度上体现了全球化语境下出现的文化文学的多样性。因为这些作品是介于两种文化之间的，有母体文化的特征，也有"异"的文化质素；可与本土文化文学对话，也融合有某些世界性的"话语"，有可能跻身于世界移民文学的大潮中，有助于中华文化文学走向世界。无论是西方还是东方，都已出现了不少海外华文文学的优秀作品，这就为文学研究提供一批可以进行新的理论阐释的文本。比较文学的学者，如能通过海外华文文学色彩多样的文本，研究其在不同文化相互认识中对待彼此关系的态度，如何在互相参照中反观"自己"，发现"自己"，甚至再造"自己"的内涵，应是一个有创造性和理论意义的角度。其中特别值得关注的理论问题是：①华族文化向外移动后创造性转化和重建的问题；②探讨其在向外移动后某些文学共相和特殊规律；③进一步发现和阐释海外华文文学的世界意义问题，重点是它为世界文学提供了哪些新的文学形态和美学经验。

再次，海外华文文学中表现出来的纵横交错的文化"边界"，有助于比较文学去发现、建立新的学科"边界"。为比较文学的学科"边界"研究提供了新的视点，使中国比较文学学者在本领域有可能获得新的突破。

当代学术研究的一个新的特点，就是学科和方法的多元发展，已经到了可以相互融合、综合的时候，因而学科发展的途径也应是多元、互融的。正如巴赫金所说，"每个学科都处在边界上"，事实上，每一个学术领域也都在边界上，文化疆域没有固定的内域和截然分界线。文化上的"边界"，不是国土意义上的分界，"而是一种关系走向，指不同文化圈之间的分隔和关联"①，所以承认"边界"，并不妨碍彼此的交流和沟通。学科也是一样，各个学科有自己的对象、规范、模式，也有相对的空间，有彼此相关的交叉点，可以进行"间性"对话。这些空间和间隔，往往被人们所忽略，从而出现审视问题的盲点，所以要通过对话，关注学科之间的"间性"，拓展这些"间性"领域，在两个相关学科的交叉地带培育出学术的新思路，提出新理论，寻找新的超越的可能性。海外华文文学

---

① 王宾、阿让·热·比松主编：《狮在华夏——文化双向认识的策略问题》，广州：中山大学出版社1993年版，第3页。

应是汉语文学与比较文学的一个"间性"学科，就海外华文文学的世界性而言，也可以是比较文学与外国文学的一个"间性"学科。为了拓展比较文学的疆界，自中国比较文学第五届年会暨国际研讨会以来，连续几届研讨会都给予相当的关注，因其有深远的比较文学价值和意义，在这方面如能投入更多的力量，有可能为世界比较文学研究做出新的有突破性的贡献。

【原载于《深圳大学学报》（哲学社会科学版）2006 年第 2 期】

海外华文文学在中国学界的兴起及其意义

饶芃子

海外华文文学，是指中国以外其他国家、地区用汉语进行写作的文学，是中华文化外传以后，在世界与各种民族文化相遇、交汇开出的文学奇葩。它在大陆学界的兴起和命名，始于 20 世纪 70 年代末、80 年代初，是从台港文学这一"引桥"引发出来的；后来作为一个新的文学领域，进入学界的研究视野。

海外华文文学命名之初，人们只是把它看作一个与本土文学有区别的新的研究对象，并没有认识到它的世界性和独立学科价值，若干研究成果也未能突破对传统中国文学的理解和诠释。海外华文文学学科意识的萌发，是在 20 世纪 90 年代初，更具体地说，是在 1993 年 6 月暨南大学中文系和香港岭南学院现代文学研究中心联合召开的"华文文学研究机构联席会议"上提出来的。那次会议在广州暨南大学召开，共有中国大陆和台港地区 20 个研究机构的学术带头人参加。与会代表在总结、交流经验的基础上，一致认为在新的历史文化背景下，应积极努力促使其成为富有文学性独立价值的学科之一。之后，才有了学科理念的萌生，有了学科建设的自觉。

海外华文文学作为一种历史的存在，它在世界各国的诞生和发展，都与我国"五四"新文学运动有不同程度的关系，且已有近百年的历史。但本文所讲的不是海外华文文学的发生史，而是它在中国学坛被关注和对其进行研究的历史与意义。

一、海外华文文学在中国学界的兴起

我国学者对海外华文文学的关注和研究，始于 20 世纪 70 年代末、80 年代初，是在我们国家实行改革开放政策之后。首先关注这一领域的是广东、福建等沿海地区的学者，他们早期侧重的是中国大陆以外的台港文学，海外华文文学则是在台港文学"热"中引发出来的。之所以把海外华文文学在学界的兴起定位在二十世纪七八十年代之交，是以下列标志性的事例为依据的：一是 1979 年广州《花城》杂志创刊号，刊登了曾敏之先生撰写的《港澳与东南亚汉语文学一瞥》①，这是中国大陆文学界发表的第一篇介绍、倡导关注本土以外汉语文学的文章；二是 1979 年 2 月，北京大型文学杂志《当代》刊登了白先勇的短篇小说《永远的尹雪艳》②，这是国内文学杂志早期发表的美华作家写的小说，被喻为"一只报春的燕子"，引起热烈反响。该作品语言精练、意蕴丰富，且运用了反讽、象征、意象等多种艺术手法，成功塑造了一个从大陆到台湾的名交际花尹雪艳。那是一个与历史上的名妓、交际花完全不同的带有魔性的美丽女人，通过她和她芬芳、雅致的"尹公馆"，展现台湾社会的"众生相"——一群在历史转弯时堕落在人生泥沼中徒然打滚的人。通过他们围绕着尹雪艳这个"总是不老"的"美丽死神"，自娱、挣扎，走向衰败和死亡，展现出一个与中国内地完全不同的特殊的文学空间。

　　白先勇是台湾旅美作家，小说《永远的尹雪艳》的题材也是取自台湾社会的生活，这部作品首先刊登在 1965 年台湾的《现代文学》第 24 期上。虽然这篇小说写于 1965 年，是白先勇到美国以后创作的③，应属于美华文学，或旅美留学生文学，但因当时"海外华文文学"尚未命名，学界同仁均把它当台湾文学看，并由此发端引出了对"台湾文学""香港文学"的关注。特别是从事中国现当代文学研究的学者，感到以往的中国现当代文学史中"台港文学"的"缺席"，为填补这一"空白"，学界很快掀起台港文学的评介、研究热潮，而且于 1981 年 3 月，中国当代文学学会就成立了分支机构"台港文学研究会"。

　　为推动此项研究，1982 年 6 月，由中国当代文学学会台港香港文学研究会、厦门大学台湾香港研究所、福建社科院文学研究所、福建人民出版社和中山大学、华南师范大学、暨南大学中文系等多个单位，在暨南大学联合举办首届"台湾香港文学学术讨论会"。1984 年，继续在厦门大学举办第二届"台湾香港文学学术讨论会"。这两次会议的讨论对象都是香港文学和台湾文学，虽有个别海外的学者和作家参加，但未见有提交海外华文文学方面的论文，先后出版的两本会议论文集，也都命名为《台湾香港文学论文选》④。

　　1986 年，由深圳大学牵头，联合北京大学、中山大学、暨南大学、华南师范大学等国内多所大学，在深圳举办了第三届"台港文学学术讨论会"。海外与会作家较多，如美国的陈若曦、於梨华、非马和东南亚的一些诗人与作家，还有少数学者，如当时在美国加州大学任教的陈幼石教授等。研讨会上提交的论文中

---

　　①　曾敏之：《港澳与东南亚汉语文学一瞥》，《花城》1979 年创刊号。

　　②　白先勇：《永远的尹雪艳》，《当代》1979 年第 1 期。另据资料统计，1979 年最早发表海外华文作家作品的，除《当代》外，还有《上海文学》《长江》《清风》《新苑》《收获》《安徽文学》等杂志，刊登了聂华苓、白先勇、於梨华、李黎共 14 篇小说。1979 年被称为海外华文作品的"登陆年"。

　　③　白先勇于 1963 年赴美。

　　④　第一届会议论文集《台湾香港文学论文选》，福州：福建人民出版社 1983 年版；第二届会议论文集《台湾香港文学论文选》，福州：海峡文艺出版社 1985 年版。

有 15 篇是研究海外华文作家作品的①，因此陈幼石教授对研讨会原来的名称提出质疑，会议更名为"台港与海外华文文学学术讨论会"。从此，"海外华文文学"得以在研讨会上命名。但由于历史原因和地区的特殊性，中国的台港文学与海外华文文学确有若干黏连和切不断之处。因台港两地的作家经常进出国门，和各国华文作家关系密切；且海外华文作家中有不少是从台港移民出去的，与这两个地区的文化、文学有割不断的联系，文学形态也有许多相似之处。兼之原先会议的讨论对象是台港文学，所以更改后研讨会的名称依然是台港文学为"主"，海外华文文学为"宾"。尽管如此，第三届研讨会名称的变更，"海外华文文学"的正式命名，学术上的意义不可低估，其创意在于：学界的关注点已从台港文学扩展到海外各国的华文文学；并且在思想上认识到台港文学和海外华文文学的差异性。此后，海外华文文学逐步进入大陆文学研究者的视域。

1988 年在上海复旦大学举办了同名的第四届研讨会。紧接着，1991 年 7 月，继香港作联、《香港文学》、香港联合出版集团、岭南学院等单位在香港召开"世界华文文学研讨会"之后，广东省社会科学院在广东中山市举办第五届研讨会。由于有澳门笔会理事长陶里先生带领的五位澳门文学界的代表参加，并提交有关澳门文学的论文，于是会议又更名为"台港澳暨海外华文文学国际学术研讨会"。至此，大陆本土以外过去被忽略的华文文学"空间"都清晰地显现出来，成为大陆学者的研究对象。

从海外华文文学学科意识的孕育、萌发、形成历史看，第五届国际学术研讨会有值得注意之处：一是该次研讨会是紧接着香港"世界华文文学研讨会"召开的，有多个国家、地区的海外华文作家、学者参加，在研讨中，海外华文文学的问题成了讨论的一个"热点"，如东南亚各国华文文学的生存与发展、中华文化与海外华文文学的关系等问题，就备受关注；二是在第五届会议所提交的论文中，出现了三篇以"世界华文文学"为题的论文，它们分别是广东许翼心的《世界华文文学的历史发展与多元格局》、赖伯疆的《世界华文文学的同质性和异质性》和新加坡王润华的《从中国文学传统到海外本土文学传统——论世界华文文学的形成》②。这三篇论文从不同的角度论述了如何从总体上认识、把握世界华文文学问题。

之后，1993 年 8 月，在江西庐山召开的第六届研讨会上，学者们有感于世界范围内的"华文热"正在升温，汉语文学日益成为一种世界性的文学现象，它同英语文学、法语文学、西班牙语文学、阿拉伯语文学一样，在世界上已形成一个体系，是一种跨国别的语种文学，许多国家也已先后成立了华文文学的机构。

---

① 第三届会议论文集《台湾香港暨海外华文文学论文选》，福州：海峡文艺出版社 1990 年版。

② 第五届台湾香港澳门暨海外华文文学国际学术研讨会论文集《台湾香港澳门暨海外华文文学论文选》，福州：海峡文艺出版社 1993 年版。

于是经过酝酿，大家一致同意将研讨会名称更改为"世界华文文学国际研讨会"，并成立了"中国世界华文文学学会筹委会"。

研讨会名字的更改和"筹委会"的成立，意味着一种新的学术观念在汉语学界出现，即人们认识到汉语文学不只是中国的文学，而是世界性的语种文学之一，应建立世界华文文学的整体观。也就是说，无论是研究海外文学还是中国文学，都要从人类文化、世界文学的基点和世界汉语文学总体背景来考察。尽管此前在香港召开的"世界华文文学研讨会"，就已启用"世界华文文学"这一概念，研讨会的主题就是"世界华文文学与华文文学世界"。会议主持人刘以鬯先生在会上明确提出：华文文学发展到今天，已进入了一个新的阶段。世界华文文学是一个有机的整体，应该加强这一"世界"内部的凝聚力，把世界华文文学作为一个整体来推动。但当时内地学界对此尚未有明确的认识，所以第六届研讨会的收获和创意在于：通过讨论，学者们已认识到在华文文学研究中应有一种更为博大的世界华文文学整体观，这是认识上的提升，也标志着这一领域新的学术理念的形成。

在这之后，又分别在云南玉溪、江苏南京、北京、福建泉州、广东汕头、上海浦东、山东威海、吉林长春、广西南宁召开了第七至十五届国际研讨会，有关学科建设的一些基本理论问题不断被提出来加以讨论。就大的学术论题而言，经历了海外华文文学"空间"的界定，世界各个国家和地区海外华文文学历史状态与区域性特色的探索，从海外华文文学与中华文化关系探源到海外华文文学的整合研究，从文学史的撰写到从文化上、美学上对这一领域各种特殊理论问题以及相关文学母题的研究等，成果丰硕，显示出这一新兴学科的学术生机和创造力。

除此以外，特别值得注意的是，经过八年的艰苦努力，2002 年 5 月，作为国家一级学术团体的"世界华文文学学会"获民政部批准，并在暨南大学召开成立大会，从此结束了学会的"史前史"阶段。学会的成立，不仅有助于加强自身的凝聚力，吸引更多学人参与，特别是吸引对这方面有兴趣的年轻学者进入这一领域；而且对促进世界范围内华文文学的交流、互动，也有十分重要的意义。

学会成立以后，2003 年 11 月在江苏徐州召开了"世界华文文学教学研讨会"，是这一领域首次全国性的教学研讨会，着重探讨如何保证教学质量和加强教材建设问题，与此相联系的还讨论了学科的命名、释名问题。在会上，有学者提出海外华文文学与海外华人文学的联系和区别问题，与会代表普遍认为："海外华文文学"是指海外华人作家用汉语写作的文学；"海外华人文学"应包括海外华人作家用汉语和非母语写作的文学。此外，有个别学者提出：可否以"世界华文文学"来为学科命名？与会代表就这个问题展开了讨论，不少学者同意这样一种看法：世界华文文学应包括中国文学和海外华文文学，而海外华文文学不等同于中国文学，是指中国以外世界其他国家的华文文学。以海外华文文学命名，虽然有只从地域上去认定这个学科的局限，未能显现这一新兴文学领域的内涵和精神特质，但在更富有历史感和学术深度的命名没有出现之前，现阶段这样认定有助于进入具体操作层面。而"世界华文文学"，如前所说，它是一种新的学术理念，是所有华文文学研究者都应有的一种世界性华文文学整体观。这个会议的召开，一方面是引起这一领域的学界同仁对各层次课堂教学，特别是本科教学问题的重视；另一方面是对学科命名内涵的进一步关注。

以上是海外华文文学在中国学界兴起的历史进程。从中不难看出，学界同仁在学科建设与方法论的选择等问题的研讨上已有一种可贵的学术自觉，这种自觉正在逐步化为系统的、有深度的学术成果，为这一领域的学科建设奠基。

二、海外华文文学兴起的学科意义

学术史上许多学科在形成过程中的经验说明，学术研究如没有终极目标，就很难探得其本真的意义。因此，把握海外华文文学这一特殊文学空间的根性和特性，探讨这一领域的显现给人们提供了何种新的学术思维，是关系到它是否能够作为一门学科存在的科学性问题。也就是说，从学科建设的角度，我们还要进一步追问：作为一门新的文学学科，它从哪些方面表现了人类生存的独特方式？有哪些是别的学科所不能取代的？它对原有各文学学科有何补充、推动和影响？

20多年来的实践证明，海外华文文学作为一种具有世界性和民族性的汉语文学领域，其学术特色和学科意义已日益为人们所认识。

1. 海外华文文学的兴起，为我们展现了一个特殊的汉语文学空间

作为一个汉语文学空间，海外华文文学的特殊性主要表现在它的世界性、边缘性和跨文化性。

首先，海外华文文学作为一种世界性的文学现象，迄今已有近百年的历史。虽然引起人们关注和研究的历史只有30年，由于海外华文作家都处在世界各地，在"他种"民族文化包围下写作，是在不同时空复杂背景下流动的、富有情感与思想的作家群体或个体，其以华文为文心的情缘、墨缘，以及文学作品中所表现的各个国家、地区华人独特的生存方式，不同民族文化的重叠与交融，具有与中国本土文学不同的研究内涵和文学审美形态，是一个具有世界性和民族性的汉语文学领域，有它自身的活力和张力。

其次，海外华文文学作家是在中国本土以外用民族语言书写情志，以文学的形式生长在异国他乡，这无论是从居住国或祖居国的角度，都是处在边缘的地位。在他们的作品里，充满异域感、陌生化、放逐和漂泊的无奈，"我是谁？我的根在哪里？"成为他们作品中的一个普遍的主题。因为从文化上他们不属于生

存的地方，也不属于故乡故土，自身就是一种双重边缘性的存在，所以海外华文文学具有明显的边缘特征。由于海外华文作家绝大多数是从中国移居海外的华人，而他们移居的国家、地区又是各不相同的，但他们都是生活在异族文化包围的环境里，所以在文学中的文化诉说和表现也就十分复杂与多样，总是这样或那样地表现出中外文化复合的跨文化特色。这也是它区别于中国本土文学的最基本的特点。

2. 海外华文文学的兴起，直接或间接地推动了中国文学现有各学科的发展

第一，海外华文文学的兴起，整合了中国现当代文学，拓展了中国现当代文学的研究视野。20 世纪 80 年代以前，台港澳文学在中国现当代文学史中是"缺席"的，因而这个文学史的"版图"是不完整的。近 30 年来，作为海外华文文学"引桥"的台港澳文学的研究成果，已不同程度地被运用于中国现当代文学史的教学和教材之中，使中国现当代文学具有了完整的形态。另一方面，海外华文文学的早期发展，受到中国"五四"新文学的影响和激发，有些国家海外华文文学的拓荒者，就是移居海外的中国现代作家，所以海外华文文学与中国现当代文学之间，常常有一些共同或相似的命题、话语和主题，在其早期，甚至有彼此呼应和同步的现象。20 世纪下半叶，随着世界的发展和多元文化的崛起，在新的语境下，海外华文文学有着更加广阔的空间，文学母题的演进、更新，艺术模式的多样化，文学中文化内涵的丰富性等，都体现出自己鲜明的文学特点。这些年来，不少中国现当代文学学者，特别是中青年学者，已通过有效的学术研究，探索中国现当代文学的外传及其影响；同时，他们还吸取不同语境下不同国家华文文学创作与批评的经验，互动互惠，拓展了自身的研究视野，为营造该学科新的学术语境做出了突出的成绩。第二，海外华文文学的兴起为文艺学提供了一些新的命题，如语言与文化、文化与文学、中心与边缘、世界性与民族性等理论问题的探索，以及这一领域文学作品中表现出来的无根意识、怀乡情结和漂泊心态等带有某种母题性质问题的阐释。近几年来，海外诗学家、批评家也成为理论界新的研究对象。学者们对他们著作中的一些新的文学观念、文学研究方法已有所关注，并将其作为更新本学科理论话语时的参照和借鉴。第三，海外华文文学的兴起间接地推动了中国古代文学学者对中外汉语文学关系史、世界汉语文学史以及域外汉学的研究。此外，由于海外华文文学在学界的兴起与发展，对英美文学等专业也有一定的促进作用，主要是引起对世界华裔与亚裔英语文学的关注和研究，而且已经取得了不少的成果。

3. 海外华文文学的比较文学意义已备受关注

由于海外华文文学和比较文学都是在改革开放之后才迅速发展起来的，它们发展的过程有相同与相似的背景和路径，有一种不寻常的天生的学术联系，在研究的视野与方法上也有许多可以互通和相互跨越的学术空间与视点。

　　首先，海外华文文学的兴起为比较文学提供了一个极富创造性的探讨对象和新的学术空间。开放交流、沟通对话，是比较文学作为一门学科与生俱来、贯穿始终的本质所在。海外华文文学是中华文化在世界各国的传播过程，与各种"异"文化接触、对话之后，形成的一个各具特色、丰富多彩的"文学世界"。这中间有许多两个文化圈之间的相互交叉点，这是海外华文作家从自身的体验出发，以文学的形式，表现这些"家在别处"的华人，在双重文化背景中的各种生存状态和情感世界，是他们感受文化差异之后的艺术结晶，极具跨文化特色，对其作解读和文化诠释，是比较文学跨文化研究的一个新领域。

　　其次，海外华文文学的兴起，还为比较文学提供了一系列新的视阈、新的对话模式、新的融合和超越的机缘。海外华文文学在各国"旅行""居住"、开花结果。由于其生成、发育、发展的条件和土壤很不一样，对它在各个国家和地域的起点、传播、中介、影响、融合、变形等的追问，就极具比较文学的价值和意义。

　　再次，海外华文文学为比较文学的国别、地域比较，特别是理论研究和拓展学科"边界"，提供了新的内容和视点。在传统比较文学的跨文化、跨国别、跨学科和比较诗学研究范式中，未见有关海外华文文学或海内外华人文学的阐释。海外华文文学的兴起，海外华文文学作品中表现出来的纵横交错的文化"边界"，有助于比较文学去发现和拓展新的学科"边界"，使中国比较文学学者在本领域有可能获得新的突破。

　　事实上，早在1996年，中国比较文学学会会长乐黛云教授就在中国比较文学学会第五届年会暨国际研讨会的总结发言中指出："海外华文文学是比较文学即将要去拓展的领域。"1999、2002、2005和2008年，在中国比较文学第六、七、八、九届年会暨国际研讨会上，海外华人文学的研讨均成为会议的一个"热点"。2004年国际比较文学学会在中国香港召开的第十七届年会暨国际研讨会上，乐黛云教授代表中国比较文学学会在大会上作题为"全球化时代的比较文学——中国视野"的学术报告中，谈到中国比较文学20年来的开拓和创获时，也特别推介"海外华文文学与离散文学的研究"，她认为："这种研究从理论上将海外华文文学视为不同文化相遇、碰撞和融合的文学想象，进一步展开异国文化的对话和不同文化的相互诠释""已汇入世界性离散文学的研究潮流"①。

　　以上是笔者个人的一些认识，希望能让朋友们对海外华文文学这一新兴领域产生兴趣，有更多的人前来参与，通过学界同仁的共同努力，使其成为一个有自己独特研究内涵的学科。

【原载于《华文文学》2008年第3期】

---

　　①　乐黛云：《全球化时代的比较文学——中国视野》，《中国比较文学》2005年第1期。

从学术史角度看王元化的意义

蒋述卓

元化先生驾鹤西行了，学术界又少了一位巨人。他留给学界的思想文化财富极其丰富，他所走过的学术道路也给我们以巨大的启发。学界公认他是学者兼思想家，他也是从一个地下文艺工作者走到文艺理论家进而切入思想反思成为思想家的。他提倡"有思想的学术和有学术的思想"，也因此成为学界的标识。本人无意就元化先生对思想界、学术界的贡献作全面的评价，况且许纪霖等人对他在思想界的影响也已作过系统而高度的评论了，我只想从学术史的角度谈一谈元化先生对于学界的意义和启示。

一、"根底无易其固"：扎实的学术功底

翻阅一下中国当代著名社会科学家辞典，我们会发现，有大学问且为著名社会科学家的，大多都是在国内有深厚的国学修养（或有家学渊源），并且后来又出过国留过洋的，此一类人如冯友兰、唐君毅等。像元化先生有家学渊源但并未完成大学学业也未出洋留学过，却能成为一代学术大师的，是极其特例的。从元化先生的知识结构看，他具有国学的、西学的以及马克思主义的三方面的知识功力，这才使得他具有全方位的知识视野、融会贯通的思维以及深刻精辟的思想见解。

从国学方面看，元化先生的《文心雕龙创作论》是最见功力的。他在对刘勰的创作论进行阐发时，首先强调"以实事求是的态度去揭示它原有的意蕴，弄清它的本来面目"①，为达此目标他做了许多坚实可靠的训诂与考辨工作。如释"心物交融"说中的"物"字，释"虚静"说的含义，释《比兴》篇中的"兴"的含义等，都根据古典文献作了文字的训诂并梳理了它们的意义流变。尤其在弄清刘勰的家世问题以及刘勰的主导思想时，元化先生根据史学、佛学、玄学的历史材料进行了挖掘和分析，考订刘勰出身于庶族，并确定了他一生的经历决定其思想倾向乃是由儒而佛并最终与玄佛合流的。元化先生对六朝时玄佛合流的文化现象了解甚深，他在指导我做博士学位论文《佛经传译与中古文学思潮》时就专门指出这一点，并提醒我在分析其中的文学理论术语与文学现象时要结合玄佛

---

① 王元化：《文心雕龙讲疏》，《王元化集》（第三卷），武汉：湖北教育出版社2007年版，第81页。

合流的状况去进行研究。元化先生强调在清理并阐明中国古代文论时，必须重视考据训诂之学，他指出："近几年学术界已开始认识到清人的考据训诂之学的重要性。很难想象倘使抛弃前人在考据训诂方面做出的成果，我们在古籍研究方面将会碰到怎样的障碍。……目前有些运用新的文学理论去研究古代文论的人，时常会有望文生解、生搬硬套的毛病，就是没有继承前人在考据训诂上的成果而发生的。"① 他认为，清末以来王国维、梁启超等人之所以在学术上取得大成就，就是因为他们一方面吸取了前人的考据训诂之学；另一方面也超过了前人，在研究方法上有了新的开拓。20 世纪 60 年代，元化先生因胡风一案的牵连而被开除党籍和降低级别，被安排到上海作协文学研究所工作，他即开始着手《文心雕龙》的研究。1962 年，当他将部分研究文章拿给当时担任文学研究所所长的郭绍虞先生看时，就得到了郭先生的高度评价，称其"所论甚有新见"，要推荐这些文章予以发表，并相信如果将来汇集出书，"其价值绝不在黄季刚《文心雕龙札记》之下"②。郭绍虞先生为著名的中国文学批评史家，功力深厚，他对王元化的赏识是有来由的，即相信他的研究承接了国学传统，其成果的价值可以与黄侃等国学大师相媲美。

元化先生的父亲王维周先生是清华大学的英文教授，故他虽未留过洋，但自小就得到家庭的熏染，英语水平达到了相当精熟的程度。20 世纪 50 年代后期，他在隔离结束且患上心因性精神病症康复之后，即在家从事了西方莎士比亚戏剧评论的工作，这些翻译后来连同师母张可先生翻译的泰纳的《莎士比亚论》一起汇集成《莎剧解读》，终于于 1998 年由上海教育出版社出版了。同在 20 世纪 50 年代，元化先生和他的父亲还一起翻译了英人呤唎所著的《太平天国革命亲历记》，只是因他当时被审查尚未有结论，出版时只能署他父亲一人的名字。元化先生的西学好，并不止在翻译，而是将翻译与研究工作结合起来，让翻译来拓展他的研究。最典型的例子就是他在研究《文心雕龙》时，为了弄清刘勰关于"体性"的含义以及讨论"体性"涉及现代文艺理论术语"风格"的意义时，他专门翻译了四篇文章，即歌德的《自然的单纯模仿·作风·风格》、威克纳格的《诗学·修辞学·风格论》、柯勒律治的《关于风格》以及德·昆西的《风格随笔》。在这些翻译的基础上，元化先生专门写了一篇《风格的主观因素和客观因素》作为附录附在释《体性》篇"才性"说的后面，虽然评述的是威克纳格关于风格的观点，但它对我们正确把握风格与创作个性的关系却有极大的帮助。我们知道，钱锺书先生的《管锥篇》也用的是这种中西对照互释的方法，但钱先

① 王元化：《〈文心雕龙创作论〉第二版跋》，《王元化集》（第三卷），武汉：湖北教育出版社 2007 年版，第 329－330 页。
② 蒋述卓：《识佳文于未振——郭绍虞与王元化〈文心雕龙创作论〉的写作》，《书林》1988 年第 7 期。

生多是列出，点到为止，留给读者再作联想；而元化先生却在翻译之后还作详尽阐述，以推动研究走向深入。

元化先生的西学功底还在于他对黑格尔的深入研习。他曾经于 20 世纪 50 年代和 70 年代两次较集中地阅读了黑格尔的作品，甚至对极其难读的《小逻辑》都读过多遍，并作了详尽的笔记。元化先生对黑格尔的阅读，不仅训练了缜密的思维，而且使他能触类旁通，提出了许多独特的见解，如大家所熟知的"知性不能把握美"就出自他对黑格尔的阅读。20 世纪 90 年代，元化先生又以黑格尔的哲学方法去清理了黑格尔思维所养成的惰性习惯以及由此而形成的偏见和谬误，这种反思所依赖的仍然是西学的知识与方法。

黑格尔是通向马克思的，元化先生对黑格尔的重视也必然形成他对马克思主义思想、方法的重视。作为一名早年就参加革命的马克思主义者，元化先生对马克思主义的基本原理深信不疑，但又能与时俱进地提出"离经而不叛道"的观点，他更多的是运用马克思主义的立场、思想、方法去分析问题，透视社会文化现象与文学艺术现象。像在《文心雕龙》研究中，他就自觉地采用了马克思《政治经济学批判导言》中所提倡的思想方法，即"人体解剖对猴体解剖是一把钥匙。低等动物身上表露的高等动物的征兆，反而只有在高等动物本身已被认识之后才能理解"。他提出："按照这一方法，除了把《文心雕龙》创作论去和我国传统文论进行比较和考辨外，还需要把它和后来更发展了的文艺理论进行比较和考辨。这种比较和考辨不可避免地也包括了外国文艺理论在内。"① 同时，元化先生又提出，在用科学观点去清理前人理论的时候应该学习马克思恩格斯在《费尔巴哈与德国古典哲学的终结》中所提倡的研究方法，即对黑格尔的理论作必要的阐发，在阐释中提出一些连黑格尔本人也没有确定而鲜明说出来的观点，这便是清理之后得出来的结论。"这样的清理方法，表面看来似乎已越出了原著的界限，可是事实恰恰相反，它是完全必要的。因为不这样做，就不能真正揭示出隐藏在黑格尔哲学内核中的合理因素。"② 元化先生在对《文心雕龙》的概念和命题进行释义工作时基本上都是秉承马克思主义的方法来进行的。还比如他对人文精神的思考和对文明的忧虑，也是依照马克思主义关于人的解放和人的全面发展理论去思索的。他在《人文精神与二十一世纪的对话》中明确指出，当今世纪出现的功利主导、商业化趋势、知识与人才的批量化生产等，"人们的大多数活动和形形色色的个性，正在逐渐被科技和利润之手整合为一体，科技和利润的逻辑正在逐渐成为评估一切发展进步与落后的准绳……如果是这样的话，离马

---

① 王元化：《〈文心雕龙〉创作论八说释义小引》，《王元化集》（第四卷），武汉：湖北教育出版社 2007 年版，第 81 - 82 页。

② 王元化：《〈文心雕龙〉创作论八说释义小引》，《王元化集》（第四卷），武汉：湖北教育出版社 2007 年版，第 82 页。

克思所说的人的解放、人的全面发展、个性的充分伸展，确是还有相当远的路要走的"①。

我注意到，元化先生在阅读朱一新《无邪堂答问》一书时，专门摘抄了其中关于学问的问答。朱一新对汪巩庵提出"学问如筑室，然须自根基筑起，逐渐推去，方成完备之室"的说法表示了肯定，认为这是极好的比喻；但又进一步指出，这还"有所未尽"，还得从义理上加以完备，做到经义均通。先生评价时指出："这些不仅可供学术上的参考，亦可作为教育上的借鉴。"② 元化先生的学识能做到"根底无易其固"，这与他的博览中西、往复思考以及他的博大胸襟是分不开的。

二、"裁断必出于己"：高标的才胆识力

元化先生在学术上推崇有创造、有个性，实践着"独行不惧"的原则。他在摘抄朱一新《无邪堂答问》一书时，还专门摘抄到朱汪师生间关于学术个性问答的话，其间就涉及如何做到"独行不惧"与"人须有我在""不随人转移"的问题③。元化先生的《文心雕龙创作论》就很有个性，他不追求庞大完善的体系，反而用一些附录将一些未能谈尽但又可给人启发的问题置于篇末，一些中西对照的比较研究文章也以附录的方式加入，创造出既有时代气息但又有学术传统可因的一种新篇制。元化先生的独立之思表现在他一生的各个阶段，他自己所总结过的三次反思既能表明他思想上的心路历程，也能反映出他在学术思想上的独立判断④。

对黑格尔的反思以及对卢梭《社会契约论》的探讨，是元化先生最著名的思辨成果之一。从对黑格尔的研读中，他曾经发表过《论知性的分析方法》那样的得意之作。读黑格尔给过他精神的动力，也给他带来了锋利的思维并产生出诸多的成果。但到了 20 世纪 90 年代，他却对黑格尔哲学产生了多方的质疑，如他对黑格尔关于"抽象的普遍性"与"具体的普遍性"进行反思，"我认为黑格尔在总念的普遍性问题上，没有能够摆脱给他带来局限的同一哲学的影响。知性的普遍性固然不可取，但以为总念的普遍性可以将特殊性与个体性一举包括在自身之内，却是一种空想。它在逻辑上虽然可能，但在事实上却做不到"⑤。他还

---

① 王元化：《清园近作集》，上海：文汇出版社 2004 年版，第 2 页。
② 王元化：《〈无邪堂答问〉摘抄》，《清园近作集》，上海：文汇出版社 2004 年版，第 116 页。
③ 王元化：《〈无邪堂答问〉摘抄》，《清园近作集》，上海：文汇出版社 2004 年版，第 104 页。
④ 王元化：《记我的三次反思历程》，《清园近作集》，上海：文汇出版社 2004 年版，第 10－22 页。
⑤ 王元化：《读黑格尔的思想历程》，《王元化集》（第六卷），武汉：湖北教育出版社 2007 年版，第 468 页。

由此考察了卢梭的"公意""众意"和"私意"三个范畴，认为卢梭本来设想公意才是意志的总念，可以超越私意和众意，并通过它来体现全体公众的权利和利益，"可是没有料到竟流为乌托邦的空想，并且逐渐演变为独裁制度的依据"①。元化先生自己说道，他提出的这个判断，当时"并没有借助别人的看法"也"不知道海外的有关著作是否谈过这些问题"②，完全是他自己思辨的结果。元化先生还对黑格尔关于逻辑和历史一致性的哲学展开了反思，认为"从历史的发展中固然可以推考出某些逻辑性规律，但这些规律只是近似的、不完全的。历史和逻辑并不是同一的，后者并不能代替前者。黑格尔哲学往往使人过分相信逻辑推理，这就会产生以逻辑推理代替历史的实证研究"③。他由此还进入对学术新传统即所谓"以论带史"的反思，认为这种只从概念与逻辑出发，而不是从事实出发、从历史出发的研究方法往往会使人陷入迷误。元化先生的这种反思对学术研究是有震撼性启发的。曾几何时，学界盛行"以论带史"的研究法，有的著作甚至还专门以黑格尔"正—反—合"的逻辑方法去构建中国的哲学、文学和史学的发展体系，自然就会发生许多的偏差。我过去也曾做过这种傻事，在清理"文气论"的发展线索时，也企图用这种"正—反—合"的方法去体现所谓逻辑与历史的统一，最终我发现得出的结论是很经不起推敲的，那篇文章也被我放弃了。

　　元化先生对五四传统与精神的反思更能体现他的高超胆识，对于当时盛行的"五四启蒙运动的中断是由于救亡运动"的说法，他明确表示反对，"因为启蒙夭折的原因，应该从当时的启蒙思想本身去寻找，而不能仅仅归之于外因。照我看，五四启蒙运动的中断是在于当时启蒙思想家（包括马克思主义者）的幼稚和理论上的不成熟。他们错误地把启蒙运动所提出的个性解放、人的觉醒、自我意识、人性、人道主义等都斥为和马克思主义势如水火、绝不相容的资产阶级反动思想"④。他对海外学者否定"五四"的偏激态度也不能苟同，并反对把文化传统看作是命定无法摆脱或突破的消极观点。他还对人们常沿用的"五四"精神是民主与科学的观点作了进一步的探索，认为民主与科学这两个概念虽然在当时提出来了，也得到了相当普遍的认同，但对其理解还是十分肤浅的，仅仅停留在口号上，以至于今天还需补课。而五四真正的思想成就主要在个性解放方面，五四是一个"人的觉醒"的时代，它在个性解放方面所取得的成果是"值得我

　　① 王元化：《读黑格尔的思想历程》，《王元化集》（第六卷），武汉：湖北教育出版社 2007 年版，第 468－469 页。

　　② 王元化：《记我的三次反思历程》，《清园近作集》，上海：文汇出版社 2004 年版，第 21 页。

　　③ 王元化：《读黑格尔的思想历程》，《王元化文集》（第六卷），武汉：湖北教育出版社 2007 年版，第 471 页。

　　④ 王元化：《论传统与反传统——为"五四"精神一辩》，《清园论学集》，上海：上海古籍出版社 1994 年版，第 443 页。

们近代思想史大书特书的"①。他还反思了五四时期的四种有负面影响的观点：一是庸俗进化论观点，二是激进主义，三是功利主义，四是意图伦理。"五四时期开始流行的这四种观点，在互相对立学派的人物身上，都可以或多或少地发现，而随着时间的推移，它们对于我国文化建设带来了越来越不良的影响。"②

元化先生之所以能有这些特立独行的思想，一来自于他的勇敢和真诚；二来自于他的独立人格，"为学不做媚时语"是元化先生从事学术研究的标杆；三也来自于他对学术问题的反复含玩与不断探求。从元化先生的著作中我们可以看到，他对某一问题的探讨往往经历数年，有的文章数次修改，直到满意为止。元化先生给我的硕士生导师林焕平先生的信中曾提到，拟为我写一条幅，内容集熊十力语，即"沉潜往复，从容含玩。谨存阙疑，触处求解"③。后来我拿到的只有前八个字，可见先生对学术探讨的严谨与雍容的态度，故他的好友钱谷融评价他是"既英锐而沉潜，既激烈而又雍容"④。元化先生的学术真诚与沉潜往复还体现在他坦然地承认自己的错误，并且在不断反思中推进新思想新问题的产生，这对于我们目前的浮躁、虚假学风以及意气用事的争辩与自恋风气是一面镜子。

三、开阔的学术视野，融贯的研究方法

早在 20 世纪 60 年代初学术界空气还比较活跃，元化先生就尝试着在《文心雕龙》研究中采取"三个结合"的研究方法，即古今结合、中外结合、文史哲结合。他曾经把这种方法称为"综合研究法"。尽管他对这种方法的自觉意识是在 1983 年的《〈文心雕龙创作论〉第二版跋》中才提出来的，但他对这种方法的运用却早有探求了。这正如比较文学前辈季羡林先生称赞元化先生在比较文学已经"着了先鞭"⑤，比较文学学者赵毅衡 1981 年在《读书》第 2 期的文章中也将元化先生的《文心雕龙创作论》列入新时期中国比较文学的先驱著作，但元化先生自己却说"在撰写本书时，我也没有想到采取比较文学的方法"⑥，这些恰恰说明他很早就已经想到并尝试将古今中外融会贯通的研究方法。钱仲联先生独具慧眼，较早地提及了元化先生的这一研究方法，说王元化的《文心雕龙创作

---

① 王元化：《对五四的思考》，《王元化集》（第六卷），武汉：湖北教育出版社 2007 年版，第 341－342 页。
② 王元化：《对五四的思考》，《王元化集》（第六卷），武汉：湖北教育出版社 2007 年版，第 342 页。
③ 王元化：《王元化集》（第九卷·书信），武汉：湖北教育出版社 2007 年版，第 364 页。
④ 钱谷融：《谈王元化》，《散淡人生》，上海：上海教育出版社 2001 年版，第 126 页。
⑤ 王元化：《〈文心雕龙创作论〉第二版跋》，《王元化集》（第四卷），武汉：湖北教育出版社 2007 年版，第 325 页。
⑥ 王元化：《〈文心雕龙创作论〉第二版跋》，《王元化集》（第四卷），武汉：湖北教育出版社 2007 年版，第 325 页。

论》"是试图运用马克思主义立场、观点和方法，批判吸收西方文论，融会古今中外，为了古为今用，丰富世界文学理论宝库的目的"①。元化先生这种融贯中西的研究方法，也受到了美学家蒋孔阳先生的高度评价，称赞他是"把《文心雕龙》放到世界的范围内，用世界的水平来加以衡量和研究。这样，他自然突破了过去研究的藩篱，达到了'划时代的'也就是前人还没有达到过的水平"②。元化先生有扎实的中西学问功底，加之又有活跃的思维，故他能有开阔的学术视野和世界性的眼光。

元化先生的"综合研究法"提倡的是一种融会贯通的研究方法，它有区别于钱锺书先生所推崇的阐释循环法（即互释互阐法）。阐释循环说出自法国哲学家伏尔泰，提倡的是"个体与整体间的循环""古今间的循环"以及"史实与理论间的循环"。汪荣祖曾就伏尔泰的"阐释循环说"加以撮要阐发，比如"单一的历史事件需从大格局中求理解，这是循环的一边；然大格局也需由许多单一史实理清，这是循环的另一边"。古今间的循环是"由今可以识古"，"由古可以明今"。史实与理论间的循环则是"一方面由史实建立通则或理论，另一方面再据通则或理论来检验史实"③。元化先生研究《文心雕龙》以及中国思想史虽然面对的也是历史，但他更多的是从系统论的角度去进行历史的还原和理论的阐发，他追求的是一种学科间的融贯与时空的贯通，在理论形态上具备了跨学科、跨文化的比较姿态。如他以"综合研究法"研究韩非子、龚自珍，其论述的触角就延伸到文学、历史、哲学、美学的多个领域。对鲁迅的研究，他也倡议"要采用综合研究法"④，因为鲁迅学识渊博，作品涉及古今中外与多种学科。他还认为鲁迅研究中关于鲁迅与传统文化方面的研究比较薄弱，比如鲁迅与章太炎在学术上的传承关系，鲁迅对顾颉刚等推崇今文学和倡导疑古派治学方法的批评问题⑤，这些如果没有文史哲结合的功底是做不深做不透的。他还据此指出："文学理论的研究往往不得不依靠史学、哲学、美学等已有的科研成果。"⑥ 另外，我们看到，元化先生的"古今结合"也不完全是"由今可以识古"与"由古可以明今"的互阐问题，他所做的是除了进行历史的还原、比较和考辨工作之外，还要从今天的高度去对历史进行剖析反观与阐发，他指出："对于萌芽形状尚未

　　① 钱仲联：《〈文心雕龙创作论〉读后偶见》，《文学遗产》1980 年第 3 期。
　　② 蒋孔阳：《翻译与研究的结合——读王元化译〈文学风格论〉》，钱钢编：《一切诚念终将相遇——解读王元化》，武汉：湖北教育出版社 2003 年版，第 34 页。
　　③ 汪荣祖：《史学九章》，北京：生活·读书·新知三联书店 2006 年版，第 188－192 页。
　　④ 王元化：《关于鲁迅研究的一些设想》，《文学沉思录》，上海：上海文艺出版社 1983 年版，第 56 页。
　　⑤ 王元化：《和鲁迅研究者谈话》，《王元化集》（第六卷），武汉：湖北教育出版社 2007 年版，第 437 页。
　　⑥ 王元化：《关于鲁迅研究的一些设想》，《文学沉思录》，上海：上海文艺出版社 1983 年版，第 59 页。

成熟的文学现象，只有用后来已经成熟的发达形式的文学现象才能加以说明。"①
元化先生主张的"综合研究法"是一种融贯法，其间的相互结合应该是像盐溶
于水一样是看不见分不清的，正如元化先生指出学术与思想是不可分裂的与盐溶
于水的关系一样。在这一方面，我觉得元化先生更像梁启超、宗白华、熊十力等
先生，梁启超的研究纵横捭阖、文史哲精通，宗、熊两位先生西学精通，他们的
文章中却没有西学的痕迹，但分明又都有着西学的思维和知识，其中外的结合堪
称典范。所以，元化先生在学术上很谨慎，他反对"勉强地追求融贯"②，如果
古今中外结合融贯做得不好，就会流于比附和生搬硬套。

四、广交学界朋友，参与国际对话

从元化先生的书信集中我们可以看到，他的学术交往是频繁的，许多国外学
者、海外华人学者、国内著名学者以及不出名、未出名的青年学人，都与他有着
学术的联系。如日本的冈村繁、兴膳宏、户田浩晓、小尾郊一、伊藤正文等，海
外及台港澳学者如杜维明、余英时、成中英、林毓生、汪荣祖、王润华、王更
生、饶宗颐等，国内的如季羡林、汤一介、张光年、李锐、黎澍、吴敬琏、萧萐
父、徐迟、张汝伦、许纪霖、摩罗、吴洪森等，更不用说他平日里在家里接待过
的诸多学界朋友和青年学人了。1988 年我刚从华东师范大学毕业到暨南大学工
作，就承担了元化先生给我的任务，协助饶芃子教授在广州暨南大学召开"《文
心雕龙》国际学术研讨会"。在那一次会上，我才知道元化先生与那么多的国际
学者有着交往，日本、韩国、俄罗斯、意大利、瑞典等国的汉学家都出席了会
议。其实，早在 1984 年，元化先生在复旦大学就召开了中日学者《文心雕龙》
学术研讨会，当时他在会上作了总结发言，日本代表团归国后又给《文心雕龙》
学会和王元化先生致了感谢信。元化先生在 69 岁至 75 岁的几年间，几乎每年都
出国参加一次国际性学术会议，如赴荷兰、比利时参加第五十三届国际笔会
（1989），赴美国夏威夷参加东西方文化中心召开的关于中国文化与社会的研讨会
（1991），赴哈佛大学参加"文化中国：诠释与传播"国际研讨会（1992），赴瑞
典斯德哥尔摩参加"当代中国人心目中的国家、社会、个人"国际学术研讨会
（1993），赴加拿大温哥华参加"文明冲突与文化中国"国际研讨会（1995）等
等③。与国内外学者的交往与对话，使元化先生的学术研究始终持有一种国际视

---

① 王元化：《〈文心雕龙创作论〉第二版跋》，《王元化集》（第四卷），武汉：湖北教育出版社 2007
年版，第 327 页。
② 王元化：《〈文心雕龙创作论〉初版后记》，《王元化集》（第四卷），武汉：湖北教育出版社 2007
年版，第 320 页。
③ 参见《王元化学术年表》，《庆祝王元化教授八十岁论文集》，上海：华东师范大学出版社 2001 年版。

野，同时也激发了他对学术问题进行深入探讨的热情与意志。

与林毓生在关于"五四"问题上的对话最能显示出元化先生的学术勇气与襟怀。他对林毓生评价"五四"的观点明确表示不赞同，并有理有据地提出了自己的观点，但这并不影响他与林毓生之间的学术交往与友谊。他与人辩论，并不是要与人争一长短，而是要表达自己的思想结果。他在阅读朱一新《无邪堂答问》时就专门摘抄了这样的话："世儒但以博学为贵，思辨之功不讲久矣。善乎陆桴亭之以思辨名其书也。辨，谓辨之于己，非谓与人争胜。"① 元化先生虽然广交学界朋友，但并不拉帮结派，他多次表示，在学术上他既不加入合作社，也不参加互助组，宁愿单干到底。

元化先生还自己创办刊物，将学界也是中国学术的成果介绍到国外，同时提供一个国内外学界共同交流的平台。他还在上海的出版社主持了"海外汉学丛书"系列活动，将国际上一些著名的汉学成果引进国内来，这些都是他之所以能取得一流学术成就的重要途径之一。

元化先生不愧是国内一流的学术大师，在中国 20 世纪末与 21 世纪初的学术史上他树立了一杆新的标志，他的学术经验与学术道路给我们诸多的启示，我这篇小文只不过是刚触摸到他巍峨的学术群山的一角。我只希望此文能对当下学界以有益的启发，同时也以此文祭慰先生的在天之灵。

【原载于《华东师范大学学报》（哲学社会科学版）2008 年第 6 期】

---

① 王元化：《〈无邪堂答问〉摘抄》，《清园近作集》，上海：文汇出版社 2004 年版，第 101 页。

比较文学视野下的华语电影诗学的整体建构

蒋述卓　郑焕钊

随着 20 世纪 80 年代海峡两岸与香港华语电影在国际影坛的集体崛起，人们日益意识到，尽管中国大陆、台湾和香港地区以及海外华人的地理边界、政治背景、经济体制、国籍身份不同，但是由于相同的语言文化，华语电影中存在着一种共同的传统，使得这批不同制度下产生的电影能够呈现出相似的审美意识和文化内涵。这种文化经验使其不同于任何其他语种的电影，在电影这种具有跨文化特征的全球文化生态中，显示出其独特性。文化全球化日益加速的现实背景，以及关注后殖民、族裔差异和文化身份的文化研究的学术趋势，使得华语电影的全球本土性和文化政治的意义，受到人们较为集中的关注：本土学者借助文化研究的视野来探讨华语电影的文化身份、文化政治和文化战略等问题；而西方学者则借助华语电影来观察作为他者的中国，并用以构建异域的文化和政治形象。华语电影因此成为一个国际性的学术领域，显示出它强大的学术生命和现实意义。

华语电影的生产和研究典型地体现了全球化时代文学（从开放的文学性意义上而言）的跨文化、跨地域、跨媒介、跨学科实践的新趋势，体现了当今文化生产的多地合作和协商的新特征，具有重要的比较文学的意义。一方面，作为整体的华语电影的崛起，构成全球多元文化的重要一元，是当今新媒介时代进行跨文化对话的主体力量和实现跨文化对话的基础；另一方面，作为产业的艺术，华语电影鲜明地体现了文学艺术与文化和媒介的整体和立体的深刻联系，呈现出多维文化向度中文学性生成和审美性呈现的复杂性，其以审美为中心的跨学科比较研究能够深化对华语电影主体性的认识，是实现前述跨文化对话的前提。近 30 年来的华语电影研究，就基本呈现了一种跨文化、跨学科、跨媒介的趋势，但是由于华语电影主体性的建构和多维文化场域中的审美性生成的探寻不足，导致华语电影在跨文化生产、流通的实践过程中，无法建立起可以真正进行对话的文化和艺术主体，严重地削弱了其跨文化实践的意义，并威胁着本土的文化安全。因此，从构建全球多元文化的角度和比较文学的视野，来建立华语电影研究的整体观，就显得相当必要和迫切。本文提出华语电影诗学的整体建构，正是基于此一语境，来思考总体视角下的华语电影的主体性建构和以审美为中心的整体性研究的现实性和可能性的问题。

一

以"华语电影"命名的各种研究，尽管研究者存在着不同的学术背景和学术立场的差异，但是，立足跨文化、跨地域的视野，采用跨学科、跨媒介的方法，重视华语电影的审美形态、文化传统、产业发展的多层次观照，并试图打通彼此的研究疆域，获得审美、文化和产业的沟通、互动，还原电影作为一种产业的艺术的本质，则已经逐渐成为学界的共识，呈现出"华语电影"整体研究的几种趋势：

（1）跨地视野中的"华语电影"命名研究。从 20 世纪 90 年代台港学者充满智慧地提出"华语电影"的概念，以语言的中立性来规避原有国语片、港片和大陆片等不同命名所蕴含的地理划分和政治歧视导致的交流障碍问题以来①，这一概念逐渐演化为对所有中文电影的指称，并为媒体、学者和业界所普遍接受，各种以"华语电影"命名的电影节、学术研讨会、电影评论集、导演访谈、专著和文章呈升温趋势。尽管有学者对此提出质疑，认为华语电影只能指海外华文电影，而海峡两岸与香港的电影则应称为"中文电影"②，但以语言为基准来界定海峡两岸与香港及海外拍摄的中文电影，则成为一种共识。关于华语电影概念的争论主要集中在其内涵方面，有从广义上将华语电影理解为"一种以语言形态（中文）为基础的文化现象，它包括所有以中文为语言形态的电影，以及那些表现中国文化和主题的电影"③；也有将其狭义化为中华文化现象和符号；更有学者将其理解为华人生活题材④。但是不管如何争论，作为"一种新的学术概念、方法和视野"⑤，华语电影确实有着比"中国电影"更为有效的整合性，不仅能够有效地超越地理疆域和意识形态，而且更为有效地透析华语各区域电影之间相互影响、渗透、合作和竞争的跨地、跨文化的实践形态；既能够超越民族电影、国家电影的关注重心，有效地对华语电影进行整体上的文化传统的研究，确立华语电影在全球化时代多元语种文化中的主体性；还能够提供一个思考华语电影现代性和传统性的多元视角，具有重写史学、产业发展和文化战略等多重学术和现实意义。其命名及其实践，正体现全球化时代文化跨地实践过程中文化主体性确立的新的可能性。

① 鲁晓鹏：《华语电影之概念：一个理论的探索》，陈犀禾主编：《当代电影理路新走向》，北京：文化艺术出版社 2005 年版，第 197 页。

② 列孚：《90 年代香港电影概述》，《当代电影》2002 年第 2 期，注释 2。

③ 刘宇清：《华语电影：一个历史性的理论范畴》，《电影艺术》2008 年第 5 期。

④ 郑焕钊：《"世界华语电影：诗学·产业·文化"国际学术研讨会综述》，《文艺研究》2010 年第 9 期。

⑤ 陈犀禾：《跨区（国）语境中的华语电影现象及其研究》，《文艺研究》2007 年第 1 期。

（2）跨学科视野下的华语电影文化批评。华语电影的意义是在国际学术的文化研究范式中得以凸显，文化研究的跨学科视野给予跨地华语电影的地域性、语言性、文化身份、性别政治、后殖民等问题以特别的观照，华语电影研究还能够自觉"承袭华语传统的文化批评"①，重视电影审美性的跨艺术渊源以及影响，从而在跨学科、跨艺术门类的研究中，挖掘华语电影多层面的文化内涵及其意义。郑树森主编的《文化批评与华语电影》就立足于跨学科的整体文化视角，从不同的角度对当代华语电影中的认同困惑、族群意识、文化寻根、移民生态、对传统和历史的追寻等进行立体的透视，试图挖掘电影影像背后深蕴的民族心理文化背景；同时对当代华语电影与中国传统戏曲等艺术形式的关系也进行了探讨，并对有影响的一些电影进行了深入的个案分析和文本解读。由于该书集大陆、港台和海外华裔知名学者如戴锦华、周蕾、廖炳惠、邱静美等以及美国理论家詹明信和毕克伟的智慧所成，故具有相当的代表性。此外，像张英进、李欧梵等多位海外学者对华语电影中的城市、女性、同性恋主题的文化研究，显示跨学科视野下华语电影研究的活力。鲁晓鹏对华语电影的国语和方言的研究，更为集中地呈现出"华语"这一概念的复杂张力，揭示国语与方言中存在的权力与秩序、强权与反抗、遮蔽与显现、国家与地域、中心与边缘、先进与落后等空间、时间、秩序、身份的复杂性、暧昧性和对抗性问题，从而使华语电影"语言"的文化意义得以显示②。这些研究，都显示出跨学科的文化研究对于华语电影的意义。

（3）跨文化对话与生产中华语电影文化主体性问题。如果说受到文化研究范式影响的文化批评是从北美和港台向大陆辐射与影响的话，那么，由于中国加入 WTO 所面临的电影行业的挑战、跨地合拍华语大片的生产和流通所带来的现实问题，则使中国大陆本土学者更关注华语电影的文化主体性，并随着国家文化战略的实施而成为今后电影研究界的一股新的趋势。以民族文化为根性、坚持华语电影的跨区合作、坚持民族文化作为华语电影的主体性、反思华语大片的文化消解等方面，正是这一趋势的几个重要特征。正如黄式宪所指出的，中国电影已经通过大片博弈克服了入世以来的生存焦虑，进入关键的第二个阶段，其目标在于努力提升电影文化的软实力，尽快向现代化大电影产业升级，不断实践民族文化的主体创新并努力拓展在国际空间的传播实力③。在其他文章中，他进一步剖析了华语电影大片所存在的民族文化主体性遭遇消解的问题，指出电影产业与文

---

① 廖炳惠：《文化批评与华语电影——媒体、消费大众、跨国公共领域》，郑树森主编：《文化批评与华语电影》，桂林：广西师范大学出版社 2003 年版。

② 鲁晓鹏：《21 世纪汉语电影中的方法和现代性》，《上海大学学报》（社会科学版）2006 年第 4 期。

③ 黄式宪：《大片"博弈"以弘扬民族文化的主体性而与世界对话》，《北京电影学院学报》2009 年第 6 期。

化内驱力的互动对于华语电影的生存具有重要的意义，认为唯有弘扬了民族文化主体性及其东方美学品位的华语大片，才真正具有世界性和现代性①。在 2010 年举行的"两岸四地电影产业发展论坛"中，与会代表就文化自觉性、华语电影的跨区合作以及华语电影的民族文化根性问题展开了充分的研讨，并对"中华文化仍然是华语电影不断发展的不竭动力"达成基本共识②。但是，以古装大片为主体的华语大片，却存在违背传统文化历史和精神的"文化斜视"的问题③，早在张艺谋的《英雄》横空出世的时候，人们就对其中所蕴含的以专制为英雄的思想提出警惕，而大量类型单一、追求奇观、文化形态混杂的大片同样导致民族主体形象的负面影响。如何既辩证地看待这种跨地合作的华语电影的历史虚化、文化混杂的意义，又同时能够在全球化的电影流通语境中传播民族文化主体形象和精神，就成为电影业界、学者的共同责任。

　　（4）跨地产业合作与中国经验的表述问题。正如评论所指出的，"当今海峡两岸与港澳电影文化产业的现状是文化同根，经济文化差异大。台湾电影人对中华传统和现代文化的诠释比较深刻，但缺乏资金和成熟的市场运作经验。香港电影有成熟市场运作的经验，但市场本身太小。香港电影的文化受西方后现代文化的影响比较大，从王家卫电影在西方社会得到的认可可以了解到香港的后现代文化与西方当代文化的关联。国产片如不对中华传统文化进行深入研究，而只是利用肤浅的中国元素必将被国际文化市场所淘汰。海峡两岸与港澳只有取长补短，共同协作，才能使华语电影走向兴盛"④。事实上，自中国大陆改革开放以来，海峡两岸与香港的电影已经开展多次合作，尤其是在取消对香港合作拍片的限额之后，香港电影的生存已经基本依靠了大陆市场；台湾近年来电影业受到好莱坞和香港电影的双重冲击，本土电影产业陷入消沉；而中国大陆由于国家文化安全的战略需要，泛中华文化认同的诉求，以及产业集群发展的设想都需要密切海峡两岸与港澳的电影合作⑤。但是，在合作拍片过程中，不同的华语地域存在不同的"中国经验"，虽然它们都植根于中华文化传统和上海电影传统，但由于 1949年后的分化，各地形成了不同的电影传统和文化经验⑥，如何在合拍片中协调种种不同的传统，在包容尊重各地差异性的同时，又能够建立一种民族文化的主体

　　①　黄式宪：《华语电影：世纪性文化整合及其现代性抉择》，《艺术评论》2010 年第 8 期。
　　②　毛梦溪：《华语电影：中华文化的主体性不可或缺——"两岸四地电影产业发展论坛"观察》，《中国文化报》，2010 年 7 月 20 日。
　　③　杨俊蕾：《华语大片的"文化斜视"——兼论华语电影制作中的混杂文化》，《电影艺术》2008 年第 5 期。
　　④　唐梦：《多元化发展是华语电影走向世界的唯一途径》，《团结报》，2010 年 6 月 26 日。
　　⑤　李道新：《构建"两岸电影共同体"：基于产业集聚与文化认同的交互视野》，《文艺研究》2011 年第 2 期。
　　⑥　陈犀禾：《两岸三地新电影中的"中国经验"》，《电影艺术》2001 年第 1 期。

性，就成为华语合拍时代面临的最主要问题。这些既是关系民族情感的问题，也是产业发展壮大的重要前提，更关系跨文化对话中的主体性的确立，华语电影审美文化政治的、经济的、社会文化和民族心理的多维决定，由斯可见。

二

华语电影研究的趋势，显示出一种整体研究的共识的形成，但由于文化研究方法自身的缺陷，也产生了一些不容忽视的问题。比如，有学者清醒地意识到：以文化研究作为主导范式的研究，"以一部或者几部电影作品作为研究对象，原属电影批评的研究，却常常得出具有'历史性'的结论""对于海峡两岸与香港电影作品的跨地域研究，政治差异性研究压抑了文化共性研究""表面上采用华语电影的总体视角，实质研究却是分散的、割裂的"①。也就是说，对华语电影的整体形态的历史把握、对华语电影文化传统和审美传统的共性研究以及从根本上确立华语电影以语言文化作为根本逻辑前提的总体性视野，在现有的华语电影研究中仍较多停留在宏观理论的倡导层面，而未能落实在具体的研究之中。

事实上这种缺失是由多方面的原因促成的。长期以来，由于海峡两岸与港澳的地理和政治阻隔，真正将华语电影作为一个整体去深入地把握而不受到政治传统的影响是比较困难的，而大量史料的挖掘和钩沉也因为相关限制而难以系统开展；以"实践性品格、政治学兴趣、批判性取向以及开放性特点"②为基本特征的文化研究，也往往表现出对总体性的警惕，它借助差异性话语来批判和反思任何规范化的要求。此外，这种缺失还与现有的电影理论、电影史、电影批评的分际具有一定的关系。电影理论较多强调对电影本体和电影功能的理论认识，它回答的是"电影是什么"的问题，遵循的是一种普遍性的目标，而忽视具体电影史的代际变迁和地域差异。电影史关注电影的历史形态和地域差异，尤其能够关注具体的电影类型的内在的审美形态变迁，并能够从大量的史料中钩沉出电影发展的各种政治、经济和社会因素，但缺乏对一种共性传统的整体把握。电影批评具有沟通理论与史学的优势，能够将具体的作品批评与一种理论设想进行整合，但其结论却由于缺乏丰富的史实的支撑而在一定程度上欠缺说服力。从知识形态上言，电影理论属于抽象研究，电影史属于经验研究，而电影批评则试图在抽象的理论形态与经验研究中寻求一种平衡。但是，由于电影批评往往以某一文化研究的"大理论"为前提，其与电影的经验形态之间往往轩轾不合。

如果从世界电影研究的整体趋势上看，我们更可以看出此种整体性视野缺失

---

① 刘宇清：《华语电影：一个历史性的理论范畴》，《电影艺术》2008年第5期。

② 陶东风、金元浦等主编：《文化研究》（第一辑），天津：天津社会科学院出版社2000年版，前言第3页。

的理论语境。经历了"大理论"洗礼之后的电影研究，正试图重新建立一种从具体的历史经验出发的理论建构。"电影理论史和电影史，长久以来被认为是相互对立的范畴，现在已经开始较为认真的对话。而最新达成的共识主张是'理论的历史化'和'历史的理论化'。"①电影理论的"'再历史化'过程"②，既是"针对被索绪尔以及弗洛伊德—拉康模式省略的历史所做的一种修正"，也是"为了回应多元文化主义者要将电影放在更大的殖民主义与种族主义的历史语境中的要求"③，以克服电影理论自身的各种中心主义的话语霸权。大规模的电影理论思潮诞生于结构主义和符号学的理论语境之中，由于结构主义和符号学的缺点已经受到来自哲学界的深刻批判和反省，电影理论也受到来自内部和外部的批评，而开始重视社会语言学、跨语言的语言学、话语分析等，并开始关注社会和精神形态中的其他差异，从而打破原来理论的西方中心主义的普遍化以及白人中心主义。由于内外的夹击，"如今的电影理论已经不那么宏大，而且变得有点实用，比较不那么民族中心主义，不再那么男性化，不再那么异性恋；而且不再那么热衷于建立一个包罗万象的系统，而是采取一种多元化的理论模式"，但是"电影理论的多元化也带来支离破碎的危险"④，使得一种总体性的把握成为不可能。事实上，作为一种以语言文化为基准的电影形态，华语电影能够作为一个具有活力的学术领域，正是植根于这样一种理论多元化的语境。正是对西方、男性的、白人的、异性恋、普遍的理论话语的质疑，使人们能够从正面上重视华语电影作为异质话语的价值；也正是对结构主义符号学的权威的颠覆和对社会语言学、话语分析的重新关注，使华语电影的语言文化维度得以彰显。然而，虽然这是一个从具体经验出发进行理论建构的尝试，但是由于西方强大的理论力量，多元的理论预设仍然普遍存在于具体的经验研究之中，而这种多元的理论视角，事实上正是采纳了文化研究的种种资源。由此，文化研究视角给华语电影整体性研究所带来的破碎性影响，又正是西方理论这一趋势的必然结果。

但是我们又不得不意识到，对华语电影传统的整体性认识又恰好是华语电影学术、产业和战略三种现实趋势的必然要求：华语电影在 20 世纪 80 年代国际影坛的集体崛起，是作为一种整体的文化形态而出现，中西方学者对华语电影的重视，正基于其不同于其他语种电影的独立价值，不管这种价值是自我认识还是他者镜像；在全球化的语境之下，美国好莱坞文化霸权问题日益引起世界各地人们的高度重视，文化地域化和文化多元化成为对抗全球文化霸权的重要呼声，华语电影的出现代表着好莱坞之外的多元文化的声音，关涉着华语地区文化经验留存

---

① 罗伯特·斯丹姆著，刘宇清译：《电影理论新视野》，《当代电影》2004 年第 6 期。
② 罗伯特·斯丹姆著，刘宇清译：《电影理论新视野》，《当代电影》2004 年第 6 期。
③ 罗伯特·斯丹姆著，刘宇清译：《电影理论新视野》，《当代电影》2004 年第 6 期。
④ 罗伯特·斯丹姆著，刘宇清译：《电影理论新视野》，《当代电影》2004 年第 6 期。

的文化安全问题，作为一种整体的华语电影的产业集合的吁求与文化主体精神的弘扬，正显示着一种基于文化安全基础之上的文化战略，具有重要的文化、经济和政治意义；此外，随着中国在世界的经济政治地位的崛起，以及其与文化形象的不同步、不协调，亨廷顿对后冷战时期"文明冲突论"的描述逐渐体现出来，国家形象的问题日益突出，全世界华人作为一个整体的形象的建构和呈现，已成为摆在华人面前的一个重要问题。形象、文化、地位三位一体的关系，使电影这种拥有最多全球观众的诉诸视觉的艺术形式，成为跨文化沟通、文化间争竞的主要力量，华语电影的整体意义也由此得以凸显。但是我们也不得不注意到，华语大片由于缺失对自身的整体理解，缺乏对共源的文化传统和电影传统（上海传统）的深入研究，导致以语言为基准的中华文化的主体精神并未能得以发掘和发扬，中华文化沦为元素与景观，电影宣扬着非正面的价值和负面形象，华语电影的传统未能为当下影业所发扬和继承等。因此，从总体性视角整体地研究华语电影的文化传统、审美传统、类型传统等，也就不仅仅具有学术的意义，对于当代华语电影的生产、文化战略的开展、文化形象的建构都具有重要的理论和现实意义。所有这些，正是实现跨文化平等对话的前提。

此外，由于文化研究关注的重心是意识形态批评，审美性、文学性的缺失已经为人们所诟病，而我们必须始终注意到，华语电影的审美形态是我们探询其政治内涵、产业发展和文化传播的最终基点，电影发展的凭借就在于它是一种艺术。

三

基于比较文学对于跨文化实践中的主体性的吁求，以及坚守文学性为中心的跨学科比较的原则，鉴于以文化研究为主导的研究范式并未能解决好总体性视野和审美性缺失的问题，西方史学与理论的结合本身，也未能摆脱文化研究的破碎性影响。而国内电影史研究虽然为各种传统的研究奠定了坚实的史学基础，但在整体性、普遍性的理论提升上又有所欠缺，因此我们提出建构华语电影诗学的设想。

在《电影诗学》（*Poetics of Cinema*）一书中，美国著名电影学者大卫·波德维尔（David Bordwell）对"诗学"的词源、对象和方法做了系统的梳理。他指出，"诗学"（Poetics）来源于希腊语单词"Poiesis"，或者说"能动地创造"（Active Making）。任何艺术媒介的诗学都研究完成作品，而完成作品是作为一个构建过程的结果的；这个过程包括一种技法的成分（例如经验原则），更一般化的作品创作构建原则，以及它的功能、效果和用途。诗学的领域还包括对如下两方面的所有探究：任何再现媒介中的人工制品被创建起来的基本原则，以及来源于那些原则的效果。在他看来，"很大程度上，一项诗学的实践通常将众多惯例（Conventions）作为它的对象"①，这些惯例包括类型惯例和风格惯例等。"诗学可以通过重建历史语境来同时揭示规范之间的变化与连续。这部作品是如何适应一种传统的？它是怎样重复、修改或者抛弃前人传统的？"② 但同时，"诗学也没有必要将自己局限在'内在的'解释而不愿意离开电影、艺术或者再现媒体的领域。原则上没有任何东西能阻碍诗学学者去主张经济、意识形态、文化力量、内在的社会或心理倾向可以作为建构策略或效果的原因而发挥作用"③。

也就是说，"诗学"是以作品为中心，思考作品完成过程中所依据的原则、所采取的策略，以及这些原则和策略所实现的功能、效果和目的等。"诗学"尤其关注作品与传统和规范之间的承继、变异和创新的问题。然而，"诗学"的这种关注并不仅仅局限于作品内部，而可以广泛地涉及外部的经济、意识形态、文化力量、内在的社会或心理倾向等影响作品建构过程中所采取的策略和效果的因素，它通过内部和外部共同来关注某种原则和策略的建立、实现和传承。正如波德维尔所明确地揭示的："惯例是诗学的核心问题。"而惯例一词的英文 Conventions 就包含着"诸种传统"的内涵，从这一意义上，"诗学"也就是关于作品的传统的理论研究。因此，诗学也就不同于类型史、风格史，而是类型惯例/传统和风格传统/惯例，它不是作品的历史性演变的序列，而是一种内在的原则/理论的生长和发展。

诗学是以作品为中心这一点，使得它坚持一种内在的审美原则。无论是苏联学者多宾的《电影艺术诗学》④ 对诗的语言电影的关注，中国大陆学者罗艺军从传统审美文化出发的"中国电影诗学"的设想，还是波德维尔从理论、叙事、风格等方面展开研究的《电影诗学》，都坚持着审美性作为电影诗学论说的基础。然而传统电影诗学研究也受到电影审美本体论认识的限制，使对电影传统的理解往往只遵循电影惯例内部的或者审美文化传统的单一视野，虽然波德维尔意识到外部的经济、意识形态、文化力量和内在的社会或心理倾向对于诗学原则的影响，但他的《电影诗学》并未能就此展开更为多元而全面的研究。事实上，早在 1985 年出版的罗伯特·C. 艾伦（Robert C. Allen）和道格拉斯·戈梅里（Douglas Gomery）合著的《电影史：理论与实践》中，就已经对电影观念有了一个开放的认识，该书从美学的、技术的、经济的和社会的四个方面对电影史进行研究，并指出，"把电影史看成一个开放系统的历史——这种观念在编史学上有若干后果。'解释'一桩电影史事件就意味着具体说明电影各方面（经济、美

---

① 波德维尔著，张锦译：《电影诗学》，桂林：广西师范大学出版社 2010 年版，第 25 页。
② 波德维尔著，张锦译：《电影诗学》，桂林：广西师范大学出版社 2010 年版，第 34 页。
③ 波德维尔著，张锦译：《电影诗学》，桂林：广西师范大学出版社 2010 年版，第 27 页。
④ 多宾：《电影艺术诗学》，北京：中国电影出版社 1963 年版。

学、技术和文化方面）之间的关系以及电影与其他系统（政治、国际经济、其他大众传播媒介、其他艺术形式）之间的关系"①。而这各个系统之间的关系又是相互交叉、错综复杂的，呈现出电影本身的复杂性。事实上，电影作为一种具有高度技术性的产业的艺术，在今天文化产业和文化战略的宏观背景下，更显示出产业、文化与美学之间的紧密关联，任何单一的电影审美研究或者文化批评都无法完全地透析电影的全部意义，即使是以对电影审美形态的探讨，也同样离不开产业、技术和文化的复合视角。数字技术、合作拍片、电影节等技术、资本因素已经深深地影响着电影的美学形态。因此，电影审美传统的变迁也就不仅仅是作者创造性或者电影美学内部的演变问题，而是技术变革和产业资本市场品牌所共同塑造而成。"如果我们把电影看成是一种产业的话，那么我们就应该承认电影首先是一种工业和商业。或者更准确地说，电影是一种工业化的艺术。从电影市场的角度看，中国电影在发展中面临的首要问题，不是'艺术'问题，而是'工业'问题。"②事实上，电影从一开始就是作为一种工业的艺术而存在，中国早期电影的古装神怪片、家庭伦理片等独特的中国电影类型，就是在与好莱坞电影争夺本土和东南亚市场的过程中，从本土观众的趣味出发所形成的。因此，对电影产业资本、政策、环境的研究，对受众和品牌的探讨，同样属于电影诗学的内在范围。目前随着文化研究所带来的关于文化帝国主义、文化霸权、后殖民理论等话语的推动，以及文化产业作为一种新兴业态越来越成为国家文化经济竞争的重要力量，以产业的视角来审视电影研究已经成为一种重要的趋势。如果说华语电影在 20 世纪 80 年代经历的是审美范式，在 20 世纪 90 年代进入文化批评的视野，那么，21 世纪这 10 年来明显正在进入一个以产业为核心的研究转向。这一转向的一个重要特征，就是关于华语电影的各种探讨，无论是审美的研究还是文化的批评，都无法脱离产业视野的观照。而关于中国电影史的书写，也从原来的政治话语的内在标准向以产业争竞与电影形态变迁为基础。最为清晰的标志，就是各种华语电影的学术会议都将"产业"作为一个重要的议题，排列在"美学"和"文化"之后。因此，电影诗学对产业的关注，也就是从产业、受众和品牌等视角，来检讨它对电影诗学（或者说美学）形态的影响。而这就使它不同于电影产业史，因为后者所关注的是电影产业的变迁。

因而，如果将文化视为人类的一切实践活动的话，那么华语电影诗学应该属于一种比较文化诗学，它坚持以审美为中心，从美学、文化和产业跨学科角度对华语电影的独特类型、主题模式、文化传统、身份意识、审美传统、产业模式等进行总体的和整体的研究，借对华语电影诸传统的研究从总体的视角来观照华语

---

① 罗伯特·C. 艾伦、道格拉斯·戈梅里著，李迅译：《电影史：理论与实践》，北京：中国电影出版社 1997 年版，第 280 页。

② 饶曙光：《华语大片与中国电影工业》，《上海大学学报》（社会科学版）2008 年第 6 期。

电影的历史和现状，从中探寻华语电影独特的文化和美学特征等问题。因此，华语电影诗学的整体建构就必须重点解决两个方面的问题：

（1）探讨、思考、建构世界华语电影总体研究的方法和华语电影整合发展的思路，体现建构整体的"世界华语电影"的理论构想、整体研究、整合发展的可能及其意义。华语电影具有独特的类型模式、（家国）主题模式、文化模式、审美模式、身份模式、产业模式等。比如，与西方分类清晰的"类型电影"相比，华语电影缺乏明确的"类型电影"形态，而呈现为各种独特的"电影类型"，如武侠神怪片，及其衍生的武侠片、功夫片、动作片等类型；由于传统儒家文化的影响，华语电影中的"家"与"国"同构的主题特征尤为突出；言志诗学的审美传统，更直接地影响着华语电影的抒情达志的含蓄性和社会性，如此等等。华语电影诗学正是要通过这些不同类型的建构，在历史的整体脉络的梳理以及内在模式的呈现中，来建立一种整体的研究方法，并由此探寻世界华语电影的独特传统和发展理路。而上述各种方法，又始终围绕着独特的"诗学形态"而展开，无论是文化意识、审美取向、融资合拍、品牌受众，都紧扣电影的本体文本的形式、叙事、结构、意蕴、主题。将电影这一融工业、产业、技术、政治的综合艺术落实于审美的诗学形态上来探讨，而不是单纯的文化研究、文化产业或者商业模式的探讨。从这一意义上，比较文学视野中的华语电影诗学坚持以审美为中心的总体性视角，来建立跨文化实践中的华语电影的主体性。

（2）围绕华语电影研究的产业转向，充分重视产业、受众和品牌对于华语电影诗学形态的影响，试图对华语电影的美学形态从产业、市场的角度进行跨学科比较视野下的全面观照，以实现对华语电影作为一种产业的艺术本质的认识。比如，世界华语电影的发展有着一些类似的经验，无论是大陆第五代、第六代借助国际影展、利用跨国资本，还是新加坡、马华独立电影由于种族关系借助国际影展和基金，国际电影节、国外艺术院线等因素都深刻地影响到华语电影的诗学形态，人们对第五代"民俗电影"的批评，事实上正与此有关。由于合拍大片渐成趋势，多地资金、技术、文化、人员的参与和投入，遂影响到华语电影的新的"世界性"特征，这种"世界性"特征是经济全球化所带来的文化的跨文化实践形态，体现华语电影的诗学整合趋势，构成独特的"合拍美学"。又比如，从历史的角度看，无论是早期的武侠神怪和古装片还是香港的功夫片、动作片，无论是大陆的新民俗电影还是当今活跃于国际影展的独立影片，进入美国市场的中国大片，面向大陆观众的冯小刚品牌等，其诗学景观与品牌构建、市场争夺等，都具有重要的关联。从一定意义上，正是产业、市场的压力形成了这种种独特的电影类型。如果没有从产业角度展开对华语电影诗学形态的研究，对华语电影独特传统的认识将是封闭而不全面的。

在坚持一种总体性的视野考察华语电影的独特传统以及从整体性的视角来考

察华语电影审美性的多维呈现的同时，我们也必须注意到，总体性和整体性并不等同于同一化，而要充分考虑到华语电影各区的差异性，充分还原华语电影整体的共性、个性及其丰富性，充分考虑到华语电影的不同亚传统对国家认同的差异，甚至对国语与方言的复杂张力给予特别的关注。而正是这种差异性和丰富性保证了作为整体的华语电影研究的活力，也为产业发展中的文化融合和整合，国家文化战略层面的"泛中华性"提供重要的理论基础。

【原载于《湘潭大学学报》（哲学社会科学版）2011 年第 6 期】

"华语电影"命名的通约性

傅　莹　韩帮文

事实表明，"华语电影"作为一种文化整合观念已经在产业运作、大众传播、学术生产等层面成为一个广泛运用的语汇。人们不再限于使用"大陆电影""香港电影""台湾电影"等蕴含地理/政治意义的概念来指称一种空间维度上的电影"群落"，而是开始使用"华语电影"这一更具外延包容性与内涵亲和力的术语来概括语言上具有同一性、文化上具有相似性、产业上具有交融性的几大电影板块。作为"中国电影"概念的延伸，"华语电影"不仅更明确地指称了海峡两岸与港澳电影业之间的交流与合作的景象，同时也涵盖了跨国（区）资本运作的状况。而今媒体也广泛使用"华语电影"概念指称相关空间的电影工业实践，甚至这一概念被学术界集约为全球华人心理认同的文化观念。在某种程度上，"华语电影"已经成为显在的事实，吸引了越来越多的学者进行范畴阐释、现象解读、理论提炼。简言之，"华语电影"预示了一种新的电影批评风潮、理论旨趣与学术动向。

目前中国内地学术界对"华语电影"概念的提法依然存在认知上的较大分歧。与业界及媒体娴熟地运用"华语电影"这一语汇的情形相比，学者的学术反应无疑更为谨慎，对"华语电影"命名的合法性多有质疑。究其原因，这一概念的命名逻辑尚有待阐释，这一概念的发生史、演变史也有待梳理。基于此，本文试图通过史料的整理，厘清"华语电影"的命名轨迹和内在逻辑。

一、"华语电影"概念流变史

与"华语电影"相关的概念名目繁多。据统计，英语学界主要有如下术语："Chinese Cinema""Chinese Cinemas""Chinese National Cinema""Chinese-language Cinema""Transnational Chinese Cinemas""Comparative Chinese Cinemas""Sinophone Cinema"等；中文语境中相关说法也有许多："中国电影""中国民族电影""海峡两岸与香港电影""大中国电影""大中华电影""跨国华语电影""中文电影""比较华语电影"等①。其中，"华语电影"（Chinese-language

---

① 李凤亮：《"跨国华语电影"研究的新视野——鲁晓鹏访谈录》，《电影艺术》2008 年第 5 期。

Cinema）在中国大陆、港台与海外英语世界得到较为广泛的使用。

1. "华语电影"在港台

在 20 世纪 80 年代末之前，台湾学者往往以"中国电影"指代台湾本土的电影工业。在世界"冷战"与两岸意识形态对立的历史背景下，从"中国电影"概念延伸出"自由中国电影"的说法，特指台湾与香港右派的电影阵营①。在台湾电影学术史中，"中国电影"实际上标示的是 1949 年之后的台湾本土电影和香港电影，不涵盖中国大陆电影，如司马芬的《中国电影五十年》、杜云之的《中国电影七十年》等。之后，随着台湾学者本土意识的强化，"中国电影"的外延指涉也发生了根本性变化，几乎成为中国大陆电影的代名词。伴随近年来两岸学术交流的频繁，意识形态壁垒的松动，寻求相关命名合理性的冲动也随之产生。因而，20 世纪 90 年代提出的"华语电影"概念得到较为广泛的认同，这与台港学者组织的电影学术研讨会的背景密切相关。

1992 年，李天铎组织海峡两岸的电影学者在台北召开以"中国电影·电影中国"为题的学术研讨会，正式拉开了中文学者跨地域进行电影学术交流的序幕。出于规避意识形态给学术带来的尴尬与不快，学者们酝酿并提出了"华语电影"概念，希望以此奠定正常的学术对话和交流的基础，正如旅美学者鲁晓鹏所言：

他们当时想解决一个简单的问题，就是"中国电影"这个概念容易引起争论，因为过去谈到中国电影，台湾人将台湾、内地、香港三地的电影分别叫做"国片""内地片""港片"。这样一来，内地学者就不能接受了：什么叫国片？内地是主体，我才是国片，台湾电影怎么能叫"国片"！这样一来，台湾学者跟内地交流时，就不好意思再把台湾电影叫做"国片"。反过来，台湾学者也不希望内地学者把台湾电影仅仅看作是中国电影的一个部分，在这种情形下，他们才提出"华语电影"，就是希望能让内地学者、台湾学者坐在一起，从语言共同体的角度来谈论华语电影，这样尽量能坐下来说到一块，我想这是他们的初衷。②

规避现实意味着规避历史的烙印。1949 年新中国成立后，由于社会、政治等缘由，中国大陆、台湾、香港三地处于阻隔状态；1978 年改革开放后，再沿袭地理/政治意义上的概念来指称海峡两岸与香港的电影格局，两岸学者便无法同坐一桌，进行心平气和的学术研讨，更遑论文化认同。因此，"去意识形态化"的学术研究势在必行，从语言/文化维度重新命名全球华人的电影现状便是

① 刘现成主编：《拾掇散乱的光影——华语电影的历史、作者与文化再现》，台北：台北亚太图书出版社 2001 年版，第 1 页。

② 李凤亮：《"跨国华语电影"研究的新视野——鲁晓鹏访谈录》，《电影艺术》2008 年第 5 期。

一条可行的出路，"用一个以语言为标准的定义来统一、取代旧的地理划分与政治歧视"①。毋庸置疑，"华语电影"概念的提出包含了折中与妥协的意味，是现实政治语境下各方都可接受的一种选择。正如有学者指出的那样："华语电影现象的出现顺应了大陆、香港和台湾在政治上走向统一和体制上保持多元化的历史进程。"② 其背后蕴含的智慧与内涵具有历史与现实意义。自此，中国大陆、台湾、香港地区以及海外各地电影学者开始了频繁深入的学术交流。

自1992年海峡两岸电影学术研讨会之后，1995年9月，由台湾视觉传播艺术学会等单位合办的以"中国电影：历史、文化与再现"为题的第一届海峡两岸暨香港电影发展与文化变迁研讨会在台北召开。1996年，由卓伯棠、吴昊策划，香港浸会大学举办了"第一届国际华语电影学术研讨会"。1998年5月，第二届海峡两岸暨香港电影发展与文化变迁研讨会在台北举行，有张颐武、贾磊磊等五位内地学者参加。2000年，"第二届国际华语电影学术研讨会"再次在香港浸会大学召开，来自海峡两岸与香港的学者已经告别初涉"华语电影"议题时的青涩，真正开始心平气和地以"华语电影"构筑的平台展开对话与讨论。至此，"华语电影"成为审视"中国电影"新思维的理论焦点，其中彭吉象、黄式宪、杨远婴等内地学者受邀与会并发表了主题演讲。

与台湾、香港地区学者举办"华语电影"学术研讨会相呼应，一系列以"华语电影"命名的书籍也开始面世。1996年，同时出现了两部以"华语电影"命名的著作，即台湾学者李天铎编著的《当代华语电影论述》③、郑树森主编的《文化批评与华语电影》④。1999年，叶月瑜、卓伯棠、吴昊合编的《三地传奇：华语电影二十年》也正式面世⑤。2001年，台湾学者刘现成主编的《拾掇散乱的光影——华语电影的历史、作者与文化再现》⑥ 公开出版，该书为第一、二届海峡两岸暨香港电影发展与文化变迁学术研讨会论文集。

2. "华语电影"在海外

20世纪80年代以前，中国电影并未受到西方学者更多关注，仅有柏格森、陈利、托洛普采夫等学者对中国电影进行了以描述和信息介绍为特点的研究，而非严格意义上的学术批评⑦。20世纪80年代中期以来，随着《黄土地》等中国

　　① 陈犀禾、刘宇清：《跨区（国）语境中的华语电影现象及其研究》，《文艺研究》2007年第1期。

　　② 陈犀禾、刘宇清：《跨区（国）语境中的华语电影现象及其研究》，《文艺研究》2007年第1期。

　　③ 李天铎编著：《当代华语电影论述》，台北：台北时报文化出版社1996年版。

　　④ 郑树森主编：《文化批评与华语电影》，台北：台北麦田出版股份有限公司1996年版。

　　⑤ 叶月瑜、卓伯棠、吴昊主编：《三地传奇：华语电影二十年》，北京：国家电影资料馆1999年版。

　　⑥ 刘现成主编：《拾掇散乱的光影——华语电影的历史、作者与文化再现》，台北：台北亚太图书出版社2001年版。

　　⑦ 张英进：《审视中国：从学科史的角度观察中国电影与文学研究》，南京：南京大学出版社2006年版，第4-6页。

大陆电影赢得世界声誉，中国电影开始受到西方电影界的广泛关注，同时也成为西方学术界的一个重要的话题，相关的电影研究专著和论文集陆续出现。

1991 年，裴开瑞（Chris Berry）再版了他在 1985 年主编的论文集《中国电影视角》（*Perspectives on Chinese Cinema*），对中国内地电影、台湾和香港电影做了专题研究。

1994 年，尼克·布朗、邱静美等人合编了《中国新电影：形式、身份、政治》（*New Chinese Cinemas：Forms，Identities，Politics*）论文集，尽管仍然沿袭"中国电影"的命名，但关注到海峡两岸与香港电影工业的差异性，并以复数的"中国电影"形式来指称这一现象。

由于学术视野的变化，"华语电影"概念由台湾旅美华人学者沿用，再经鲁晓鹏等人的理论发挥与批评实践，该命名的内涵与外延得到比较充分的扩容与界说，日渐显示出其内在的通约性与合法性。

1997 年，鲁晓鹏主编的《跨国华语电影：身份认同、国家、性别》（*Transnational Chinese Cinemas：Identity，Nationhood，Gender*）一书出版，他在导论中提出"跨国华语电影"（Transnational Chinse Cinemas）概念，将 1896 至 1996 一百年的中国电影史解读为"华语电影"在全球化背景下跨国制作与消费的发展史，较好地解决了海峡两岸与香港电影统一指称的问题，同时顺理成章地将这一命名的边界扩展到海外华人社群：

> 种种迹象表明，似乎只有在恰当的跨国语境中才能理解中国的民族电影。人们必须以复数的形式提及中国电影，并且在影像制作发展过程中把它称作跨国的[1]。华语电影（Chinese Cinema）所指涉的历史和地理范围非常之广，它包括中国大陆、台湾、香港并且在某种程度上还包括海外华人社区。

经历了几年的理论思考和批评实践之后，2005 年，鲁晓鹏改用"华语电影"（Chinese-language Cinema）概念，不再笼统地以此泛指"中国电影"，而是从语言与文化角度重新界说。他在与叶月瑜合著的《绘制华语电影的地图》一文中，就"华语电影"这一概念进行了翔实的论述，拓展并确定了这一概念的基本内涵：

> 华语电影是一个更加具有涵盖性的范畴，包含了各种与华语相关的本土的、民族的、地区的、跨国的、离散的（Diasporic）和全球性的电影[2]。

---

① SHELDON H LU. Transnational chinese cinemas：identity, nationhood, gender, Honolulu, HI：University of Hawaii Press, 1997, p. 3, p. 1.

② 鲁晓鹏、叶月瑜：《绘制华语电影的地图》，《艺术评论》2009 年第 7 期。

为了与"中国电影"的英文表述相区别,作者强调电影所使用的语言为中文,着重从语言层面探析影片背后的身份政治和文化意蕴等,比如他们在该文中通过对"华语电影"中方言现象的研究,看到了一种分裂性或者碎片化的民族认同。总而言之,鲁晓鹏关于"华语电影"的诠释,尽管得到了相当一部分海外学者的认同,但同时引发了命名合理性的争论与研讨。张英进对鲁晓鹏关于"跨国华语电影"研究提出了不同的见解,指出中国电影的"比较研究"更具合理性与可行性:"(比较电影研究)更确切地抓住了电影的多重方向性,即电影同时呈现为外向型(跨国性、全球化)、内向型(文化传统和审美习惯)、后向型(历史和记忆)和侧向型(跨媒体的实践和跨学科研究)。"[1]

华裔学者史书美使用了一个更新的概念——"Sinophone Cinema"(华语语系电影)。"Sinophone"一词的使用是要将中国内地排除在外,以对抗所谓的"中国中心主义",因此这一新概念带有很强的意识形态色彩[2]。

值得指出的是,东南亚学术界也使用"华语电影"概念并提供了自己的看法。如马来西亚学者扎克尔·侯赛因·拉朱(Zakir Hossain Raju)曾根据马来西亚电影的现状,同时受到"马华文学"概念的启发,提出"马华电影"概念,试图阐明"将马来西亚的华语电影定位于各种未完成的、冲突的、从国族性到跨国性的语境"[3] 之特性。

3. "华语电影"在内地

当台湾学者提出并使用"华语电影"这一概念之时,中国内地不少学者同样意识到海峡两岸与香港电影指称上存在的问题,原有的"中国大陆电影""香港电影""台湾电影"的说法不利于在文化与语言上具有同根同源特性的海峡两岸与香港电影的研究和交流。如何更合理地指称相关的电影现象,不少学者开始提出自己的看法。

早在1995年,罗艺军提出"大中华电影文化"的概念,他指出,香港片的娱乐性在东方引领风骚,市场扩及海外;台湾电影继承"诗缘情"的文化传统,抒发中国的人伦之情上曲尽其妙;大陆电影倾向"诗言志",以人文深度见胜。如果大陆、台湾、香港各擅其长,相互协作,就会构成一个多元、多样、绚丽多姿的大中华电影文化。[4]

"大中华电影文化"概念实际上仍然存在盲区,如未能将新加坡、马来西亚等海外华语社群的相关电影囊括其中。毋庸置疑,"大中华电影文化"与先前李

---

① 张英进:《中国电影比较研究的新视野》,《文艺研究》2007年第8期。

② 李凤亮:《"跨国华语电影"研究的新视野——鲁晓鹏访谈录》,《电影艺术》2008年第5期。

③ 扎克尔·侯赛因·拉朱:《马来西亚华人的电影想象:作为一种跨国华语电影的"马华电影"》,《艺术评论》2009年第8期。

④ 罗艺军:《中国电影与中国文化》,北京:北京广播学院出版社1995年版,第66页。

天铎等台湾学者提出的"华语电影"有着异曲同工之妙，试图在语言/文化坐标系中描绘出更具包容性的电影版图和学术研究空间。

1996 年，寇立光在《调准焦距拍回归——香港华语电影一瞥》一文中使用了"华语电影"概念，这是笔者在中国学术期刊全文数据库中发现的中国大陆电影研究者最早使用这一概念的文献。该文谈到香港华语片的特点时认为："大部分香港华语电影，由于受地域及社会政治经济等诸多因素的影响，缺乏国家感、民族感和历史感，仅停留在一种虚拟空间的基础上。那种无根的文化感每每在银幕上出现，它远离社会现实，逃避社会本质问题，一味地追求技巧的花哨，只是招来一时的票房，影片缺乏深刻的思想内涵、文化内核、人生价值。""香港华语电影不仅是中国电影的重要组成部分，也是祖国母体电影文化的一种延伸、补充和拓展。"① 据此推论，作者使用的"华语电影"概念外延要比"中国电影"大，只不过作者没有注意到"华语电影"概念的边界问题。

进入 21 世纪，中国大陆电影、香港电影、台湾电影在融资、制作、发行等方面的合作日益紧密，海峡两岸与香港学术交流日益频繁，海外华人学者的相关理论著作得到了引进与译介。加之媒体广泛使用"华语电影"的说法，内地学术界对"华语电影"概念的使用表现出一定的热情，但学术研讨还是相当谨慎。

2000 年，杨远婴主编的《华语电影十导演》成为中国内地学术圈首部以"华语电影"命名的批评文集，从"华语电影"概念这一视角出发，评析涵盖中国大陆、台港等地的十位知名导演，包括张艺谋、徐克、侯孝贤等②。在注重"华语电影"概念整体性的同时，杨远婴还强调了其内涵构成的差异性，认为"华语电影"并非是铁板一块的文化工业与文化实体："大陆、香港、台湾的电影作品各有一份和本土意识形态息息相通的思想和艺术过程，而这一过程因其兀自独立的运行，而呈现出外形与内核都互不相同的特征。"有鉴于此，她认为"华语电影不是一个笼而统之的概念，在其地域文化间充满差异和区别"③。

同年，彭吉象也使用了"华语电影"这个概念，其发表的《跨文化交流中华语电影的历史与未来》一文分析了 20 世纪 80 年代海峡两岸与香港电影在文化特征上的共性，即传统与现代的碰撞、主体意识的张扬、电影语言的创新等，指出这些电影经验对"华语电影"将来的发展有三大启示，即艺术性与娱乐性的统一、民族性与国际性的统一、多元化与个性化的统一④。他从文化统一性的视

① 寇立光：《调准焦距拍回归——香港华语电影一瞥》，《华人时刊》1996 年第 9 期。
② 杨远婴主编：《华语电影十导演》，杭州：浙江摄影出版社 2000 年版。
③ 杨远婴：《世纪末回眸华语电影》，参见网络资料 1999 年 11 月 28 日，http：//news. sina. com. cn/comment/1999 - 11 -28/35993. html，2010. 4. 20。
④ 彭吉象：《跨文化交流中华语电影的历史与未来》，《北京大学学报》（哲学社会科学版）2000 年第 4 期。本文系作者 2000 年 4 月赴香港参加"第二届国际华语电影学术研讨会"宣读的论文。

角来审视海峡两岸与香港电影的历史与未来，且较为系统地论述了"华语电影"的内涵，这在国内尚属首次。

是年，颜纯钧提出了与"华语电影"有关联的"大中国电影"一说。他将比较文学的思路引入电影研究当中，观照到中国大陆电影与港台电影的分化和互动，指出随着业界多领域、多维度合作的开展，海峡两岸与香港电影必将走向融合，形成某种电影统一体；并且，他已经感到再用传统的"中国电影"已经无力指称这种电影格局。"海峡两岸与香港在电影特性上的不同以及近年来逐渐形成的大中国电影的格局，在分化和互动中展开为内部的丰富性，呈现出发展的整体趋势。"① 在中国内地"华语电影"意识觉醒的路途上，颜纯钧以自己的相关研究做出了贡献，尽管他还缺乏从语言的角度整合这一电影格局的意识。

2001 年，黄式宪试图用"华人电影"概念统摄海峡两岸与香港乃至全球华人地区的电影格局，将这一概念定义为："从全球视野观之，所谓华人电影，不妨借用奥运会以'五环旗'比五大洲的象喻，指的是中国海峡两岸暨香港、澳门和海外华裔'五环'共存共荣的华人电影作品的总称，积世纪之耕耘，华人电影总数达万余部，其中包括国语、粤语、客家语、闽语（台语）、潮语以及少量英语等语种。"② 他舍弃了语言文化同质这一标准，以种族圈定电影格局版图，明确将海外华裔社群的电影制作囊括进来，企图为这一概念找到更精准的表述。实际上，这样的界定同样难免存在硬伤，即"华族"所摄制的"非华语"电影与中国电影在文化旨趣方面相去甚远，忽略语言与身份上的同一性，仅仅以族群作为命名的基础，无疑会造成更多的困扰。如北美电影人王颖创制了一系列植根于西语文化圈的"西式"电影作品。七年之后，黄式宪大概意识到相关问题，又从"华人电影"概念回到"华语电影"界说③。尹鸿也曾使用过"华人电影"的说法。"越来越多的国籍不明、身份复杂的电影出现在中国的电影市场上。民族电影、国产电影、中国电影的概念都正在让位于一个定义更加模糊的华语电影甚至非华语的华人电影。"④ 尽管如此，他自己后来还是放弃了"华人电影"概念，频频使用起"华语电影"概念来。究其根由，"华语电影"的理论合法性的确比"华人电影"充实，其概括性和号召力优于"华人电影"的说法。

周斌在 2004 年发表的论文《华语电影：在互渗互补互促中拓展》，是 21 世纪以来内地将"华语电影"概念的内涵与外延探讨得较为透彻的一篇文章。该文为华语电影下了一个相对严密的定义："顾名思义，华语电影即包括中国大陆、

---

① 颜纯钧主编：《文化的交响：中国电影比较研究》，北京：中国电影出版社 2000 年版，第 181 页。
② 黄式宪：《华人电影：跨界的历史性荣耀与文化苦涩》，《电影艺术》2001 年第 1 期。
③ 黄式宪：《华语电影：世纪性文化整合及其当下的现代性抉择——兼论 21 世纪初全球化与本土化之抗衡及其必然的历史走势》，《上海大学学报》（社会科学版）2008 年第 6 期。
④ 尹鸿编著：《跨越百年：全球化背景下的中国电影》，北京：清华大学出版社 2007 年版，第 66 页。

香港、台湾及其他地区以华语为母语创作拍摄的电影。"① 该文廓清了"华语电影"的外延，它不仅包括海峡两岸与香港电影发展的地理格局，而且指涉海外华人社群以华语创作拍摄的电影，指出"华语电影已有近百年的历史，并在发展演变的过程中形成了自己的传统"。这一论说与鲁晓鹏等人对"华语电影"的认知达成一致。

陈犀禾、刘宇清两人在总结前人研究的基础上，发表了系列文章论述"华语电影"命名的相关问题②。尽管其表述的细微处也有不一致的地方，但"华语电影"的概念似乎已经被广为接受和运用，其通约性更加明确。

除了学者个体研讨外，学术会议上"华语电影"概念仍然是争论的焦点，内地的多次电影会议都是如此。2008 年 6 月，由南京大学与美国布朗大学合作举办的"聚焦女性：性别与华语电影"国际学术研讨会，成为内地首个吃螃蟹者。随即，上海大学影视学院与《电影艺术》杂志社联合在上海主办了"全球化、地域性与跨地域性：华语电影的文化、美学与工业"国际学术研讨会。2009 年 6 月，"全球化时代的华语电影与国族叙述"国际学术研讨会在北京大学举办。2010 年 6 月，"世界华语电影：诗学·文化·产业"国际学术研讨会在暨南大学召开，对华语电影的相关命题进行深入讨论。有趣的是，与会专家学者围绕"华语电影"的命名问题展开了热烈的讨论，而在认知上依然存在着较大的分歧。

二、电影史视野中的"华语电影"

"华语电影"概念所指涉的不仅仅是一种理论概括和辨析，还是面对电影的历史与现实所凸显的一种思维方式和文化观念。伴随全球化文化工业浪潮的影响，海峡两岸与香港乃至于跨国、跨地域电影产业的运作（尤其是大片生产）成为主流，电影产业的互相渗透、互相影响、互相融合成为现实。"华语电影"命名的通约性与合法性也在这一层面显现出来：以全球性眼光，在宏观意义上整合华语电影，对跨国、跨地域的电影艺术与产业形态进行观照和批评，这无疑是必要的，也是可行的。

1. 台港电影史写作中的"华语电影"

自 1978 年端午节前后引进香港凤凰公司 1973 年出品的《屈原》、1986 年 10 月首次公映台湾影片《汪洋中的一条船》开始，内地与港台电影之间的交流日益频繁，内地学者对港台电影的了解与认识逐渐增多。侯孝贤、杨德昌等电影作

---

① 周斌：《华语电影：在互渗互补互促中拓展》，《复旦学报》（社会科学版）2004 年第 4 期。

② 如《全球化语境下的中国电影研究——中国电影研究趋势的几点思考》，《上海大学学报》（社会科学版）2005 年第 5 期；《跨区（国）语境中的华语电影现象及其研究》，《文艺研究》2007 年第 1 期；《华语电影新格局中的香港电影——兼对后殖民理论的重新思考》，《文艺研究》2007 年第 11 期等。

品在国际影坛崭露头角，同时在大陆观众中也产生了一定影响。加之学术领域意识形态色彩的淡化，内地学者对港台电影史的关注与写作兴趣不断增强，港台电影史作为一种区域史开始受到重视，并相继出版了一系列专著。

内地较早将台湾电影纳入电影史写作框架的是张锐鹏，1987年他在《电影评介》杂志连续发表名为"台湾电影史拾零"的文章，尽管论述欠深入，但在文献资料匮乏的情况下，能较为翔实地介绍台湾电影的历史，已属难得。1988年，中国电影出版社推出陈飞宝编著的《台湾电影史话》①，该书资料相对翔实，但论述过程中过于凸显感性观影经验，学理分析不足。

内地学者专论香港电影史的著作直到2000年才推出，为蔡洪声、宋家玲、刘桂清主编的《香港电影80年》②。该书就香港电影的各个方面进行解读与论析，有题材论、类型论、作者论等，基本上是已在期刊上发表过的论文。其中不乏新意和深度，如陈墨的《香港武侠电影的发展与衍变》，在分析大量文本的基础上，对武侠片这一类型的历史进行了清晰的梳理，且具有一定的理论高度。

在2005年中国电影百年之际，随着海峡两岸与香港电影人在产业领域更为紧密的合作，以及学者之间更为频繁的学术交流，内地学者对港台电影专门史的书写兴致高涨，推出了一些专论专著。如赵卫防的《香港电影史（1897—2006）》③、孙慰川的《当代台湾电影（1949—2007）》④、宋子文的《台湾电影三十年》⑤、周承人、李以庄合著的《早期香港电影史：1897—1945》⑥、周斌主编的《不一样的景观——港台电影研究》⑦、许乐的《香港电影的文化历程（1958—2007）》⑧ 等。其中史料较全面的有《香港电影史（1897—2006）》和《当代台湾电影（1949—2007）》，前者以44万余字的篇幅翔实交代了香港电影的绵延历程，展示了香港各个时期的电影艺术特征与产业成就。该书运用文化理论、后现代主义理论、类型理论、变异论、作者论及模型分析等知识框架，阐释了香港电影的演变轨迹与独特风貌。后者作为博士学位论文，全面回顾了台湾电影1949年以来的发展史，从中概括出善与恶的二元对立、城乡文明差异、殖民经验与身份认同、人的异化与主体的死亡等六大叙事主题，并对李行、胡金铨、侯孝贤、杨德昌、李安、蔡明亮等十四位重要的电影人进行了系统的评析，条理清晰、观点独到。

---

① 陈飞宝编著：《台湾电影史话》，北京：中国电影出版社1988年版。
② 蔡洪声、宋家玲、刘桂清主编：《香港电影80年》，北京：北京广播学院出版社2000年版。
③ 赵卫防：《香港电影史（1897—2006）》，北京：中国广播电视出版社2007年版。
④ 孙慰川：《当代台湾电影（1949—2007）》，北京：中国广播电视出版社2008年版。
⑤ 宋子文：《台湾电影三十年》，上海：复旦大学出版社2006年版。
⑥ 周承人、李以庄：《早期香港电影史：1897—1945》，上海：上海人民出版社2009年版。
⑦ 周斌主编：《不一样的景观——港台电影研究》，北京：中国人民大学出版社2009年版。
⑧ 许乐：《香港电影的文化历程（1958—2007）》，北京：中国电影出版社2009年版。

随着尘封资料的发掘，海峡两岸与香港电影业界和学界同仁的沟通与合作，以及对新的电影美学与文化理论等前沿知识的熟练掌握，港台电影史的线条勾勒会更加细密，主脉描述会更加完善，理论阐释会更加精妙，而这正反映了"华语电影"观念主导下的学术轨迹的延展。

2. "中国电影史"写作中的"华语电影"

"华语电影史既是华语电影研究的起点，也是华语电影研究的归宿。"① 与内地学者对港台电影史浓厚的撰写兴趣相比，将港台电影的发展纳入整个大中国电影史的写作框架中，并从电影发展的基本史实与内在逻辑出发去努力整合各区域电影史，更能说明"华语电影"概念的价值及合法性。

由于大陆与台湾、香港政治版图的分离，1978年之前的各地电影史著述往往采取对立的视角与逻辑，甚至随着港澳回归及与台湾"三通"的逐步实现，海峡两岸与香港的政治经济阻隔有所变化，但意识形态的阴影始终不散。

在大陆电影学界的电影史写作中，台湾与香港电影发展状况总是作为附录章节出现。随着内地学者对港台电影的了解逐步增多趋深，这样的附加章节的内容也渐渐丰满起来，但"中国电影史"传统的写作路数并没有彻底改观，现在依然有学者采取这种"大陆主体内容＋港台附加部分"的写作框架。李少白主编的《中国电影史》②，列出"第十一章香港电影"和"第十二章台湾电影"两章，作为大陆电影发展史主体的补充与陪衬。丁亚平撰述的《影像时代——中国电影简史》③，仅仅在该书第八章"电影造就的对话"中简单提及香港电影与内地电影合作共荣的景象，而香港电影的历史面貌以及台湾电影的发展历程，文中均未涉及。

较早打破传统中国电影史分隔性写作路数的学者为陈墨，他将大陆电影、香港电影与台湾电影作为整体，以独特的观察视角重新组合编排体例，其2000年由中国经济出版社出版的《百年电影闪回》一书，将一年以来的电影史杂糅在一起，把百年中国电影发展史划分为九个阶段，其中1949年之后的分期是：1949—1959，从分化到成型；1960—1977，从健康到疾病；1978—1988，从新时期到新浪潮；1989—1999，从后新时期到后代。这种分期给人耳目一新之感。该书的不足之处在于偏重个案回闪与信息传达，忽视史论归纳，内容流于简单，系统性与理论性也有待于进一步加强。

2005年出版的李道新著的《中国电影文化史（1905—2004）》，有意将海峡两岸与香港作为整体论述："一种以一百年（1905—2005）中国电影发展历程为观照对象，深入阐发中国电影精神走向及其文化蕴涵，并整合中国内地、台湾和

①　刘宇清：《中国电影的历史审思与当下观察》，北京：中国传媒大学出版社2009年版，第137页。
②　李少白：《中国电影史》，北京：高等教育出版社2006年版。
③　丁亚平：《影像时代——中国电影简史》，北京：中国广播电视出版社2008年版。

香港两岸三地中国电影面貌的中国电影文化史，正在影坛和学界的殷切期待之中。"① 该书资料丰富，理论功底扎实，在观念的推进上有重要的意义。李道新在文化学的视野下检视海峡两岸与香港的电影发展格局，指出电影共同受到中华文化的滋润，共同完成民族想象，乃至共同构成集体记忆：

> 走向中国电影文化史，是一百年来中国电影发展的内在需求。迄今为止，中国电影以其特有的题材、类型和风格，在银幕上展现着中国人的生活与情感，想象着中国与世界的关系，呼唤和创造着自己的观众群体并为 20 世纪以来的中国观众所呼唤和创造，成为一个世纪中国大众的梦幻投射与集体记忆；同样，一百年来的中国电影，还以其区别于欧美电影和第三世界各国电影的鲜明的民族特性，不断引发域外观众的好奇和好评，成为中华民族自我意识及其身份认同的绝佳载体。以见证并张扬民族精神及其人伦理想为职志的中国电影文化史，是记录中国电影的严肃姿态，是持存民族文化的有效方式②。

在"走向电影文化史"的观念下，作者有意突破以往电影史描述上的分裂状况，将中国电影史进行了新的分期：早年的道德图景（1905—1932）、乱世的民族影像（1932—1949）、分立的家国梦想（1949—1979）、整合的文化阐释（1979—2004）四个阶段，彻底地将台湾电影、香港电影这两大块因政治隔阂而分离的内容，整合进中国电影史的历史框架中，着重论述海峡两岸与香港的电影业界与学界交流情况。尽管他本人对"华语电影"概念不以为意，但实际写作中不再摇摆于逻辑分裂的痛苦，而是有明确的整合意识和学术指向。

港台电影学界也有学者努力在研究与教学层面，倡导"华语电影史"的整合。2003 年，台湾辅仁大学开设了一门"当代华语电影"课程，分三个部分，即"台湾电影""香港电影""中国大陆电影"，分述当代"华语电影"发展史，选取侯孝贤、杨德昌、王家卫、关锦鹏、张艺谋、陈凯歌、姜文等代表海峡两岸与香港电影最高成就的导演进行分析讨论。

三、文化认同的逻辑选择

关于"华语"的定义，笔者认同这样的界说：

> 可简单地定义为"华人的共同语"，或更复杂地定义为"接受汉语为母语的

---

① 李道新：《中国电影文化史（1905—2004）》，北京：北京大学出版社 2005 年版，第 7 页。
② 李道新：《中国电影文化史（1905—2004）》，北京：北京大学出版社 2005 年版，第 7 页。

中国人及不具备中国人身份但以汉语为母语的中国人后裔的共同语，其语音以中国大陆普通话或台湾国语为标准，其书写文字以简体或繁体汉字为标准"①。

通过确定指称对象的统一性称谓，可以打破同一语言类型的分裂性指称，消除人为的制约因素，便于全球各地域华人之间的对话、交流与文化认同，提速"华语"跨国、跨区域的传播与推广，从而以一种更宽广的平台"推销"中华文化，增强其辐射力与影响力。

从社会语言学的视角出发，以"华语"修饰海峡两岸与香港及海外华语跨国资本运作的电影，日益具有整合倾向与涵盖能力，进而打破纯粹地理/政治视野下的人为分割，无疑具有历史意义与现实意义。虽然现在"华语电影"所使用的频度仍低于"中国电影"，但随着海峡两岸与香港电影以及海外华语电影研究的沟通与交流，"华语电影"命名的逻辑性更加合理。

在社会语言层面，由于"华语"具有巨大的统摄功效，其以定语的身份在大众文化生产、传播与消费流域得到一致认同，如常见的华语乐坛、华语音乐、华语歌手、华语乐队、华语榜、华语金曲、华语媒体、华语节目、华语电视剧、华语频道、华语明星、华语产品、华语经典等。《南方都市报》于 2001 年开始主办的"华语电影传媒大奖"，至今已连续十届，这是针对内地、香港、台湾以及跨国资本运作的华语公映片评选的电影奖项。通过特殊事件的媒体化，"华语电影"概念的使用更加广泛。平面媒体与电子媒体关于电影的报道，几乎都在使用"华语电影"一词，媒介的力量加速了概念的通约性。

经过中国内地、台湾和香港地区、海外华人学者的学理观照与批评实践，以及电影史的写作操练，加之媒体的广泛采用与传播，"华语电影"概念的本体意义已经渐趋明晰，无论在学术界、电影界或是大众传媒领域，其内涵与外延已约定俗成。据笔者在中国学术期刊全文数据库搜索并粗略统计，2000 至 2001 年间，全国公开发表的文章中仅有两篇冠以"华语电影"字样；而在 2008 至 2009 年间，数量已经达到 72 篇，且不包括大量报纸、通俗杂志、网络等大众媒体的文章与资料。相关官方部门也开始使用"华语电影"的用法。2003 年 10 月 21 日国家广播电影电视总局电影事业管理局在颁布《关于加强内地与香港电影业合作、管理的实施细则》时首次使用"华语电影"概念："香港拍摄的华语影片是根据香港特别行政区有关条例设立或建立的制片单位所拍摄的，拥有 75% 以上影片著作权的华语影片。该影片主要工组人员组别中香港居民应占组别整体员工数的 50% 以上。"② 另外，国家广电总局等部门官员也常在不同场合以"华语电

---

① 张从兴：《华人、华语的定义问题》，《语文建设通讯》（香港）2003 年第 74 期。

② 中国电影年鉴社编：《中国电影年鉴 2004》，北京：中国电影年鉴社 2004 年版，第 19 页。

影"概念来指称海峡两岸与香港的电影格局，承认"华语电影是一个整体的电影力量，是不可分割的电影力量"①。更多的迹象表明，在政府政策的规范与话语表述中，"华语电影"概念已经渐渐褪去暗含的意识形态色彩，更多地指向某种语言空间与文化意义上的电影产业格局。

海内外学者对"华语电影"的认识虽有分歧，但大都倾向于悬置地理分离与政治隔阂，从语言/文化的视角切入对电影现象的认知与命名，这已经成为华人学者的共识。另一方面，作为定语的"华语"以及"华语电影"的孕生，蕴含着整合性思维和广阔的学术视野，促成了新的学术景观的生成。在全球化背景下，地域距离限制越来越缩小，国家政治藩篱越来越矮化，语言阻断与文化隔膜越来越微弱，族裔散居与"地球公民"的跨国界、跨文化、跨种族流动成为现代社会的一个常态图景。这种图景对现代民族国家的单一性组合形式与同质化认同样式提出了巨大挑战。如周宪所说："全球化的时空压缩和混杂化，动摇了传统文化中本地空间场所认同建构功能的衰落。一般来说，特定空间的稳定性和同质性对于维护认同会起到关键作用；而全球化导致的空间流动性和混杂性，使得传统空间场所的认同建构功能变得不确定和多样化了。"② 在此情势下，以国家为主体的民族国家的建构样式不再是个体身份认同的唯一途径，以往的国家认同的想象与论述受到质疑和拆解，更多的选择浮出地表。而文化认同，即语言/文化上的归根与趋同意识，无疑具有巨大的召唤性。"语言是民族共同体最为核心的象征符号，同一种语言既把一些人凝聚为一个共同体，又把自己与操其他语言的人分离开来。对每个人来说，母语乃是家园感和文化认同的根源性因素之一。"③

超越地理限制与民族国家藩篱的"华语电影"命名，契合了全球化背景下各地域华人剥离单一民族国家身份的建构意图，寄托了民族归思与文化认同的基本思路。同时，这一思路同样能够解释一系列以整合为旨趣的学术事件的兴起④，而这些事件所组合的文化语境又直接催生了以族裔为内核的"华语电影"。"这个从语言/文化角度提出的概念具有强烈的整合性、广泛的包容性，不论是民族的、跨国的、国际的，还是跨地域的，大陆的、香港的、台湾的，都可以整合到华语电影的旗帜下。这些都在无形中契合了全球化背景下重新界定中华文化的

---

① 2008 年 8 月 5 日，中国国家广电总局电影局副局长张宏森在北京国际新闻中心接受媒体集体采访时表示："华语电影是一个整体的电影力量，是不可分割的电影力量"，并指出"希望内地与台湾通过更加密集的交流、合作，推动华语电影取得更大的发展"。参见《国家广电总局官员希望两岸合作推动华语电影发展》，http://news.163.com/08/0805/19/4IJVUSIQ000120GU.html，2009 年 12 月 20 日。

② 周宪主编：《中国文学与文化的认同》，北京：北京大学出版社 2008 年版，第 25 页。

③ 周宪主编：《中国文学与文化的认同》，北京：北京大学出版社 2008 年版，第 27 页。

④ 如"文化中国"与"中华性"等文化命题的提出，"世界华文文学"或者"汉语新文学"的相关命名及研究。陈犀禾、刘宇清：《全球化语境下的中国电影研究——中国电影研究趋势的几点思考》，《上海大学学报》（社会科学版）2005 年第 9 期。

疆界，完成中华文化的主体性建构的民族主义诉求。"

　　"华语电影"超越了地理分隔与政治歧见，深化了文化向心力的表达，因此成为海内外批评家与业界人士渴望对话与认同的便捷通道与稳固平台。命名已经形成，运用更加广泛，争论永无休止。诚如有学者所说的那样："构建一个包括香港和台湾电影史在内的宏大中国电影史史学体系，应该是中国内地、香港和台湾电影学者的共同愿景，无论如何，宏大中国电影史的愿景正趋于实现当中。"①随着海峡两岸与香港及海外学者交流的深入，"华语电影"命名也许是较好的选择，其通约性和合法性在研讨中延展。

【原载于《文艺研究》2011 年第 2 期】

---

① 赵卫防：《港台电影研究：中国电影史研究的瓶颈》，《当代电影》2009 年第 4 期。

第二辑
创作理论与文化研究

流行文艺与主流价值观关系初议

蒋述卓

随着中国工业化、市场化、城市化进程的快速发展，也随着媒介科技化的高速发展，中国的文艺生产与消费也步入了"高铁时代"。文艺领域中雅与俗的界限愈来愈模糊，"它不仅是中国当代文化的独特现象"，而且是"全球化语境下一种具有普遍性的文化景观"①。雅与俗的相通与融合呈不可逆之势，并逐渐为消费者接受，成为"文化大餐"中的"美味佳肴"。最典型的例子莫过于2012年中央电视台制作的春节联欢晚会了。在这次晚会上，中国顶尖歌手宋祖英与国外大牌歌手席琳·迪翁搭档用流行手法演绎了中国民歌经典《茉莉花》，郎朗与侯宏澜联袂演出了钢琴与芭蕾合作的艺术品《指尖与足尖》，等等。中国社会自从进入21世纪这十余年来，流行文艺承接20世纪90年代以来的发展脉络，正呈泛漫之势，并逐渐填充着大众文化消费与文化想象的空间，它们看起来好像是在主流文化的边缘上跌跌撞撞，实际上却在与主流文艺和主流价值观的摩擦与互动中不断扩大着自己的地盘。这背后究竟有什么文化原因？对流行文艺的价值观到底怎么评价？流行文艺与主流价值观真的存在巨大鸿沟吗？本文就试图对流行文艺与主流价值观的关系作初步的探讨。

一

我这里用"流行文艺"而未用常见的"大众文化"一词，是想将文章的讨论面缩小一下。流行文艺实际上是大众文化的一部分，用它可以将如花园广场、购物中心、游乐场等大众文化现象排除在外，而只讨论以文学艺术面貌出现的文化现象，如青春文学（韩寒、郭敬明、张悦然、落落的文学）、网络文学中的流行创作样式（如悬疑小说、穿越小说、耽美文学等）、流行歌曲、流行电影和电视作品（如《失恋33天》《步步惊心》等）、电视娱乐节目（如《星光大道》

---

① 朱立元：《雅俗界限趋于模糊——90年代全球化语境中的中国审美文化之审视》，《常德师范学院学报》2000年第6期。其实，雅俗界限差别不那么明显的观点很早就见于西方的大众文化理论当中，如约翰·斯道雷的《文化理论与通俗文化导论》、多米尼克·斯特里纳蒂的《通俗文化理论导论》、阿兰·斯威的《大众文化的神话》等。

《中国好声音》等）、时尚杂志（如《瑞丽》等）。如果硬要给出一个定义，我以为可这样去界定：流行文艺是指受人民普遍喜欢和热烈追随并带有某种商业性、时尚性、娱乐性的文艺样式和文艺现象。流行文艺的特性也由此而呈现，那就是大众性、商业性、娱乐性、追随性以及高技术性，其中娱乐性是主体，制造粉丝是其商业模式，充分利用高科技如互联网、以声光电技术为主的大众传媒以及信息通信技术等是其成功运作的重要手段。

流行文艺的存在已不可回避，而且它还无孔不入、无处不在，极大地影响着人们的日常生活，影响着人们的生活方式、思维方式和价值观念。在文艺愈来愈被人们当作消费品与娱乐品的时代，流行文艺所提供的文本却让人们感觉到逐渐变得眼盲与脑残，并心甘情愿地接受其在生活与行为方式上的指导；但同时它也给大众带来愉快与意义。流行文艺的制作更多是由文化工业过程来决定，也更多是根据消费者的反馈去调整。流行文艺所创造出来的文艺新内容、新样式以及冒出来的新词汇与新观念引起了热烈的争议，对其中包含的价值观也存在着反差很大的评价，有的甚至是陷于冰火两重天的境地。

究竟如何看待流行文艺中的价值观？它与主流价值观存在多大的差距呢？

二

这里涉及到底什么是主流价值观的问题了。有的人认为在我国现在是价值观混乱，根本不存在什么主流价值观；有的人则认为当前的主流文化就是大众文化，主流价值观就是大众文化所表现出来的价值观等。但我认为，从当前中国的文化现实所表现出来的状况看，无论是主流价值观还是国家所提倡的价值观，它是具有强烈的意识形态性的，是一种具有价值导向的文化理念，它体现的还是国家与民族的意志，如党的十八大报告中所倡导的社会主义核心价值观就是主流价值观的集中体现。简言之，社会主义核心价值观从三个层面上体现为二十四个字，即倡导：富强、民主、文明、和谐（国家层面），自由、平等、公正、法制（制度层面），爱国、敬业、诚信、友善（公民层面）①。应该说，这种主流价值观的导向是符合人民大众的价值追求和内心愿望的。这些价值观并不是悬在空中的口号，而在于大众个体的积极实践，以求得国家意志与大众意愿的统一。

从当前社会文化发展的状况看，大众文化包括流行文艺与政府倡导的社会主义核心价值观还存在一定的差距，有时甚至会出现背离的个别现象，但我们并不能由此而以偏概全，抹杀大众文化在积极践行社会主义核心价值观即主流价值观

---

① 胡锦涛：《坚定不移沿着中国特色社会主义道路前进，为全面建成小康社会而奋斗——在中国共产党第十八次全国代表大会上的报告》，北京：人民出版社2012年版，第29页。

方面所作的努力。实际上，大众文化所体现出来的价值观追求与主流价值观并没有存在天然的鸿沟；相反，大众文化包括流行文艺在发展实践中还为主流价值观提供了积极的因素，并作为创新的内容逐步被主流价值观所接纳。流行文艺能为大众所喜欢与追随，总有它的理由，它们至少在以下几个方面做出了积极的努力，并为主流价值观提供了积极因素，还与主流价值观产生了互动的影响。

第一，坚持个体精神与感性领悟的表达方式。

回顾二十世纪八九十年代的文学发展历程，有着青春冲动的青年文学都是具有个性反叛精神的，如刘索拉的《你别无选择》、徐星的《无主题变奏》、崔健的《一无所有》、余华的《十八岁出远门》等，这种追求个体精神张扬的文学传统到了21世纪的青春文学中依然存在，而且走得更远。韩寒的出道，其实也是由纯文学杂志《萌芽》这一青年文学的摇篮培养出来的。但后来他与郭敬明、张悦然等的迅速崛起，却脱离了正统文学期刊的羁绊，踏上了商业性很强的流行文艺之路。正是这些青春文学（或称"80后作家现象"），强烈地表达出了校园青年在成长中的个性精神：孤独、忧伤、骚动以及对传统教育体制的反叛。他们对成长过程的反思并非没有价值，而是真实地反映出了这一代青年人对社会传统教育体制的看法、对新的人际关系的评价以及对自我价值如何实现的思考。也正因为如此，电视剧《还珠格格》中的小燕子形象才那么为他们所喜爱，小燕子那种具有叛逆、敢说敢爱敢恨的个性精神感染了他们。他们不像二十世纪五六十年代的中年人那样只是怀旧，而是在青春反思中前行。20世纪90年代是整个社会怀旧思潮盛行的年代，陈小奇、李海鹰等的歌曲《涛声依旧》《弯弯的月亮》、"老照片"系列图书的出版等浸透着怀旧的情绪，透露出新旧转型过程中淡淡的忧伤，那种时代的忧伤情绪也未必不对80后文学青年产生影响。当然，我们很难将中国的青春文学与美国赛林格的《麦田里的守望者》以及杰克·凯鲁亚克的《在路上》去相互比照，但我们也注意到80后的前辈们，如崔健、北岛、王朔、马原、余华等，分明都受到过赛林格与凯鲁亚克的影响[1]。这些文学界前辈的作品也未必不对80后文学青年产生影响。有文化学者兼批评家指出："在80后作品中，我们会发现一种青春自由的过度发挥，就是过分注重人物的率性而为，而缺少了反思与批判，甚至没有价值判断。"[2] 这种批评当然是道出了他们的缺陷并且是一剑封喉的。但仔细想一下，想指望80后的作者有多深刻的理性思考，有过重的反思与批判，这很难符合他们的身份。他们只凭自己的感觉行事，只凭自己的感悟去写作，他们多多少少有一种"我拿青春赌明天"的勇敢，

---

① 张闳：《"我就要走在老路上"——〈在路上〉的中国漫游记》，朱大可、张闳主编：《21世纪中国文化地图》（2007年卷），北京：商务印书馆2008年版，第116-120页。

② 陶东风：《青春文学、玄幻文学与盗墓文学——"80后写作"举要》，《中国政法大学学报》2008年第4期。

有一种"何不潇洒走一回"的豪爽。这与他们的前辈们经常思虑过多、犹豫行事是大不相同的。当20世纪50年代出生的人还在考虑要不要出远门时，他们已经唱着"快乐老家"，背着行囊，骑着或开着车"自由飞翔"了。"活出敢性"①不仅仅是韩寒一个人的价值追求，也成为80后一代青年的共同心声。

其实，青春文学也是有价值判断的，他们既有忧伤也有温情，既有彷徨也有励志，他们的爱情观总体上看还是健康的。他们当中既有卫慧与春树也有落落与周云蓬，《杜拉拉升职记》中有压抑也有进取，《失恋三十三天》则真实地记录了他们如何从困惑与困境中走出而获得心的自由和新的爱情的心路历程。谁能说周云蓬的《中国孩子》里的价值观不是以人为本的先行吟唱呢？他们中的很多人都是唱着《阳光总在风雨后》②扬起青春的激情踏上创业与打拼之路的。

当青春文学独树一帜可以单飞之时，他们也没有忘记与主流价值观相切近，郭敬明主编的《最小说》杂志，其宗旨就是这样去表达的："以青春小说为主，资讯娱乐以及年轻人心中的流行指标为辅，为青少年提供一个真正能展示年轻才华的原创文学平台，杂志将更注重对于年轻人才的多方位开发，年轻资源的累积和培养，展现真正是有中国文化精神的新青春文学，以积极、健康、时尚的青春文学品质奉献读者！"③

第二，寻求与主流文艺相接近的主题和内容，在与主旋律若即若离、若隐若现的表达中透露出对主流价值观以及传统文化的拥抱与热爱。

从2003年当年明月在网络上"用讲故事的方式说历史"发表他的《明朝那些事儿》开始，网络文学开始了以"草根"身份说史、说古典、说文化的新潮。紧随着的，则是网络文学的奇幻/玄幻小说以及"穿越小说"的出现，言情、悬疑、盗墓等文学现象也蜂拥而至，其中有影响力的作品如《鬼吹灯》《盗墓笔记》《藏地密码》《步步惊心》《梦回大清》等风靡网络并走红于出版界，并且一直影响到21世纪头十年的影视剧的改编与播出。在这些"梦回"或"清穿"的文艺生产中，传统显然表现出它的强大优势。或许这些作者在回避现实，但借传统而言说现实并透露出他们对治国理政的理想，多多少少也表达了他们对历史与现实的反思。他们无力去改变现实，于是寄托于历史来发泄他们的郁闷；他们无途径去出谋参政，于是就借拥抱传统来表达他们对"重塑人生""改变命运"以及"再造中国"的遐想。那些"重生"招牌的小说如《重生于康熙末年》《重生之贼行天下》《重生之大涅槃》等都表达出一种面向中国、面向世界的宏大叙事。

---

① "活出敢性"是韩寒在一则广告中的用语，但"敢性"一词在其《我所理解的生活》（浙江文艺出版社2012年版）中屡次提及。

② 歌曲《阳光总在风雨后》中有歌词"谁愿藏躲在避风的港口，宁有波涛汹涌的自由"，其间充满青春的勇敢与激情。与此类励志歌曲类似的还有《从头再来》《飞得更高》等。

③ 见郭敬明主编《最小说》"杂志动态"，《新浪读书》，网址：http://booksina.com.cn。

这种对传统的热爱之风，的确不是凭空而起的，其实在电影界早已为之，而且从大牌导演刮起。最早是由李安的《卧虎藏龙》获得奥斯卡奖为发端，引发了国内导演的武侠热、历史热、传统热，如《神话》《英雄》《无极》《刺秦》《赤壁》《画壁》《画皮》《关云长》等；继之而来的则是荧屏上的清宫戏泛滥，以至于造成"四爷太忙"的混乱；到最后，传统变成了一个幌子，只是编剧与导演在那自说自话而已。这种风气其实又与20世纪90年代以来一直劲吹"国学"之风不无关联。

再放大一点看，其实拥抱主流价值观以及传统文化最成功的是流行歌曲，它们借言说文化之名成功地将热爱中华文化、热爱祖国等主流价值观所提倡的东西毫无缝隙地对接并融合到了一起。从最早张明敏演唱《我的中国心》开始，这种对重大主题的拥抱就一直未断过。《中华民谣》《大中国》《我的名字叫中国》《红旗飘飘》《好大一棵树》《亚洲雄风》以及2012年春晚上的流行歌曲《中国范儿》与《中国美》等，此类型主题的歌曲一出再出，而且还可以流传开来。而在中国香港与台湾，则又有林夕、方文山与周杰伦的联手合作，刮起了"古典风""民族风"，打造了如《东风破》《发如雪》《青花瓷》等具有古典意象的歌曲作品，满足了大众对精致、华美、和谐的审美期待。内地的跟风则以推出了"凤凰传奇"和李玉刚的《新贵妃醉酒》达到最高标志。可以这么说，流行歌曲是所有文艺样式中最为主流文艺所宠爱的，是最能与主流价值观不谋而合并承担起构建主流价值观重任的一种文艺样式。它能堂而皇之地登上中央电视台这主流媒体的舞台尽情挥洒它的才华，并能为上上下下所接受，可谓风光无限。当然，流行歌曲中也有与主流价值观相悖却又能在暗地里行走而不被人发现的，它们宣扬的价值观显然是有违现有道德观的，如《香水有毒》《广岛之恋》等，不过因为它们形态小，唱者也不一定深究，也就被轻轻放过了。流行歌曲的"大"功自然将其"小"过掩盖掉了。

第三，在思想禁区的边缘试探并作微小的突破，给读者带来新观念和新生活方式的冲击。

20世纪90年代后期，日本的耽美文化流入中国。互联网兴起之后，耽美小说不断涌现，并逐渐形成了耽美圈。与这有关的电影《霸王别姬》《断背山》也逐渐为社会大众所接受。于是，耽美由日本的"唯美""浪漫"之义逐渐演化为中国的独特含义，即被引申为同性之间不涉及繁殖的恋爱感情。"耽美同人"的概念也便流行开来。耽美文学的出现，开始是在思想禁忌的边缘上试探，但慢慢发展则有了新的价值表达，即超越性别限制，超越生物的冲动，而旨在追求真情真爱。同时，它在一定程度上也提升了女性对自身身份的认同，在争取两性平等上有了新的价值评判。耽美作家吴迪曾自述过她的写作史，其中的创作心理与价值诉求也是很值得重视的①。

　　如今，在消费主义盛行与奢靡之风泛滥之际，网络上又流行开来一种"小清新"的流行文艺作品。虽说它们带有浓烈的小资味道，与主流价值观并不十分切合，但其清新的格调也给文坛带来另一种独特的风景，同时也是对过度消费主义的反叛。

　　从流行歌曲对爱情的表达与诉求看，其细微的变化也透露出价值观的悄然变迁。20 世纪 80 年代，流行歌曲对爱情的诉求还是总要与社会、与祖国联系在一起的，如《血染的风采》《十五的月亮》《月亮走我也走》等，其情感诉求的背后还隐含着一个"大我"。但在进入 20 世纪 90 年代之后，情歌则渐渐缩小到个人的范围，甚至表现为一种私密的语言，有的时候还表现出一种对游离于婚姻之外的第三种感情的容忍（如《心雨》一类）；有的又表现出对恋人分手或无法结合之后的大度（比如《分手后还是朋友》《只要你过得比我好》）；还有的则是表现为在失恋之后的自我疗伤、自我坚强（如《再回首》《梦一场》以及《好久不见》等），难怪很多年轻人还将此类情歌当作失恋后的精神慰藉，它们的确能起到抚平心灵创伤、帮助失恋者走出心理困境的作用。在这些情感的表达中多多少少体现出一种新的价值选择：宽容、理性地对待爱情和对恋人的尊重，以及无论分分合合一切为对方着想的情感付出。爱情至上，恋人至上，这在一定程度上也提升了社会文明的程度。虽然看起来流行歌曲每次都是一点点地在突破，但累积起来却成为推动社会文明向前发展的动力。自然，情歌中也有不健康的杂音与噪音，但与健康情绪的情歌比较起来，它们所占的比例还是很小的。

　　第四，叙事表达姿态上的平民化与艺术形式上的创新。它们与主流文艺形成了鲜明反差，推动了主流文艺放下身架并重视起叙事表达与形式创新的问题。

　　流行文艺最大的优势在于它的平民姿态，用通俗的话说就是非常接"地气"，它用老百姓的眼光去观察日常生活，用日常生活的语言去表达它的叙事，也用与老百姓一样平视的眼光去看事情，故能得到上上下下的喜爱。比如电视剧《蜗居》《媳妇的美好时代》等。再回顾一下，当年电视剧《还珠格格》热播的时候，也不过是将皇宫生活平民化，将皇帝凡人化而得到老百姓的热捧而已。我们经常会批评流行歌曲的口水化、直白化、浅薄化，但恰恰是流行歌曲的这一特点，让它插上了翅膀迅速地飞入大街小巷。从一定角度上说，流行文艺很有点"三贴近"（贴近生活、贴近实际、贴近群众）的味道。这一点，韩剧在中国的热播也多少给中国的流行文艺乃至主流文艺上了好好的一课。

　　至于艺术形式的创新，无疑又是流行文艺的另一大优势。穿越，看起来好像

---

　　①　吴迪：《一人耽美深似海——我的个人"耽美·同人"史》，广东省作家协会、广东网络文学院（筹）编：《网络文学评论》（第一辑），广州：花城出版社 2011 年版。

是这几年的创新，但细究起来，它不过是唐代传奇小说传统的继承与变异而已，如《南柯太守传》中的一枕黄粱故事就是典型的穿越。而且这种形式也不仅仅是中国人在玩，外国人玩得更多，电影《午夜巴黎》不是穿越得更离奇也更出彩吗？当然，在网络文学中大家都来玩穿越，于是就形成了一阵风，因为穿越更容易让作者表达他们的内心期待。艺术形式上的松绑与创新让网络写手平添了更加丰富更加自由的艺术想象。如网络小说《盗墓笔记》《鬼吹灯》等，说奇谈怪，悬念丛生，再加之在创作时就与读者产生互动，在艺术的形式表达上很能满足读者的阅读期待。为了迎合视觉文化时代读者的需要，现在的流行小说又采用文艺加动漫的方式出版，以新颖新奇而又饶有趣味的艺术形式吸引眼球，争取读者。

三

毋庸置疑，流行文艺也存在着诸多缺陷与弊端，比如低俗、粗糙、芜杂、思想性不纯正、艺术性不强等。但是，因为它们的流行性，在社会上形成了强大的影响，一时间人们倒弄不清到底它们是主流还是主流文艺是主流了。因此，如何促使主流文艺乃至主流价值观与流行文艺形成良性的互动关系，则是我们应着重去加以研究的了。

首先，主流文艺应给自己松绑，放下身段，努力去贴近大众的实际生活，接好"地气"。

主流文艺是以国家体制为主导、以舆论作引导的文艺，要给自己松绑，就是不要老带着体制和面具跳舞，要将主流价值观化为具体的、形象的、活生生的平民意识和平民生活形态。主流价值观包括主流文艺不能"生活在别处"，而应该回归平民大众的生活之中，否则再好再正确的舆论引导也会被神化并被束之高阁。我们现在的主流文艺似乎有一种通病，一接触到重大题材就概念先行，或主题先行，喜欢用一些大而空的语言去言说，给人留下的印象并不深刻，也不易让人记住。有时候，高雅的艺术降低身段，放平心态和姿态，反而更能为大众喜欢，而贯穿其中的主流价值观也就自然地走进大众的生活当中。比如2013年3月底在中国美术馆举行的"许鸿飞雕塑展"就解构了过去视雕塑艺术为高雅艺术的理念，建立起了一种新的平民化的雕塑语言。许鸿飞通过诙谐、幽默的"肥女"雕塑，表达出一种乡村与都市生活的日常叙事方式，洋溢着对幸福生活的享受，对劳动、健康、生命高度关注与热爱的温暖情怀。这种"接地气"的雕塑深受大众的喜爱，谁又能说从它们当中没有体会到主流舆论与价值观的引导呢？

其次，主流文艺要具备与流行文艺共生共荣的观念，除主动拥抱流行文艺之外，还要向流行文艺学习重视市场营销的经验，在争取更广泛的读者/观众方面迈出更大的步伐。从历史的经验来看，高雅文化要赢得大众，也必须得到市场的认可，市场认同会使高雅文化走得更远。如世界顶级男高音卢西安诺·帕瓦罗蒂录制了普契尼歌剧中的《今夜无人入睡》这首歌，在1990年他花了不少力气才使它成为英国流行音乐排行榜的首位。1991年他又在伦敦海德公园举行免费音乐会，参加人数达10万人以上。他之所以深受大众的欢迎，与他主动拥抱市场、拥抱大众相关，而他在商业上的成功并没有使他的演唱掉了价①。在中国，主流文艺也发生了很大的变化，中国作家协会开始吸纳流行文艺作家包括网络作家入会，"五个一工程"评奖也将图书出版的印数、戏剧演出的场次、电影放映的观众数制定为评奖准入的门槛，电影《建国大业》《建党大业》也开始走明星路线等等。如果从提升文化软实力、实现文化走出去的战略方面去考虑，流行文艺更易在外国人中产生沟通的效果，其次是民间艺术和高雅艺术，最后才是体现本国各阶层共有的主导价值观的主流艺术②。主流文艺如何吸收流行文艺在形式上创新、在市场中行走、在读者和观众中互动的经验，形成自己更有特色更有吸引力的艺术趣味，将会更有助于国家文化软实力的提升。我们也不妨学学韩国的经验，将电视剧作为国家工程的运作模式，将主流文化变成流行文化和时代的风尚，既能宣扬主流价值观又能赢得大众的喜爱和可观的经济效益，还可以走出国门并影响世界。

在流行文艺方面，我们也要充分意识到，如今的大众不再是被动的受众，而是有着抵抗性与挑战性的大众。文艺产品的丰富性就像一个大超市，大众有了更多的挑选自由。如果流行文艺只停留在玩技巧、重技术层面而不去强化思想深度和提升审美趣味的话，大众将会自动抵抗它的产品。在网络互动时代，大众评论的口水也会将艺术的次品淹死。当代的大众对文化含量高、创作精美的产品的需求在不断增加。其实这种现象在国外的后工业社会时期也早就存在过。正如德国的一位文化学者指出过的："当代消费文化正在从大众消费向充满审美和文化意义要求的消费过度。文化观念在商品的价值评估中起着日益重要的作用。"③ 消费需求结构的改变要求流行文艺做出相应的调整，从通俗靠近高雅，从高雅汲取养分，并最终实现俗与雅的合流，将会成为流行文艺的可取之路。从当前的状况看，非主流的流行文艺在逐渐形成潮流，并都在争取主流的认可，而主流文艺也在向它招手（我不用"招安"一词，因为那显得有"庙堂"与"江湖"之分），并力求二者形成合流。摇滚歌手汪峰的创作与演唱之路就明显表现出这种合流的

① 约翰·斯道雷著，杨竹山、郭发勇、周辉译：《文化理论与通俗文化导论》（第二版），南京：南京大学出版社2001年版，第9页。
② 王一川：《艺术的隐性权利维度》，《创作与评论》2013年第2期下半月刊。
③ 彼得·科斯洛夫斯基著，毛怡红译：《后现代文化：技术发展的社会后果》，北京：中央编译出版社1999年版，第110页。

趋势。从价值引导上说，主流价值观要发挥提供道德框架的作用，而流行文艺又可在价值新标准的建立方面提供某种新的因素，同时亦照样承担着伦理教育和增加国家软实力的任务，二者的互动与互补是可以做得到的。

综而观之，流行的东西未必都是好的，但流行的中间必定有好的。主流文艺是大河，流动是缓慢的；非主流的流行文艺是小溪，快而急，充满活力，它汇入主流之中则可推动主流的发展。流行文艺与主流价值观并不存在着不可跨越的鸿沟。

丹尼尔·贝尔在《资本主义的文化矛盾》一书中申诉自己的文化批判立场时说过他是一位文化保守主义者，而我在作上面的阐述时为流行文艺辩解过多，但我并非文化上的激进主义者，或新潮的鼓吹者。相反，我希望是主流文艺与流行文艺二者的合流，是一种文化折中主义。其实，这些观点早在我前几年的文章《消费时代文学的意义》① 中已有萌芽。在自然科学领域做科学研究，经常会有"试错"的尝试，并能得到人们的宽容。如果我们在文化研究方面，也能持宽容的态度，允许一部分人也尝试一下"试错"的味道，或许更能激发人们探求真理的热情。就请大家将此文当作"试错"的探究去读吧。

【原载于《文学评论》2013 年第 6 期】

---

① 蒋述卓：《消费时代文学的意义》，《文学评论》2005 年第 6 期。

文化研究的本土化：功能与原则

蒋述卓　曹　桦

　　文化研究进入中国已有二十余年了。20 世纪 90 年代初，文化研究基本上处于翻译、介绍并初步应用阶段，其间亦存在着诸多的弊端，如生硬套用、简单比照等。进入 21 世纪，文化研究学者开始对其进行反思，其中反思最得力者当数陶东风。他在《批判理论的语境化与中国大众文化批评》一文中，对以援引西方文化理论尤其是法兰克福学派的批判理论分析中国大众文化所形成的"负面性"质疑表达了遗憾。他指出："从方法论角度说，一个不争的前提是：西方的研究范式与中国的本土经验必须形成良性的互动关系。我们应当从中国的实际问题出发创立或引用合适的理论，而不是从理论出发制造或夸大中国的所谓'问题'。"① 后来，他又在 2004 年的一篇文章中，阐述了自己在文化研究方面的转型过程，他的思考主要还是聚焦在如何考虑文化研究的中国语境问题，即反省西方批判理论在中国的适用性问题②。到了 2010 年之后，对文化研究的反思又进入了一个新的阶段，其中以盛宁的文章《走出"文化研究"的困境》最为典型。在此文里，盛宁不仅指出了中国"文化研究"一开始就陷入了一种认识的误区："硬是把一个原本是实践问题的文化研究，当成了理论问题没完没了地加以讨论，而把必须做的正经事却撂在了一边"，而且鲜明地倡导"把对文化研究的理论兴趣转向具体的个案分析"，同时在运用时，"还得看我们的研究和批判能否对现行文化价值观的重构产生积极的影响。"③ 与此同时，还有朱国华的文章《阿多诺德大众文化观与中国语境》（《文艺研究》2012 年第 11 期）、赵凯的《大众文化的定位与批评尺度——兼与陶东风商榷》（《文艺研究》2013 年第 6 期）以及陶东风的《核心价值体系与大众文化的有机融合》（《文艺研究》2012 年第 4 期）等，他们都就文化研究的本土化问题提出了各自的意见，代表着这两三年来对中国文化研究的范式与方法的集中反思。

　　在本土化问题上中国的文化研究究竟存在什么弊端？我们如何构建中国文

---

① 陶东风：《批判理论的语境化与中国大众文化批评》，《中国社会科学》2000 年第 6 期，第 144 – 145 页。
② 陶东风：《研究大众文化与消费主义的三种范式及其西方资源——兼谈"日常生活的审美化"并答赵勇博士》，《河北学刊》2004 年第 5 期。
③ 盛宁：《走出"文化研究"的困境》，《文艺研究》2011 年第 7 期，第 5 – 13 页。

研究的本土化？在理解多数学者反思的基础上，本文还想就这两个问题进行探讨。

一

文化研究引入中国后，对文化思想界是起到很大助推作用的，其最大的功劳就是为研究者开辟了研究对象和研究视角，为分析大众文化现象提供了理论和方法。20 世纪 80 年代至 90 年代初，理论界流行的是结构主义、后现代主义，虽然也采用文化研究的某些理论，但也只是在文艺批评领域内，并非全面铺开。如当时用来分析大众文化现象包括对"张艺谋神话"的批判，多是用"民族寓言"类的后殖民理论以及新历史主义等，运用文化研究理论将大众文化作为专门的对象进行分析还是在 20 世纪 90 年代中期之后。随着"日常生活审美化"命题的讨论并展开，文化研究的对象逐步扩大并日益明朗，研究视角也随之拓展，如性别视角、身份视角、政治文化视角等，其中以陶东风的广告分析、戴锦华的电影分析等最有影响。

随着文化研究的逐渐变热，也随着文化研究理论的逐渐展开，文化研究的弊端逐渐显露。深究起来，中国的文化研究至少存在着三大缺陷：

（1）文化研究的对象太大太泛，缺乏具体的细小的个案分析，使得文化研究流于表面。有的研究看似使用了文化研究视角，但得出的结论却平平常常。例如将"9·11"作为一个大文本现象来作文化分析，继而谈到美国与第三世界的关系，就显得空洞，没有专业知识的支持还是会显得比较外行。又如将葛兰西的文化领导权理论运用来分析中国"十七年文学"现象，看起来是使用了文化分析法，但实际得出的结论还是大家都能想得到的，并没有特别新鲜与独到之处。

（2）视西方文化研究理论为一个笼子，将中国的文化现象统统都往笼子里装，似乎装进去了就能解决问题，而缺乏对中国问题的有针对性的分析与诠释。这种"照搬法"的理论分析，常给人以隔靴搔痒之感，而对中国问题的分析与解决却无多少助益。关于这一点，陶东风以尼尔·波兹曼的"娱乐至死"理论在中国的被滥用为例进行了批判性的反思，并称之为"西方文化理论在中国的被绑架之旅"[1]，他的意见是很有针砭性和启发性的。从学术创造的角度看，对"照搬法"说轻一点，是一种理论的懒惰；说重一点，则是拉虎皮做大旗的吓人之术。

（3）文化研究虽然也有强烈的问题意识，但往往是不顾中国国情，简单地

---

① 陶东风：《理解我们自己的"娱乐至死"——一种西方文化理论在中国的被绑架之旅》，《粤海风》2013 年第 5 期。

将中国问题与西方问题混为一谈。让笔者感到十分困惑的是：我们的学者用西方理论家在资本主义社会中得出的批判理论，比如美国的丹尼尔·贝尔在《资本主义的文化矛盾》中提出的理论，以及尼尔·波兹曼根据美国社会分析得出的理论，来分析并批判社会主义中的文化现象，它们之间难道就没有区别吗？这种分析不会出现错位吗？这种不顾中国国情的分析的实效性不是很值得怀疑的吗？

二

其实，文化研究在中国就应该根据中国国情的分析而产生变异，这才叫西方文化理论的中国化。文化研究要接地气，也要顾及中国当下的现实问题，从现实问题出发，而不是从理论框架出发，否则依然是毛泽东所批判过的"教条主义"或"本本主义"。这是我们在构建本土化的文化研究时必须清楚的立场问题。以马克思主义为指导，以中国当下问题为基点，以西方文化理论为参照，这是我们做文化研究的最佳选择。

那么，什么是"中国问题"呢？有哲学工作者指出："我们这里所说的'中国问题'，是指改革开放以来中国在特殊的历史境遇和发展环境下所衍生出来的、关涉中国未来社会健康发展的核心问题。"[①] 将这一概念移植到文化研究中，笔者以为也是适用的。因为这一概念既照顾了历史与当下，也考虑到了未来，关键还在于有"特殊的历史境遇和发展环境"所作的限定。而"中国问题"既特殊也一般，既有历时性也有共时性，在具体分析"中国问题"时就要充分考虑到它的变异性和丰富性。

中国当下的文化现象就有着它的丰富性与变异性。比如摇滚，在西方后工业社会里，已经产生了"金属摇滚"和"死亡摇滚"，反映出后工业社会中的人的心理状况；但在中国，摇滚则成了"平民摇滚"或"全民摇滚"（如"凤凰传奇"的摇滚之风），它并没有更多的工业化色彩，细究起来还带有鲜明的农牧时代的色彩（草原歌曲风格的影响），网民嘲笑它们是"农业重金属"，并且具备全民狂欢与嬉戏的味道（如《最炫民族风》《郎的诱惑》等），有的甚至成为广场上老头老太太跳健身舞的伴奏乐。而汪峰的摇滚，又成为励志歌曲的同义语。如果我们硬要拿西方摇滚精神去批判中国当下的摇滚，说它们丧失了摇滚的反叛精神，是"伪摇滚"等，就可能很不到位，也不会为老百姓所接受，我们所持的可能还是精英文化或小众文化的立场。中国的问题就是将文化引进后迅速本土化，正如将带有贵族色彩的桌球引进之后，城乡各地都摆上了桌球，连小市场边也会出现一元一盘的桌球游戏。又如现代舞，邓肯创立的现代舞在美国属于大众

[①] 邹广文：《当代哲学如何关注"中国问题"》，《哲学动态》2013 年第 3 期，第 8 - 10 页。

文化，引入中国后则成了小众文化。

这就是中国大众文化的变异性。它脱离了西方文化发展的历史和政治语境，功能性地成为本土大众的日常文化需要，没有了反叛的姿态，缺乏亚文化的"抵抗"和"风格"，更缺乏与现实政治的对话，而成为一种人类学意义上的日常实践和娱乐需要。从詹姆逊的后现代主义文化逻辑来看，这是一种扁平化，但这种扁平化却不是由晚期资本主义的符号过剩和精神分裂所致，而是一种从大众文化匮乏到大众文化权利实现的过渡阶段的文化现象，属于普通大众日常精神领域的自主化、去政治化的过程。它仍然属于中国社会世俗化的历史进程的一部分，是社会大众参与建构新的社会价值的过程。不如此看待，我们就难以理解中国近年来电影票房的飞涨，更难以理解全民热议"中国好声音""爸爸去哪儿"的现象。二三线城市电影银幕建设的大力推进是中国电影票房飞涨的原因，但相比于欧美国家，我们电影票价的虚高仍然是制约很多人看电影的障碍，不要说很多打工一族，就是在校大学生平均观影人次也是很低的，这意味着大众的文化接受仍然较为匮乏。另一方面，我们可以看到每年生产的很多电影、电视产品因为缺乏必要的宣传资金和商业卖点而没有播放的渠道，而电视收视的单一指标又导致对高收视影视作品类型的过度跟风，导致抵达受众的文化类型过于单一和质量低下，因而"中国好声音""爸爸去哪儿"的全民热议的出现，与20世纪90年代全民空巷观看电视剧《渴望》一样，都是文化匮乏的一种表征，只不过这种匮乏是节目品质的匮乏。因此大力发展文化产业，生产更多质量上乘、风格多样的文化产品来满足不同层次和差异的文化需要，仍然是大众文化所面临的最直接的现实。因此，对大众文化产品进行价值分析并维护大众文化发展的文化生态就成为本土文化研究的最重要的功能。事实上，社会上对大众文化的褒与贬，文化研究学者对本土三十年大众文化的变迁的认识，主要还是立足于大众文化的价值取向的角度，比如对20世纪80年代流行音乐的启蒙价值的肯定和对当下大众文化的拜金主义取向的分析，只不过受到西方文化研究的影响，对当下中国社会价值问题的认识存在错位，未能充分认识当下社会价值思潮的复杂和主流价值重建的未完成性，过于强调主导文化与新生文化之间的对立，而没有看到当下主流文化和价值观与大众文化及其价值观之间的互动。

一种大众文化的性质应该从其所处的历史语境和基本功能来分析和定位，而不是从先设的理论框架和政治立场出发来评价。因此，构建文化研究的本土化，首先必须避免陷入"理论陷阱"。针对中国问题进行分析时应该是只将西方理论作为参照，而不是作为框架去套用，有什么问题就分析什么问题，该用什么理论就用什么理论，而不是将中国问题当作西方理论的诠释，更不能像某些经济学家那样将自己的分析去当作政策的诠释。实际上，早在1995年，徐贲就在《文学评论》上发表了《美学·艺术·大众文化——评当前大众文化批评的审美主义

倾向》一文，一针见血地指出国内文化研究所存在的以审美主义和道德论批评与
贬损大众文化的倾向，而这种倾向的理论资源就是阿多诺的群众文化理论。在对
阿多诺理论的解读基础上，徐贲进一步指出："如果说阿多诺的'审美主义'把
艺术当作改革社会的唯一希望，那么他的'精英主义'则反映了他对大众认识
能力的彻底丧失信心。这两者都是阿多诺具体生存处境的产物，不能当作具有普
遍意义的理论来运用。"① 因此他呼吁"走出阿多诺模式"，不再把阿多诺的理论
"当作一个跨时代、跨社会的普遍性理论来运用"，而要回到"历史的阿多诺"，
透过阿多诺文化理论在西方文化批评中的起落来反思其理论的精英主义性质，进
而提出积极的、非精英主义的大众文化的实践批评，"大众生存环境的改善是与
大众利益相一致的，大众改善生存处境的要求必定会在他们的集体文化活动中体
现出来。这是大众文化活力的源泉，也是实践批评积极对待大众文化的原因"②。
徐贲的反思抓住了本土文化研究的根本弊端，对文化研究的阿多诺化、非语境化
和精英化倾向的批评在今天读来仍然具有强烈的针对性。只可惜这种反思并没有
引起足够的重视，以至于 2000 年前后，陶东风仍然需要撰文强调批判理论的语
境化问题。而在 2010 年盛宁的反思文章中，也不无遗憾地指出，本土文化研究
终仍然普遍存在理论化追求取向，可见"理论陷阱"问题的严重性。

　　事实上，西方的文化研究本身就具有反理论的色彩，斯图亚特·霍尔就曾声
明他并不生产理论，而是根据问题的实际需要来运用理论。其实，西方的文化理
论家也早已认识到，文化研究应该是多视角的，"在具体的文化研究中，视角的
选择依赖于研究的主题事件、研究的目标及范围"③。周宪也曾在反思德国精英
主义和英国民粹主义两种文化研究的范式基础上，提出超越对立的方法在于透过
不同角度来考察同一对象的"视角主义"④。因此，问题的克服在于对文化现象
的多角度透视，在借用理论的同时反思理论的效度，从而从中国问题本身来形成
我们自己的阐释方法和话语建构。比如我们借用西方亚文化理论来分析中国的青
年亚文化现象，用"抵抗"与"收编"的理论去套用并分析，似乎也有一定的
效果，可以解释某种现象。如"快乐女声"中的李宇春，原来钟情于中性的服
装，带有"抵抗"的意味，但如今却被商业化"收编"，她穿上裙子了。但问题
的关键在于，李宇春们的文化是否真正形成了一种完全与主流文化相对抗并区别
开来的文化。在西方，亚文化理论的形成是与摩托男孩、朋克、光头党等具有鲜

---

　　① 徐贲：《文化批评往何处去》，吉林：吉林出版集团 2011 年版，第 152 页。

　　② 徐贲：《美学·艺术·大众文化——评当前大众文化批评的审美主义倾向》，《文学评论》1995 年
第 5 期，第 57－67 页。

　　③ 道格拉斯·凯尔纳：《批评理论与文化研究：表达的脱节》，吉姆·麦奎根编，李朝阳译：《文化
研究方法论》，北京：北京大学出版社 2011 年版，第 29 页。

　　④ 周宪：《精英的或民粹的？——两种文化研究范式及其启示》，《中国社会科学》2000 年第 6 期第
149－152 页。

明风格特征的另类文化的产生联系在一起的，而在中国并没有出现真正意义上的类似西方"朋克"的"朋克族"，更没有形成有异于主流文化的群体性的亚文化。即使出现一个《还珠格格》中的"小燕子"，出现追捧《流星花园》中的青少年偶像的一时风潮，但它们都没有形成某种抵抗。要说有抵抗，也是十分温和的，我们也大可不必将它们与政治、阶级等拉扯起来。其实，在西方学者看来，所谓亚文化"并不是作为真实对象而存在，而是由亚文化理论家所造成的"[①]，"亚"的概念内涵一是有别于主流社会的独特性和差异观念，二是还具有底层或下层的含义。伯明翰学派就曾用它来分析工人阶级的青少年的文化，但在中国，这种具有鲜明的阶级特征和身份意识的亚文化是不具备的。倒是农民工问题、富二代问题才有可能形成亚文化的问题，而在这方面我们的研究是跟不上的。农民工并没有创造出他们同质群体性的文化，他们不过借用其他阶层的文化来表达他们的意愿而已，正如旭日阳刚们会通过翻唱《春天里》来表达他们心中的某种渴望。盛行一时的校园歌谣不是亚文化，北京"北漂族"包括地铁演唱者也没有产生出一种亚文化，因此，我们在运用亚文化理论来分析中国问题时应该十分小心谨慎。问题的实质在于，我们自己未创造出一种理论去揭示与分析中国类似于亚文化的现象，而西方有现成的，于是就借用了。但笔者这里强调的是，借用也必须顾及中国实际，必须在本土化上下功夫。

其次，构建文化研究的本土化还得避免"政治化的陷阱"。盛宁在他的文章中其实已提到这一点，他认为文化研究的问题不仅在于在理论问题上原地打转，而且在于一转到研究中国真问题的时候，就将问题政治化，他告诫："再不要动辄就把文化问题政治化，让人无法对问题展开深入的讨论。"[②] 盛宁就此问题没有展开论述，但他说得极为在理。诚然，政治性是西方文化研究的一个重要特征，是其意识形态批判的主要目的。但这种政治性关切恰恰是与西方文化研究的问题意识有关。法兰克福学派对极权主义的批判，英国文化研究强烈的左翼政治色彩，以及美国文化研究的政治正确性诉求，形成了各具特点的权力批判和政治诉求。那么，中国文化研究的政治性又是什么？这说明了中国文化研究的政治性需要先回答中国问题是什么，而这就不能简单地以立场代替分析，用理论代替实际，而不是将所有问题都上纲上线，在明显不具有政治性的问题上强加立场，非得什么问题都意识形态分析一番。关于这一点，笔者很赞同张晓舟对西方媒体在报道周云蓬时的有失职业水准的工作方式的批评，他说他们是"只要立场不要现

<hr />

① 克里斯·巴克著，孔敏译：《文化研究：理论与实践》，北京：北京大学出版社 2013 年版，第400 页。

② 盛宁：《走出"文化研究"的困境》，《文艺研究》2011 年第 7 期，第 11 页。

场，用立场替代现场"①。比如唱"红歌"问题，20世纪90年代初期曾掀起过一阵"红歌"热，但那根本就与政治无多大关系，它只不过是将"红歌"引入通俗歌曲中加以演绎而已。大众喜欢"红歌"既有怀旧的成分，也有喜爱通俗歌曲的成分，研究者如果非得将它上升到解构"红色"的层面上去分析，就有点货不对板了。其实，制作者与演唱者都无此想法，他们不过想借机商业化一把而已。要看到，大众文化的勃兴包括文化产业的勃兴（其中自然有娱乐业的勃兴），无非就是要给艺术生产力松绑，最大限度地解放艺术生产力、发展艺术生产力，让老百姓得到真正的文化实惠。如果我们进一步思考就会发现，实际上这种过度娱乐化恰恰并非官方意在消解公共关怀的有意所为，如果是这样，我们又如何理解出自广电总局的一版又一版的"限娱令"？这种以哈维尔和阿伦特的后集权国家的理论来分析当前"娱乐至死"的问题，恰恰是忽略了本土大众文化所处的社会结构的差异性和复杂性。

三

政治化的分析与意识形态的归纳与提升，并非完全对大众文化的发展有帮助。从本土文化研究的基本功能出发，我们除了要避免理论化和政治化的双重陷阱之外，关键还在于建立实现这一功能的若干原则，以使本土的文化研究能够有自己的问题意识和理论方向。

正如我们上面已经论述，对大众文化产品进行价值分析并维护大众文化发展的文化生态就成为本土文化研究的最重要的功能。这一功能必然要求文化研究的价值重构原则和文化生态平衡原则。首先对文化研究本土化的价值重构原则进行分析。这一点盛宁的文章也提到过，但他未加以展开。盛宁指出，文化研究不是简单地站队表态，将关注点从精英文化转到草根文化（大众文化）或者将精英文化作为批判对象就够了，"关键还得看我们的研究和批判能否对现行文化价值观的重构产生积极的影响"②。关于这一点，美国文化学者道格拉斯·凯尔纳也在他的文章中指出过："文化研究不仅是一种学术时尚，而且还能成为人们为更理想的社会和更美好的生活而奋斗的一部分。"③ 这里面就包含着一种价值重构与引导问题。笔者很高兴看到，最近对大众文化研究中有了一种新的趋势，就是注意价值观的分析与引导了。如陶东风在《人民日报》上分析韩国电视剧《大

---

① 张晓舟：《请不要穿着敌人的裤子去骂敌人不穿裤子》，张铁志：《时代的噪音：从迪伦到U2的抵抗之声》，桂林：广西师范大学出版社2010年版，第17页。

② 盛宁：《走出"文化研究"的困境》，《文艺研究》2011年第7期，第8页。

③ 道格拉斯·凯尔纳：《批评理论与文化研究：表达的脱节》，吉姆·麦奎根编，李朝阳译：《文化研究方法论》，北京：北京大学出版社2011年版，第32页。

长今》的价值观要比中国电视剧《甄嬛传》显得更为正确①。这种比较立足于大众文化文本的价值取向，注意到大众文化不同文本之间价值取向的差异。就价值观说事，而不对其做意识形态政治化的解读，反而更切合当下大众文化的实际文化功能。陶东风也在关注着核心价值观与大众文化的有机融合，提出这种融合需要实现两个转化，即官方文化转化为主流文化，再由主流文化转化为大众文化。因此，寻找核心价值体系与大众文化之间的契合点和转化机制，就成为当下文化研究的一个重要理论课题②。蒋述卓也在研究流行文艺与主流价值观的关系。以流行歌曲为例，它的发展与嬗变过程就包含着价值观的变迁。如果说20世纪80年代初，当台湾歌星邓丽君的歌声引入大陆时，推动的还只是一种政治冲击与思想启蒙的话，那么，随后而来的罗大佑、齐秦、费翔等人的歌曲带来的却有着更多的价值观的表达。从"外面的世界很精彩，外面的世界很无奈"③当中，我们可以看到些许颓废与伤感；而从"我拿青春赌明天"之中，我们又可以看到那"何不潇洒走一回"④的青春冲动，但骨子里却还将人生看为过客，透露出几分人生的无奈与虚无；在"跟着感觉走，紧抓住梦的手"⑤当中，我们体会到追求"风一样自由"⑥的"你"和"我"的梦想，但当时对什么样的价值观才是真正的价值观还显得十分的朦胧；而从"谁愿藏躲在避风的港口，宁有波涛汹涌的自由……阳光总在风雨后，乌云上有晴空……阳光总在风雨后，请相信有彩虹"⑦当中，我们分明又能感受到一种积极开朗、勇于进取并相信未来的对正能量的追求。这些歌都曾在中央电视台"同一首歌"的栏目中演唱过，并被视为观众最喜爱的经典歌曲⑧。从流行歌曲的流行与变迁之中，我们都可以把握到某种社会文化思潮的涌动以及某种价值观的新变。对流行歌曲进行价值观的分析，有助于我们对价值观重构的引导与提升。

其次，文化研究的本土化要建立一种文化生态平衡的原则。大众文化在中国的呈现缤纷万象，但由于其有流行性、商业性、粉丝性的特点，有时难免会出现跟风、扎堆、模拟、复制等现象，如有了"超级女声"就会有"超级男声"，有了"中国好声音"就会有"中国最强音"，等等。大众文化历来备受诟病的"同质化"根源于其资本逻辑，这正是霍克海默和阿多诺在《启蒙辩证法》中所论述的，资本的逐利性使其往往选择成功经验进行复制以减轻风险，这是大众文化

① 参见陶东风：《比坏心理腐蚀社会道德》，《人民日报》，2013年9月19日。
② 陶东风：《核心价值体系与大众文化的有机融合》，《文艺研究》2012年第4期，第5－15页。
③ 出自齐秦词曲《外面的世界》，原唱齐秦。
④ 出自陈乐融、王蕙玲词，陈大力、陈秀男曲《潇洒走一回》，原唱叶倩文。
⑤ 出自陈家丽词，陈志远曲《跟着感觉走》，原唱苏芮。
⑥ 出自陈家丽词，陈志远曲《跟着感觉走》，原唱苏芮。
⑦ 出自陈佳明词曲《阳光总在风雨后》，原唱许美静。
⑧ 孟欣主编：《同一首歌：观众最喜爱的经典歌曲100首》，北京：现代出版社2006年版。

复制性的基础。而大众传媒的眼球效应和媒介选择进一步对大众文化的内容和类型进行筛选，最终导致了大众文化产品单一的局面，使当代文化生态失去了平衡，文化多样性的充分发展空间受到严重的挤压。这不仅使得大众文化多样性需求的权利受到抵制，而且容易对单一文化产品产生审美疲劳，更为严重的是影响了文化生产的创新能力。作为文化研究者应警惕文化生态的恶化，对文化生态的不正常现象给予批评与引导。生态批评是目前文化研究的国际前沿，从根本上讲，生态系统不仅包括自然生态，还应该包括人文生态，而且自然生态与人文生态之间并非割裂的关系，对文化生态的批评和引导，正是本土学者理论创新并参与国际学术对话的可能契机。中国文化生态的问题，不仅仅是一个市场化的问题，它产生于国家文化体制改革的过程之中，因而不健全的市场体制和商业机制，不健全的管理政策和消费基础，都是当下大众文化过度功利化、内容庸俗化、类型单一化、竞争恶劣化问题产生的重要原因。因此，中国政府文化管理部门出台的"限娱令"以及它的"加强版"也是有文化生态平衡的意义的。诚如评论者所言，"加强版'限娱令'的出台，其一可以发挥文化多样性的传播导向的作用，其二可以发挥对文化产业的投资和生产的导向作用。对卫星频道综艺节目和影视剧的数量与播出时段的限制，突破收视率的单一杠杆，为本土原创动画、少儿节目、纪录片等提供了播放的渠道，提示着文化传播渠道的文化责任。渠道的开放对于丰富本土文化产品的类型，推动文化产业内容丰富性和多样性的意义是深远的。尤其对于本土恶劣的动画渠道环境而言，更是提供了一线生机，使其从被动方转向主动方。由于我国目前文化产业内容结构的单一，这在一定程度上会引发一开始的内容供给危机，但更为重要的是，它会向文化产业市场释放信号，起到对文化产业的内容结构的调整作用"①。这种评论就比那种始终确立政治立场，将政府主管部门的文化政策的出台始终视为是对文化的权力管控的分析，显然更为中立和客观。文化研究者不仅要进行深刻而专业的学术分析，同时还要积极参与进大众文化的在场批评中，比如，《中国好声音》第一季在音乐评点上的专业性引导、音乐类型上的多样化选择等方面，对于流行音乐文化生态的建立就具有重要的意义。而第二季、第三季的将专业性引导放弃而变成纯娱乐，将多样化放弃而变成单一的音乐风格选择，同时媒介逻辑深深地影响了导师的专业判断和选秀走向，使得音乐选秀节目走向不健康。在场批评尽管可能不那么深刻，但对文化研究的本土化却是必要的，因为它是面向大众文化受众的批评，目的在于帮助受众形成大众文化的接受素养。

最后，文化研究的本土化还要建立审美的原则。大众文化异彩纷呈，表达形

---

① 参见郑焕钊：《发挥"限娱令"对文化产业发展的两个导向》，新浪博客，2013 年 10 月 24 日，http：//blog. sina. com. cn/s/blog_a7b59eda0101mcnt. html。

式千姿百态，与之相对应的文化研究对象也就变得极为广泛，如城市空间研究、广场舞研究、超级市场的布局与装潢研究、网络虚拟空间及传媒研究等。尽管文化的呈现形态多种多样，但文化的表达最终都指向人格的塑造、心灵的养育。正因为如此，文化研究也就必然通向审美研究。同时，我们还要看到，大众文化的表现形态中大部分是以文学艺术的方式去表达的，那就更脱离不了审美研究了。就拿"星跳水"节目来说，它是城市电视台中的一档娱乐节目，以跳水的体育运动方式作为载体，邀请明星跳水来吸引观众，其中自然离不开审美的成分。明星的身材、跳水的姿势以及跳与不跳的勇气都和美与不美挂起钩来。还有城市的公共空间研究，包括城市建筑造型、城市街道布局、城市公共空间的美化，也都涉及审美。审美价值是大众文化价值的重要构成，这是无可否认的事实。但长期以来，无论是精英主义的立场，还是民粹主义的立场，都将大众文化的审美问题抛弃一边，要么视大众文化的审美是低劣的，要么视大众文化没有本质的价值。对审美价值的拒绝还来自于文化研究的方法本身，无论是政治经济学的、社会学的还是意识形态的分析，都将审美视为一个文化政治的问题，而不是一种价值存在。因此，重建文化研究的审美原则，肯定大众文化的审美价值，既是从本土大众文化的基本功能出发的要求，也是当今流行文化雅俗合流的发展趋势的内在要求。当今的文化创意产业，其核心部分还是文学艺术，大众文化的载体大部分也是以文学艺术为主要内容和表达方式的，文化研究如果没有确立审美的原则，那是难以深化和持久的。

应该说，文化研究本土化不仅仅是一种理想的状态，而是通过不懈的实践完全可以达到的，关键点还在于要坚持理论创新。我们应该有这种自信，相信通过对中国问题的分析，一定会产生中国自己的理论话语，也一定会有靠中国自己去解决自身问题的办法。指望只依靠西方理论来解决中国的问题，必然会形成偷懒心理，其结果反而是理论的错位，产生不顾自身状况乱开处方乱吃药而并不见效果的后果。正如中国的经济有自己的运转规则一样，中国的文化问题也有它自身的运行状况。以马克思主义为指导，以分析中国自身文化问题为基点，以西方文化理论为参照，将文化研究本土化，正是理论创新的内在要求。

【原载于《外国文学研究》2015年第2期】

网络文艺批评的领域拓展

苏桂宁

一

20 世纪末以后，迅速发展起来的互联网技术给中国社会的公共领域带来了革命性的拓展，这个变化是前所未有的。网络技术已经在不断地改变中国社会的基本结构，也改变了中国的文化结构，极大地扩展了中国文化发展的公共领域。

互联网已经成为现代中国社会文化的重要集聚平台。在这个平台上，文化批评及文化创造也发展迅速。随着网络技术的普及化，网络文艺批评已经相当普遍地运用在当代文学创作和文学批评中，并且成为当代文学活动主要的组成部分。

从表面上看，网络文学创作和网络文艺批评只是形式上或者媒介上的变化，是从传统的纸质媒介转向了电子网络媒介的变化，是人们从传统的纸媒阅读转向电子屏幕的阅读；但实际上，媒体的变化可能会带来许多看不见的变化，尤其是其中的话语权力的变化，是一种对批评权力诉求的变化。这是一个重要的历史转变时期，网络批评主体以及批评的接受方面都出现了实质性的变化。

在历史上，文化的传播与传播媒介的变更有密切的关系。文化传播经历了口头传播、器物传播到后来的通过纸质媒介承载的文字传播，显示了历史文化不断发展演变的过程。

电子网络媒介出现以后，文化的传播具有了更大的覆盖力。文化信息迅速地传达到人群之中，文化的普及和交流也在不断地增强。

文化不仅仅是信息，它还拥有非常强大的社会组织功能，其传播媒介也是组织社会的重要媒介。互联网出现以后，便迅速地成为组织社会的重要媒介，同时在文艺批评和文化批评领域显示出独特的组织效应。

以传统媒介为主要组织方式的社会文化迅速地转向了以电子网络媒体为主的组织方式，更多的人自觉或不自觉地参与到这个文化平台，被一种无形的力量吸引到这个文化结构之中。网络化的文艺批评在很大范围内有效地组织了当代的文艺活动，并且引起了人们的关注和参与，由此对文学艺术的发展起到了很大的推动作用。

互联网的普及为当代文艺生产提供了非常大的平台。在这个平台上，每一个人都可以参与到现代的文艺生产之中。随着互联网的普及，大众参与了文学的写作，各种文学网站占据了网络世界的重要空间，大量被称为文学写手的作者蜂拥而至，建立起他们的文学世界，展开了他们的文学想象。尽管这种文学景观受到传统批评的质疑，但是它却以非常强大的势头蓬勃发展起来。

网络文学写作已不仅仅局限在过去唯一的政治目的，而是被各种各样的动机和目的所驱动，其中不乏文学和文化消费，也不乏个人情绪的宣泄和消遣。不同层次和不同方面的文学写作构成了网络时代形形色色的文学作品，也表现了网络市民社会的形形色色的审美趣味。

互联网的发展使大众的文学写作成为可能。他们可以将自己的作品，哪怕是非常私人化的作品上传到网络，以此体验自己的写作成就。这是一种自我确证的文学写作，即便是自我欣赏、自我迷恋的文学写作，也体现了个人权利的扩张，显示了个人精神领域的进一步扩大。

文学作品一旦发表，就成为公众的阅读对象。写作者可以通过网络的自我表达获得与公众交流的机会，甚至获得一部分人的认同。在这样的精神激励机制中，大众广泛地进入网络公共平台，以自己的方式表达生活的经验。

在互联网的平台上，各种新的文艺元素迅速产生，文艺出现了多元化的形态。传统文艺生产的组织方式在这个平台上常常失效；文艺生产的审查标准受到挑战；各种难以把握的文艺元素超出了传统文学艺术的范围，甚至突破了在此基础上形成的政治道德底线，使原有的文艺批评规则捉襟见肘，难以对其进行有效的评判。例如在网络小说中就出现了不同类型的小说形式：奇幻小说、穿越小说、耽美小说、架空小说、修真小说等，这些小说在思想内容、小说的构造方式、基本的思路和所操作的语言技巧和叙述方式方面，都远远超出了传统小说的运作方式。

互联网更为直观地呈现了各种艺术的元素，在视觉上对读者和观众的刺激更为强烈。它以更为直接的参与性和体验性突现了现代艺术的特征，并以个人化的感受强化了现代艺术的感染力。这些新的艺术元素反过来又刺激了新的艺术形式的大量生产。

网络技术的出现给文化传播带来了革命性的变化，它在诸多领域以及各个环节上都给文化传播提供了非常强大的技术支持，尤其是对批评话语权的重新配置起到了关键性的作用。另一种文艺批评格局也由此出现。

二

以网络媒体重新组织文学以及文化批评在大众文化网络时代是非常突出的。众多的批评者和接受者聚集在一起，在网络平台上讨论文艺问题，这是一种前所未有的文艺批评状态。

这种状态所显示出来的就是网络批评权利的重新配置。传统批评由于受到纸质媒体的门槛制约，也因此形成了垄断化的格局，批评的权利只集中在少数人手中。在大众文化的背景下，众多的批评者加入了批评的队伍，使人员发生了变化。网络批评的出现导致了批评话语权的转变：精英批评的话语权受到影响，精英批评不再是唯一的声音，大众批评的声音可能会形成合力，整体地影响到批评的走向。

不过，大众文化的去中心化未必一定会使精英的批评话语受到削弱，相反，因为更多的人关注文艺、关注批评，网络传播媒介强大的传播功能可能会使精英批评拥有更为广大的空间，也因为受众的众多而形成一定的话语权。只不过声音的多元化会使精英的话语权不是唯一的或垄断的，它只是众多文艺批评中的一种。文艺批评的网络化使得批评呈现出更为广泛多元的特征。

在网络媒体上，大众迅速地参与到文艺批评领域之中，这就可能会出现一些独特的批评声音。而且这些声音会逐渐形成某种中心化的趋势，或者是相对的中心化，它的群体或大或小，代表了不同的立场——尽管有些批评在专业批评者看来是非专业的。

与此同时，网络批评方式也发生了变化。在传统的批评中，由于受到制作媒体的局限，批评手段是较为单一的；而在网络技术的支持下，文艺批评已经呈现出立体化的状态，既有文字批评，也有图片和影像方式的批评。例如胡戈的《一个馒头引发的血案》，便是运用影视剪辑表达他对质量低劣的电影的不满的。尽管没有文字说明，但他所采用的反讽手段却让观众一目了然，知道他的批评立场和批评要点。

传统文艺批评主要呈现于报纸杂志等纸质媒体上，这些媒体在现代社会具有相当强的可控性，因此它可能会受到主流意识形态的严格控制。能够进入批评门槛的批评者会受到严格的身份甄别，在思想意识上要符合主流意识形态的要求。这些都使得纸质媒体上的文学批评具有强大的政治意识形态因素。传统批评需要经过严格审查才能够出现在纸质媒体中，而且这种"守门人"的门槛在中国又有其特定的意义。

网络媒体出现以后，由于批评载体具有普及性，更多的人可以参与到批评中。尽管这些批评是不成型的，或者是不够"正规"的，但是它却显示了参与者的广泛性和普遍性。

在目前的情况下，纸质媒体（比如报刊等）承载的批评仍然是支持学院知识分子身份合法性的主要媒体。学院的评价制度以及学科的评价制度主要还是以报刊文章作为其身份及成果合法性的主要支持者，因此大部分学院知识分子仍然以纸质媒体的文章作为其身份确证的成果。

　　网络批评最主要的形态是多元化，这往往使一些学院批评感觉到压力，他们担心由于大众的参与会导致文学艺术批评品质下降。相当一部分学院批评仍然固守于学院正统的批评阵地，并且以此作为确认自己身份合法性的唯一依据，他们甚至将那些通过网络批评而产生影响的人看成不是同一圈子的人。这是纸质媒体能够存在的最大基础，具有身份确证意义的纸质媒体在学院的评价体制中仍然占据着重要的位置。

　　网络媒体的文章常常被认为随意性大、专业性不足、进入门槛低，没有专业权威机构的最终认证而削弱了其权威性。因此，网络媒体所承载的文章（包括批评文章）也往往不被权威机构或者专业机构所承认。

　　这对一些专业性较强的领域也许是重要的，但是对于文艺批评这种主观性较强的领域却未必有效。因为每个人对艺术的感受是有差异的，他们可以按照自己的感受去领略艺术，或者哪怕仅仅是根据自己的爱好对某种艺术品位感兴趣，也可因此构成了批评领域的多种声音和多种感受。其实，这仅仅是载体和传播媒介的不同，并不影响批评的品质。

　　现在越来越多的专业批评者进入网络领域展开自己的批评，也将网络批评作为自己存在合法性的依据，在网络上展现自己的批评观点，并且将在网络上逐渐聚集的人气作为支持自己存在的最大理由。尽管学院的评价机制仍然不承认这种批评形式，但是，网络批评已逐渐地渗透到了学院的评价机制之中，因为批评者所聚集起来的人气会直接影响到批评者在学院中的地位。

　　随着网络的普及化，更多的学院知识分子直接参与了网络批评，他们将自己的意见投入网络批评之中，这样会让自己的意见观点迅速传播，也能够更为直接地进入受众视野。受众的广泛性使得这些批评者迅速地成为网络批评的明星。批评的明星化也正是大众文化狂欢时代的特征。一些文艺以及文化的批评者迅速地成为大众文化中的意见领袖，他们的观点在庞大的受众群体中产生了重要的影响。

　　现在许多纸质媒体出版社也在网络中寻找热门小说。尽管纸质媒体不太关注网络批评本身，但是，网络批评却能够捧热网络小说或者纸质媒体的小说。在这方面，网络批评具有非常强大的广告效应，而这又是传统媒体所看重的效应。

　　网络批评和网络文学创作拥有广泛的群众基础，也因此有了更为广阔的发展空间。网络批评以更大规模的方式直接影响到当代的文艺活动，并衍生出更多的文艺现象，而许多文艺现象在传统媒体时代是看不到，也是难以想象的。

　　网络批评最早表现在跟帖上，到后来是以博客、微博的方式出现。微信出现以后，网络批评迅速地进入手机终端，以更加普及快捷的特点迅速占领批评领域。最近出现的公众微信平台成了文化批评和文艺批评的重要载体。一些年轻的批评者纷纷开设微信公众号，以此为平台，其组织的批评文章也在众多的微信使用者中流行。网络自媒体的出现更意味着个人批评权利和领域的扩展，人们在文化和文学批评方面也更强调个人化的特点。

文艺批评实际上是一种社会化的交流和社会化的参与。互联网为社会提供了更为广泛的文化交流平台，也对文学艺术的交流起到了非常大的促进作用——它改变了社会关于文化和文学艺术交流的方式，不同阶层的人员都可以通过这个平台进行艺术的相关讨论。这对文艺的发展并不是坏事，因为众多的参与者在这个平台上以不同的姿态和立场进行交流，并吸引不同知识背景和不同领域的人加入讨论，可以更加有力地促进文艺的发展。

在网络领域，公众表现出对文化公共事件的关注热情和参与姿态。一些专业的批评家和大多数业余的批评者也都纷纷通过博客或者微信迅速地成为批评的主流。

在自己的博客园地展开文学批评和文化批评是一种相当有效的批评方式。在博客的初级阶段，文艺批评能够相对独立地展开自身的立场和观点，在一定程度上还能够避开主流意识形态的拦截，这就使得许多文化人纷纷开设博客，包括学院知识分子也以博客展示自己的文学观点或者批评意见。尽管博客没有成为官方或者学院学术评价的依据，但它能够自由表达的特点获得了众多文化人的青睐。

这种在无形中形成的文化趋势，使得人们可以通过博客自由地表达观点，博客成为公众关注的对象，甚至出现了被称为意见领袖的博客。

博客的影响力不仅仅在于传播信息或者观点，更重要的还在于它显示了作为个人发表意见的权利，也显示了新的意见平台的出现。

三

在网络文学活动中，新的文学因素大量出现，新的文学内容、文学对象和文学形式也在网络平台上不断产生。新的文学活动方式给文学提供了新的品种，甚至带来了文学创作的革命性变化，并导致当代文学创作格局的变动。

这种新的文学形势也给传统批评带来了挑战。因为批评标准的匹配问题，网络文学没有被纳入传统批评的视野中，传统批评会以种种理由将网络文学排除出去，从而也使传统批评在这个领域缺席。但这并不影响网络文学的发展。在高科技的支持和大众的参与下，网络文学迅猛的发展势头展示出它的生命力。

网络文学的出现并不意味着文学品质的降低。相反，众多不同层次的作者加入了文学创作队伍，也创作了大量的文学作品，而这其中不乏高水平的作品。这就更需要批评者去发现总结，广泛挖掘出这个时代特定媒体所产生的艺术元素和艺术生产关系，总结出这个时代文艺作品的艺术特征以及社会的审美文化特征。

网络文学的数量庞大、普及面广，由此出现的奇异的文学景观打破了已有的文学观念。传统的文学观念已经难以适应今天文学的发展，尤其是网络文学。每个时代所总结出来的文学标准和经验是在其社会条件下产生的。网络文学是在高科技的支持下出现的，它所承载的是现代人在现有的社会条件下所需要的审美追求；而传统文学批评主要是建立在传统社会的文化条件之上，它所依据的文学标准由传统的经验所构成。以这样的标准对当代文学，尤其是对网络文学进行判断，其批评的有效性是有限的。依据传统的文学标准对网络文学进行评价，不能有效地阐释网络文学的状态，会出现捉襟见肘的窘态。

传统批评对网络文学的较少关注并不意味着网络文学这个品种是不值得发展的；相反，由于网络媒体的普及而使网络文学拥有了非常强大的写作群体和接受群体，这是现代及未来文学和文化发展的走向，这本身就是值得关注的现象。

由传统文学所产生的审美经验也是历史共同拥有的审美经验，它在针对网络文学批评时也具有一定的有效性，这使得网络文学批评并不一定与传统文学批评产生矛盾。但是，由于传统文学批评是建立在传统对象的基础上，当其面对网络文学时，也许难以对其进行更为透彻有效的批评。

在一定时期，网络文学创作显示出了非秩序化的状态，使得网络批评呈现出非秩序化的状态，这与政治意识的统一要求相矛盾。现行的政治意识形态也在对网络文学创作和批评进行规范化和秩序化。网络批评的秩序化是相对的过程，两者之间需要协调。网络批评显示了个人自由化的状态，而主流政治意识形态却力求舆论的统一化，这就要求网络批评向这种同一性靠拢。在技术层面上，国家机器可以通过一定的力量对网络批评进行相应控制，使之形成秩序化的状态。

互联网的发展使大众参与文学写作成为可能，也使大众参与批评成为可能。在这个平台上，人们可以从互联网的多种终端直接进入文艺批评。能够进入批评的门槛不高，至少可以减少编辑的干预。由于数量的庞大，从互联网进入的"守门人"的状态可能会发生改变。

互联网出现后，加入网络批评的人群逐渐聚集在这个平台上，展开了前所未有的批评态势。这些批评者的进入是相对自由的，也因此更能够自由地发挥观点。网络批评不一定是专业化的，更多的人是以自由的方式加入，他们不是职业的或者专业的批评者，而是客串的批评者，他们能够根据自己感受到的文学状态发表意见。但这并不影响批评的质量和品位，因为这些批评者可以从不同的角度对文艺作品做出评价，使网络批评呈现出多层次、多方面的立场和角度，也会令批评领域显示出多元化的状态，这是网络批评的新趋势。专业化和非专业化的批评在网络平台上有时难以区分。

网络文学的多样性、文学内容对象的多样性以及网络文学接受群体的多样性，会使人们形成不同的审美要求。批评者可以根据自己的趣味形成批评群体，甚至形成批评思潮，对文艺创作和社会审美风气产生影响。在网络传播的条件下，文学批评思潮的出现会更频繁，规模会更大，所产生的影响也更广泛。由于人数众多，大众文化批评会出现更为复杂的形态，这就需要批评研究者敢于面对，进一步去发现和分析其中的关系。

手机网络的出现使网络文化更为普及化和大众化。"人手一机"的状态使网络终端直接进入大众的日常生活之中，相关信息也覆盖到大众的各个阶层。文化信息在大众中很容易引起不同反应，其反应的速度和密度也将越来越大。文学艺术作品或者文化现象都可以迅速地在手机终端上被接收，并及时得到反馈。由文化信息所造成的应激反应也可以迅速地形成社会现象，甚至形成社会事件。批评和反批评的矛盾可能会更加突出。这种趋势是形成网络批评的重要景观。

网络的公共性使得文化与文学艺术的信息能够迅速呈现在大众面前，成为公开的信息。这就使一度被垄断或者被隐藏的文化信息公开化，并迅速进入社会的公共领域，而文化的公共性会使文化权力迅速地转移到公众之中。

网络媒体的文学批评是一种立体化的批评形式。作者的多元化、批评立场的多元化，以及批评方式的多元化，构成了网络文艺批评的立体化效果。网络文学的批评者未必经过严格的专业训练，但他们却能够自由进入批评的领域，在网络上展开自己对某个问题的讨论。他们的讨论立场可以是多种多样的，有些也许仅仅是对某个问题感兴趣，而有些却可能对整体的问题感兴趣。由于批评立场的多元化，人们对某一个文艺作品或文艺现象的评价会不同，甚至会得出截然相反的结论，这种情况在网络批评上经常出现。在批评方式上，可以有长篇大论，也可以是三言两语的评价，这并不妨碍对文学艺术的理解。当然，在这里必须将那些起哄谩骂式的评价排除因为它不属于文学批评的范围，而这一点往往很容易被那些反对网络文学批评的人所混淆和诟病。文学艺术的批评应该有一个基本的范围和明确的对象指向，对艺术特点的讨论以及对其思想的争论都可以进入文学艺术批评的范围。

网络文学的接受群体远远超过一般纸质媒体的接受群体。相对而言，纸质媒体的批评接受群体主要是一些相对专业化的人员。在文学圈子中的接受者，更多的人本身就是批评者。网络文学批评的接受者却远远超出这种专业的范围，他们也许只是通过网络查看某种文艺信息。

网络文学批评在很大程度上还起到广告的效应。通过网络批评传播的信息，一些文艺作品会引起公众注意，并且形成一定的广告效应。因此，当代的许多艺术作品，尤其是影视作品很容易因为某些极端的网络批评引起人们的关注，并提高票房收入、收视率和销售率，由此把艺术作品的价格拉高。从商业消费的意义上看，网络批评又具有某种商业性。

从社会文化流行方面看，大多数观众具有从众性，网络批评的传播和覆盖都很容易引发社会的从众心理。大众可以集体性地追随某种流行文化，并且将之推崇到高峰，这与网络批评的推波助澜是分不开的。

在网络中，许多人都可以参与到文学艺术的生产之中。网络批评往往伴随着大众文化的走向而延伸。当大众文化成为社会普遍的文化结构时，网络批评也有了更为广阔的发展土壤。批评者以及受众的广泛参与使得现代的网络批评更具生命力。

网络批评实际上是现代知识生产的一部分。因为，批评往往是修正知识生产的最有效的力量，它所提出的不同观点在知识生产方面是不可或缺的。

面对新的文艺形势，网络批评的任务就在于广泛深入地发掘新的文艺元素，理清新的文艺关系，发现和协调新的文化关系，以期对当代文艺发展有新的认识和推动。

【原载于《华南师范大学学报》2015 年第 3 期】

走向商业时代的中国农民形象

——80年代中国作家的一种乡村叙述

苏桂宁

20世纪的中国文学史中，中国农民形象经历了多重的变化，成为承载中国复杂多变的历史的一个主要载体。他们是中国历史的土壤，也是社会历史的晴雨表。在中国农民身上，可以看到中国历史的走势。即使是走向现代的今天，中国农民面临的坎坷艰辛，仍然是中国社会的主要问题。

一

在中国历史上，农民首先是承载中国苦难的群体。他们遭受压迫和剥削，在社会的生存线上挣扎。中国农民的苦难代表了中国历史的苦难，现代中国作家在上面所付出的情感也是相当复杂的。

20世纪初的中国作家笔下，中国农民是一个愚昧的符号，他们是阿Q，是七斤，是浑浑噩噩生活的麻木人群。他们不了解历史，不了解人生，是一群亟待启蒙的可怜的看客。中国作家以一种哀其不幸、怒其不争的态度看待他们，为他们感慨和遗憾，在表现同情的同时却又无可奈何。

20世纪20年代以后，一批左翼作家开始关注中国农民，他们主要是以诅咒社会罪恶的立场描写中国农民的生存命运。在叶圣陶的《多收了三五斗》、茅盾的《春蚕》等小说中，乡村农民在难以把握的商业背景中遭受了破产。作家以此放大了中国的小农经济在外来资本冲击下走向崩溃的命运。

由于受到革命思潮的影响，左翼作家开始发掘中国农民的革命因素，并将他们作为革命的力量进行开发。那些来自乡村的左翼作家对中国农民所蕴藏的革命力量十分关注，他们在表达对农民的同情的同时，还表现了农民的反抗精神。叶紫是相当突出的一位，他笔下的中国农民充满了强烈的革命性，对社会具有强大的冲击力。叶紫的父兄在农民运动中死去，他的作品充满了悲壮的色彩，他笔下的中国乡村成了被革命的火焰燃烧的世界。读叶紫的小说，你会感觉到热血沸腾。

中国的力量来自农民，谁赢得了农民，谁就赢得天下。这个简单的道理，是来自乡村的青年毛泽东发现的。蒋介石政府忽略了农民，忽略了农民的利益，所以失去了天下。一批年轻气盛的布尔什维克也忽视了农民的力量，从而使红色力量遭到巨大的挫折。青年毛泽东在他的《湖南农民运动考察报告》中肯定了农民暴动的合理性。也许是在这个时候，中国农民的力量被毛泽东真正地发现了。

在20世纪40年代初期的延安文艺座谈会上，毛泽东明确地指出了占据中国人口90%的中国农民是革命的主要力量，知识分子只有将立场转移到农民、工农兵方面，才有出路，才有发展前途。在这个问题上，毛泽东毫不含糊、十分坚决地站在农民方面，要求知识分子做出立场的修正。这是毛泽东在他的战争经历中得出来的经验，这种经验在以后的日子里得到了强化。

20世纪50年代的中国农村发生了大变化。土地改革在中国全面铺开。土地进行再分配，对中国农民而言是一次重大利益的重新分配。占有土地的地主和富农受到惩罚，绝大部分土地无偿分给了缺乏土地的农民。土改运动获得了大多数农民的欢迎，刚刚夺取政权的执政党和它的领导人毛泽东赢得了大多数农民的交口称赞，被称为人民的大救星。

农民渴望土地。土地是他们的生存根本，是他们的生活希望，也是他们的理想依托。中国农民世世代代做着土地的梦，有了土地心里才踏实，才能睡得安稳。土地是建立理想的基础，三十亩地一头牛，老婆孩子热炕头，这是中国农民的传统理想。千百年来，中国农民就是为了这个理想而奋斗、而抗争。所以在土地变革中，农民对分给他们土地的人千恩万谢。土地的重新分配符合广大农民的需求，执政党在当时也获得了最为广泛的支持。

早在20世纪40年代，丁玲就以解放区的农村土地改革为题材创作了长篇小说《太阳照在桑干河上》，这是关于土改题材的探索作品。那时候共产党的土改政策尚未十分明确，也未形成规模，但这部小说所描写的内容已经是未来土地变革的前奏。

周立波是描写20世纪50代初中国土地变革最为着力的作家。他创作了这方面的长篇小说有《暴风骤雨》和《山乡巨变》。这些小说描写了当时的土改情况，具有一定的真实性。

《暴风骤雨》描写土地改革的暴风骤雨的到来。那是在东北解放区，军事力量参与了对土地变革的实施，土地改革以强制性的方式进行。农民对土地分配的心情相当矛盾：一方面渴望土地，另一方面对获得土地的信心不足。从地主手中剥夺土地，将之分给没有土地的农民，如果没有强大的武装力量作为后盾，很难成功，农民也不敢接受土地。武装土改是中国土改初期的方式。新的执政党实现其在革命时期对农民的承诺，将土地分给农民。

周立波的另一部长篇小说《山乡巨变》，则更加细致地描写了湖南农村的土地改革事件。那些迷迷糊糊的农民被动员起来，投入土改中，最终分到了土地，地主富农也被镇压了下去。一个关于土地的重大事件在中国的历史行程中打下了深刻的烙印。有了土地的农民，在作家的笔下显得十分的幸福。

对农民进行大规模的动员，是这一时期的重要事件，大量的农民在阶级名义的动员中投入了革命的运动。阶级仇恨的整合吸附力量是巨大的，中国农民被整合到以阶级为界线的集体中，发挥出了巨大的能量，改变了中国的进程。

当时的革命作家对社会的重大变革十分关注，甚至投身于这场变革之中。他们以土地改革运动拥护者的立场进行写作，情感倾向明确，写作的话语具有浓厚的革命色彩。以后的"大跃进"运动、"文化大革命"运动，都显示了关于农民的话语力量。中国农民的力量通过文艺作品以形象的方式传播扩张，强烈的革命色彩通过当时的作品迅速地覆盖在中国的土地上。

二

20世纪80年代的文学写作把中国农民从传统的土地劳作中拉了出来，中国作家开始以自己的商业想象展开对中国农民的叙述。而以当时中国作家的商业眼来看，这种叙述的局限性又是显而易见的。小生产者的商业意识，加上对"资本主义"的朦胧惶惑的认识，以及对农民的朴实和一定程度的狡黠的描绘，构成了当时关于农民的商业化叙述。这种观念和叙述的变化被称为"改革文学"，并且相当激动人心。

较早对中国农民进行商业描绘或启蒙的作品有如高晓声的《陈奂生上城》、张一弓的《黑娃照相》、何士光的《乡场上》等。这是一段关于农民翻身的快乐的叙事景观。中国乡村的变革，就从农民萌发的小商业意识展开，在农民中自发产生的小商业意识和行为被放大成农民翻身的希望。当时稍有些商业意识的作家，也被认为是改革型的作家。

《陈奂生上城》描写的是农村中的特贫户，人称"漏斗户主"的农民陈奂生，上城卖自家制作的油绳，赚了五元，在县委书记的介绍下住宿招待所，把五元消费出去的故事。这个消费过程导致了陈奂生矛盾复杂的心理变化，那种农民式的对奢侈消费的诚惶诚恐的心情。尽管作者的重点不在描写陈奂生的赚钱过程，但是陈奂生的赚钱效应和带有政治色彩的消费方式，让读者耳目一新，也激发了人们对消费领域的独特感受：有钱真好。陈奂生的消费快意感染了读者，他打破了农民勤俭持家的道德界线，在经济的支撑下获得了一种新的人生体验。陈奂生的消费体验是复杂的，贫穷是他的心病，是他低人一等的证据，是他的中国农民式的等级自卑的最深刻标志。这样大规模的消费，尽管只是五元，却是他平生的巨大的消费体验，他在这次消费中获得了意想不到的虚荣和虚幻的地位，甚至使他的腰板挺直了一些。

何士光的小说《乡场上》，则表现了刚刚萌芽的商业环境导致农民的尊严开始觉醒，农民的地位开始发生微妙变化。农民冯幺爸由于贫困，由于农民的身份所构成的地位差异，一直处于自卑的状态。由于没有城镇户口，没有商品粮供应，没有城镇人享受副食品供应的资格，没有城镇人的种种"特权"，农民在物质上和精神上似乎总是低人一等。

在二十世纪六七十年代，城镇人多少还享有每月半市斤猪肉的定量供应，农民则没有。这是社会的等级差别。人被物质分配的计划性划分为三六九等，于是在精神上也被分为三六九等。农民处于社会的底层，他们自给自足，看天生活，更要看城里人的眼色行事，他们的自尊也被等级权力剥夺了。

乡场上食品站的会计，一个控制了猪肉分配权的中年女人，尽管粗俗不堪却颐指气使，权力之大，可以在乡场上叱咤风云，不可一世。平民百姓不得不对她屈从，否则就没有猪肉吃了。谁有猪肉的支配权，谁就有对他人利益和尊严的控制权。

20世纪70年代，市场上根本买不到议价猪肉，生猪由国家统购统销。农民养猪实行的是"购一留一"的政策，必须先将一头猪卖给国家，自己才能宰杀一头。每户人家还不能多养，目的是为了防止出现大规模的商品经济，那时候称为防止资本主义复辟。猪肉供应十分短缺，社会正是以物质的短缺实现了等级的划分。从猪肉供应中就可以把人进行贵贱分类。猪肉控制者拥有巨大的特权，他们可以通过猪肉进行人格交易，实施对他人的精神虐待；需求者永远处于被动的地位，尤其是农民更是望"肉"兴叹，他们被匮乏的物质供应锁定了生存的空间，被强大的物质控制压缩变形，失去尊严，变得麻木迟钝。国民的精神权利被物质的利益严格控制，在强大的等级制度中形成普遍的国民性自卑。

然而，这种濒临崩溃的社会经济及其衰落的国民精神却需要用"资本主义"的商业精神来拯救。

20世纪80年代初期，商品市场有所松动了，农民只要加多两毛钱就可以在自由市场上买到猪肉，而且可以挑肥拣瘦。就是在这样的背景下，农民的腰杆似乎可以伸直了一些，他们不一定要低三下四地领受屈辱才能吃到一点猪肉，他们可以从开始出现自由的市场上获得些许人的尊严。这一点点微妙的变化被作家捕捉到了。农民冯幺爸就是这样，他终于敢顶撞食品站那个仗着猪肉之势欺负农民的女会计了。那个在乡场上十分得意的女人，她不能再用猪肉控制他，他愤怒地把栽在自己头上的赃扔了回去，狠狠地回敬了那个女人，找回自己的尊严，也凸显了农民应有的尊严。这种尊严，农民已经被剥夺得太久，因为他们没有立足于社会的资源，所以连做人的尊严也没有了。只是一点经济的变动，就让农民找到了一些尊严。作家何士光对农民的感觉是相当敏感的，反思是精神层面的，也是深层次的。

然而，农民获得救赎的渠道，却是刚刚露出些许松动的经济条件。这种条件是中国经济发展的观念萌芽，但是离现代意义的消费还十分遥远。

张一弓的短篇小说《黑娃照相》①，却已经是对一个有较多商业意识的青年农民觉醒的颂歌。农民黑娃饲养长毛兔赚了第一笔钱（八元四毛），全家人高兴地看到了未来生活的希望，黑娃也在消费中获得了精神的满足。久处穷困的农民从稍许松动的社会控制中获得了一点好处，便立即被作家们放大，以为照此下去，中国农民就有出路，社会就会太平了。

黑娃养兔子无意中赚了钱，即使就那么一点点收入，他却从这点钱中反观自己，找到了未来生活的希望。他终于给自己照了一张相片，这张相片正是中国农民对自己的一次审视。以八元四毛钱的经济为基础而对中国农民的精神进行重新审视，这个基础相当脆弱，却是革命性的。过去的农民总是那样的灰头土脸，自惭形秽，照相正是中国农民重新审视自己的重要仪式。中国农民的精神需要一种相对自主的审视，以获得新的价值，然而，它需要经济的支撑才能得到新的变化。

这是一个历史的转场过程，作家开始以商业经济的眼光看待农民、写作农民。这时候的农民仍然守候在土地上，但如果仅仅是守候着这块土地，却又被作家认为是不够开放。在"改革开放"的旗帜下，刚刚从严格的计划经济圈子中走来的中国作家，以自己有限的理解和朦胧的感觉张扬着商业主义的精神。他们把这种肤浅的理解嫁接在农民身上，在小生产者的商业活动中理解改革的前景，建立改革的希望。

传统农民的精神需要土地支撑，然而这种乡村的土地又常常被认为是落后的基础，是滋长愚昧和顽固的源头。现代中国的知识分子也经常哀伤地关注这块土地，一厢情愿地在上面施放"启蒙"的化肥。20世纪上半叶，乡村的土地常常被播撒革命的催化剂；而在20世纪80年代，在中国作家的认识中，中国农民的新生机会却是需要转换成经商的意识和能力了，他们要向资本主义靠拢，才能称之为进步，称之为改革。

正如改革开放是摸着石头过河一样，中国作家也在以自己对改革的理解摸着石头过河。他们摸到了一块以农民的商业意识觉醒为改革前提的石头，这块石头在不久前曾经被他们狠狠地批判过、作践过、冷嘲热讽过；而现在，他们又看上了这块滑溜溜的石头，以为中国农民只要踏上了这块黏有商业苔藓的石头，就是走上了改革的道路，就可以获得彻底的拯救。

三

此后，农民企业家的形象开始在文学艺术中出现。农民洗脚上田，被认为是

---

① 张一弓：《黑娃照相》，《上海文学》1981年第7期。

改革开放的提升。

的确，中国的改革开放是从农村开始的，尽管它最终以放弃农业为主导的结果完成其改革的历程。城镇化的道路在中国蔓延开来，农民开始流向城镇，他们除了以陈奂生卖油绳的方式从事个体的营生外，相当一部分农民走上了规模化的生产，其中大多数是家族式的规模生产。他们被称为农民企业家。这是一个相当怪异的称谓，即使他们拥有了巨大的工商产业，也不再从事农业活动，但他们冠名中的农民二字却很难去掉，因为在数十年的计划经济惯性中，农民已经成为一个刻在额头上的、很难剥离的身份标签。但渐渐地，他们中的一些人已经不在意这种称谓，他们以经济实力来确定自己的身份，这是非常实在的。最早这样做的是中国南方沿海地区的农民，珠江三角洲，浙江温州、宁波地区，这些地区的农民以务实的精神展开了自己的事业，创造了关于自己的神话。传统的商业精神在这里复苏，商业的火焰甚至以农村包围城市的态势蔓延开来。

洗脚上田的中国南方农民由于较少受到国家意识形态理论的浸染，没有太多的精神包袱，也没有太多的心理束缚。他们以实干的精神展开了艰辛的创业，从哪怕是微不足道的行业进入经济领域。这是一个经济时代的启动，而这些启动首先从中国农村开始。从土地承包到农民经商，中国社会发生了相当重要的转变。

中国现代消费的出现，相当一部分来自中国农民的推动。来自乡镇企业的经济力量开始进入城市，并占据城市消费的主要地位，这是过去难以想象的。当那些西装革履、戴着硕大的金戒指和粗大的金项链，大把掏钱消费的中国农民出现在上海南京路时，的确让相当一部分城市人惊诧不已，也产生了极大的不平衡。蜗居于石库门、四合院而形成的都市优越感，在这种明目张胆的消费挑战面前显得相当脆弱。

金钱对都市尊严如此赤裸裸挑战，受到了一些都市作家的抵抗。于是，在这些都市作家的笔下，出现了那种对所谓"暴发户"不屑一顾的酸溜溜的描写。一些作家以没落贵族的眼光嘲讽暴发户的修养，讥讽他们的粗声粗气、举止不雅，讥讽他们的领带扎得太长，嘲笑他们是暴发户，财富与他们的出身不对称，预言他们即使再过三年也成不了贵族。一些都市作家以从前也阔过，而且阔得有品位，阔得高贵的膏油为自己的没落身躯除锈，润滑失落晦涩的心理。

在 20 世纪 90 年代的中国相声小品舞台上，乡村农民仍然成为被嘲笑开涮的对象：农民有了钱，但是他们的生活观念和行为方式却是都市小品嘲笑的主要内容。他们不知道城市人引以为豪的城市规则，不了解城市复杂多变、钩心斗角的人际关系，更不具备城市人狡猾世故的生存智慧。这些进城的农民不是随意吐痰就是随地大小便，他们在城市促狭的文明中捉襟见肘，整个就是一个"傻帽"的群体。这种嘲弄甚至在中央电视台的春节联欢晚会上延续了许多年，直到农民及一些知识分子提出了抗议，这类节目才有所收敛。

　　乡村农民的崛起，曾一度对传统计划经济延续下来的官本位观念造成了冲击。一些人甚至辞掉公职"下海"，以为可以在商业经济的浑水中挣上一把，但是，这种冲击造成的缺口很快被强大的权力水泥弥补了。官商权力的结合显示了巨大的力量，它的赢利规模不是一般民众所能达到的。在经济的海洋中，这是一艘超大吨位的轮船，足可以把那些周边的小舢板掀翻吞没。权力寻租的效应显示了它所向披靡的势头。

　　沿海的农民参与了大规模的走私活动。20世纪80年代中期以后，中国南方沿海的一些公路旁，堆满了走私的汽车、电器和服装。这是民间力量与国家权力较量的示范。走私农民避开国家体制的规范，与自己认同的经济权力结盟，在自己的利益领域中展开生存的游击战。不可否认，在1990年初前后的一段时间里，走私成为中国消费的一大渠道，其中包括农民在内的群体在这个领域获得了相当大的利益。许多人便是靠这种营生获得了以后发展的第一桶金。

　　这些生存方式在中国大陆的文艺作品中几乎没有影子，反而是香港的影视作品常常以这方面的事件作为故事的背景。中国大陆作家笔下的农民仍然在国家的轨道上中规中矩地行进，他们似乎一天到晚都在盼望国家农村政策的倾斜。只要出现了一丝光亮，中国作家就会捕捉放大，大唱赞歌。中国作家和批评家常常兴高采烈地预言中国农民的生活充满阳光，他们以为农民也相信他们的预言。而这个时候，农民开始大量地离开土地，向南方沿海发达地区涌去，另外寻求谋生的机会，这就是后来出现的民工浪潮。

　　大量的农民进入城镇，除了从事体力劳动之外，也有相当多的农民在城市中从事小生意活动，直接参与到城市市民日常的消费活动中。不过，此时的中国作家不再把眼光放在这些做小生意的农民身上，而是去关注那些成功的"农民企业家"了。

　　一些农民进入了企业家的行列，并在这个领域获得了巨大的成就。那些成功的农民企业家，许多人一开始并不是按照规则从事商业活动。在改革开放之初，许多法规尚未建立，那些摸着石头过河的农民，其实是经常淌在浑水里行走的。"撑死胆大的，撑死不讲规则的"，这就是改革开放初期的状况。但是历史的光彩总是照射在成功者的身上，成功者也成为社会历史的核心。在历史的光环中，成功者的那些曾经黑暗过的地方常常被作家转化成迷人的令人向往的传奇，并在作品中被大肆渲染。

　　在商业的海洋中，并不是所有的农民都能够游得动，大量的农民仍然在贫困线上生活。年轻的农民纷纷进城，也只是在城镇"打工"；许多乡村农民在商业领域中不得其门而入，反而常常受到假冒伪劣商品的蒙骗。他们中的大多数人只能在城镇从事体力劳动，在乡村的留守地上，则是老弱病残的农民在耕作。这种社会走向没有成为作家表现的重点，那些在乡村生活的农民也没有成为作家关注的主要对象。

　　商业主义的迷人光环仍然是吸引作家注意力的主要因素。文学的商业要素也在这种神奇的光环中日益放大，成为主宰文学的主流。文学在商业主义的河流中随风飘荡，高唱着赢利的凯歌走向未来。

【原载于《文艺争鸣》2008 年第 12 期】

《学衡》的文化立场

——关于 20 世纪初中国文化选择的一种考察

苏桂宁

　　20 世纪初的局势给中国文化的选择提供了相当大的空间，中国向何处去、中国的立国将依据什么精神，成为人们关注讨论的问题。各种理论学说纷纷登场，为 20 世纪中国的发展提供各种药方，形成了 20 世纪初一次文化选择上的百家争鸣的局面。《学衡》也是这个时期活跃的杂志。它以积极的姿态参与了世纪初的文化讨论，也发出了中国文化建设的呼声。

　　翻开图书馆旧刊架上尘封已久的《学衡》，可以感受到，这是中国 20 世纪 20 年代一份相当有分量的杂志。《学衡》创办于 1922 年 1 月，于 1933 年 7 月停办，历时 11 年多。这期间，中国文化的选择和发展经过了风风雨雨，有过许多的争论。《学衡》以它对中西方文化的独特态度以及与《新青年》的论战，在 20 世纪的中国文化史上留下了重要的印记。考察《学衡》及世纪初的文化选择的可能性，可以看到那些既接受了西方思想，又对中国文化情有独钟的一代知识分子的文化情感和文化立场。

一、《学衡》的文化形象

　　《学衡》曾被冠以文化保守主义的桂冠，这顶帽子被戴了大半个世纪，它给人的印象似乎是一副步履蹒跚、辫子枯萎、瓜皮小帽、长袍马褂、满口之乎者也的清朝遗老的形象。在它被鲁迅衡了一"衡"之后，又变成了一个连国学也不甚通的不中不西的保守形象。

　　保守者，一般与倒退甚至反动相近，他们不思发展、阻碍进步，成了进步文化发展的绊脚石。这一形象几乎占据了以后的"中国现代文学史"，成为一种知识定式、一种文化保守的代名词，也成为以后的人们讲授 20 世纪文学史的一个先验的知识前提。由此可见，抢占话语的权力是何等的重要，后面的大多数知识接受者，大体不会再去深究这一知识的可靠性。在"五四"被称为主流文化的"新文化运动"面前，"学衡"被作为文化"革命"者的一个重要的对立面受到批判。一场"新文化运动"，也似乎是在与"学衡"为代表的"保守主义"的争论中发展起来。

其实，与当时的中国民众相比，甚至与当时的文化激进者相比，学衡成员无论在见识还是知识的构成方面，都显得广阔得多，而且他们的绝大部分还受过欧风美雨的熏陶，既有中国"国学"的底子，又接受过西方文化的教育，所得的参照点也应该是相当广泛的。至于形象，更是与步履蹒跚的清朝遗老相反，而大体是些得了西方绅士风度的翩翩美少年。

这是一批较早到西方留学的中国留学生。有些人在西方也游历了十年有余，西学多少也是了解的。国学虽有被鲁迅"衡"出的疵，但许多人，如王国维、陈寅恪、柳诒徵者对国学也还是精通的。

当时，《学衡》发表的一系列文章，吴宓、梅光迪、汤用彤、刘伯明、柳诒徵、曹慕管诸人，就曾经著文直陈自己的文化立场。他们对自身文化观的阐述，基本上又是以对"新文化运动"的比较或"攻击"完成其叙述过程的。这就不免产生了与"新文化运动"较量的火药味，有了"保守"的色彩。

其实《学衡》不是"保守"一词所能概括得了的。在文化发展中，《学衡》主张变革，但它主张多元的变化，既保存传统国粹，又吸收西方文化；要理清中国的病根，也要厘清西方文化的源流，不能将西方的文化混为一谈，盲目引进；要认真地分析中国的问题，不要把复杂的文化问题简单化，以为只找到一两个病灶就能根除中国的弊端。这种简单化的做法，会引导国人在思维上的片面性。《学衡》在思想文化上有自己的特色，在今天，它也渐渐地得以露出真实的面目。

二、《学衡》的理论根基和白璧德的文化观

《学衡》诸公在杂志创办早期，便用了诸多篇幅介绍美国学者白璧德的思想，其原因是白璧德的学说"裨益吾国今日甚大"。它被认为是建设中国文化的良好借鉴，也是《学衡》诸公寻求到的思想依据。当然，《学衡》中的若干主要成员，如吴宓等人曾经师从白璧德，有师承关系，也是一个原因。

《学衡》看重白璧德的思想，是以为中国选择立国之道为基本需求的。白璧德提供的人文主义思想，被认为是美国思想者选择了欧洲文化，移植到美国并取得成功的典范。美国立国仅两百余年，摆脱了英国的羁绊后，一变而为世界最强的国家，致使世界文明的枢轴移动。这样的成功，自然会引起那些留美的中国学生的思考，他们也自然地将它作为楷模，希望能把这样的经验应用于中国，使中国强大起来。选择西方成功之道以改造中国，是当时中国知识分子试图改变中国的一种途径。

《学衡》也批评那种只选择西方一家之言，以偏概全的做法，但他们自己也多只推崇白璧德和少数几人。也许对于其他学派，他们还没有更多的精力去顾及。

　　吴宓所译的《白璧德之人文主义》一文①，便将白璧德的人文主义主要归纳为这样的宗旨，即以人合于自然之中而求安身立命。该学说被认为本于科学，有实证主义和功利主义特征。旧的文明以宗教为根据，已经被新学说摧毁，所以白璧德不主张复古，而主张实证的人文主义。他认为人道主义重博爱，人文主义重选择，新文化应该二者兼而有之，博爱与选择并存。这种文化选择的思想，被当时的中国知识分子所重视。

　　白璧德也对当时的中国文化发展发出过议论。胡先骕所译的《白璧德中西人文教育说》一文。该文为 1920 年 9 月美国东部的中国学生年会邀请白璧德做的一次演讲记录。演讲中，白璧德对中国当时如何学习西方，如何对待自己的传统文化，如何选择立国之道作了分析。其中反复强调，对中国传统文化，不要将盆中婴儿随浴水一起倒掉。白璧德以为，中国人为的"文艺复兴运动"，绝不可忽略道德，不可盲从今日欧西流行之说，提倡伪道德。如果功利主义过深，则中国学习西方所得，只不过是打字机、电话、汽车等机器。中国人不要冒进步之虚名，忘却固有文化，而应该研究西洋自古希腊以来真正的文化，用于自己的文化建设。中西文化均是主人文的。科学是国际性的，但如果误用于国势的扩张，那么人道主义、博爱主义只能成为梦幻。白璧德的分析有一定的道理，在当时，如何把握文化选择的内容和分寸，正是中国面临的问题②。

　　白璧德还特别提出，中国必将有一次新的孔教运动，摆脱昔日一切学究虚文的积习，而为精神的建设。其实白璧德是提出了一种对待中国文化的态度和方式。

　　吴宓翻译有《白璧德论欧亚两洲文化》一文③。吴宓在按语中认为："吾国人今日之大病根，在不读西史，不研西洋文学，不细察西人之思想性行，不深究彼中强弱盛衰之故。"只是浮光掠影，腾为口说。所以在选择文化时，不明世界大势，空呼口号。吴宓认为：要杜绝帝国主义的侵略，免瓜分灭亡，"只有提倡国家主义，改良百度，御侮图强"。尤其要"培植道德，树立品格。使国人皆精勤奋发，聪明强毅，不为利欲所驱，不为瞀说狂潮所中。爱护先圣先贤所创立之精神教化，有与共生死之决心"。在这里，基本上表明了吴宓等人的选择倾向：既要爱护珍惜先圣头贤创立的精神，又要对西方文明有选择地吸收。白璧德的人文理论，当是指导选择的重要原则。

　　白璧德之所以被《学衡》诸公看重，主要是他们认为该学说在选择立国之道上具有指导意义。如何在文化变革时代取舍传统文化与西方文化，如何寻找适合于中国发展的文化依据，《学衡》也想找到一种思路和原则。

---

①　白璧德著，吴宓译：《白璧德之人文主义》，《学衡》1923 年第 19 期。

②　白璧德著，胡先骕译：《白璧德中西人文教育说》，《学衡》1922 年第 3 期。

③　白璧德著，吴宓译：《白璧德论欧亚两洲文化》，《学衡》1925 年第 38 期。

三、中国的病因及对孔子的态度

在对中国发展滞后原因的基本判断上，《新青年》与《学衡》是有很大差别的，甚至是互相冲突的。这首先反映在对孔子的基本认识上。

《新青年》诸人认为，中国问题的病源主要在孔子那里，因而发起了主要针对孔子的文化批判运动。《新青年》的判断所造成的影响相当大，也使许多人把批判的目光主要对准了孔子及其儒家之道。

《学衡》诸公对此不以为然。柳诒徵著有《论中国近世之病源》一文[1]，专门分析中国文化之病源，并批评单一地把病因推到孔子身上的简单做法。柳诒徵指出《新青年》这一方面的问题："今人论中国近世腐败之病源，多归咎于孔子，其说始于日本人，而吾国之好持新论者，益扬其波。某杂志中归狱孔子反复论辩者，殆不下数万言。青年学者，中其说之毒，遂误以反对孔子为革新中国之要图，一若焚经籍，毁孔庙，则中国可以勃然兴起，与列强并驱争先者。"

柳诒徵认为："研究社会国家之盛衰利病者，必先救其原因，不可徒执现象以为衡也。"以为中国唯一的病，在于孔子误认了病源，妄使攻伐，匪为不能去病，病且益深，也将无病的脏腑受伤。从寻找病根的动机看，两者没有什么差别，但取向却不一样。柳诒徵认为，应该认识到社会的复杂性，不能把病因简单地归于一两点。社会发展历久复杂，"其中层累曲折之变换愈多，第截取其两端，以为一国家一社会所由盛衰之因果，而加以武断，决无当事理也"[2]。今人论中国近世腐败之病源，多归咎于孔子。柳氏认为，其实中国最大的病根就是没有奉行孔子之教。孔子教人以仁，而中国大多数人皆不仁，正是违反了孔子的宗旨，才使社会有了许多黑暗。

柳氏的思路，应该说是相当准确的。判断的简单化或判断的失误，都有可能把事情引向相反的方向。孔子之道，应该说是中国历史极为重要的精神支柱，是中国文化构成的核心之一。新文化运动者选择这一对象作为向传统文化进攻的突破口，也是一种策略。例如，在《新青年》第 1 卷第 6 号（1916）上有易白沙的《孔子平议》一文，便将中国的诸多问题归咎于孔子。如认为孔子尊君权，漫无限制，易演成独夫专制之弊；孔子讲学不许问难，易演成思想专制之弊，等等。他们感觉到这是文化建设的主要"障碍"，打开这个突破口，中国传统文化就会瓦解。可是，这种较为单一的攻击很容易造成另一种假象，以为传统文化就是孔孟之道，以为打倒了孔家店就可以改变中国文化，而忽略了对中国文化演变

---

[1]　柳诒徵：《论中国近世之病源》，《学衡》1922 年第 3 期。

[2]　柳诒徵：《论中国近世之病源》，《学衡》1922 年第 3 期。

的复杂过程的认识。

不过，《学衡》为孔子开脱其历史的责任，似乎也不能自圆其说。柳诒徵认为，新青年以为孔子尊君，演成独夫专制之弊，是科举之害，也是孔子的罪过。这是不准确的，因为历史上是先有了专制，才出现孔子，所以不能把专制归咎于孔子。这无疑有一定的道理。但是，柳诒徵没有看到文化选择的必然性，孔学固然非君主专制之来源，但君主专制之选择孔学，必定有其相通的取向。孔学有促进专制的功能。孔子的学说在经历了历史的选择后固然有所变化，但其基本精神仍然是有利于专制统治的，例如其纲常等级的思想便是专制的思想基础。中国在近世的流弊腐败是多因的，非孔子所能承担，只攻孔子也不能解决问题，反而造成以偏概全的思维习惯，造成了当时及后世的知识定式，以为攻击了孔学，打倒了孔家店，就一了百了，造成中国文化在"五四"时代的断层假象。在以后的数十年里，孔子的地位的确是受到了影响，中国文化也在动荡中摸索发展，出现了许多矛盾冲突。这是核心文化紊乱缺失的结果，也是中国在其走向现代的过程中必然出现的经历。

四、《学衡》的新旧文化观

有没有一种新文化？如果有，这新文化是什么？是不是胡适、陈独秀等人提出的就是新文化，别人提出的就不是新文化？这是《学衡》与《新青年》争论相当多的问题。

胡适、陈独秀等人提出文学革命论，提出白话文运动，提出汉字革命，并将之定位为新文化，这并无什么不妥。对于那些也同意文化变革，但未必认为是这样变的，就被认为是文化的保守主义。以这样的标准得出来的结论，自然会引起《学衡》一派的不满。

与《新青年》诸人一样，《学衡》作者也对中国文化在历史之交选择的必然性有相当明确的认识，而且做出了反应。他们都假设中国传统文化已经到了必须变革的阶段。但是，如何变革？往什么方向变？变革到什么程度？以什么态度对待自己过去的文化？吸收西方的什么文化？这些都成为他们争论的问题。

关于如何对待中国文化，《学衡》有自己的立场。它是这样对中国的文化基础进行判断的。"中国之文化，以孔教为中枢，以佛教为辅翼，西洋之文化，以希腊罗马之文章哲理与耶教融合孕育而成，今欲造成新文化，则当先通知旧有之文化。"① 先了解各种文化的源流，分辨其特性，这才是设计文化走向的基础。

有没有一种所谓的新旧文化之分，《学衡》多执谨慎的态度，不予妄分。

---

① 吴宓：《论新文化运动》，《学衡》1922 年第 4 期。

吴宓在《论新文化运动》① 一文中，对当时的"新文化运动"作了分析，指出文化"所谓新者，多系旧者改头换面，重出再见，常人以为新，议者不以为新也"。

他以为，文化不应拘泥于新旧，"旧老不必是，新者未必非""晚出者不必胜前"。的确，传统资源不应为新者所抹杀。"新"者也未必就是对的，不同意某种新东西也未必就是保守。这个道理本来也很简单，但在一个文化变化时期却酿成了一种冲突，也成了一种知识。

吴宓还指出，当时的少年学生，读书未多，误以为新文化运动者所主张的是西洋文明的全部代表。对那些不附和新文化运动者，即斥为漠心国事；不信从新文化学说者，即指为不看报纸；尤其是留美学生不趋附新文化运动，遂斥为不知近世思潮，不爱国。这样的武断，也构成了 20 世纪文学史的一桩公案。《学衡》便一直担待这顽固保守的恶名。

吴宓认为，新文化运动，其名甚美。但不赞成该运动的主张者，也并非反对新学，不欢迎欧美的文化。如果以反对该运动的主张者，斥为顽固守旧，就有失公允了。就像治病不用牛黄，而用当归或其他药，同是治病，不能说它就是保守的。半个多世纪以来，《学衡》被冠以保守之名，其实是犯了吴宓早就提到的这种偏颇。《学衡》所提倡的文化，以及对待文化的态度，有许多也是中国所没有的，但它似乎没有抢得先机，在后来也没有获得制度的支持，失去了话语权，便一直沦入了被批判的境地。

吴宓《论新文化运动》一开篇就提出："近年国内有所谓新文化运动者焉，其持论则务为诡激，专图破坏。"这种火药味极为浓厚的论战姿态，必然会遭到"新文化运动"者的反击。

对中国文化的评价，是 20 世纪初分歧最大的一个问题。李思纯在其《论文化》一文中对"新旧思想之冲突"的实质做出了文化价值上的判断。他认为"此冲突盖中国文化估定价值之关头，亦即中国文化之生死关头。吾国人将于此决定吾国采取欧化之程准，决定吾国保持旧化之程准，决定吾国文化在世界文化中之地位，其时代上之责任，岂不重乎"②。这一判断相当符合当时中国文化的发展困境。中国固有文化在外来力量的打击下，至少在表面上显出了弱势。这样，中国文化的支撑力遭到了质疑，它还能不能成为民族生存的精神支柱，如何使中国振作起来，这时，文化选择必然地提到了重要的地位。

此时的中国知识分子对中国文化的建设似乎责无旁贷，也用了心力去建设。李思纯便提出："中国文化既已根本动摇，则决定前途之命运，惟在吾人身上，

---

① 吴宓：《论新文化运动》，《学衡》1922 年第 4 期。
② 李思纯：《论文化》，《学衡》1923 年第 22 期。

视吾人所以处置之者何如，而卜其休咎。苟吾人态度正确，处置得宜，则吸收新化而益臻发达。否则态度有误，处置未妥，斯文化之末路遂至。"①

汤用彤以为："中国固有之精神湮灭，饥不择食，寒不择衣，聚议纷纷，莫衷一是。"② 这段言论，相当准确地概括了当时文化选择的纷纭状态，也道出了国人在旧有价值瓦解而新的价值尚未建立的真空状态下的心理境况。人们心中茫然，自然是纷纷去寻找精神的依靠。至于能够抓住什么，那就要看当时的世界能够提供什么样的资源了。白璧德的学说固然是一说，但是《学衡》基本上所主张的还是文化多元主义。当时的思想界，也把形形色色的学说推出来，纷纷在历史的舞台上亮相。有西方的，也有中国传统的，这都不足为怪。选择什么样的学说，都有其依据。至于什么学说文化能够生存下来，成为主流文化，那就要看历史的需求了。

五、关于新旧文学之争

《新青年》发动文学革命，提倡新文学，是当时的一个亮点。更早一些时候，梁启超就认为欲新政治、新道德，就必先新小说。文学的功能在当时发挥了重大的作用。新文学的概念提出来，便有了新文学和旧文学的分别。

与新文学派持不同观点的是，《学衡》以为文学没有新旧之分，不同意以新旧的标准划分文学。曹慕管撰有《论文学无新旧之异》一文③，即对宣传新文学者进行批驳分解。曹慕管以为："文学无新旧，惟其真耳。"什么是真？就是"合乎文学精义者也"。什么是文学的精义，曹慕管认为首先是学问，文学之本学问；其次是文字通达，文字有繁简而无贵贱之分；再次是诚信，修辞立其诚，不诚无物，便流于空言；最后是平易，语体要平易。此外，文辞要活，要传神，还要讲求文法。这也是《学衡》的文学观之一。

吴芳吉撰有《再论吾人眼中之新旧文学观》④，提出文学唯有是与不是，而无所谓新与不新的看法。他把文学与政治作了比较，认为政治可以革命，而文学之命不可革。因为文学的善与不善，不在文学本身，而在作者自己。作者为文不善，是作者的罪过，不是文学之罪，革自己的命可以，不必去革文学的命。

该文还逐一批驳了胡适的"八事"。例如对"八事"中的不模仿古人一事，胡适以为模仿乃奴性之事。吴芳吉对此不以为然。他认为：创造与否，模仿与否，要视其力所至，各从其性所好。"能创造者，自创造之。不能创造，模仿何

① 李思纯：《论文化》，《学衡》1923 年第 22 期。
② 汤用彤：《评近人之文化研究》，《学衡》1922 年第 12 期。
③ 曹慕管：《论文学无新旧之异》，《学衡》1924 年第 32 期。
④ 吴芳吉：《再论吾人眼中之新旧文学观》，《学衡》1923 年第 21 期。

伤?"又例如不用典一事，胡适以为一受其毒，便不可救药。吴芳吉以为，所谓典故，是古之事，也即历史之事，人不习知历史，则必不能从事文学创作。在这里，大概双方是对"典"及用法的解释有所不同了。概念不同，双方争论的针对性自然也有差异。

与新旧文学相关联的是文学有没有平民和贵族的分别，因为文学革命论者提出要平民的文学，不要贵族的文学，这就涉及从文学内容到形式的认定标准问题，还涉及白话文的地位。时值陈独秀等人提倡白话文，文学的平贵问题尤其与这语言的取舍密切相关。《学衡》便发起了反驳。刘朴撰文指出文学没有平贵之分。① 例如一部《红楼梦》，是平民文学还是贵族文学？其通俗性是平民的，平民都读得懂，也喜欢读；贵族也在其中找到乐趣。因此，不存在一个平与贵的问题。

总之，胡适、陈独秀等人所鼓吹的文学革命，几乎每一个条件都被《学衡》认真地"衡"了一下，作了清理批判，也可见这"文学革命"进行得并不顺利。也正因为有了这样的反复讨论驳难，20 世纪初的文学与文化讨论才能够深入下去。这样的讨论至少也体现了当时讨论问题的自由状况。至于最终得出什么结果，倒显得并不十分重要了。

六、关于对《尝试集》的批评

《学衡》对新文学发起的批评，除了在宏观文化方面进行批驳，还将胡适的诗集《尝试集》作为靶子进行辨析批驳，可谓是既宏观又微观地对新文化和新文学作了批评。

胡适在理论上提出文学革命，也在文学创作上做出若干尝试和示范。他把自己的诗集称为《尝试集》，大约也有此意。应该说，胡适的尝试在当时确有文学变革的意义，但也因为是尝试，便也有如胡先骕所说的似诗非诗、似词非词的特色。既有古体又有白话体，这样的诗歌作为文学革命的范本，自然给了《学衡》等人以批评的漏洞。于是胡先骕撰了长文——《评〈尝试集〉》，分 2 期分别发表于《学衡》1922 年第 1 期和 1923 年第 18 期上。② 文章洋洋洒洒，历数胡适诗歌的问题，也谈自己的文学观。以胡先骕的说法，就是以大名鼎鼎的文学革命家之著作为例，评胡适的诗，既可评胡适论诗之学说，也可以评当时新诗之长短，还可以讨论古今中外名家论诗之学说，以及真正改良中国诗歌的方法。可见评一部《尝试集》，可以起到一石多鸟的效果。尤其可以通过具体的事例，找出"新

① 见《辟文学分贵族平民之讹》1924 年第 32 期。
② 胡先骕：《评〈尝试集〉》，《学衡》1923 年第 18 期上。

文学"的不足,给"新文学"以当头一棒。

胡先骕对胡适诗歌的批评,从内容到形式,里里外外都历数了一遍。

其首先认为,《尝试集》诗的性质,实为不伦不类。不能运用声调格律以泽其思想,又撷拾一般欧美所谓新诗人之唾余,还剽窃白香山等人的外貌,武断地认为文言是死文字,白话为活文字,自命为活文学家,实际上对中外诗人的精髓,从未有深刻的研究,徒为肤浅的改革之谈。他以为胡适想以这样的诗集,推倒李杜苏黄,实在是可笑的。客观地说,《尝试集》中的诗歌艺术实在差强人意,也不足为新诗的艺术榜样。但是《尝试集》仍是开风气之先的白话诗,作者既在理论上号召,又在创作上尝试,实为一种大胆的开拓。

接着,胡先骕对胡适诗歌的声律进行考察。胡先骕引经据典,以中外诗歌在声律上的发展,得出"中国诗以五言古诗为高格诗最佳之体裁,而七言古五七言律绝与词曲为其辅"① 的结论。他说胡适为了自由抛弃一切枷锁,把音节和韵律看作束缚自由的东西,亦不惜尽数抛弃。既然胡适爱其思想和语言的自由,何不尽以白话作白话文,以达其意,述其美感,何必强做那非驴非马的诗呢?诗与音节关系密切,诗失了音节,还有什么美感呢?

胡适论诗主张八事,其中有不用典和不避俗字俗语二事。胡先骕也只相对赞成,认为典也不是绝对不可用。借古事以寄其胸怀,不能说是用典。弃遗产而不顾,徒手起家,也是不对的。

胡适提倡白话诗和白话文的理由有两条:一是认为过去的文字是死文字,白话文中所用的文字是活文字。用活文字所作的文学是活文学,用死文字所作的文学是死文学。胡先骕指出胡适在论证时逻辑上有问题,那就是胡适将中国古文比作古希腊文和拉丁文,把中国白话比作英、德、法文,这是不相类的事情。这样的比附,联系上已经错了,再接下去的推论,自然要大打折扣。而且,诗的功用在于能表现美感和情韵,不在文言白话之别。只要能表现美感与情韵,不管是白话是文言,都可以使用。胡先骕的诗论,以审美为核心,是较为公允的。

胡先骕在评《尝试集》时,指出了当时中国向西方文化学习的一种状况,就是认为青年识力浅薄,对他国文化之优劣无抉择的能力,对西方各派皆模仿,有模仿颓废派的,也有模仿其他派的。但青年人有了解社会的期望,只要勤求方法,虽然此路不通,终有他路可通的一天。他把胡适的新诗创作,以及《尝试集》比作创乱者陈胜、吴广,享其成者为汉高祖。其实,《尝试集》对新诗推进的真正价值也在这里。

一部《尝试集》的得失,已经历过许多评价和批判,优点和缺点也指出了许多,这是胡适的"尝试"所带来的结果。也正是在这块不成熟的试金石上,

---

① 胡先骕:《评〈尝试集〉》,《学衡》1923 年第 18 期上。

各种观点都在这里展开了交锋。它为现代诗歌的发展提供了讨论的空间，从这里总结出来的诗歌经验，也为中国新诗的发展提供了重要的资源。

　　总的来看，《学衡》还是以文化多元为其基础的。传统文化固然不可抛弃，但他们也不反对文化的变化，主张文化要不断地融入新质。《学衡》关注西方文学及文化对中国文化的推进，这体现了其在文化选择中的价值取向。以西方文化充实中国文化，也是《学衡》所做的工作。在十余年的办刊过程中，《学衡》在这方面做了许多的工作，尤其是翻译介绍了大量西方的思想文化，为中国寻找文化出路。这些工作，自然是不可抹杀的。

　　《学衡》的观点，在20世纪20年代尚有一定的影响；但随后，它渐渐地被挤向边缘，甚至被作为主流意识形态的反面受到激烈批判。与它论战的对手——"新文化运动"的旗手们，却一路高歌猛进，获得了绝对的话语权。直到20世纪90年代以后，《学衡》在中国大陆才重新被学术界挖掘出来进行研究。它似乎已经成了古董，要抹去附着在它身上的厚厚的尘垢，才能看出它的真正价值。在今天看来，《学衡》仍然显出思想学术的光辉，具有不容漠视的历史意义。

【原载于《文艺理论研究》2006 年第 1 期】

梁启超与"中国文学"概念的现代发生

郑焕钊

现代民族国家观念的出现，并作为一国文学的整体命名，是文学现代性的一个重要事件，它使一种超越朝代和文类的整体性命名和描述成为可能，并为一种与之相关的意识形态的建构奠定观念的基础。作为一个整体的概念，"中国文学"长期为人们所习以为常、不加反思地加以应用，却很少在"中国"与中心词之间做出必要的界定与厘清。由于晚近西方民族主义理论和后现代理论的影响，尤其是相关的"话语"理论，加之中国自身所面临的地缘政治、内部的民族关系等问题，使得关于"中国"——在历史认同、政治认同与文化认同——诸种关系之间的复杂性日益成为人们不得不关注的对象。与之相关，"中国文学"的概念也成为学界反思的一个问题[①]。

由于涉及历史、政治、民族与文化的各种处理，并且涉及历史上不同时期的"中国"与当今政治主权的"中国"之间的错位关系，学界关于"中国文学"的讨论，往往也针对此而展开。但是，"中国文学"概念的产生，必须基于两个条件：其一，为现代以想象虚构为概念的文学观念的出现；其二，为具有现代民族国家意义的"中国"观念的产生[②]。而这两者的联系，却需要从根本上论证"想象性的，虚构的文学"与"中国"这一具有强烈政治和文化认同色彩的词汇之间的关联——实际上也是文学与国族意识形态关系的建立。作为一个被建构的概念，现代意义上的"中国文学"概念是由梁启超最早提出。他从"群治"功能出发，重构和论证文类秩序，进而从现代国民意义上展开启蒙的逻辑，正是这一联系建立的一个关键环节。

但在以往相关研究中，梁启超的作用却被一笔带过。真正揭橥梁启超"中国文学"观念产生历史过程的是日本学者斋藤希史，他在《近代文学观念形成期的梁启超》一文中，对梁启超如何接受日本"国民文学"的影响而形成"中国文学"的观念进行实证研究，指出"'中国文学'这一观念的出现，在梁启超小

---

① 近期关于"中国文学"作为一个整体概念的反思的文章有冯骥才：《关于"中国文学"的概念》，《文学自由谈》1996 年第 4 期；吴泽泉：《错位与困境：一份关于"中国文学"的知识考古学报告》，《文学评论》2009 年第 3 期；张未民：《何谓"中国文学"？——对"中国文学"概念及其相关问题的讨论》，《文艺争鸣》2009 年第 9 期等少数几篇。

② 吴泽泉：《错位与困境：一份关于"中国文学"的知识考古学报告》，《文学评论》2009 年第 3 期。

说论的发展过程中是一个自然的归宿，无疑同时也是对明治三十年前后开始盛行的‘日本文学’这一观念的一种反应"①。但由于论者着重于日本的影响，所以忽视了梁启超"新民"思想与"中国文学"之间的内在逻辑，及传统文学观念在梁形成这一概念过程中的作用。鉴于此，本文将对梁启超与"中国文学"概念发生的关系进行专门的探讨，尤其着重从梁启超"新民"思想的逻辑出发，梳理"中国文学"概念创构长期为人们所忽略的内涵，以期对学界有所助益。

一、作为"民"与"国"关系隐喻的"中国小说"

"中国文学"观念的建构，起源于"中国小说"概念的发生。考察晚清从"小说"到"中国小说"的概念变化，是考察"中国文学"观念发生的一个重要前提。作为知识普及的一种通俗方式，小说的功能在晚清得到了广泛的强调，尤其从小说与传统经史教育的效果对比中来突出小说对于普通老百姓的民智开启的意义。如康有为在《日本书目志》的识语中就强调在中国这样一个识字率不高的国家，小说在启童蒙、导愚俗方面的积极意义；而严复和夏曾佑合写的《本馆附印说部缘起》② 对历史与小说在知识普及方面的特征进行具体的探讨，突出小说在语言、人物刻画等方面的"五易传"的具体效果，进而指出小说把持风俗的意义③。如果我们将晚清小说实用功能的凸显与整个晚清经世致用思潮联系起来考察，则可发现：晚清文类秩序的重构，乃至小说地位的提升，首先不是来自文学的内部，而是由外部的实用思潮所引起的。因为近代民族危机的刺激，社会思潮整体趋向经世实用，在"去虚化"的时代精神的主导下，传统诗文的地位陡然下降，其变革也确立了以"实用""救时""经世"为核心的新标准。在近代"开民智"这一主导诉求之下，通俗文体因其实用功能获得了发展的契机，小说作为最有效的通俗知识普及的载体，获得了进入文学秩序的可能，从而促使传统文学格局发生了深刻的变化。小说作为实用通俗的文类，在近代获得了人们的重视，正是围绕着"实用经世"的轴轮发生根本性的转变，小说与民智之间的关系构成了新的论述重心。梁启超早期的小说论述，如《变法通议·论幼学》中论及"说部书"的教育意义，从文字与语言的分合角度，认为小说的读者多

---

① 斋藤希史：《近代文学观念形成期的梁启超》，狭间直树编：《梁启超·明治日本·西方》，北京：社会科学文献出版社 2001 年版，第 307 页。

② 严复、夏曾佑：《本馆附印说部缘起》，陈平原、夏晓虹主编：《二十世纪中国小说理论资料》（第一卷），北京：北京大学出版社 1997 年版，第 27 页。

③ 严复、夏曾佑：《本馆附印说部缘起》，陈平原、夏晓虹主编：《二十世纪中国小说理论资料》（第一卷），北京：北京大学出版社 1997 年版，第 27 页。

于六经的读者就在于其专用俗语。他以日本文字改革所带来的识字、读书、阅报之人增多为例，提出"专用俚语，广著群书"① 的主张，以借助说部之力，"上之可以借阐圣教，下之可以杂述史事，近之可以激发国耻，远之可以旁及夷情，乃至宦途丑态，试场恶趣，鸦片顽癖，缠足虐刑，皆可穷极异形，振厉末俗"②。在《〈蒙学报〉〈演义报〉合叙》中也同样强调了小说与童蒙之间的关系，他指出，"西国教科之书最盛，而出以游戏小说者尤夥。故日本之变法，赖俚歌与小说之力。盖以悦童子，以导愚氓，未有善于是者也"③。以之对比中国，"其仅识字而未解文法者，又四人而三乎，故教小学教愚民，实为今日救中国第一义"④。对小说与俚歌的重要性的肯定，同样是放在通俗教育的角度，其认识并未超越之前康有为和夏曾佑等人。

梁启超的《论小说与群治之关系》意味着将小说作为知识普及手段的方式的功能发生变化。在该文中，梁启超提出："欲新一国之民，不可不先新一国之小说。故欲新道德，必新小说；欲新宗教，必新小说；欲新政治，必新小说；欲新风俗，必新小说；欲新学艺，必新小说；乃至欲新人心、欲新人格，必新小说"⑤ 的著名论断，并指出小说具有如此效力的原因在于它"有不可思议之力支配人道"⑥。以往人们容易由此展开对梁的小说"不可思议之力"的研究，而忽视"群治"一语与小说之间所具有的独特关联。鉴于"群"在梁启超的思想中所具有重要地位和1902年梁发表《新民说》时"群"的概念的变化——从早期混合着国群与天下群转向了明确的"民族国家"的单一含义，则《论小说与群治之关系》的"群治"的含义显然与"民族国家"密切相关：这既可从前述"欲新一国之民，不可不先新一国之小说"的表述得到证明，又可从"群治"在这一年的密集出现——如《新民说》中"论进步"一篇的副标题"论中国群治不进之原因"及同年发表的《论佛教与群治之关系》——得到印证。实际上，早在《译印政治小说序》中，他已经提出"中土小说"的概念，指出小说为"国民之魂"；而在《新民丛报》第14号《中国唯一之文学报〈新小说〉》中又提出"中国小说界革命"的口号。"中国小说"已经开始作为一个整体出现。在这篇论文中，梁启超还提出"小说为文学之最上乘"的观念，从小说的感染力等角度对小说的至上性予以论证，但其逻辑却指向小说与国民总体的意识形态情形——小说为群治腐败之源。在此之后，《新小说》杂志上刊载的"小说丛话"

---

① 梁启超：《变法通议·论幼学》，《梁启超全集》，北京：北京出版社1999年版，第39页。
② 梁启超：《变法通议·论幼学》，《梁启超全集》，北京：北京出版社1999年版，第39页。
③ 梁启超：《〈蒙学报〉〈演义报〉合叙》，《梁启超全集》，北京：北京出版社1999年版，第131页。
④ 梁启超：《〈蒙学报〉〈演义报〉合叙》，《梁启超全集》，北京：北京出版社1999年版，第131页。
⑤ 梁启超：《论小说与群治之关系》《新小说》，1902年第1号。
⑥ 梁启超：《论小说与群治之关系》，《新小说》，1902年第1号。

中，梁启超进一步提出"中国文学"的概念，通过从诗歌、戏曲到小说的进化视野论证了小说的至高性，形成"中国小说"作为"中国文学"的最高点的意识。所有这些都显示出梁启超"小说"论与民族国家之间的强烈意向。考察梁启超从"小说"到"中国小说"的提出，实际上正与梁启超从对小说的"实用知识普及"的理解到"意识形态"的转变有关。而在这中间，"国者，积民而成"的国民观念和民族主义思想的建立形成了这种转变的中介。

　　由于受到日本民权思想的影响，梁启超这一时期（流亡日本后至1902年间）大量阅读西方启蒙运动时期以来的政治理论译著。其中福泽谕吉的"一人独立，方能一国独立"的思想，中村正直翻译的《西国立志篇》和《自由之理》，以及由中江兆民所翻译的卢梭人民主权思想，都对梁启超的"新民"思想产生重要的影响①。梁启超通过将近世民族的竞争界定为"人人争自存"的"国民竞争"，突出国民权利思想与国家竞争实力的关系，"国者积民而成，舍民之外，则无有国。以一国之民，治一国之事，定一国之法，谋一国之利，捍一国之患，其民不可得而侮，其国不可得而亡，是之谓国民"②。在他看来，中国历史上只有"国家"（即以国为"一家私产"的称谓）而没有"国民"［将国视为"人民（的）公产"］的观念，而国与国之间的竞争体现为"国家"之竞争和"国民"之竞争两类：前者指"国君糜烂其民以与他国争者"，而后者则是一国之人"各自为其性命财产之关系而与他国争者"③。"国家"竞争的本质是像秦始皇、亚历山大、成吉思汗、拿破仑等野心家出于"封豕长蛇之野心"和"席卷囊括之异志"而不惜"驱一国之人以殉之"的"一人之战"，而非"一国之战"。在这种情况下，从战者迫于号令而战，唯求能够规避获免。通过对欧美诸国的考察，梁启超指出当今欧美竞争原动力起于"国民之争自存"，正是物竞天择优胜劣败的公例不得不然。因此这种竞争的本质也就并不属于"国家""君相"和"政治"之事，而是属于"人群""民间"和"经济"之事。前者未必"人民之所同欲"，而后者由于与人民的性命财产密切相关，而能够万众一心。当今民族竞争的实质就是国民与国民的竞争，但由于中国"国民"观念的缺乏，在面对外来入侵时仍以"国家"竞争的观念去应对，"民不知有国，国不知有民，以之与前此国家竞争之世界相遇，或犹可以图存，今也在国民竞争最烈之时，其将何以堪?"④ 由于

---

　　① 关于福泽谕吉、中村正直和中江兆民对梁启超"新民"思想的影响的详细论述，可参见郑匡民：《梁启超启蒙思想的东学背景》，上海：上海书店出版社2003年版，第二章第五节、第三章第三节和第四章。

　　② 梁启超：《论近世国民竞争之大势及中国前途》，《梁启超全集》，北京：北京出版社1999年版，第309页。

　　③ 梁启超：《论近世国民竞争之大势及中国前途》，《梁启超全集》，北京：北京出版社1999年版，第309页。

　　④ 梁启超：《论近世国民竞争之大势及中国前途》，《梁启超全集》，北京：北京出版社1999年版，第311页。

欧美诸国深刻地认识到中国缺乏"国民"观念，因而在策略上，一方面"以其猛力威我国家"，使中国无法与之对抗；而另一方面却"以暗力侵我国民"，使中国国民永无觉悟之日，从而达到殖民中国的目的。梁启超由此认为，中国唯有使国民"知之"今日民族竞争的本质是"国民争自存"的"国民竞争"，并通过"我自有之而自伸之，自求之而自得之"的"行之"，才能寻找到中国的前途①。由此建立起"民"与"国"之间的一体关系，"不有民，何有国？不有国，何有民？民与国，一而二，二而一者也"。而"今我民不以国为己之国，人人不自有其国，斯国亡矣。国亡而人权亡，而人道之苦，将不可问矣"②。因此国家存亡的根本在于"国民"意识的觉醒并进而获得国民权利，做真正的国民："国者何？积民而成也。民政者何？民自治其事也。爱国者何？民自爱其身也。故民权兴则国权立，民权灭则国权亡。为君相者而务压民之权，是之谓自弃其国。为民者而不务各伸其权，是之谓自弃其身。故言爱国必自兴民权始。"③

在1901年发表的《国家思想变迁异同论》中，梁启超通过对以卢梭的民约论为代表的平权派和以斯宾塞的进化论为代表的强权派的利弊进行比较分析，指出前者是民族主义的原动力，而后者则是新帝国主义的原动力。十八九世纪之交是"民族主义飞跃之时代"，其功绩就在于造成今日欧洲之世界。"民族主义者，世界最光明正大公平之主义也。不使他族侵我之自由，我亦毋侵他族之自由。其在本国也，人之独立，其在于世界也，国之独立。"④ 而民族主义的根本就是以民权为基础，"盖民族主义者，谓国家恃人民而存立者，故宁牺牲凡百之利益以为人民"⑤。尽管欧洲如今已经走向民族帝国主义，但是以卢梭民约论的思想为基础的民族主义思想，视民权高于君权，这种价值符合中国的现实需要，并因此，这一民族主义思想构成梁启超此一时期政治启蒙思想的关键内涵。"民"的重要性在梁启超的论述中具有最为重要的地位，并由于梁启超的影响而使"'民'意识在清季十年处于思想论说的中心"⑥。

日本政治小说对梁启超将"小说"与以"民权"为中心的民族主义联系起来的逻辑叙述有着直接的影响。日本学术界一般将明治时期的自由民权运动看作一场"民权＝国权"型的政治思想运动。产生于这次政治运动末期的政治小说，意在通过政治的宣传而达成"民权＝国权"的民族主义思想，"政治家们利用小

① 梁启超：《论近世国民竞争之大势及中国前途》，《梁启超全集》，北京：北京出版社1999年版，第311页。
② 梁启超：《爱国论》，《梁启超全集》，北京：北京出版社1999年版，第272页。
③ 梁启超：《爱国论》，《梁启超全集》，北京：北京出版社1999年版，第273页。
④ 梁启超：《国家思想变迁异同论》，《梁启超全集》，北京：北京出版社1999年版，第459页。
⑤ 梁启超：《国家思想变迁异同论》，《梁启超全集》，北京：北京出版社1999年版，第459页。
⑥ 柯继铭：《理想与现实：清季十年思想中的"民"意识》，《中国社会科学》2007年第1期。

说这一载体来进行政治宣传，从而争取在政治的层面上来寻求与西方国家的对等"①。这种借政治小说以启迪国民"民权＝国权"意识的行为，及其所获得的民族国家意识的目的，对梁启超的小说论述产生了重要的影响。梁启超在《饮冰室自由书》中专门谈及日本明治政治小说的情形，尤其指出《经国美谈》和《佳人奇遇》两部政治小说对于"浸润""国民脑质"的效力。《译印政治小说序》中指出："彼美、英、德、法、奥、意、日本各国政界之日进，则政治小说，为功最高焉。"并借用英国人的说法，视"小说为国民之魂"②。而这些国家政界的进步，有赖于国民整体的觉醒，"兵丁""市侩""农氓""工匠""车夫马卒""妇女""童孺""靡不手之口之"，并进而"全国议论为之一变"。在为自己翻译的《佳人奇遇》所写的"序言"中，梁启超将前述这段原话照搬，可见其对自己这一观点的坚持。由此可见，小说之通俗性，与国民的整体性、国民灵魂觉悟的变化，在此构成了一体的关系。

　　梁启超又在小说之丰吝与文明程度高下之间建立了关联："小说为文学之最上乘，近世学于域外者，多能言之"③，而所学之"域外"显然是文明程度高于中国之国家，那么小说之盛衰也就直接是国家强弱的呈现，由是"小说"与"中国"之间就具有了因果关系。联系到梁启超《国家思想变迁异同论》中，通过对欧洲和中国国家思想古今差异的对比，所提出的中国古代国家与人民分离、人民的盛衰与国家的盛衰无关，而欧洲新思想则认为国家与人民一体、人民的盛衰与国家的盛衰如影随形④的观点，我们可以看到，"小说"与"人民"之间在关于"国家"这一点上具有了对等性，两者在梁启超的小说理论视野中，构成了一对隐喻，是可以相互替换的，其基本表现在于"小说"盛衰与"群治"好坏的对接。

　　但是梁启超建立"小说"与"群治"之间的联系，却还同时受到中国传统小说观念的影响。因为后者关于"小说"文类观念的混杂性、小说地位的鄙俗性，都鲜明地显示出儒家精英与大众底层之间的暧昧关系。因此，"小说"需要一个"正名"的过程，同时因其含混性而成为一种必须加以限制的话语。在中国传统目录学中，"小说"是最难以归类的。《汉书·艺文志》将其归在"诸子略"，认为它如同道法墨阴阳诸家，在一定程度上成为儒家主流话语的异端，构成对儒家经学话语的抗衡。班固的这种分法受到后世官修史书的继承，从7世纪唐代编修的《隋书》直到20世纪初的《清史稿》，都视"小说"为"子"类，

　　①　山田花尾里：《日本近代文学研究新视角初探——坪内逍遥与政治小说》，《东北师大学报》（哲学社会科学版）2005 年第 5 期。

　　②　梁启超：《译印政治小说序》，《清议报》，1898 年第 1 册。

　　③　梁启超：《〈新小说〉第一号》，《新民丛报》，1902 年第 20 号。

　　④　梁启超：《国家思想变迁异同论》，《梁启超全集》，北京：北京出版社 1999 年版，第 457 页。

被放置于子类的末端。但另一方面，小说又始终与"史"难以剥离，班固在《汉书·艺文志》中指出："小说家者流，盖出于稗官"，猜测小说家的身份为"稗官"，这种论述成为后世论述小说源泉的基础和"补正史之阙"的小说功能论的滥觞。"小说"既源出于"史"，却又并非官方正史，而是"稗官野史"。因此，后世小说家一本正经地认为自己就像史撰家一样，是本着客观的态度记录历史，而不是自己的杜撰，如干宝在《搜神记》的前言对其"志怪小说"所持的态度。但是这并不为正统史家所认可，刘知几在《史通·采撰》中就以一种轻蔑的态度将包括"小说"在内的各种异质和异端进行贬斥，表示自己对"道听途说之违理"和"街谈巷议之损实"的厌恶。事实上，小说这种既是"子"又是"史"的含混性，既非"子"又非"史"的难以规范性，正与其内容的驳杂、思想的异端有关。这与中国传统以思想的雅正和征实为史的文类规范意识构成了冲突。正如鲁晓鹏所言，"中国小说是一种反文类（Anti-genre）和反话语，因为它打破了文学经典的等级秩序，它一向是文学固定格局中的不安定力量"①。实际上，无论古今中外，无法被规范也就意味着对社会秩序具有颠覆性，小说在文类规范中的这种含混性成为其被视为反叛性的根源，也成为历来统治者禁制小说的依据所在。

　　而从根本上言，这种反叛性又植源于小说与民众之间的关系。余嘉锡翔实地考证了小说家源出"稗官"的确凿性，并指出"稗官"就是中国古代的"士"。他引《春秋》"襄公十四年"传文："史为书，瞽为诗，工诵箴谏，大夫规诲，士传言，庶人谤，商旅于市，百工献艺"，和贾谊的《贾子新书》"保傅篇"中"天子有过，史必书之，史之义不得书过则死，而宰收其膳，宰之义不得收膳则死。于是有进善之旌，有诽谤之木，有敢谏之鼓，瞽史诵诗，工诵箴谏，大夫进谋，士传民语。习与智长，故切而不愧，化口心成，故中道若性。是殷周所以长有道也"，证明小说家"出于稗官，街谈巷语道听途说者之所造"正是"士传言""士传民语"这一职能的体现。这里的"街谈巷语""道听途说"即为"庶人谤"的内容，也是所谓士传之"言"或"民语"②。即是说，"小说"与老百姓的情绪息息相关，反映着民情世态，这与《诗》的"国风"具有同样的功能，只不过"国风"是经过孔子的删定，已经被儒家所规范化了，所以称为"温柔敦厚"，可以"曰无邪"，并因其脱离原本语义而具有被"引""称"言志的功能，能通于大志大道。"小说"却不同，《汉书·艺文志》曰："小说家者流，盖出于稗官，街谈巷语，道听途说者之所造也。孔子曰：'虽小道，必有可观者焉，致远恐泥。是以君子弗为也。'然亦弗灭也，闾里小知者之所及，亦使缀而不忘。

　　① 鲁晓鹏：《正名之二：中国的"叙事""史"和"小说"》，《文化·镜像·诗学》，天津：天津人民出版社2002年版，第184页。

　　② 余嘉锡：《小说家出于稗官说》，《余嘉锡论学杂著》，北京：中华书局2007年版，第256－279页。

或如一言可采，此亦刍荛狂夫之议也。"这是《论语》中子夏对小道小艺的评价，原不是对小说的评价，但由于班固将其与小说联系起来，视其无法"致远"，并借助于"诗可以观"的诗学话语，使得小说的地位早早就被固定了下来：它可以观，但是并非"致远"之道，所以君子不为。但另一方面，小说又是民间情绪的体现，所以采纳"刍荛狂夫之议"也可稗补政治。实际上，中国传统对"小说"的态度，也就是对民众的态度。对小说混乱的恐惧，实际上正是对民众所可能引发的各种动乱的恐惧。士人对作为"民语"的"小说"的暧昧态度，反映出中国文士阶层对"民"的暧昧姿态：民声既是需要被重视的，但又是必须加以限制的。

中国传统小说观念与"民"之间的关系，显然不同于晚清以来人们利用"小说"的通俗性进行知识普及的工具性理解。在中国传统小说观念中，无论是"小说"的文类含混性还是与"民"之间所具有的声气想通的关系，它是"民"的文化身份和地位的象征。梁启超提出"小说界革命"的口号，将"小说"与"革命"联系起来的做法就相当审慎。他从 1898 年提出"诗界革命"后，"革命""破坏"等语词频频出现在他的言论中，但直到 1902 年才提出"小说界革命"。这种姗姗来迟正是考虑到"小说"在晚清"群众时代"人们对"小说"所具有的颠覆性和破坏性的理解，一旦将"小说"与"革命"联系起来，人们非常容易联想到义和团的拳祸①和法国大革命后期的群众暴乱，这对于让人们接受这一观念是具有相当的难度的。因此梁启超对"小说界革命"的提倡，需要以这一时期的历史条件为基础，"一方面他初步完成了关于理想的中国民族国家以及与之相应的'新民'品格的蓝图，这为开展'小说界革命'提供了理论上的保证；另一方面由于'诗界革命'的实践显示出利用杂志这一现代印刷媒体使文学成为民族启蒙之具的潜力，这为进行'小说界革命'准备了物质上的条件"②，这从侧面显示出中国传统小说观念与"民"之间所具有的独特逻辑。梁启超的"群治""民权"显示出其自觉地意识到一个"群众时代"的到来的不可避免性，但是"群氓"作为群众时代所可能带来的后果，又是其不得不注意的

---

① 被后人视为信史看待的《庚子西狩丛谈》，就认为义和拳之乱的根本症结在于"民智之过陋"和"生计之窳薄"两端，其中第一方面就以小说戏剧的影响作为祸因的根本："北方人民，简单朴质，向乏普通教育，耳目濡染，只有小说与戏剧之两种观感。戏剧仍本于小说，括而言之，即谓之小说教育可也。小说中之有势力者，无过于两大派：一为《封神》《西游》，侈仙道鬼神之魔法；一为《水浒》《侠义》，状英雄草泽之强梁。由此两派思想，浑合制造，乃适为构成义和拳之原质。故各种教术之系统，于北方为独盛。自义和团而上溯之，若白莲、天方、八卦等教，皆不出于直、鲁、晋、豫各境。据前清嘉庆年间那彦成疏中所述教匪源流，盖无虑数十百种，深根蒂固，滋蔓已遍于大河南北，名目虽异，实皆与拳教同一印版。被之者普，而人之者深，虽以前清之历代铲刈，而根本固不能拔也。"[吴永（口述），刘治襄（记）：《庚子西狩丛谈》，桂林：广西师范大学出版社 2008 年版，第 216 页。]

② 陈建华：《从革命到共和：清末至民国时期文学、电影与文化的转型》，桂林：广西师范大学出版社 2009 年版，第 69 页。

事情。梁启超只有在具备"新民"的设计之后才可能提出"小说界革命"的口号，而这一关联就在于"群治"——民族国家的新的想象——的出现。

正是在"国者，积民而成"的观念下，梁启超重视了"民"的主体性；又是在传统"民"与"小说"一体的观念下，梁启超建立了"小说"与"中国"之间的关联。"中国小说"概念的提出，本身就是对于"民"与"国"之间关系的一种隐喻，是呼吁着以民为主体的现代民族国家的建立。如果我们把"意识形态"理解为一套"信仰体系"，那么梁启超以民为中心的民族主义思想正是一种与传统不同的意识形态。"小说界革命"意味着通过"小说"在传统社会所具有的象征秩序的"革命"性颠倒，获得小说作为文学之最上乘的地位，从而确立小说与现代中国之间的想象关系。但是，"中国小说"却并不是传统中国的各种小说的延续和继承，而是一种需要被重构的对象。如同"新民"所揭示的国民公德是中国本来所无一样，现代"国民"主体条件下的"中国小说"也是一种有待建构之物。

二、"新小说"与"中国小说"的未来

仔细考察梁启超"中国小说"的概念，我们可以发现，"中国小说"都是处于一种强烈的断裂的语境中被阐述的。在最初具有"中国小说"雏形的《译印政治小说序》中，梁启超指出："中土小说，虽列于九流，然自《虞初》以来，佳制盖鲜，述英雄则规画《水浒》，道男女则步武《红楼》，综其大较，不出海淫诲盗两端。陈陈相因，涂涂递附，故大方之家，每不屑道焉。"与泰西政治小说"每一书出，而全国议论为之一变"的情形相比，中国小说显然是形式陈旧、内容腐朽。而在《中国唯一之文学报〈新小说〉》中，梁启超在介绍《新小说》"论说"栏的情形时，两次提到"中国小说"的概念包括"大指欲为中国说部创一新境界"以及"中国小说界革命之必要及其方法等"两处。两者出现的情形都是放在"新旧"这一语境下，突出中国小说之旧与新的强烈对比。最后在《论小说与群治之关系》中，梁启超虽然没有连用"中国""中土"与"小说（界）"的用法，但从"小说"与"群治"的连接则可见出其蕴含的也还是"中国小说"的内涵。在这里，一种新旧强烈对比的情况更易给人以深刻的印象。所有这些，都显示出梁启超"中国小说"观念与其从"少年中国说"到"新民说"之间的思想联系。"中国小说"有一个需要被摒弃的过去，还有一个需要被重建的未来，而"新小说"就是建构新的"国民"共同体的认同方式，就是"中国小说"的未来。

"新小说"之"新"，同时包含着时间和空间的双重含义。首先，在时间上，"新"是与"旧"相对立的。"新"意味着一种希望、一种进取、一种冒险，它

是以未来为导向，是一种现代性的时间观。梁启超在《少年中国说》中以"老大中国"与"少年中国"的对立，来突出其认同于"新"的时间观的价值导向，他说："老年人常思既往，少年人常思将来。惟思既往也，故生留恋心，惟思将来也，故生希望心。惟留恋也，故保守；惟希望也，故进取。惟保守也，故永旧；惟进取也，故日新。"①以新旧来衡量中国，在梁启超看来，这对于中国前途具有重要影响，他指出："我中国其果老大矣乎？是今日全地球之一大问题也。"因为如果中国是"老大"，则"中国为过去之国，即地球上昔本有此国，而今渐渐灭，他日之命运殆将尽也"；而如果中国并非"老大"，那么"中国为未来之国，即地球上昔未现此国，而今渐发达，他日之前程且方长也"。也就是说，"新"与"旧"意味着中国在未来的可能性。但要明白这一问题，首先需要明确"国"的意义。如果"国"指的是一家一姓之朝廷，则中国确然已是"老大"，但是在以"国民"为主体的民族主义的观念下，"国"则是"有土地，有人民，以居于其土地之人民，而治其所居之土地之事，自制法律而自守之；有主权，有服从，人人皆主权者，人人皆服从者。夫如是，斯谓之完全成立之国"。以此定义为观照，"地球上之有完全成立之国也，自百年以来也"。以人的成长为喻，则完全成立之国，即为人的壮年，而"未能完全成立而渐进于完全成立者"则为"少年"，以此为判断，梁启超得出"欧洲列邦在今日为壮年国，而我中国在今日为少年国"②的结论。

对"少年中国"的认定，确立了中国在列强竞争时代，在危机四伏中进行自我认同的合法性依据。其关键就在于以"国民"为主体的民族主义既不需要对腐朽老旧的中国进行辩护，又能够为处于亡国绝望情绪中的国民带来希望。"中国"在长期的专制统治下是冥而未明之物，打破专制统治正是使"中国"获得崭露的前提。梁启超正以其磅礴的气势，通过一种极其强烈的对比修辞，将"老大中国"的种种弊端与"少年中国"的种种希望渲染出来，感动了一代又一代力图改造中国的人们。"新"与"旧"的对比修辞，既是梁启超对于中国的过去与未来的定性，又是一种面向现代性的价值追求的体现。正如老旧的"中国"一样，老旧的"国民"连同老旧的"小说"都应该得到改造。梁启超创办《新民丛报》与《新小说》两份刊物，正是这种"新"的"中国"想象的意识形态实践，"新民"与"新小说"互为表里。正如他在《新小说·论进步》中所指出的那样，群治不进的根本途径就是破坏，只有破坏，才能进步，同样小说也只有革命，即从根源处翻新，才能使国民获得根本改造。只有自治、自由的国民才能使民族获得更新。《新小说》意图通过一种新的"中国小说"的创造，来实现以

①　梁启超：《少年中国说》，《梁启超全集》，北京：北京出版社1999年版，第409页。
②　梁启超：《少年中国说》，《梁启超全集》，北京：北京出版社1999年版，第410页。

国民为主体的民族主义意识的建构，因此国民精神成为小说革命的根本任务。在介绍《新小说》的宗旨时，梁启超说道："本报宗旨，专在借小说家言，以发起国民政治思想，激励其爱国精神。一切淫猥鄙野之言，有伤德育者，在所必摈。"① 而以未来为导向，以宣传民权思想为内涵的政治小说就成为"新小说"的落脚点。

正如杨义先生在对比谴责小说与政治小说时所言，"谴责小说的特点与政治小说不同，它的成就在于痛斥黑暗现实，它的缺陷在于缺乏理想光辉。它折断了政治小说那种扶摇而上的理想翅膀，蹭蹬于强盗官场和畜生人世的泥泞浊水之中。政治小说是愤世而济世者的文学，谴责小说是愤世而厌世者的文学，它们从不同的角度显示了爱新觉罗王朝殿宇的坼裂与崩毁"②。政治小说的理想翅膀，使其具有乌托邦的色彩，代表梁启超对未来中国的想象，"其立论皆以中国为主，事实全由于幻想"③。因此，也呈现出一个与"老大中国"不同的"少年中国"的新的境像。梁启超的政治小说的创作设想，事实上正是围绕着新旧中国的对比与想象。作为"《新小说》之出，其发愿专为此编"的《新中国未来记》，梁启超最初的设想即以义和团事变为起点，叙述此后五十年中国朝民族国家革命建设的发展想象。在梁启超的设想中，全书以倒叙的方式，叙说中国从南方一省的独立到建立一联邦大共和国，产业教育国力都得到高度发展，冠绝全球；在外交上，因西藏、蒙古主权问题而与俄罗斯开战，中国以外交手段联合英、美、日而打败俄罗斯，更借助民间力量协助俄罗斯推翻专制政权；后又因种族矛盾，黄、白人种各建联盟准备开战，因为匈牙利人调停而于南京开万国和平会议。故事以中国宰相作为万国会议的议长签署人种权利平等、互相和睦种种条款作为结束。与《新中国未来记》通过国民的自我争竞最终获得全球格局中的平等地位不同，《旧中国未来记》则以不求思变的中国的将来惨状为内容，描述各强国置北京政府和各省大吏为傀儡，剥夺国民权利无所不至，人民也以奴隶之状伺候列强。然而做奴隶也无法获得生存，遂使得暴动频起，外国人借机平乱，瓜分中国，五十年后方有革命军起来反抗，但只能保障一两个省的独立，作为以后复国的根基。从梁启超对政治小说《新中国未来记》等的构想中就可以看到，政治小说正是以虚构为基础，对中国未来蓝图的建构，对民族共同体的展望。而实际上，他在《论小说与群治之关系》中所描述的旧小说中的种种腐败情形，正是一幅幅老大中国的图景：迷信、才子佳人……因之在"新小说"与"旧小说"之间，建立了"少年中国"与"老大中国"的对比映像。事实上这种对比修辞始终贯穿于梁氏的各种论述之中，形成其意识形态冲突的效果。梁启超正是借助于"变"

---

① 新小说报社：《中国唯一之文学报〈新小说〉》，《新民丛报》，1902 年第 14 号。

② 杨义：《中国现代小说史》（第一卷），北京：人民文学出版社 1993 年版，第 24 页。

③ 饮冰室主人：《〈新中国未来记〉绪言》，《新小说》，1902 年第 1 号。

与"不变"、"新"与"旧"的对比修辞，来唤起国民的权利意识，并借助"建国"与"亡国"的民族想象来唤起国民共同体建构的未来希望。

其次，梁启超还通过他者的历史视野来建构中国的主体性。他者的历史性是外在于中国的物质性存在，但因为与中国自身命运的关联——或者他们已经成为中国的威胁，或者与中国分享着同一命运，或者预示着中国所可能出现的命运——而使得这些与中国处于共时空间并置的他者，其历史性命运闯入了中国本身的"新旧"的历史隐喻之中。梁启超在为《新小说》设计"历史小说"一栏中，就将中国置于世界各民族命运的总体视野中，来发起国民的全球想象和民族国家共同体的想象：《罗马史演义》是古代文明国民兴衰的见证录；《十九世纪演义》则为当今各文明国成立的历史；《自由钟》为美国独立史演义，激发国人的"爱国自立之念"；《洪水祸》则以法国大革命的历史为内容，并从中发明启蒙思想家卢梭、孟德斯鸠的学理，以"发人深省"；《东欧女豪杰》将俄罗斯民党三女豪的故事搬入小说，"以最爱自由之人，而生于专制最烈之国，流万数千志士之血，以求易将来之幸福，至今未成，而其志不衰，其势且日增月盛，有加无已。中国爱国之士，各宜奉此为枕中鸿秘者也"①。事实上，梁启超的历史人物传记，也可以纳入历史小说的范畴，叙写匈牙利亡国与未来的《匈牙利爱国者噶苏士传》，意大利打破专制分裂实现统一复兴的《意大利建国三杰传》，还有倡导法国大革命的《近世第一女杰罗兰夫人传》，此外还有他亲自创作的传奇小说《新罗马传奇》《十五小豪杰》等，无不是以叙写他者的历史来隐喻中国的命运。

他者的"建国"与"亡国"同样可以成为主体未来建构的一种认同方式，并且因为他者作为历史的真实存在，而比政治小说的理想性更具有"不可思议之力"使人信服和感动。《新民丛报》1902年第6号在"绍介新著"中就指出了他者历史的意义："读建国史，使人感，使人兴，使人发扬蹈厉。读亡国史，使人痛，使人惧，使人怵然自戒。"并联系到中国处境的恶劣，而更倾向于亡国史，"虽然，处将亡之势，而不自知其所以亡者，则与其读建国史，不如读亡国史"。借助于对他者的"建国史"与"亡国史"的情感认同，在这一过程中，完成了主体对他者位置的嵌入，将中国置于他者的位置进行认同想象，就成为晚清以来民族国家意识发生的一种空间视野。

梁启超从"桃源人""国人"向"世界人"的认识的深入，正是这种空间视野的转换所带来的。在《夏威夷游记》中，他向我们描述了这一过程："余自先世数百年，栖于山谷，族之叔伯兄弟，且耕且读，不问世事，如桃源中人。……曾几何时，为十九世纪世界大风潮之势力所激荡、所冲激、所驱遣，乃使我不得不为国人

① 新小说报社：《中国唯一之文学报〈新小说〉》，《新民丛报》，1902年第14号。

焉，浸假将使我不得不为世界人焉。是岂十年前熊子谷（熊子谷吾乡名也）中一童子所及料也！虽然，既生于此国，义固不可不为国人，既生于世界，义固不可不为世界人。夫宁可逃耶？宁可避耶？又岂惟无可逃，无可避而已，既有责任，则当知之，既知责任，则当行之。为国人为世界人，盖其难哉！夫既难矣，又无可避矣，然则如何？曰学之而已矣。于是去年九月，以国事东渡，居于亚洲创行立宪政体之第一先进国，是为生平游他国之始。今年十一月，乃航太平洋，将适全地球创行共和政体之第一先进国，是为生平游他洲之始。于是生二十七年矣，乃于今始学为国人，学为世界人。"① 从"为国人""为世界人"到"学为国人""学为世界人"之间，存在区别，前者是一种不得不然之势，而后者则是如何真正地去成为国人和世界人。在这段叙述中，梁启超揭示了地理空间的转移对于"国人""世界人"意识及其行为的影响，"学为国人、学为世界人"就是从被动到主动自觉之间的转化，这种转化有赖于对本土的疏离和对他国与他洲的地理的摄入，也就是，超脱本土地理空间的限制，而把中国置于全球空间的整体格局中，去看待中国所处的位置。中国与他者之间的关系，需要在不断地相互辨认和观看的过程中逐渐建立。张灏所说的"天下大同"的价值观和"中心意象"的世界观的拆解，正是出现在这种互动的过程之中。这种全球空间的整体格局，是一种时间上的同一性，已经不同于原来梁启超在"公羊三世说"观念下的时间差序——据乱世、升平世和太平世——而成为空间并置上的不同国家的强弱的表现，并且在这一格局中，列强与弱国之间的差别就在于"民族主义"的有无强弱。因此，在"中国"之外，全球空间的整体格局呈现着强弱的不均匀性。如果说强国以其咄咄逼人之势已经并将持续成为中国外在的威胁的话，那么其他弱国甚至亡国则事实上呈现或者预示着中国所可能具有的命运。因之，对"西方"的认同是建立在对"弱小"命运国家的认同的基础上。"中国"对自我位置的确认，正是在这一迂回的过程中达成的。诚如瑞贝卡所指出：

　　在晚清，中国的全球性概念（地缘政治＋地理）和它与晚清中国的关系的理解不能仅仅被诠释为对翻译成地理概念（"西方"）的地缘政治空间的认知、默许甚或是反抗的行为，即，如果我们承认"西方"在十九世纪的大部分时间里并没有在这个意义上被承认——它是一个想象的"舞台"，正在被创造出来，但是并不真正存在——如果我们同样也承认，在那个时候"中国"也并不是一个已经形成的民族国家概念（但不可否认清王朝已经明显是而且是被看作一个政治实体），那么对"西方"和"中国"等属于全局性范畴的历史概念的形成过程的探讨必须是历史学家的一个中心任务。这个任务要求探讨民族主义与全球的历

---

① 梁启超：《夏威夷游记》，《梁启超全集》，北京：北京出版社1999年版，第1217页。

史化的概念是如何在具体的时间和空间中同时被指明的这一过程。……晚清全球性和民族主义可以被合理地看作是一个需要把不均衡的全球空间挪用到重新定义中国和世界这一未完成的历史工程上的层叠过程①。

现代"中国"的建立是同时在"西方"意义被创造的过程中产生，而"西方"意义的创造又是在"弱小"与"列强"的并置中被构造出来。"中国""弱小国家"和"西方"之间，正是共享着一个意义产生的"共同舞台"。《江苏》杂志1903年4月27日的《哀江南》中就以当时为国人所关注的波兰亡国史来揭示中国身份建立的这种他者性："支那而不自立也，则波兰我，……支那人而自立也，则美利坚我，德意志我。"瑞贝卡对此进行分析，"它既通过语言把世界限制在一个舞台上，同时又把一个完整的世界作为中国的舞台背景。从小处着眼，它同样显示了中国晚清的危机四伏的环境开始与地理上相距遥远，但是心理上相近的同样共处于一个历史危机与变革的他者的想象联系在一起。在这个意义上，波兰的败亡故事也是有其适合这类戏剧处理的：它在地理上被其他国家分割，从此完全消失于世界地图上，然而仍作为一个关于某个可能会有将来的地方的想象呈现着，而这个将来是由现在决定的"②。事实上，这也可以看作梁启超"历史小说"对于"中国"建构所具有的意义。而正是这种由空间并置所带来的他者镜像，构成了对"中国"现实的深深"抛弃"。

三、作为"中国小说"历史根源的"中国文学"的现代发生

与"中国小说"概念所具有的剧烈的断裂性不同，在梁启超的"中国文学"的表述中，"中国文学"始终是与荣誉联系在一起的：

> 本报所登载各篇，著、译各半，但一切精心结构，务不损中国文学之名誉。
> ——《中国唯一之文学报〈新小说〉》《新民丛报》14号（1902）

本篇自著本居十之七，译本仅十之三。其自著本，处处皆有寄托，全为开导中国文明进步起见。至其风格笔调，却又与《水浒》《红楼》不相上下。其余各小篇，亦趣味盎然，谈言微中，茶前酒后，最助谈兴。卷末附《爱国歌》《出军歌》诸章，大可为学校乐奏之用。其广告有云：务求不损祖国文学之名誉。诚哉

① 瑞贝卡著，高瑾等译：《世界大舞台：十九、二十世纪之交中国的民族主义》，北京：生活·读书·新知三联书店2008年版，第13页。
② 瑞贝卡著，高瑾等译：《世界大舞台：十九、二十世纪之交中国的民族主义》，北京：生活·读书·新知三联书店2008年版，第38页。

其然也!

——《〈新小说〉第一号》《新民丛报》第 20 号（1902）

寻常论者，多谓宋元以降，为中国文学退化时代。余曰不然。夫六朝之文，靡靡不足道矣。即如唐代，韩、柳诸贤，自谓"起八代之衰"，要其文能在中国文学史上有价值者几何？昌黎谓"非三代两汉之书不敢观"，余以为此即其受病之源也。自宋以后，实为祖国文学之大进化。何以故，俗语文学大发达故。

——《小说丛话》《新小说》第 7 号（1903）

吾辈仅求之于狭义之诗，而谓我诗仅如是，其谤点祖国文学，罪不浅矣。

——《小说丛话》《新小说》第 7 号（1903）

并且有倾向于文学的"精心结构""处处皆有寄托""风格笔调""趣味盎然"等审美层次上的内涵。与"中国小说"的"新旧"的决绝性相比，"中国文学"充满着续接历史的意识，自觉地追溯中国文学源流、发展，探寻文学民族主义源头。从"中国小说"到"中国文学"的这种差异究竟是如何发生？注意到"中国小说"与"中国文学"出现的时间基本重叠，如在《中国唯一之文学报〈新小说〉》《〈新小说〉第一号》中就基本并列出现，两个词语之间的冲突究竟是如何造成的？不理解这一点，我们就难以理解梁启超"中国文学"观念的发生过程及其确切内涵。而理解这一点就不得不与梁启超的历史思想相结合。

正如林志钧在《饮冰室合集·序》中写道，"知任公者，则知其为学虽数变，而固有其坚密自守者在，即百变不离于史"[1]。在梁启超那里，撰写历史与建构现实有着必然的联系。一方面，在梁启超的早期学习和阅读中，"历史"就一直成为其鉴照现实，实行政治变革的重要依据；而另一方面，通过对历史的重构，对于建构新的国民意识，形成新的认同政治，具有重要的意义。他在《国家思想变迁异同论》中强调了思想对于建构现实的关系，"思想者，事实之母也。欲建造何等之事实，必先养成何等之思想"[2]。而在梁启超的视野中，历史就是建构现实的必要方式，"本国人于本国历史，则所以养国民精神，发扬其爱国心者"[3]。但是中国过去的历史却并没有形成中国人的"国民精神"和"爱国心"，中国历史显示出中国政治的真相不过是"纪一姓之势力圈"[4]。以"国民"为主

---

① 林志钧：《饮冰室合集·序》，《〈饮冰室合集〉文集第一册》，北京：中华书局 1989 年版，第 3 页。

② 梁启超：《国家思想变迁异同论》，《梁启超全集》，北京：北京出版社 1999 年版，第 455 页。

③ 梁启超：《东藉月旦》，《梁启超全集》，北京：北京出版社 1999 年版，第 333 页.

④ 梁启超：《中国史叙论》，《梁启超全集》，北京：北京出版社 1999 年版，第 448 页。

体的民族主义视野来观照中国历史，则中国实没有历史："史也者，记述人间过去之事实者也。虽然，自世界学术日进，故近世史家之本分，与前者史家有异。前者史家，不过记述事实；近世史家，必说明其事实之关系，与其原因结果。前者史家，不过记述人间一二有权力者兴亡隆替之事，虽名为史，实不过一人一家之谱牒；后世史家，必探察人间全体之运动进步，即国民全部之经历，及其相互之关系。以此论之，虽谓中国前者未尝有史，殆非为过。"① 因此，历史的重构就成为建构国民意识的基础，而这就需要"史界革命"："今日欲提倡民族主义，使我四万万同胞强立于此优胜劣败之世界乎？则本国史学一科，实为无老、无幼、无男、无女、无智、无愚、无贤、无不肖所皆当从事，视之如渴饮饥食，一刻不容缓者也。然遍览乙库中数十卷之著录，其资格可以养吾所欲，给吾所求者，殆无一焉。呜呼，史界革命不起，则吾国遂不可救。"② 梁启超提倡"史界革命"与"文学界革命"，都是为了发扬国民爱国精神，历史的重构与小说的重构都立足于思想可以建构现实这一前提下。在这一意义上，历史实际上带有观念构造的成分，与小说的虚构性之间就具有了重要的关联。新的"中国"的"历史"与新的中国的"小说"，都昭示着一种新的中国"政治"。"中国小说"所蕴含的政治和历史的巨大含量，由此建立起其共同的基础。于是，"小说""历史"与"政治"显示出民族国家共同体建构的共同作用。

新中国虽然只是新的"中国"，是在"旧中国"的基础上新生的个体，但是"新中国"需要通过"新史学"来确立其认同的基础。同样，新的小说也需要在中国文学的重新叙述中来建立其根源。在叙述新小说的历史起源的时候，与新史学的进化逻辑相一致，梁启超也借用进化论来进行，从中来探索民族国家意识建立的历史进化逻辑。进化的逻辑作为当时的公理，是任何论证都必须采用的依据。进化是民族国家形成的基础，也是小说进化为文学最上乘的条件。进化同时关联着民族国家与小说文类。梁氏对小说地位的进化论证体现在以下两个方面：

第一，他从俗语文学进化的视野，突出一切文体向俗语进化的必然性，不独小说为然。而俗语文体的特征就是言文合一，实际上正隐含着民权意识。"文学之进化有一大关键，即由古语之文学，变为俗语之文学是也。各国文学史之开展，靡不循此轨道。中国先秦之文，殆皆用俗语，观《公羊传》《楚辞》《墨子》《庄子》，其间各国方言错出者不少，可以为证。故先秦文界之光明，数千年称最焉。……宋以后，实为祖国文学之大进化。何以故？俗语文学大发达故。……苟欲思想之普及，则此体非徒小说家当采用而已，凡百文章，莫不有然。"③

---

① 梁启超：《中国史叙论》，《梁启超全集》，北京：北京出版社 1999 年版，第 448 页。

② 梁启超：《新史学》，《梁启超史学论著四种》，长沙：岳麓书社 1998 年版，第 246 – 247 页。

③ 梁启超：《小说丛话》，夏晓虹辑：《〈饮冰室合集〉集外文（上）》，北京：北京大学出版社 2005年版，第 149 页。

　　第二，他从文体进化的视野，强调文体进化由简到繁的趋势，以戏曲为中介实现两次转变：其一，将戏曲与诗歌联系起来，突出戏曲在表现功能上对于诗歌的优势，建立戏曲的至高位置。必须注意到，他是在"小说丛话"中比较中国之诗与泰西之诗，这一点具有特别的意义。在这里他表明了自己比较视野的转变：此前他在比较中西诗体的长度时，将荷马、但丁、拜伦和弥尔顿用来与中国诗比较，认为他们的著名之作，"率皆累数百页，始成一章者也"①，而中国的诗，最长的也不过《孔雀东南飞》《北征》《南山》之类，很少有超过两三千言以外者，并因此认为这是东方文学家才力薄弱的表现；现在他认为这种比较是成问题的，因为这仅仅是从狭义之诗而言，而诗则有广、狭义之分。泰西之诗实则诗体不一，如果以此为参照，则中国的骚、乐府、词曲都属于诗，从这一意义上，"数诗才而至词曲，则古代之屈、宋，岂让荷马、但丁？而近世大名鼎鼎之数家，如汤临川、孔东塘、蒋藏园其人者，何尝不一诗数万言耶？其才力又岂在拜伦、弥尔顿下耶？"②通过广义诗的定义，他最终使得戏曲进入了诗歌的系统之中，并以之确立中国文学在诗体上的荣誉。

　　但梁氏的做法并没有到此为止。他认为斯宾塞所言的"宇宙万事，皆循进化之理，惟文学独不然，有时若与进化为反比例"的说法并不完全正确，那种"谓文学必带有一种野蛮之迷信，乃能写出天然之妙；文明愈开，则此种文学愈绝"的观念，实只是从文学风格上言，但是从文学体裁上论，却并不是如此。梁启超以此来对比体裁进化的合理性，"凡一切事物，其程度愈低级者则愈简单，愈高等者则愈复杂，此公例也"③。从这一意义上，从诗进化到戏曲就成为一种高级的演化，"故我之诗界，滥觞于三百篇，限以四言，其体裁为最简单；渐进为五言，渐进为七言，稍复杂矣，进而为长短句，愈复杂矣，长短句而有一定之腔一定之谱，若宋人之词者，则愈复杂矣；由宋词而更进化为元曲，其复杂乃达于极点"④。如果在上一则丛话中，梁启超以广义之诗的定义，把戏曲纳入诗的系统，那么在这里他又借助于体裁进化的视野，将戏曲确立为诗体进化的顶点，从而，原先以《诗》为根本标准的诗体概念，就转变为以《诗》为起点的进化轨迹，作为刚刚被收编入"诗"系统的戏曲一下子成为"诗"的至高形态。

　　其二，在论证完戏曲作为体裁进化上是"诗"的至高形态之后，梁启超又

①　梁启超：《小说丛话》，夏晓虹辑：《〈饮冰室合集〉集外文（上）》，北京：北京大学出版社 2005 年版，第 149 页。

②　梁启超：《小说丛话》，夏晓虹辑：《〈饮冰室合集〉集外文（上）》，北京：北京大学出版社 2005 年版，第 150 页。

③　梁启超：《小说丛话》，夏晓虹辑：《〈饮冰室合集〉集外文（上）》，北京：北京大学出版社 2005 年版，第 150 页。

④　梁启超：《小说丛话》，夏晓虹辑：《〈饮冰室合集〉集外文（上）》，北京：北京大学出版社 2005 年版，第 150 页。

将戏曲的表现力与小说的感染之力联系起来，从而将戏曲纳入小说的视野之中，确立小说在文类上的总体性。梁启超突出戏曲胜于其他诗体的四个体征，即体唱白相间、可写多人意境、体例可以无限延展而又可任意缀合诸调，从而具有较为自由而广阔的表现功能。从中国韵文进化的角度确立"以曲本为巨擘"的地位，而在曲本之中，梁氏又独推《桃花扇》作为"冠绝前古"之作，从其结构、文藻和寄托三个方面进行论述，尤其突出了《桃花扇》沉痛之调的感人力量，"文章之感人，一至此耶?"①然梁氏至此，笔锋一转，他写道："蒋藏园著《临川梦》，设言有俞二姑者，读《牡丹亭》而生感致病。此不过为自己写照，极表景仰临川之热诚而已，然亦可见小说之道感人深矣"②。尽管在梁启超的观念中，小说与戏曲传奇往往被视为同一事物，这也为众多论者所同道，但是在上述关于"诗"与"戏曲"的关系论述中，却也并没有见出梁启超插入或混用"小说"的情形，如此我以为在这里梁启超恰恰是一种有意识的行为。他首先将"戏曲"纳入"诗"的范围，再借用体裁进化的依据，确立"戏曲"的至高位置；在此基础上，又通过"感人之力"这一点，将小说与戏曲联系起来。实际上，从《论小说与群治之关系》开始，梁启超就已经形成了小说是依靠其"不可思议之力"而成为"文学之最上乘"的观点。而在这则"小说丛话"中，梁启超还举出《泰晤士报》所登载的"读小说而自杀"的例子来加以证明，并发出"小说之神力，不可思议，乃如此耶"③ 的赞叹!

事实上，梁启超对戏曲体裁的表现力的论述，在两年前《中国唯一之文学报〈新小说〉》中已经将之应用到小说上："小说之道感人深矣。泰西论文学者必以小说首屈一指，岂不以此种文体曲折透达，淋漓尽致，描人群之情状，批天地之綮奥，有非寻常文家所能及者耶!"④ 这种观点在当时"新小说"的作者群中也已经形成了共识，比如曼殊就指出，相对于史书受到历史上固有人物事迹的限制，小说享有更大的自由性，"吾有如何之理想，则造如何之人物以发明之，彻底自由，表里无碍，真无一人能稍掣我之肘者也"⑤。从这一意义上，"由古经以至《春秋》，不可不谓之文体一进化；由《春秋》以至小说，又不可不谓之非文体一进化"⑥。从文类体裁进化角度所确立的小说的至高性，也就成为"中国文

① 梁启超：《小说丛话》，夏晓虹辑：《〈饮冰室合集〉集外文（上）》，北京：北京大学出版社 2005 年版，第 152 页。

② 梁启超：《小说丛话》，夏晓虹辑：《〈饮冰室合集〉集外文（上）》，北京：北京大学出版社 2005 年版，第 152 页。

③ 梁启超：《小说丛话》，夏晓虹辑：《〈饮冰室合集〉集外文（上）》，北京：北京大学出版社 2005 年版，第 152 页。

④ 梁启超：《中国唯一之文学报〈新小说〉》，《新民丛报》，1902 年第 14 号。

⑤ 梁启超：《小说丛话》，《新小说》，1905 年第 13 号。

⑥ 梁启超：《小说丛话》，《新小说》，1905 年第 13 号。

学"的荣誉之处。梁启超对"中国文学"的荣誉的评价标准，就在于"中国文学"的"精心结构""风格笔调"等审美层次，由此出发，他认为《桃花扇》"结构之壮丽，寄托之遥深"可谓"冠绝千古"①。加之《桃花扇》令读者"读此而不油然生民族主义之思想者，必其无人心者也"②。其显然成为"中国文学"的最高典范。

很显然，这已经不同于梁启超此前对"中国小说"的传统的断裂性的民族主义视野。从"中国小说"到"中国文学"，实际上基于梁启超对于现代性理解的变化。如果说前者意味着中国与传统的彻底的断裂和否定；则后者主要建立在梁启超思想中的"文化民族主义"思想，是梁启超对民族主义的深入理解的阶段。"国民—国家"有机体的建立不仅仅需要政治的想象，还需要历史的根源为其建构认同的情感基础，历史成为民族建构所无法迈越的对象。梁启超要寻求"中国小说"的地位，不能脱离开中国文学的传统格局，而这也就使得梁氏的文学思想逐渐开始返回历史中的文学，去寻找古典文学中的精神依据，而这种依据正是在于他民族的文学的比较中逐渐确立的意识。小说地位的这种"挣脱"和"占据"，需要对传统文学的谱系进行新的言说。另一方面，"中国小说"的建立，实际上也正是力图建构一种新的"中国"文学的历史。由此一种"中国文学史"的观念也开始萌生，以小说总体性为视野的俗文学进化的历史建构，正是从"国民—国家"有机关系及其民族主义精神中发生出来。这里的"中国"既是历史中所无的，需要从"少年中国"中创生，但是，这里的"中国"似乎又是有的，"中国"意识被激活，中国之所以可能重新占据全球舞台，就在于中国具有它历史的源流。"凡一国之能立于世界，必有其独具的特质，上自道德法律，下至风俗习惯、文学美术皆有一种独立之精神。祖父传子，子孙继之，然后群乃结，国乃成。斯实为民族主义之根源也。"③ 于是，"中国小说"这一面对未来的现代性诉求，就不得不在传统的"中国文学"中寻找它的合法性。《桃花扇》作为历史与现实交接的最佳点，它是文学认同的最佳时刻，也正是民族精神最为饱满的时刻。这是因为，作为"国民文学"，它既是文类最高点的呈现，拥有无愧于"文学"的方面；又是民族国家认同的最佳代表，其本身就蕴含代表着强烈的民族精神。两者在建构民族的尊严和荣誉上联结在一起，民族认同意识和民族权利精神在这里得到最深刻的呈现。民族精神最为饱满的时刻，则是艺术构造最为独特的时刻，审美性与民族性正由此而发生。

①　梁启超：《小说丛话》，夏晓虹辑：《〈饮冰室合集〉集外文（上）》，北京：北京大学出版社2005年版，第150页。
②　梁启超：《小说丛话》，夏晓虹辑：《〈饮冰室合集〉集外文（上）》，北京：北京大学出版社2005年版，第151页。
③　梁启超：《新民说》，《梁启超全集》，北京：北京出版社1999年版，第657页。

如此，从"中国小说"到"中国文学"，尽管其立足点仍然是"小说"，但是对于历史与现实关系的理解却完全不同。"中国"的含义发生游走，一个是未来的，一个是过去的。而这里的"民族"也发生了变化：前者是民族主义，而后者是文化民族主义。"19世纪末以后，西方民族主义固然给中国人送来了一份追求民族独立的礼品，然而，它同时也带来了一个最大的麻烦。因为根据它的说法，非西方民族之所以在近代不能获得迅速的发展，关键就在于这些民族的文化本根与西方民族的文化有巨大的差异。也就是说，非西方民族要想获得像西方那样的发展，就必须彻底地改造自己的民族文化基因。而对一个民族的文化本根的改造，又恰意味着对这个民族的根本否定，这是一个让人无法适从的严重的二律背反。更何况，西方民族主义是裹挟着达尔文的进化论传入中国的，优胜劣汰，适者生存的警世名言，更是让中国人万分焦躁，对西方民族主义敬之而又畏之。"① 民族主义与文化民族主义的冲突，事实上难以调和。中国人在历史中建立进化的传统，既同时应对现代性，又能够克服内心文化的焦虑，成为一种模式。梁启超"中国文学"观念必然包含的史学重构，即是对于"文学史"新传统的建立，这种思想得到后来胡适的继承，从而成为我们长期以来理解中国文学的基本视野。

梁启超从"中国小说"到"中国文学"概念的提出，是他塑造以"国民"为主体的民族主义意识形态的重要方式，开启中国现代"国民文学"／"国族文学"的先河，是中国文学现代性的重要标志。其中，"中国小说"以一种强烈的断裂性，宣布一种以"国民"为主体的文学内涵的产生。"新小说"与"新国民"的同构关系正是"中国小说"的现代内涵的政治隐喻；与之相比，"中国文学"则试图以进化论的逻辑为想象中的"中国小说"的崭新局面寻找历史的依据，建构一种小说总体性视野下的"中国文学"传统，尤其重视"精心结构"的艺术荣誉与"民族主义"的自觉意识对于"中国文学"的中国性与文学性的意义。从这一意义上，梁启超"中国文学"的概念提出，已经具备了"文学性"与"国族性"的双重内涵。尽管"中国文学"这一语词并非梁启超第一个使用，然而，与晚清学制改革过程中，"中国文学"被用以指称中国古代的文章流别，

---

① 皮明勇：《民族主义与儒家文化——从梁启超的民族主义理论及其困境谈起》，李世涛主编：《民族主义与转型期中国的命运》，长春：时代文艺出版社1999年版，第254页。

尤其作为写作课程的名词不同①，梁启超是"中国文学"现代意义的创造者。

【原载于《暨南学报》2015 年第 11 期】

---

①　光绪二十九年（1903）《奏定高等小学堂章程》中设有"中国文学"科目并解释道："其要义在使通四民常用之文理，解四民常用之语句，以备应世达意之用。读古文每日字数不宜多，止可百余字，篇幅长者分数日读之，即教以作文之法，兼使学作日用浅近文字。篇幅宜短，总令学生胸中见解言语郁勃欲发，但以短篇不能尽意为憾，不以搜索枯窘为苦。蕴蓄日久，其颖敏者若遇不限以字数时，每一下笔至数百言矣。并使习通行之官话，期于全国语言统一，民志因之团结。"而在其后的课程程度上，第一年规定为"读浅俗古文，即授以命意遣词之法，兼使以俗语翻文话，写于纸上约十句内外，习楷书，习官话"。而后第二年、第三年、第四年程度提升，但其内容都还是读书识字写作。（舒新城编：《中国近代教育史资料》（中册），北京：人民教育出版社 1961 年版，第 435、437 页）同一年所颁布的《奏定中学堂章程》中，也设有"中国文学"一科，但与高等小学学习以识字疏通文理不同，中学的"中国文学"科重心放在"作文"上，认为"入中学堂者年已渐长，文理略已明通，作文自不可缓"，并指出学文次序为"文义""文法"和"作文"三步。此外，还"次讲中国古今文章流别。文风盛衰之要略，及文章于政事身世关系处。其作为之题目，当就各学科所授各项事理及日用必需各项事理出题，务取与各科学贯通发明；既可易于成篇，且能适于实用"。［舒新城编：《中国近代教育史资料》（中册），北京：人民教育出版社 1961 年版，第 508－509 页］而在 1902 年的《钦定高等学堂章程》中，则没有"中国文学"的科目，而只有"词章"一科，其讲授内容为"中国词章流别"，同年颁布的《钦定京师大学堂章程》设有"文学科"，其内容包含经学、史学、理学、诸子学、掌故学、词章学和外国语言文字学。这一定义不脱传统"文章博学"。1903 年《奏定高等学堂章程》中，设有"中国文学"一科，与小学和中学重在文字作文的实用相同，它主要是"练习各体文字"，到了第三年往往"兼考究历代文章名家流派"。1903 年的《奏定大学堂章程》中设置了"文学科大学"，其下分为九门，第四门为中国文学门，第五门为英国文学门，第六门为法国文学门，第七门为俄国文学门，第八门为德国文学门，第九门为日本文学门，在"中国文学门"中，设置了文学研究法、说文学、音韵学、历代文章流别、古人论文要言、周秦至今文章名家等课程，才基本上接近于今天的大学中文系课程。

全球语境下的海外华文文学研究

饶芃子

　　长期以来，学者们一直在讨论"中华文化、文学如何走向世界"的问题。事实上，从 20 世纪 80 年代开始，随着"西方中心论"的动摇，世界多元文化崛起，国际文化界的一些有识之士，都有一种在多元文化中求和谐的愿望，那就是：共同建构一种多元共处、"和而不同"的新的全球文化景观。中国有几千年的优秀文化传统，完全应该成为世界多元文化中备受关注的一"元"。中华文化走向世界，让世界走向我们，渠道应是多种多样的，但很重要的一点是，我们要主动与各种文化对话。而海外华文作家处在华族文化向世界各地移动，跟异族文化接触的最前沿，海外华文文学正是海外华人作家和世界各种文化对话的结果，是中华文化与不同国家文化交汇的结晶。海外华文文学作为一种客观存在的独特文化文学现象，已给世界多元文化格局增添了新的成分，为 20 世纪的世界汉语文学开拓了新的篇章，同时，也在某些方面对我国传统文学起到既补充又挑战的作用。以往我们文学界、学术界对海外华文文学在推动中华文化走向世界进程中所做出的这种贡献关注不够。本文从这一少为人们关注的命题出发，通过对海外华文文学表现出来的特殊文化、文学现象的诠释，展现其所蕴含的世界性、全球性特征和审美价值，说明其有可能以"边缘"的身份，从一个方面为中华文化、文学走向世界做出自己的贡献。

一

　　海外华文文学是一种世界性的特殊文化载体的文学，一种新的汉语文学形态，也可以说，是一种用汉语写作的"混血"文学。这种新的文学形态，既不同于中国本土文学，也有别于东、西方各个国家的主流文学。作为一个汉语文学空间，海外华文文学的特殊性，主要表现为它的世界性和跨文化性。海外华文文学的根是系在中华文化这棵老树上，但由于海外华文作家都是处在世界各地，是在他种民族文化包围下进行写作，他们是处在不同时空复杂背景下流动的、富有情感与思想的作家群体或个体，其以华文为文心的情缘、墨缘，在文学中所表现的各个国家、地区华人独特的生存方式，不同民族文化的重叠与交汇，以及作品背后隐含的不同文化之间交织过程的种种纠葛，具有与中国本土文学不同的文化内涵和文学审美形态，是一个具有世界性和民族性的汉语文学领域，有它自身的活力和张力。在这个特殊的华文文学空间里，既有中国传统文化的基因，也有与"他者"文化对话之后产生的文化"变异"现象，是一种跨文化的汉语文学，在某种程度上已经具有世界性的因素和视野。所以，世界各国华文文学的发展，这种世界性汉语文学"圈"的形成，有助于中华文化走向世界，跟世界各个国家、民族的文化互动。

特别值得注意的是，20世纪90年代开始，随着全球化时代的到来，在世界范围内，伴随"流散"现象而来的新的移民潮日益加剧，离开故土流散在异乡的华人常常借助文学来表达自己在异域的情感和经历，他们的写作逐渐形成了全球化时代世界文学进程中的一道独特风景线，当中有流散之后对故土的眷恋，也有对异国的风光的描绘。他们的写作是介于两种或两种以上的文化之间的，可与本土文化对话，又因其文化上的"混血"特征而跻身世界移民文学大潮之中。对本土而言，它有独特的视角；在世界文学中，它又有挥不去的民族特征，故其成为全球化时代后殖民和文化研究的一个热门话题。

作为移民海外的华文作家，到了异国他乡，心中总有一种离开真正家园的不可弥合的裂痕，那种精神上的哀伤是永远无法克服的，那是一种与母体隔离所导致的巨大悲伤。这种悲伤无时无刻不萦绕在他们的心头，表现在他们文章的字里行间。所以，在他们的作品里，常常有一种难以排解的矛盾：一方面，出于对自己在居住国生存状态的考虑，他们希望处理好两种民族文化身份的矛盾，在异国他乡有自己的立足之地，能找到心灵的寄托；另一方面，却由于内心深处本民族的文化根基难以动摇，很难与居住国的民族、国家的文化和社会习俗相融合，在矛盾痛苦之中借助文学写作，将隐匿在他们内心深处的各种文化记忆召唤出来，作为自己的一种生存意志的体现，是在异质环境里消泯陌生感、不安全感而构建心灵家园的努力。尽管如此，他们已经不能回到过去。虽然在文化上他们不属于生存的地方，但也不再是故乡故土的人。这是他们在移民生活中的真实感受，是他们内心的"第三种经历"。正是这种"第三种经历"的文学描写和叙述，在某种意义上体现了全球化进程所带来的文化、文学的多样性。如我们能从这一视角切入，将其置于全球化语境下进行考察、研究，展现这些作品中所蕴含的世界性乃至全球性文化特征，并从中思考中国和世界的关系，应能深化和拓展我们对海外华文文学存在及其意义的认识。

二

每个民族都有自己的文化，这种无形的文化的"墙"是客观存在的。但民族文化的"墙"不应该是封闭的，应有可以沟通"墙"内外的"门"和"路"，因为民族文化向前推进的活力往往需要外来的参照，中国文化的发展也是这样。对于生活在世界各地的海外华文作家来说，他们在世界各国与他种文化相遇时，不可能是自我封闭的，而是有如汤一介先生所说，"往往呈现出一种在'有墙与无墙之间'的状态"，即"非无墙"和"非有墙"的"非常非断"的状态①。"非常非断"原是佛经用语，汤先生根据佛教中的三法印之一的"诸行无常"，引申作如下解释：一切事物都是在时间中流动，是变化无常的，事物在变动中好像是变到另外的地方，但又好像并没有变到另外的地方。他把这个道理用于文化上，说明两种不同文化交遇时彼此相辅相成、互促互动的关系。他所说的"非常"是指一种文化在时间的流动中与他种文化接触，必然会发生某种变化；他所说的"非断"是指在时间流动中所吸纳的他种文化又需要有所改变以适应原有文化的某些需要。海外华文作家在异国他乡，是在他种文化包围下进行写作，处于两种不同文化之间，会有矛盾和碰撞，也必然会有影响和交汇，在他们的文学作品中这种"非常非断"的现象是十分明显的。他们出国以后，在中外文化的比照中，深深感受到中外文化的差异，在感受差异的同时，回望"自己"和反思"自己"，在回望和反思当中又进一步发现"自己"。一方面，是进一步认识我们传统文化中那些完全属于"自己"的温馨甜蜜的成分，以及它那种具有隐秘生命的魅力；另一方面，又在时间的流动中，接受他种文化的影响，引发新的精神力量，"再造自己"，并把这一切呈现在他们所创作的作品里，这就为我们的华族文化、文学在世界发展中增添新的基因。

事实上，在众多海外华文作家那里，中华文化的"墙"，不是地界，而在他们心里。他们心中的"墙"，不是封闭的堡垒，而是有沟通"墙"内外的"门"和"路"，因而能够和他种文化交流、互动，又能自觉地传承和发扬本民族文化特色，以民族文化的"生命活态"参与到整个人类文化发展的大潮之中。在这个过程中，开放、积极地感受差异是很重要的。以白先勇和严歌苓为例，白先勇原来是西学出身，在台湾学的是英语专业，到美国以后，在西方文化参照下，感觉到中西文化的巨大差异，所以渴望更多地了解本民族的文化，自觉积极地学中国历史，阅读各种中国经典文本，特别是琢磨中国古典小说的艺术经验，在创作中既借鉴和吸收了西洋文学技巧，如意识流、象征主义等现代派的手法，又能以此激活"自己"，发现和传承中国古典文学中的优秀传统，不断寻求一种自我的文化归属和拓展。严歌苓是美国的一位新移民作家，也是海外华文文学中很有成就的女作家，作品曾多次在海内外获奖。她的长篇小说《扶桑》在 20 世纪 90 年

---

① 汤一介：《在有墙与无墙之间——文化之间需要有墙吗?》，《独角兽与龙——在寻找中西文化普遍性中的误读》，北京：北京大学出版社 1995 年版，第 13－19 页。

代出版后备受关注，这个作品的女主人公扶桑是150多年前被拐到美国旧金山的妓女，作者根据历史的资料，从她的人生际遇中演化出一个动人、奇崛的故事。严歌苓在《扶桑》中采用的是一种双层的艺术结构，表层是她所描述的人物行为和事件，包括故事中人与人之间的关系、矛盾、冲突等现象；深层是特定环境里中西两种文化的碰撞与较量，包括两种不同文化相遇以后对异族文化的感知、态度、回应、变形。正如作者在《扶桑·代序》中所说，"是两种文化谁吞没谁，谁消化谁"的问题。实际上，她是通过对第一代移民生活的外部世界的描写，来展示离开故土的人的内心走向，或者说，辟出一条"走向人内心的路"。所以，在《扶桑》中，严歌苓不仅像自己所想的，"给读者讲一个好听的故事"①，其实，这个故事不仅好听，而且是一个有文化底蕴、有故事精神的故事。无论是白先勇还是严歌苓，他们的作品都是在移居西方感受文化差异之后，实现了文化上新的融合，在不同程度上为华族文化、文学增添了新的质素，因其有各自的原创性，故受到广大读者的欢迎。

　　我们读一些海外华人学者关于中国文学的论著，如刘若愚、叶维廉、叶嘉莹、王德威等所写的著作和论文，也会有一种新的文化感受。这与他们移居西方以后，接受了西方文化的影响，特别是在西方学坛接触到源于不同思维模式、审美视角的各种方法论，将其投射于本国的文学作品、文学理论和文学现象，从而在原有人们言说的基础上有了新的发现有关。他们以跨文化的视野和知识背景，分别在文学理论和实践批评上做出了突出的贡献，刘若愚的《中国的文学理论》、叶维廉的《中国诗学》、叶嘉莹的诗词评析文章和王德威的《想像中国的方法》，均先后受到国内学界的关注。以叶维廉和叶嘉莹为例，叶维廉出国前曾先后在香港和台湾念书，深受西方现代诗的影响，产生诗歌创作"外求新声于异邦"的审美理想，在西化、"他者"化、现代化的审美系统中，开始了诗歌创作之旅。出国留学以后，他身临其境地感受到他心目中的"异"风，在中国诗歌的英译工作中，从庞德等意象派诗人瞩目东方的视角中获得启发，回头寻找自己的文化之根——在诗歌创作上，回归到纯净朴实、淡雅自然的中国传统；在学术上，以差异性作为中西比较诗学的本体概念和主导研究方式，从对中西诗歌的比较分析入手，追溯到中西不同文化的根，以中国人的传统文化视角嫁接西方现代诗学理论，并通过对西方意象派诗歌的解读寻求中西文化的汇通，提出了许多有创意的诗学观点，为中西比较诗学开拓了一条崭新的路。而叶嘉莹的中国古典诗词研究成果，则是在巧借西方现代形式主义和阐释学方法的基础上，对中国古代诗词鉴赏批评的继承和延伸，她以唐宋才女式的细腻婉约匹配现代学术理念和规范，所撰写的大量带有她自己体温的鉴赏评析文章，在海内外读者心中播下了中

---

① 　严歌苓：《扶桑·代序》，上海：上海文艺出版社2002年版。

国优秀文学传统的种子。海外华人学者在感受差异之后所作的"回望"本土文化、文学和诗学的研究成果，极大地扩展了汉语文学和汉语诗学在世界文学和总体文学中的影响与存在意义。

为此，总结海外华文作家、海外华人学者去国之后从起步到成熟的经验，特别是他们汇通中西文化的那种"非无墙"和"非有墙"的"非常非断"的文化态度与经验，无论是对拓展海外华文文学、诗学本身，还是对中华文化与世界其他民族文化的互动关系，都大有裨益。

三

一些中国内地的作家，包括批评家和学者，认为海外华文文学水平有限，不值得花力气去研究，这不能不说是一种片面的看法。我们国内的作家一直都是用汉语写作，从文化渊源、文学传统和文学技巧诸方面看，有很长时间的积累，每个历史阶段都出现了许多优秀的作品；而世界各国的华文文学，从其诞生发展的历史看，早的只有近百年，短的才有三四十年，跟国内很不好比。事实上，我们国内作家的作品也是水平不一，有很优秀的，也有比较一般的。海外的华文作家，很少是成名以后才移居国外，他们更多的是到了外国，在双重文化背景中生活，有各种各样的人生经历，内心深处有一种离家去国的伤痛，所以借文学来建构自己的精神家园、寄托自己的文化诉求。现在各个国家都已经有一批相当好的作品，有的还很优秀，当然也不排除有一些比较幼稚的。但如上所说，它是一个非常特殊的文学空间，是和本土文学不同的新的汉语文学形态。作为全球化语境下"流散"及其写作研究的一个领域，海外华文文学有其先行性和前沿性，中国学者完全应该在这方面进行研究，并在国际学坛上发出我们独特的声音。

为了让更多的人能认识海外华文文学，也为了确立海外华文文学在世界汉语文学界的地位，我们很有必要通过对这一领域优秀作品的审美阅读，突显其文学性和审美价值。这种审美阅读，出发点不是文学性的定义，而是这些文学作品中所呈现的富于创意的各种各样的艺术形象。文学性是存在于作品话语的表达、叙述、描写、意象、象征、结构、功能以及审美心理等方面，存在于艺术思维之中。它与其他的文化现象不同，具有相对的历史超越性，而这种历史的超越性是源于人的审美情感的积淀，它蕴藏在人类文化心理的最深层，是那些实用价值的文化现象所不能比拟和触及的。

重视文学性的探究，就是要重视探讨文学形象的奥秘。也就是说，我们面对一个有震撼力的优秀文学作品，着重要关注的是：它为什么会如此感染人？要对其作艺术的解说，这种解说不只是艺术之外的解说，而是要进入作品假定的境界，从作者的心理、情感、想象去阐释、分析作品的内在结构，研究这些海外华文作家如何将他（她）在域外的人生经验转化为文学创作，并通过独特的艺术形式，创造出感人的艺术形象。因为艺术是一种假定性的东西，它要求"真"，但不是绝对的真，正如莱辛所说，"艺术是一种逼真的感觉"。一个作品的艺术形象能令我们感动，引起我们强烈的情感回应，往往是从它给我们那种不寻常的逼真的艺术感觉开始的。我们欣赏、分析形象，实际上是与作者、文本的交流与对话，追索它之所以能唤起我们心中这种感觉的缘由，探究文学作品感染人的奥秘。

分析作品的内部结构，对于叙事性的作品来说，最不能忽略而又容易被忽略的是艺术细节。20 世纪中期成名的海外华文作家於梨华、聂华苓、白先勇等，都能在自己的作品里营造有情思深度的细节，在白先勇的《永远的尹雪艳》《游园惊梦》《谪仙记》中，那些不见人工痕迹的精致的艺术细节，常常在小说情境的转化、人物性格的逆转时起着内在逻辑的联结作用。现在活跃在海外华文文坛的女作家严歌苓、张翎，也很具这方面的艺术功力。严歌苓的《扶桑》《第九个寡妇》，张翎的《交错的彼岸》、短篇小说集《雁过藻溪》中都有这种能调动读者想象力和经验的精彩细节，它们像镶在故事情节当中的小珍珠，动人心弦。精彩的细节不仅有特点，而且有情感和情绪的深度。艺术审美和科学认识不一样，不能忽略微观的视角，我们的艺术感觉常常是被"逼真"的形象，特别是那些能调动我们想象力和唤醒经验的细节的。所谓"审美"，就是要从文学作品的精致、独特处，分析、展现其隐藏在里面的思想和感情以及作家的创造。

我们读严歌苓移居海外以后所写的小说，无论是海外题材，还是故土题材，都能明显地感觉到她的思想意识和审美情趣已发生了很大的变化。她多次提到西方的教育和生活经历，使她深深感受到中西语言、文化之间的距离和对话的鸿沟，自觉地把西方文学的优点融入自己的文字里面，"试图通过这种借鉴和融合创造一种新的汉语体"①。正是从中西的文化差异中，严歌苓找到了自己文学创作的新起点。《扶桑》是严歌苓享誉海内外的一部小说，是海外华文文坛重述美国旧金山第一代华人移民辛酸史的叙事力作。在这个作品里，作者同时使用第一、第二和第三人称，借助不同时间层面叙事预设的机制，对主要叙述对象扶桑层层聚焦，运用第一人称叙述者的"干预"手段，非连续性和蒙太奇拼接叙述结构，让故事外的作家以寻访者的身份对故事女主人公观看和评说，产生了许多叙述视点。三种人称在作品中交叉叙述，叙述流并没有因为叙述者的轮换而断裂或混乱；相反，却促成有限叙述和全知叙述，主观和客观交叉、互释、互补，使昔日这个在夹缝中求生存的华人妓女故事，在中西异质文化强烈碰撞中有了充分的言说空间。严歌苓曾说，《扶桑》的创作灵感源自旧金山"唐人街历史陈列

---

① 李亚萍、蒲若茜：《与严歌苓对谈》，《中外论坛》2005 年第 5 期。

馆"中德国摄影师摄于 1870 年的一幅华人名妓的巨照,是这幅照片对她产生的"视觉的撞击",促使她用直呼式的"你"和画中人直接"邂逅"①,期望用丰富的想象和翔实的史料基础来还原"一段被人遗忘的最屈辱的历史"②。正是这种客观事物和作家主观感情的猝然遇合,人物的历史、感情、个性和生命力在作家独特的想象力诱导下,被具体、生动地表现出来。在故事叙述上,作者运用三种叙述者的交叉叙述方式,确实为自己的小说构筑了不同一般的叙事格局。这是中西两种语言艺术在她那里交汇融合的结晶,是严歌苓在努力寻求中西异质文化对话中找到的一条"多声道"。

现在海外华文文坛上,已有不少优秀的作品,包括诗歌、散文、小说等,以往我们对它们所蕴含的文化特殊性关注较多,艺术解读则明显不够。对作品的艺术解读,是和探讨作家的观念、情趣、情感、个性、想象力和原创性联系在一起的,是探索这一领域文学性的基础。海外华文文学是一种"文学性"的语言结构,拓展这方面的研究,是关系到它作为一个具有世界性的特殊文学领域有何等审美价值的问题。对于研究者来说,就是要建立一种文化与"文学性"相联系的新维度,为这一领域的研究开拓更为广阔的学术空间,同时也从一个方面为其他领域的"文学性"探求提供新的参照。

今天,在文化研究热潮中,"中国经验"成为西方学者的重要研究对象与思想资源,正不断被引入学术领域。海外华文文学作为全球化时代文学进程中新的汉语文学现象,也日益成为全球化时代后殖民和文化的一个关注点。作为中国的海外华文文学研究者,如何在新的语境下,将其置于全球背景中加以审视、考察和研究,展示其世界性和"中国经验"结合的特性,从文化和美学两个方面为中国文化、文学走向世界提供某种有益的启示,应当是在新的历史阶段我们必须努力深化和拓展的工作。本文所论只是一己之见,以期能引发同行对这方面问题的回应和探讨。

【原载于《暨南学报》2008 年第 4 期,其英文版刊于法国《比较文学》2011 年第 1 辑"中国专辑"】

---

① 严歌苓:《故事外的故事》,《青年文学》2004 年第 9 期。
② 周晓红:《与严歌苓用灵魂对话》,《中国妇女》(中文海外版)2004 年第 1 期。

百年海外华文文学经典研究之思

饶芃子

文学经典是文学发展变化过程的集中表现。任何一种新的文学传统的形成、发展，其特质主要是表现在经典著作上。海外华文文学在世界各地存在至今，已有一百多年的历史，无论是西方和东方，都出现了一批优秀的文学作品。探讨这一领域的艺术传统与艺术创造个性等问题，清理出其中一个连贯的经典谱系，辅以国别间文学的影响研究，从历史的、文本传承的角度去解读，展示这一领域所形成的新的文学传统，阐明其与本土文学的联系和区别，诠释其"新"和"不同"，不仅有助于我们把握这一特殊文学"世界"的发展和律动，了解其特质；而且有利于深化中外文化交流，与本土文学发展互动。

一、海外华文文学经典研究的意义

文学是"人学"，是不同时代、社会人们的认识观、价值观、审美观的形象反映。文学创作指向的是人变化着的活的灵魂，而其中的经典正是这些变化着活的灵魂的集中表现。对此，学界已有共识。海外华文文学作为一个近百年来新兴的文学领域，其在发展中已经形成了一种新的文学传统。这种传统，既有别于中国古代和现代，也不同于西方和东方其他国家的主流文学传统。如何从世纪的长度，审视百年来海外华文文学的发展，梳理其脉络，对其所形成的新的文学传统进行研究和阐释，在文化上直接关系到近百年中华文化的外传，特别是中外文化频繁相遇和交汇的现象；在文学上就与这一领域的文学经典研究有密切的联系。海外华文文学的经典研究，是一种新的文学经典研究，一是它已突破了"国族"的文学疆界，当中蕴含有许多民族性和世界性多元文化混溶、对接的文学问题；二是作为一种世界性的汉语文学，它具有开放性、跨越性的文化/文学特质。也就是说，海外华文文学经典，是一种新的汉语文学经典。这就要求研究者要以新的眼光和世界性的视野，用心去解读海外华文作家笔下那一幅幅多重文化话语的精神形象图，通过对系列作品深入的剖析，特别是对许许多多优秀作品研究成果的积累，在文学领域里形成一个自身的"张力场"。

何谓经典？20世纪意大利著名作家卡尔维诺在《为什么读经典》一文中，

曾给文学经典下了十二个定义。①可见文学经典的内涵是无限丰富的，很难从一个方面就将其论说清楚。但文学经典是文学史的重要路标，应有一些不可或缺的共性，中外学者针对不同的经典，有各种各样的界定和阐释。从广义的角度，笔者认同陈众议新近提出的两个方面的概括：①它必须体现时代社会（及民族）那种高度的认知和一般价值（包括人类永恒的主题、永恒的矛盾等）；②其文学创作方法的魅力及审美高度，不会随着岁月的更迭而褪色和消融。②沿着这一基本思路展开，笔者认为，经典文本应具有下列三个基本特征：第一，从时间的意义看，它是历代读者的共同选择，经历过不同历史时期读者的检验；第二，从展示的生活深度看，其内容能直接诉诸读者的灵魂，能与不同时期的读者"对话"，具有多种阐释的可能性，有超越社会、时代的意义；第三，从艺术的角度看，在自己的艺术传统中有"陌生"的一面，也就是有自己的创新。文学史上的许多事实说明，任何文学经典的产生，都是建立在对以往经典的传承、翻新，甚至是对前者"颠覆"的基础上，传承、翻新，是指对原先经典优秀传统的发扬和拓展；而"颠覆"则是指借助以往经典的艺术生命力，在它的启迪下，反其道而行之，创造出有另一种新意的经典，而原来的经典并没有因此被"取代"和"淘汰"，反而因此而获得了新的意义。

海外华文文学是一种"离散"文学，世界各国的华文文学都是一时一地华人文心的艺术呈现。一百多年来，这一领域通过不同历史时期各个地区华文作家个人的不断表达、传递、塑造，艺术地展现本民族人们在外的生存状态和生命体验，已涌现出许多优秀的作品，并且以其独特的文化、文学形态在世界各地产生了广泛的影响。这些作品是海外华人作家在域外与各民族文化对话之后创作出来的，当中已发生了文化上的"染色体"作用，蕴含有各种"世界性"的因素。因此，这一领域的优秀文学作品，其文化生态往往是多元重叠、丰富多彩，是无数"这一个"的"和"。对这一领域经典文本的确立和阐释，既关系到对这一新兴文学领域的认识、评价，也直接关系到对其形成的新的文学传统特色、价值的展现。

二、海外华文文学经典研究的基础和特殊性

如果从 1910 年美国华工刻写在天使岛木屋墙壁上的汉语诗歌算起，海外华文文学的存在已有了一百多年的历史。在百年的文学历程中，无论是西方和东方，都出现过相当数量具有开拓性、令人瞩目的著名作家，当中有程抱一、陈舜

---

① 卡尔维诺著，黄灿然、李桂蜜译：《为什么读经典》，南京：译林出版社 2006 年版，第 1 – 10 页。
② 陈众议：《外国文学学术史研究大系》总序，南京：译林出版社 2011 年版，第 1 页。

臣等在历史上饮誉世界的文学大家；还有白先勇、王鼎钧、郑愁予、杨牧、洛夫、痖弦、於梨华、聂华苓、赵淑侠、余心乐、方北方、姚紫、吴岸、黄东平、司马攻、云鹤等一大批作家，他们中有的以其艺术的突破达到一个新的高度，有的在其所在国华文文坛上率先创作出具有开拓性、标志性的文学作品，从而确立了自身在海外汉语文学史上的重要地位；更有活跃在当今海外华文文学领域中具有独特个性和艺术影响的一批中青年作家，如严歌苓、张翎、虹影、陈河、抗凝（林达）、欧阳昱、陈大为、钟怡雯、黄锦树、林幸谦、黎紫书等。这些不同历史时期、不同地域的华文作家通过自己的创作，在世界各个地区和国家传播与扩大了华文文学的影响，参与这一领域文学的经典化过程。正是这些优秀作家作品的沉淀，为我们百年海外华文文学的经典化和经典研究提供了重要的基础。

海外华文文学是中华文化外传以后，在世界各地开出的文学奇葩，是一种处于中外东西文化交汇点上的独特文学现象。各种不同"质"的文化艺术精神、思想元素在这样一个平台上错综交织，丰富性、多元性、复杂性是它的突出特征。面对这样的"文学场"，特别是其中的优秀作品，要对其解读、研究、阐释，如研究者不能以开放的思维，突破传统的"国族"界线，就难以把握这一领域文学的特殊性。从现在我们读到的许多海外华文文学作品看，有三个明显的特点：①海外华文作家的作品，隐含着他们离家去国之后"离散"生涯的生命体验，是一种有跨越性的独特精神历程的形象叙写；②因其创作主体是在"本土"以外，处在各种"异"文化包围的环境里，有多种文化的参照与介入，多数作品具有反思性和多元性；③这些作品淡化了中国历史传统主题的内容，更多是"离散"华人在外生存状态和生命意识的审美表达，在思维模式上更加突出了人的主体性，在社会行为模式上更重视现代价值的普适性和开放精神。这些只是我们在平时阅读中感受到的，今后要在学术的层面从整体上探讨这一领域的文学特质，认识其所形成的新的文学传统，还有待于学界同仁的通力合作，从广度和深度上作研究——既要从百年长度梳理其兴起、发展的文脉，也要通过具体文本的阅读，在众多文学作品中寻找、选择出那些具有路标式的文学经典，并对其进行系列的分析和阐释，从文化、文学上展示它们所蕴含的新的质素。

由于历史的原因，以往学界对中国新文学传统和经典的研究，多从意识形态上看待问题，对其传统的形成和经典特色的论说，也多依附于革命历史的线索，因而在思维模式上不同程度存在"现代化革命大叙事"为主线的局限。在对新文学自身特质的寻找、分析中国新文学如何从古代文学蜕变过来的原因时，对其中的各种复杂因素，往往关注不够，少有从文学自身的发展去作更深入的追问，在一些经典著作的研究成果中，也少有从文学传统内在的变化和经典作家独特的人生解读展开其阐释空间。近十几年，一些现当代文学的学者，如黄曼君、陈思和、洪子诚等都曾在他们的著作中反思和论说过这些问题①。黄曼君还特别倡导：要通过对经典著作的诞生、阐释和论述，揭示新文化特质与"诗性转向"的思、诗、史关系结构线索②。也就是说，要从文化精神、审美诗性与史的定位，对文学经典的真正意义进行分析，通过对具体经典作品的阐释，进一步认识、展现中国新文学传统的特质。他们所论的虽是针对中国新文学传统的研究，但对我们今天开展海外华文文学传统和经典的研究，如何去突破那种原先可能有的思维定式和某种局限，也是很好的提醒和启示。

经典作品是历史传承的标志。文学经典既是文学传统的集中表现，也是建构文学史的一个重要路标。任何文学经典都是以"诗性"为核心的思、诗、史的结晶。探讨百年海外华文文学形成的新的文学传统，同样要通过经典化过程和经典文本研究，了解这一领域文学经典化复杂的历史变动，展示其在新的文化语境中，思、诗、史不同组合形成的新文学经典特质；从文化和审美的视角，认识其从"本土"到"域外"文学传统的变化、延伸和重构，特别是其独具的审美内容，那种跨界超越的美学品格，以及由此而表现出来的某种原创性和那种能够成为新的经典或新的文学经典性特征。

三、海外华文文学的经典化和经典文本研究

文学经典是经典化过程的结晶。开展海外华文文学的经典研究，首先，要对这一领域的经典化过程进行考察和研究。考察和研究海外华文文学的经典化问题，可以有多种角度，而其中的重要视角是文化上的从"一元"到"多元"。海外华文文学作为"离散"华人在域外生命体验的审美表达，是中外文化交汇的艺术成果，尤其是当中的一批有才情和智慧的优秀作家的作品，这种多元文化、互识互补的特色就更为突出，具有新的文学经典性的特征：从精神意蕴看，这些优秀的文学作品，都有一种多元文化跨界认同的开放品格，在文化和美学上呈现出不同程度的原创性；从艺术审美看，它们涵纳了多个地区移民作家复杂多彩的心灵世界和"离散"生涯独特精神历程的叙写，为读者提供了与中国本土文学不同的审美经验，有新的"诗学"内涵；从文学史的层面看，它们为世界文学史翻开了新的篇章。21世纪以来，国际学界不断质疑现有的"20世纪世界文学史"，认为当中存在明显的"西方中心论"印记，因而提出了重构新的"20世纪世界文学史"问题，其问题的内核正是：文化上应从"一元"到"多元"。而海

---

① 黄曼君：《新文学传统与经典阐释》，武汉：湖北教育出版社2005年版；陈思和：《中国现当代名篇十五讲》，北京：北京大学出版社2003年版；洪子诚：《问题与方法：中国当代文学史研究讲稿》，上海：三联书店2002年版。

② 黄曼君：《新文学传统与经典阐释》，武汉：湖北教育出版社2005年版，第43-45页。

外华文文学是 20 世纪兴起、发展起来的具有世界性的华文文学领域，具有从"一元"到"多元"的"跨界"文化、文学特质，作为世界近百年发展中出现的新的文学元素，在现有成果的基础上，开展此领域的经典化问题和经典文本研究，既是"海外华文文学及其研究深入发展的关键"①，也将为 20 世纪新的世界文学史的重构提供一个新的板块。因为这个新的汉语文学领域，有多种"跨界"的文化特质，早就突破了中国文学"国族"的范围，是新的 20 世纪世界文学史重构中不可忽略的内容。

正如许多论者所言，文学经典的生成与确立，本质上是立足于审美接受的群体。而其之所以拥有审美接受的群体，前提是它自身为一个极其优秀的文本，有很高的审美价值，已成为一个开放性的平台，能在各个时代的读者中产生特殊的影响。用卡尔维诺的话说："是一本每次重读都好像初读那样带来发现的书。""是一本即使我们初读也好像是在重温我们以前读过的东西的书。"②因此，笔者认为，在开展此项研究之初，必须着重关注和回答下列这些问题：①百年来这一领域已经出版的众多文学作品中，有哪些可称为经典？②这些经典是怎样诞生的？有何独特的人生解读和阐释空间？③在其存在的历史长度，审美群体对它的阅读、接受、传播和评价如何？④作品自身形成了怎样的跨文化超越的形态与模式？在审美方面有何原创性的贡献？

而要回答上述这些问题，首先，要从这一领域大量的资料工作做起。饶宗颐先生在《文学与神明：饶宗颐访谈录》一书中，曾具体谈到掌握材料在学术研究中的重要性。他说："不论做什么题目，都要材料，这是基础。"他还特别指出：对经典材料，更要反复地下功夫。"第一次或者了解不深、不透，第二、三次继续了解。有时需要十次，或者十次以上。"他认为："只有掌握了材料，才有立足之地。"③我们进行海外华文文学的经典研究，同样要以材料为基础。其次，是要"直面作品"，在文本的阅读上下功夫。通过对各种文学作品及其相关材料的阅读、比较、筛选，突出文学性，从中选择出更具有心灵感动、更具有审美内容，为社会、受众公认的有代表性的名著。"直面作品"，不是孤立地面对文本，而是将文本和历史结合起来（包括文学史、批评史、接受史和传播史），与这一领域的文学历史"对话"。因为同一作品，不同时代的人理解可能不一样，即使是同一时代、不同的人也会有不同的理解，就是同一个人，对同一作品，在不同时间、不同语境，理解也可能会有差异。所以，在这个过程，研究者

---

① 黄万华：《第三元：百年海外华文文学经典化的一种视角》，《学术史视野中的华文文学——第十七届世界华文文学国际学术研讨会论文集》，福州：福建师范大学文学院、福建省台湾香港澳门暨海外华文文学研究会 2012 年 10 月，第 438 页。

② 卡尔维诺著，黄灿然、李桂蜜译：《为什么读经典》，南京：译林出版社 2006 年版，第 1 页。

③ 饶宗颐：《文学与神明：饶宗颐访谈录》，上海：三联书店 2011 年，第 23 - 24 页。

就要去面对历史上这种种的差异，既要了解人们在各种不同情况下对同一部作品的不同评价，以及他们解读文本时不同的态度和方法，联系他们不同的"文化身份"（一般读者、批评家、专业研究者）、历史背景和文化语境，分析其差异的原因；还要关注本领域特殊的文化、文学问题，（如流散者的生存、生活问题等），把握与这些问题相关的特殊文学现象，思考、研究"经典"的选择和确立的依据，阐明其在怎样意义上成为经典。

由于百年海外华文文学是一个在文化上有多种中外混溶的世界性文学领域，因而还有一个如何从国际化角度看待经典的问题。任何经典都是思想和艺术秩序确立的范本，所以此领域中的中外文化、文学传统的交融、对接（如古今传承、中外交接），以及因不同地区、国家历史时空的差异而衍生的多重文化观照结果等，也将是我们经典研究的"焦点"问题。也就是说，我们还要从世界文学的角度，通过本领域文学经典化问题的追问和文学经典研究，展示其作为这一特殊汉语文学领域经典著作独特的思想内涵、精神意蕴和审美品格，以及其所表现出来的原创性与新锐性、丰富性与超越性。

百年海外华文文学经典化问题的研究，是关于这一领域文学经典形成过程的研究。而经典的确立，是基于艺术的本体，也就是作品所达到的一种新的艺术高度。所以解读和阐释经典文本，展现其之所以成为经典的审美价值，是本课题研究最具意义的工作。

西方著名学者纳博科夫认为，一部文学作品的经典性和审美价值，"最终要看它能不能兼备诗道的精微与科学的直觉"，因为这样的作品才能给人一种既是感官的又是理智的快感。[1] 可见，作品的艺术本体和读者的审美接受，是文学经典研究的两个重要方面，中西方学者均有共识。由于海外华文文学是近百年新兴的文学领域，因而我们面对的是一种新的文学经典研究，所以我们的工作是要去开发一个新的"矿藏"。这就需要从最基础的"入门"工作做起，除上面所说的搜集资料、探清"史路"外，更重要的是要通过对各种文学文本的阅读、解读，特别是对其中的优秀文本的细读、精读和不断地重读，展示这一领域的优秀作家在文学作品中如何运用语言、结构、文体等创作手段和表现方式，组成不平凡的故事、情节和细节，使作品具有真正的艺术生命，令人读了能产生情感的火花，引起了心灵的震颤。另外，还要通过各方面的比较，选择出其中的经典名作，将其拆开、窥探，研究其风格、意象、体裁，从作品的艺术设计和构造，深入作品内里最具创意和精美的部分，揭示其文学和美学上的不寻常价值，阐明那些经典名作为何得以成为经典，以及它们是如何生成的。

艺术的魅力存在于作品形象的骨骼和思想的精髓里，任何经典著作都是一个

---

[1] 纳博科夫著，申惠辉等译：《文学讲稿》，上海：上海三联书店2005年版，第5页。

独特的"新天地"。我们要真正地了解和阐释它,就必须"进入"这一个个的"新天地"当中去。作为海外华文文学经典著作的研究者,在艺术上我们要"进入"的是一块以往人们尚未涉足或涉足不深的"天地",除了对其历史进程、文化交汇应有所了解外,还应该具有想象力和艺术感,也就是艺术感觉。因为有了艺术感觉,我们才会在阅读和研究时在自己和作者的心灵之间形成一种和谐关系,甚至随着不断重读和研究日深还成了艺术上的"知己"。记得纳博科夫在讲解经典著作时,曾用一段形象的描述来说明优秀读者和优秀作家的那种难以言喻的共鸣感。他说:"在那无路可循的山坡上攀缘的艺术大师,只是他登上山顶,当风而立。你猜他在那里遇见了谁?是气喘吁吁却又兴高采烈的读者。两人自然而然地拥抱起来了。如果这本书永垂不朽,他们就永不分离。"① 笔者认为,这种发自内心对艺术之美的共鸣感,对于文学经典的研究者来说,也是极其重要的。

　　"文本是历史的,历史是文本的。"我们要从世纪长度探讨海外华文文学的特质及其所形成的新的文学传统。在大的方面,一是要梳理百年海外华文文学发展的历程,明"史实";二是要对体现其历史变化发展的文学经典进行阐释,立"标帜"。对于前者,学界已有若干或详或略的文学史问世;后者是近期才提出和被关注的问题。但从探讨此领域所形成的新文学传统的角度,这两者都十分重要,而且它们之间有着密切不可分割的联系。记得陈思和说过:"所谓文学作品和文学史的关系,大约类似天上的星星和天空的关系。"构成文学史的最基本元素就是文学作品,是文学的审美,"就像夜幕降临,星星闪烁,其实每个星球彼此都隔得很远很远,但是它们之间互相吸引,互相关照,构成天幕下一幅极为壮丽的星空图,这就是我们所要面对的文学史"②。事实上,任何一个文学的"天空",都离不开那些"星星闪烁"似的文学作品,它们是"史"的基础、"论"的依据以及各种优秀文学传统的生命之"光",没有它们的"灿烂"我们就很难观赏到壮丽的文学"夜空"。所以我们在探讨百年海外华文文学存在、发展意义及其形成的新传统时,就不能不关注这一领域那些类似"明星"的文学名著,因为只有通过它们才能观赏到这一特定"天空"夜幕中的深邃神秘。

【原载于《暨南学报》2014 年第 1 期】

---

① 纳博科夫著,申惠辉等译:《文学讲稿》,上海:上海三联书店 2005 年版,第 2 页。
② 陈思和:《中国现当代名篇十五讲》,北京:北京大学出版社 2003 年版,第 2 - 3 页。

海外华人学者中国文论研究的新视野

刘绍瑾

　　在回顾改革开放三十多年来的中国古代文论研究时，一个重要现象非常值得关注，那就是海外中国文论研究越来越引起学界重视，而且那些研究也或明或暗地影响到我们当下的中国古代文论研究和现代文艺学建构。海外华人学者，其知识结构、思维方式、价值取向，既有不同于中国大陆学者的地方，又和纯粹的外国汉学家存在差异。在此背景下所进行的中国文论、中国诗学、中国美学的阐发与研究，也就必然给我们带来一种他者的眼光和异质的冲击。由此我们也更能深刻地感到中国古典文论的博大精深——她的阐释视野是宽广的、多元的，是通向现代、面向世界的。

一、论题的意义与研究现状

　　近年来，学术界颇兴域外汉学、海外华文文学研究之风，皆因这些研究是以中外文化交流、融合的视野来观照文学的传播、阐释和发展，为传统的文学研究注入了新的内容。对中国古典文艺美学进行观照，如果说中国大陆学界是第一只眼睛的话，那么外国学者是第二眼睛，海外华人学者则可能是第三只眼睛。这三种眼光有似于惟信禅师所说观山水之三种境界。第一只眼易于执滞，第二只眼易于产生"隔"和误读，唯第三只眼"入乎其内，出乎其外"，站在中西文化冲突、交融的前端，以比较的意识和视野，故所得中国古典文艺美学之观审，最具启发和深思。海外华人学者往往经历了由少小的国学根底到青年的浸淫西学到最后归返传统的过程，夏志清在悼念陈世骧的文章中就着重说到这种学术"宿命"：

　　世骧在北大想是读外文系的，因为中文系的学生往往不容易把英文学好，而外文系的学生从小对国学有很深的根底的，人数不少，最显著的例子当然是钱锺书。……钱锺书虽然博闻强记，治西洋文学造诣特高，但最后还是致力于中国旧诗的研究，这好像是治西洋文学的中国学者的命运：不论人在中国、外国，到头来很少没有不改治中国文学的①。

---

① 夏志清：《陈世骧文存·序》，《陈世骧文存》，沈阳：辽宁教育出版社1998年版。

　　浸淫过西学再"改治中国文学",这样的眼光,所得到的可能就是中西古今的融通之境,就是面对异质文化的挑战而来的创造性转化之境。

　　因此,海外华人学者在中西文化交融、中西比较诗学语境下对中国文论、中国诗学、中国美学的阐释与研究,就成为一个极富学术价值和文化战略意义的课题。这一研究,不仅开启了一扇研究中国古典文论、中国古典美学的"南风窗",为目前的文论研究吹进了一阵清新的海外之风,填补了以往撰写中国古代文论学术研究史局限于大陆学界的不足,而且对我们所热议的中国古代文论的现代转换,提供了有力的经验和启示。海外华人学者置身于西方文化中心、最新文艺理论思潮的现场,吸收并参与这些理论思潮的起伏与讨论,但同时又始终不忘对中国传统的"根"的体认和再造。这样,他们就能把中国古典诗学、中国传统美学放在中西比较的大视野下,以西方最新的理论为参照进行开掘与阐发。这样的结果,不仅有力地彰显了中国古典美学的世界意义和价值,而且实现了中国传统文艺思想的现代阐释和创造性转化。不仅如此,这一论题在研究方法上也能给人启迪。一是比较方法和对话意识,这点最为重要。海外华人学者的中国古代文论研究,本身就是在中西比较诗学的语境之下进行的,把他们的研究活动与成果作为对象进行研究,必然也必须深具比较视野和对话意识。二是必须把研究对象置于宽广的参照系中,把海外华人学者与外籍汉学家、与台港地区、与中国大陆的同类研究进行并置比较,以显示出它们自身的特点来。三是阐释学的方法,相同的对象,不同的阐释视野和解读方式,为我们提供了有趣的阐释学论域的话题。海外华人学者的中国诗学阐发和研究,正是在西方文艺思想的当下视域中对古典诗学文本的阐释过程。这一阐释过程,体现出来的也正是历史语境和当下语境的视界融合。

　　目前,学术界对此一课题的研究,颇有形成热点之势。当然,这一热势也不是一夕之间突然产生的,它是中国改革开放的逐渐深入、中外文化交流的推进以及比较诗学的勃兴这一时代大势的产物。本来,20世纪20—40年代,日本学界的中国诗论史、文艺思想史著作,就及时传入中国并极大地影响到中国文学批评史学科的创建。20世纪80年代以来文论研究的海外之窗逐渐开启,并不断向深层次推进。而对大陆以外华人学者的中国文论研究,最早进入人们视野的是台港地区的研究成果,牟世金于1985年出版的《台湾文心雕龙研究鸟瞰》① 就具代表性。其后,刘若愚、叶维廉、徐复观等人的著作陆续在大陆出版,海外华人学者的中国文论研究也就极大地吸引了大陆学界的目光。随着海外中国文论研究的论著不断在国内传播和出版,叶维廉等海外华人学者以及美国汉学家宇文所安等人越来越成为年轻学子们追捧和热议的对象,以此为题产生了数量不少的博士、

---

　　① 　牟世金:《台湾文心雕龙研究鸟瞰》,济南:山东大学出版社1985年版。

硕士学位论文。这些研究顺应了时代的需要、开阔了视野、收集整理了资料、各有其意义，但总体来说在学术水平上仍差强人意。这主要表现在三个方面：一是研究对象主要集中在叶维廉、徐复观、宇文所安等人身上，还有很多海外学者的中国文论研究未能或较少触及，特别是作为一种群体、现象、形态的研究更是谈不上。二是研究视野多局限于个案分析，未能将个案的考察置于 20 世纪中国文论发展的整体格局中作比较分析，对于有价值的问题挖掘不深。三是除极少论文出自学养有素者外，研究者们多为年轻学子，他们在中国古典文论及其研究历史方面的知识储备显得不足，使得他们的研究往往有视野而乏识见、有新意而欠深厚，缺少一种中国古典文论的纵深感。正如吴承学在为蒋述卓、刘绍瑾等撰著的《二十世纪中国古代文论学术研究史·序》中所言："学术史是专门之学，也是专家之学。学术史的研究者只有处于与研究对象平等对话水平和心态，其研究才可能达到比较理想的境界。"① 拿什么来"平等对话"？中国古典文论及其学术研究历史的深厚学养也。而目前此类的相关研究，欠缺的恰恰是与研究对象平等对话的水平。

二、学术谱系与问题关注

传统与现代、中国与西方，它们的冲突、融合、倾斜，是整个 20 世纪中国文学理论发展的主干线。而 20 世纪的特定历史，所谓的"现代"，又往往和"西方"交接在一起，所以，中国古典文论和西方文论之间的关系，它们的比较、选择、融通，就成为一百多年来中国文学理论建设的焦点。中国古代文论的学术研究、中国文学批评史的学科建构，正是在这一学术大背景下进行并得以发展。从传统"诗文评"到"中国文学批评"的现代转型，作为"他者"的西方学术思想和文学思潮的介入与影响，是其至关重要的推动力。无论是大陆学界在"建设有中国特色的马克思主义文艺理论体系"的倡导下，还是海外学者建设"普遍的文学理论"框架下所进行的"中国文学理论"研究、"中国诗学"阐释，怎样通过中西比较、以西方为参照来确立中国古代文论的坐标，并进而找到一条面向现代、面对西方可能进行交流、对话的解释途径，就成为其时学术思维的轴心。中国大陆学界是这样，身处西方文化前沿的海外华人学者更是如此。按照海外的习惯和惯例，本文所说的"中国文论"，指的是中国古代文论。综观海外的中国文论、中国诗学、中国美学研究，依其文化身份和学术脉承，主要有以下四种情况：一是以宇文所安为代表的外籍汉学家的中国文论研究，这脉不属"海外华人学者"的研究对象，却是一种重要的比较、参照体，而且它与北美地区的华

① 吴承学：《二十世纪中国古代文论学术研究史·序》，《学术研究》2004 年第 6 期。

人学者的研究有深刻的关联。二是早期在中国大陆或台港接受基础教育，后来到欧美深造并继而留美任教，如陈世骧、刘若愚、叶维廉、高友工、奚密、孙康宜、余宝琳等，这类人数最多，是本课题的重点研究对象。三是成名于中国大陆，后因各种原因到国外定居执教，代表人物有王文生、萧驰等。对他们的学术活动的研究目前国内几乎尚处空白。四是活跃于台港地区，但于西方文化有较多经历和关注并经常往返于海外的台港学者，台港新儒家就有丰富的、值得深究的中国文论、中国美学研究成果。本文所指的"海外华人学者"取广义上的界定，主要指大陆以外的华人学者，包括以上分类中的后三类学者，但对台港学者则需根据是否具有海外特点和国际性视野而进行适当的取舍。当然这些只是就研究者的文化身份所作的大体类分，不仅各类之间具有交叉的地方，而且同类中亦有进一步细分的空间。如第二类学者中年龄、时代跨度较大，有人以"老一代"与"新一代"分之；再如以叶维廉为代表的比较诗学视野下的中国诗学阐释和发端于陈世骧、由高友工等后继并产生广泛影响的"中国抒情传统"的理论建构，就有很大的不同取向并分别拥有众多的追随者。

而相较于西方汉学家与大陆学者，海外华人学者的双重身份尤为特殊，即他们既拥有双语优势又面临双重边缘的尴尬，此种矛盾的交织使他们对中国文论的阐释往往与他们的理论建构意识紧密结合在一起。海外华人学者对中国文论的阐释在以下几个问题上足以彰显他们的特点。

第一，"中国艺术精神"的重建。虽然20世纪上半期有诸多学者（如郭绍虞、郭沫若、宗白华等）在自己研究中已触及"中国艺术精神"这一问题，但真正进行系统理论思考的是1949前后南渡台港的那一批新儒家学者们，充满文化悲情、归根乡愁的他们在中国传统文化的"灵根再植"的共同诉求下，尤其重视"中国艺术精神"的阐扬及重建。20世纪50—60年代的台港美学研究成果也主要集中在这批新儒家学者的著述中，"在近代、现代的西方思潮冲击下，若要重建中国传统美学，则更需以'新儒家'的理论反省为基础，而再向前跃进"①。方东美、唐君毅、徐复观等新儒家学者提出和阐发的"中国艺术精神"，主要由中国道家美学所开显出来。徐复观的《中国艺术精神》即是这方面最质实的一份成果。作为新儒家的徐复观，认为只有庄子才是中国艺术精神的纯粹体现者。这一徐氏本人认为"瞥见庄生真面目"的创见不仅在台湾学界产生了深远影响，有大批响应、追随与反思者，如颜昆阳、董小蕙、孙中峰等，也获得了大陆美学界的高度认可，张法认为这"一个重大的学术发现，或曰理论建树，它影响了整个中华文化圈对庄子美学思想的讨论"②。新儒家学者以儒家之眼观庄子，本身是

①　龚鹏程：《美学在台湾的发展》，嘉义：南华管理学院1998年版，第68页。
②　张法：《徐复观美学思想试谈——读〈中国艺术精神〉》，李维武编：《徐复观与中国文化》，武汉：湖北人民出版社1997年版，第514页。

一个极有意味的问题，值得我们深究。

第二，中国文学"抒情传统"的研寻。20 世纪 60 年代以来，随着国际比较文学强调跨文化研究的理论转向，一批海外华人学者及台港学者在中西比较视野下，以文类区分为媒介，从中国文化的大历史脉络整体考察中国文学特质，形成了一个"中国抒情传统"研寻与建构的谱系。旅美华裔学者陈世骧被认为是"中国抒情传统"的开创者。1964 年，他在美国亚洲学会年会上用英文演讲了《中国的抒情传统》一文，指出"中国文学和西方文学传统（我以史诗和戏剧表示他）并列，中国的抒情传统马上显露出来"①。随后，高友工深入研究律诗以及中国音乐、文学理论、书法、绘画理论等艺术"抒情美典"，从横的结构剖析和纵的历史梳理的坐标轴中彰明中国文化史的"抒情传统"。高友工指出，抒情传统"不仅是专指某一诗体、文体，也不限于某一种主题、题素。广义的定义涵盖了整个文化史中某一些人（可能同属一背景、阶层、社会、时代）的'意识形态'，包括他们的'价值''理想'以及他们具体表现这种'意识'的方式"②。就此而言，"抒情传统"不仅只是文学的或美学的，而应该是文化史意义层面上的指向文化特质的传统。20 世纪 70 年代后期，"中国抒情传统"这一说法迅速在海外华人学界传播开来，北美的孙康宜、林顺夫、王德威，台湾的蔡英俊、吕正惠、柯庆明、张淑香、颜昆阳、龚鹏程、郑毓瑜、廖栋梁、曾守正等，新加坡的萧驰，香港的陈国球，都投身于这一领域的探索，从各自的学术视域、学术立场对这一"抒情"谱系进行丰富、拓展与反思。海外华人学者的中国抒情传统建构之声还曾得到西方汉学家的回应，如汉学家普实克对中国现代文学抒情传统的研究，宇文所安的唐诗研究与中国文论研究，曾任国际比较文学学会会长的厄尔·迈纳的比较诗学研究。这个极富争议性亦极具建设性的命题，"形成了在大陆以外地区最重要且极具综摄力之解释体系"③，蕴藏了丰富的中国文论现代阐释的经验和教训，尤值得重视。

第三，中国诗学美学的"东学西渐"。近代以来，中西方文化产生了历史上前所未有的碰撞、交流与融合。"西学东渐"与中国现代学术的发生已经是一个老生常谈的话题，而"东学西渐"的研究却未得到相应的重视。随着国家文化部门对"中国文化走出去"这一政策扶持力度的加强，"东学西渐"论题越来越具有文化战略意义。海外华人学者在海外学术机构中工作与生活，对于中国诗学在西方的传播与影响有着特殊的敏感与得天独厚的研究条件。如叶维廉、余宝琳、奚密、钟玲等以及目前在大陆工作但具有海外背景的赵毅衡都对"中国诗学西方

---

① 陈世骧：《陈世骧文存》，沈阳：辽宁教育出版社 1998 年版，第 1 页。

② 高友工：《文学研究的美学问题（下）：经验材料的意义与解释》，《美典：中国文学研究论集》，北京：生活·读书·新知三联书店 2008 年版，第 83 页。

③ 廖栋梁：《"中国文学的抒情传统"专题》，《政大中文学报》2008 年第 10 期。

影响"论题，尤为关注并积极探索，揭示他们的关注视点与阐释方法，对于中国诗学世界意义的彰显有着极为重要的参考价值。

第四，"语言—形式美学"式的阐发研究。台港地区及海外华人学者对中国诗学的阐释另有一非常重要的特色，即通过对中国古典诗的"语言—形式美学"阐发来重审中国诗学特质。海外华人学者普遍受到西方"新批评"、结构主义等形式美学的影响。任何异质文化碰撞与融合都必须借助于语言媒介来展开，海外华人学者不断进出于中西异质文化，普遍重视中西语言的传释潜能与局限，并由此为切入点考察中国诗学、美学之异于西方的独有特质。陈世骧、刘若愚、高友工、叶维廉、叶嘉莹等都不约而同地选择"语言—形式美学"来对中国诗进行阐发，此种"阐发研究"既有效地解释了中国诗的特质，又遗留下不可避免的切割痕迹，尤值得我们反思。

第五，文论阐释与理论建构相结合、文论研究对象的"纯"与"杂"问题的凸显。笔者在以前思考20世纪中国古代文论研究的学术史时，发现20世纪前50年由于中国文学批评史这一学科尚属草创阶段，那时的文论研究与研究者的现代学术范型、理论意识紧紧结合在一起。不仅郭绍虞、罗根泽等本学科的开创者具有鲜明的问题意识和理论眼光，而且像王国维、郭沫若、朱光潜、宗白华、钱锺书等人均在美学或比较诗学理论建构时多有对古代文论概念、术语、思想的精彩阐发，这些阐发对后来的文论研究也产生了重大影响。而到了后50年，由于中国文学批评史学科的形成并走向成熟，古代文论研究的对象也越来越纯粹。走向成熟和纯化的古代文论研究，固然有力地推动了其研究的深入、细致，但也出现了古代文论与当代文论（特别是文艺理论建设）脱节、各自为战的窘况，以至于学界惊呼中国古代文论患上了"失语症"。正是在中国大陆文论研究在这里陷入困境时，海外华人学者的中国文论阐发和研究就显示出了特别的意义。无论是以叶维廉为代表的在比较诗学视野下对中国古典美学精神的彰显和发扬，还是中国文学"抒情传统"的建构，抑或"中国艺术精神"的提炼和阐释，海外华人学者都显示了文论阐释与理论建构紧紧结合的特点。也许在我们看来这可能谈不上是"纯粹"的中国古代文论研究，但正是其文论阐释与理论建构的结合，使传统的文学观念焕发出新的光彩并与世界接轨、与现代接通。

三、王文生移居美国后文论研究的新开拓

在研究海外华人学者的中国文论阐释、思考中国古代文论的现代价值和世界意义时，王文生的研究是一个值得关注的现象。

在二十世纪七八十年代之际，大学外语系毕业的王文生是国内中国古代文论学界活跃而重要的人物。他不仅是影响极大的四卷本《中国历代文论选》的唯

一副主编（主编为郭绍虞），而且是中国古代文论学会主要创建者，实际主编了《古代文学理论研究》丛刊第1至第8期。然而自1985年赴美讲学、定居后，在国内学界热闹非凡、成果迭出的同时，王先生却经历了长达十多年的沉寂。王文生这个名字俨然从国内学术界消逝了。然而，就在圈内人士每每为此惋惜的时候，王文生却在退休后迎来了其学术的第二春——那是更有收获、更富创造性的的学术圆成。他不仅接连在境内外重要学术刊物发表了许多专题论文，而且独自撰写"中国抒情文学思想体系"丛书。这一宏大计划包括六本相互联系而又各自独立的专著，目前已出版三种，分别是2001年出版的《论情境》、2008年出版的《中国美学史》（情味论的历史发展）上下册（以上二书均由上海文艺出版社出版），以及2012年由生活·读书·新知三联书店出版的《诗言志释》。《诗言志释》一书主要以王先生1993年在台湾《中国文哲研究集刊》第3期发表的重要长篇论文《"诗言志"——中国文学思想的最早纲领》为基础扩展而成，从书名看，大有与朱自清《诗言志辩》抗衡、媲美并交相辉映的意图。至此我们看到，原来王先生赴美讲学沉寂的十年，绝对并非他的学术空白，而是在思索在蓄积力量。他置身于西方学术讲坛，努力在中西比较的视野下思考中国古代文艺思想的价值定位及其民族特色。重视与西方的总体比较而又力图突破西方的框架，解除美学、文学研究上的西化倾向所导致的中国传统的遮蔽和误解，这是王先生一以贯之的学术追求。

　　在已出的上述三种著作中，《中国美学史》最为厚重，思想也最为犀利。《中国美学史》一个最大特点，就是对那种"见山不是山，见水不是水"的中国美学、中国文艺思想研究方法和美学史书写套路的批判。王先生认为，整个20世纪的中国美学研究实质上是哲学研究的一个部门，是西方美学的借鉴和翻版。而西方大多数时期，其美学研究可以归结为一句话，都是"以美为对象的学术研究"，其基本特点是重哲学、轻文艺，扬理性、绌感性。这一传统与中国古代从抒情文艺实践中领悟、总结出来的美学各有千秋，但大不相同。而我们却习惯于以西方美学的框架、命题、范畴来对中国美学进行研究，这是问题的症结所在。于是，王先生在该书中对上述研究的思想方法及其弊端进行了极为深刻的批评，以具体的美学史事实揭示了那种研究所造成的对中国美学的盲视和遮蔽。尤其引人注目的是，该书下卷占有很大篇幅的"二十世纪中国文学情味论的消减"（第十五章），对王国维"无我之境"、叶维廉"以物观物"背离中国传统美学精神进行了探本究源式的分析批判，对钱锺书以"生活源流论"所作《宋诗选注》所必然造成的宋诗美感的丢失、李泽厚《美的历程》以"经济决定论"来论中国美学所导致的牵强，王先生的这部著作都令人信服地指出了其出发点和思想方法上的误区与盲点。由于上述四家都在近今文艺界、美学界影响极大，王先生此著对这些理论大师的经典著作进行剖析和批评，无疑对当今中国美学学界起到了当头棒喝的震醒作用。惟信禅师所说的对于"见山不是山，见水不是水"的盲视，起于"亲见知识，有个入处"；而对于中国古典美学真力弥漫的真精神的盲视，则源于学术界根深蒂固的西化风气。

王国维在世纪之初就曾言："异日昌大吾国固有之哲学者，必在深通西洋哲学之人。"① 中国古典美学研究者常常面对这样一个悖论：既要西方美学的参照和视野，又更需解去西方框架对中国语境的遮蔽，显示出中国美学的特色和原味来。因此，王先生的《中国美学史》另一个极具创造性的地方是在对中国美学美感价值的提炼和论述上。这是一个曾经爬梳在中国故纸堆里、继而置身于西方理论现场的学术老人对他钟情的中国传统的回望和总结。这种境界就像惟信禅师所说"依前见山只是山，见水只是水"。这种境界和"未参禅"时的"见山是山，见水是水"表面相似，但实际上却是浸淫过西学之后对中国美学更深刻的把握，得到的是"入乎其内，出乎其外"的提升，得到的可能就是化境。王先生对此有充分的意识，他在此前出版的《论情境·前言》中写道：

> 用传统史传结合方法写出的中国文学批评史，和用西方理论框架概括的中国文学理论，均未能结出中国文学思想体系。其原因在于前者不曾有这样的取向，后者过于迷信西方的方法。我们必须采取别的方法，设立明确的取向，才能达到预期的目的。这种认识，是我在 20 世纪 80 年代到西方教学、研究，对西方文学思想有了较深入、系统的了解之后才获得的。②

因此，从中西美学的总体比较中，王先生通过对中国美学资料和文艺经验的扎实研究与深刻体味，拈出"情味"二字，并以之作为中国抒情文学的美感和价值，指出这一观念也培育了欣赏情味的作者和读者，使得元曲和明清小说、戏剧、散文以追求情味为目标，以情味多少为工拙。对情味的追求促使中国音乐以表现情味为唯一职志，也促使中国绘画由写实向写意发展而成为诗情画意相结合的艺术。据此洞见，王先生的这部美学史，不同于坊间流行的众多同类著作，向我们展示了一部情味论的历史发展史。王先生的这部极富特点、极具原创性的著作，也许在全面性上可能会遭到质疑，但其对中国美学的论述，由于建立在深厚的文艺实践基础上，却使人更感深刻和精到。

王先生著述中体现出浓厚的中国文论情结和执着追求学术的品德。王先生从曾经的国内古代文论领军人物到现在的海外华人学者身份，这一学术经历和文化身份下所作的古代文论、古代美学研究，对我们目前所关注的中国古代文论的现

---

① 王国维：《哲学辨惑》，《王国维文集》（第三卷），北京：中国文史出版社 1997 年版，第 5 页。
② 王文生：《论情境·前言》，上海：上海文艺出版社 2001 年版，第 6 页。

代转换、中国古典美学的当代参与，具有极其重要的启发。王先生在《中国美学史·前言》中有这样一段十分"惹眼"的话：

在本书脱稿之时，我想向我的同行发出由衷的呼吁：无须寻求中国美学思想的现代转换，无须寻求美学话语于别的文化系统。而要集中力量去发现中国美学传统，抢救传统，弘扬传统，在传统基础上建立中国自己的美学体系，并用它去引导中国新文艺朝着具有民族特点的方向发展。①

我相信，王先生此处所说"无须寻求中国美学思想的现代转换"，只是针对现代文艺理论建设中轻忽传统文论这一西化倾向所发激烈之语。前引就说"这种认识，是我在 20 世纪 80 年代到西方教学、研究，对西方文学思想有了较深入、系统的了解之后才获得的"。可见，王先生也是非常重视中西比较和现代视野的，他的真实意图主要是"抢救传统，弘扬传统"。近十多年的学术界、思想界，越来越凸显这样一个重要主题：随着 21 世纪中国的和平崛起，随着中国的综合国力的增强和国际地位的提升，怎样在思想文化建设中充分吸纳传统的智慧和古代的思想资源、努力弘扬传统民族精神、实现中华文化的伟大复兴，成就几代中华儿女为之奋斗的"中国梦"，将是提到我们国家文化战略高度的重大问题。在这样的情势下三复王先生的这一呼吁，有助于我们真正找到中国文论的源头活水和文化本位。

【原载于《学术研究》2013 年第 8 期】

---

① 王文生：《中国美学史·前言》，上海：上海文艺出版社 2008 年版，第 14 页。

跨语际沟通：遮蔽与发明

——海外汉学界对中国文学传统的建构

闫月珍

一、对"传统"之预设

近半个世纪以来，海外汉学界对中国文学传统的建构，产生了一系列具有代表性的命题。这些命题旨在对古典中国的特质进行概括和描述，进而形成了与西方文学传统相异的学术脉络，由此确立了所谓"中国性"之特质。这些命题中最具有代表性的是中国抒情传统和非虚构传统，它们体现了汉学界对中国文学之整体性进行描述以与西方世界相区分的尝试。

首先，是对中国抒情传统的建构，并在此一过程中彰显中国文学艺术之美典价值，以及古代之知识结构和知识呈现方式。其中，文本探讨的概念之"物"如何进入文学艺术，成了中国抒情传统关注的核心问题。其基本理论是，中国的律诗、书法、音乐、绘画的共同性在于对人与物两元关系的消解，体现了物我一体的意境。外在风物与内在情志处于相互感召的状态，此一状态之下，"物"与耳目发生直接的关系，并进而与心志交汇，最终形诸文学艺术文本。

在 20 世纪 50 年代的台湾，软调、抒情、保守，同时又继承中国传统审美品位的文化在大众与官方体制之间的妥协中产生，这种软调、抒情的文学品位虽然不一定符合当时的文艺政策要求，但是由于标举中国传统品位，并且抒情与保守的特质使得这种文学品位免于官方审查的困扰而日渐发展。这种标举中国传统、宣扬正面价值的诉求慢慢陶铸了大多数人认同的文化体系，同时与怀乡怀旧、软调抒情的文学品位相唱和，甚而直到 20 世纪 80 年代后期尚有影响。由台湾而往海外的学者陈世骧率先提出了所谓"中国抒情传统"，认为中国一切艺术之特质在于其抒情性，中国抒情传统所处理的核心问题是心与物的关系。其后，高友工、孙康宜、吕正惠和郑毓瑜诸人都试图从此一概括性表述入手，探讨中国文学艺术之特质，甚至将中国抒情传统这一概念用于论述书法、绘画等艺术门类。心如何感应物、物如何呈现于诗，这一问题还涉及思维方式层面，李约瑟曾将中国思维的这种特殊性称为"关联式思考"。受此启发，台湾学者郑毓瑜《引譬连类：文学研究的关键词》集中关注物在文学艺术中的呈现方式，亦是在陈世骧、高友工先生所命名的抒情传统脉络里阐释中国诗学。作者尤其强调"引譬连类"是总括自先秦逐步发展而来的一套生活知识，或者说是已成共识的理解框架。① 这种"类应"的模式，经由口耳相传或著述承递，已经成为习知的"知识结构"，它制约了我们对世界理解的可能性限度。

中国抒情传统试图透过心与物的关系找到两者的弥合之处，其论述框架仍秉承着一元论宇宙观。宇宙是有机的，心与物之间发生着同情的共鸣（sympathetic resonance）②，言与物之间亦是同构关系。

其次，是对"非虚构传统"的建构。"非虚构传统"是宇文所安倾力最久的一个文学概念。从写于 1985 年的《中国传统诗歌与诗学》到写于 1992 年的《中国文论：英译与评论》，他一直试图将这一概念系统化和实证化。宇文所安此一概念在西方世界影响极大，如费维廉、余宝琳和欧阳桢等汉学家也对此一问题进行了阐释。③ 在 20 世纪 90 年代之前，西方汉学界认为，在中国文学传统中，诗是非虚构的，其陈述是相对真实的。

通过将中国文学与西方文学进行比较，宇文所安认为中国文学存在着一个"非虚构传统"。早在《中国传统诗歌与诗学》中，宇文所安就认为："在中国文学传统中，诗歌通常被假定为非虚构的：它的表述被当作绝对真实。意义不是通过文本词语指向另一种事物的隐喻活动来揭示。相反，经验世界呈现意义给诗人，诗作使世界中的事件得以显现。"④ 中国文学是一种历史经验的真实记录，中国文学的这种内在经验论与西方文学的虚构观念相比，显然是另外一个思路。他也试图在此一理论预设之下对中国文学批评进行阐释，在对《文赋》的解读中，我们可以看出这一理论的具体演绎：其一是关于"作"的分析，宇文所安认为汉语中的"作"与西方的"Poiêses"完全不是一回事，后者从未来获得彻底的虚构之意。自中世纪后期和文艺复兴时期以来，西方人开始拿上帝创造世界的模式来比拟诗歌创作，认为诗歌创造了另一个世界；在这个意义上，中国文学传统所说的"作"与"Poiêses"无法等量齐观。其二是关于中国文学批评的诗法问题。西方诗学始于希腊的"technê"观念，也就是生产系统意义上的"art"（艺术），有了生产系统，东西才能制作出来。中国文论中也有一些文体（例如"诗法"）接近西方的"技法"。宇文所安认为："陆机的《文赋》和大多数传统

---

① 高友工：《美典：中国文学研究论集》，北京：生活·读书·新知三联书店 2008 年版，第 14 页。

② 宇文所安著，王柏华、陶庆梅译：《中国文论：英译与评论》，上海：上海社会科学院出版社 2003 年版，第 21 页。

③ 陈小亮：《论海外中国非虚构诗学传统命题研究的源与流》，《暨南学报》2016 年第 2 期，第 18 – 25 页。

④ 宇文所安著，王柏华、陶庆梅译：《中国文论：英译与评论》，上海：上海社会科学院出版社 2003 年版，第 34 页。

中国文学理论在理论前提上与西方诗学的'技法'有明显差别，传统中国文论描述创作的'实现'过程，而非'制作者'和'制作物'的关系；而且也没有西方文论那种对组成部分的分析。"① 基于中西诗歌作者和作品的不同关系，宇文所安确定了中国诗歌的"非虚构传统"。

除宇文所安外，余宝琳、欧阳桢等汉学家也对非虚构诗学的含义进行了阐发。中国哲学基础是一元宇宙论，不存在现象与本质的区别，中国诗论并不认为诗歌是通过模仿和虚构制作出来的。"非虚构传统"表述显示了汉学界的中西二分法。西方汉学界存在着一些最为基本的理论预设，如张隆溪所说的西方的虚构性与中国的事实性、西方的创造性与中国的自然性、西方对普遍性之关注与中国对独特性之关注、西方隐喻超验的意义与中国本义和历史感等②。其实，中国文学批评也存在着以文学为制作之产物的思想，中国文学批评往往以器物制作喻文章写作，认为两者之间在经营和巧饰上有相通之处，这为中西诗学比较提供了可供沟通的话语。中国文学并非仅对现实和情感的原型进行真实的传达，它是一种基于形式和内容两方面的协调而达到的艺术真实。以非虚构传统概括中国文学，忽视了技艺经验在文学批评中的表述，以及中国文学向着艺术自律所进行的努力。中国文学文本是有序展开的模式，不仅仅是呈现，也是重塑和重组。

总之，非虚构传统与中国抒情传统如出一辙，将理论建构建立在一种中西差异论基础上。两者对中国诗学的解释是以西方为参照展开的，并试图在比较中追寻中国诗学之本质特征。

二、中国性与现代性之悖论

当前比较诗学的问题在于，一方面囿于"传统"的预设，另一方面又无法逃脱用西方范畴对"传统"进行阐释。因而，完全意义上的还原是否可能、整体意义上的取用是否可行，是一个值得反思的问题。在跨语际沟通中，如何既保持中国诗学的原来面目，又实现对中国传统的有效阐释和评价？西方诗学的概念、范畴、价值标准形成了一整套语汇和体系，诸如现实主义与浪漫主义、悲剧与喜剧、表现与再现，将其用于非西方艺术时，往往呈现出矛盾与歧异。而中国诗学的概念、范畴、价值标准所形成的一整套语汇和体系，诸如神与形、言与意、情与景，当其与西方诗学沟通时，能否达到有效的转换和阐释，正是比较诗学无法回避的难题。

---

① 宇文所安著，王柏华、陶庆梅译：《中国文论：英译与评论》，上海：上海社会科学院出版社 2003 年版，第 98 页。

② 张隆溪著，王晓路译：《文为何物，且如此怪异?》，《中外文化与文论》1997 年第 3 期，第 85 - 105、276 页。

当代哲学家库恩（Thomas Kuhn）认为，不同的语言有不同的词汇范畴，那么它们用来组织经验的形式不同，所看到的世界也就不一样。库恩的"不可通约"（incommensurability）概念指出语言结构对思维形式的制约，此"不可通约"或"不可翻译"的问题成了语言哲学和文化领域的核心议题之一。库恩的观点体现了相对主义：如果不同范式之间的语言是不可通约的，那么如何能够实现跨范式的理解；如果范式之间没有共同的价值标准，那么范式之间如何比较高下优劣。① 这就预设了相对主义的前提：文明之间的差异不可通过语言的沟通和理性的比较来克服。

相对主义必然导致中西比较诗学研究中对差异性的重视，而后现代理论家如德里达对差异的强调，往往成为文化相对主义的理论依据。将中国文化建构成迥异于西方的形象，一方面暗合了民族主义的想法，另一方面正适应了西方世界的中国想象。周蕾评价西方语境中的中国学研究时说，许多汉学家把中国划分成"前现代"与"现代"、"传统"与"西化"的阶段，将中国形象一厢情愿地加以模型化和理想化，② 从而将传统塑形为变动不安的原型，而忽视了其内部的语言、文化和历史因素，及其流动和变化。

刘若愚《中国文学理论》将中国诗学系统化，这一工作的范围，如他所言："至于20世纪的中国文学理论，除了纯粹传统性的批评家所信奉的以外，我将不予讨论，因为这些多少受到西方影响的支配，不管是浪漫主义，或象征主义，或马克思主义，因此所具有的价值与趣味，与构成大多独立发展的批评观念之源泉的中国传统文学理论，不可同日而语。"③ 刘若愚将"中国古代文学理论"等同于"中国文学理论"，显然是出于将中国文学理论定型化的设想。基于范式的差异，刘若愚认为，跨语际的文学批评除了采用超历史主义和跨文化主义外别无选择，他主张预设中西诗学存在共性且具有普遍主义的命题，从而找到不受限于语言、文化或时代的诗歌特质。他说："我们必须致力于超越历史和超越文化，寻

---

① 除库恩外，持文化相对主义观点的还有哈佛大学教授亨廷顿（S. P. Huntington）。他在《文明冲突与世界秩序的重建》中提出，随着冷战的结束，文明之间的冲突将取代意识形态，成为国际政治斗争的主线。HUNTINGTON, SAMUEL P. The clash of civilization and the remaking of world order. New York: Simon & Schuster, 1996: p. 207。

② 周蕾认为汉学和中国研究强调"传统"（Heritage）绝不可改变，于是向西方致意却长久以来以一种相反的形式存在着——观念上坚持独立、自足的中国传统，这样的中国传统能与西方传统相抗衡，即使中国传统无法胜出但也和西方传统同样伟大。在这个例子中，"拒绝"西方被严正恪守；因为高捧"中国"，这样的方法却重蹈了原先欲反对的霸权意涵。周蕾著，刘剑梅译：《妇女与中国现代性》，上海：上海三联书店2008年版，第44页。

③ 刘若愚认为，虽然中国文学批评传统在某种程度上受到起源于印度的佛教的影响，可是相对于西方传统而言，中国传统可以被看成一个独自发展的传统。刘若愚著，杜国清译：《中国文学理论》，台北：联经出版事业公司1981年版，第6-7页。

求超越历史和文化差异的文学特点和性质，以及批评的概念和标准。"① 他在艾布拉姆斯《镜与灯》所提出的文学活动四要素即世界、作者、作品、读者的基础上，尝试建立一个分析中国文学批评的理论框架，由此出发，将中国古代的文学理论解剖为形而上的、决定的、表现的、技巧的、审美的与实用的六种理论，这正是他所谓超历史主义和跨文化主义的尝试。刘若愚将中国文论系统化的前提，正是清代之后中国诗学受西方冲击呈现出不同以往的态势。

如果清代及之前中国诗学在本质上是无变化的，那么推动质变的力量则来自外部，这就将变化的因果归结为"西方的冲击"与"中国的反应"，因此无意中应合了费正清所谓"冲击—反应"模式，② 其结果必然导致将古典趣味呈现出静态化的理论演绎。无论是刘若愚的中国文论体系建构、高友工的"中国抒情传统"、宇文所安的"非虚构传统"，还是徐复观的"中国艺术精神"，都是以此为前提。特别是近年中国学术界持中国文论"失语症"者，将 19 世纪以前的古代文论看作是属于中国的，称其为"中国文论"，而认为 20 世纪中国文论受西学影响产生的新变是所谓传统的失范。③ 因此，以晚清为界限，视 20 世纪的中国诗学为"中国诗学"疆域之外，显然从时间上将"传统"定性于所谓"中国性"。④ 而要避免将中国诗学看成静止的板块，必然要将中国诗学及其 20 世纪的历程当作一个整体来描述。

将古典中国的命题延续到现代，必然牵涉更为广阔的社会历史背景。王德威尝试将中国抒情传统延续到对 20 世纪中国文学的考察，进而发掘抒情与革命、启蒙和救亡的纠葛。王德威说："一般皆谓 20 世纪中期是个'史诗'的时代，国

---

① 刘若愚著，杜国清译：《中国文学理论》，台北：联经出版事业公司 1981 年版，第 294 页。

② 此处借用费正清教授的"冲击—反应"概念。费正清在写于 20 世纪 40 年代末的《美国与中国》中明确提出：西方的冲击在 19 世纪 40—50 年代是一种沉重打击，在 19 世纪 60—90 年代，西方模式是中国效仿的对象。FARIBANK, JOHN KING. The United States and China. Cambridge, M. A.：Harvard University Press，1983：p. 143.

③ "失语症"论者认为只有延续了"传统"，中国文化才不会出现"失语"的现状。在这里，"传统"被看成是一成不变的经典，殊不知一成不变只会是死水一潭。显然，我们不可能彻底回归传统，如李欧梵谈到中国文化时认为，中国现代性建构事实上并没有完成，而当代中国文化又显示出一定的后现代特征，"现代性"和"后现代性"相互交融，说明了中国当代文化的复杂性。李欧梵：《当代中国文化的现代性和后现代性》，《文学评论》1999 年第 5 期，第 129 页。

④ 与后现代理论领域强调多元、差异和消解中心并不一致，在文化处境中，人们其实还是自觉不自觉地倾向于传统基础主义，要为一切包括文化的坐标寻找到一个坚实的、不容置疑的、不可动摇的基础，勾勒理性反思和阐释的限度，为知识提供证明，证明什么是可能的，什么是不可能的，在什么范围内是合法的，在什么范围内是不合法的。而将传统看作是一成不变的，正是这样一种基础主义的梦想和追求。学者刘禾则指出，在本土中国与外来西方之间划出一道明确的分界线，这在认识论上几乎是不可能的。她强调跨语际的观念最终能够提出这样一个问题，即解释在主方语言的权力结构中传播、操纵、部署以及统治客方的模式。而客方语言要在主方语言中获得意义，往往并不强调其文本原意的权威性。刘禾著，宋伟杰等译：《跨语际实际——文学，民族文化与被译介的现代性（中国，1900—1937）》（修订译本），北京：生活·读书·新知三联书店 2008 年版，第 40 页。

家分裂，群众挂帅，革命圣战的呼声甚嚣尘上。但我认为恰恰是在这样的时代里，少数有心人反其道而行，召唤'抒情传统'，才显得意义非凡。这一召唤的本身已经饶富政治意义。更重要的，它显现了'抒情'作为一种文类，一种'情感结构'，一种史观的向往，充满了辩证的潜力。"① 我们会发现，在革命和启蒙的主题之外，抒情传统作为一条线索，在中国现代文学中并未中断，这也足以启发我们对中国现代文学多元主题和复杂场域进行思考。

三、跨语际沟通之遮蔽与发明

中国诗学处于不断变动的被阐释之中，这是一个从传统走向现在，又从现在走向未来的不断被赋予新内容的旅行过程。古今对话、中西对话是传统与现代、东方与西方不同视界的融合，在这种融合和对话中，不同经验、现象领域的观念得以交流、汇通和碰撞。但在跨语际沟通中，中国诗学因受制于语言的障碍而使得其意义或有所流失或有所变化，其结果往往只能实现一定程度的可通约性。或以西方诗学类比中国诗学，或以西方诗学阐释中国诗学，固然可以求同存异，但最终不可能达到完美的传达。正如宇文所安说，中国诗学术语离开其复杂的术语系统，其思想的叙述性和说明性力量就难以维系，它们负载着一个复杂的历史，而且根植于该文明所共享的文本之中。而中国诗学也不可能在西方诗学中找到对等的术语，任何翻译都对原文有所改变②。中国诗学的还原和阐释往往并非是复原，而是新变，即失去或减弱其原有意义而彰显了其在现实语境中的意义。这就必然对原义造成一定程度上的遮蔽。

在跨语际沟通中，主方与客方、个人的价值尺度与社会思潮之间，必然存在着复杂的关联。文化间的交流往往提供了不同文化对话的一些共同论题，但会形成一种强势话语对另一弱势话语的改造，而这种共同论题背后的异质性往往随着问题的深入得以彰显。因此，西方诗学对中国诗学的阐发必然会导致对中国诗学原义的遮蔽或误读，而这种遮蔽和误读也往往相随着发生。在现代美学进程中，徐复观、唐君毅和刘若愚等美学家的一个共同话题是，在与西方形而上学传统的对比中突出中国美学的精神实质和人文价值。西方意义上的形而上学成为一个参照，中国美学也因这一参照得到了新的阐释，并产生了新的意义。形而上理论作为西方古典哲学的典型，为发掘中国美学的现代价值提供了一条有益的线索。徐复观、叶维廉等人对西方形而上理论的怀疑和否定，反倒促使他们重新思考中国美学的特质——没有西方式的以知识为中心、以理性为特征。中国意义上的形而

---

① 王德威：《抒情传统与中国现代性》，北京：生活·读书·新知三联书店 2010 年版，第 6 页。

② 宇文所安著，王柏华、陶庆梅译：《中国文论：英译与评论》，上海：上海社会科学院出版社 2003 年版，第 5 页。

上学，并非是在追问终极，而是在弥纶物我、融合道器。物显露着法象，也显露着真实，其间并不存在原本与现象的差别。总之，中国典籍中"道"的直觉体验色彩都赋予它了非常富有艺术意味的特质。以生命精神消解唯理倾向，以艺术精神消解形而上学，以形下之器消解形上之道，以直观消解玄虚，这是上述美学家在谈形而上学时的一个共同倾向。"道"玄虚的一面被淡化和隐匿，经验的一面被彰显和称颂。从比较中发现中国美学独特的人文价值和现代意义，这是文化认同矛盾的最终解决途径。

因此，用西方理论说明和解决面临危机的中国诗学传统，并非最终为了证明前者而趋于价值和意义的单一化，而是指向对传统的解释、发明和建设，不同的思想体系应在多元文化交流中起到建设性作用。这种建设显然应以现实处境为前提，理论话语如果剥离了其时代意识和文化背景，失去了其更深层的对中国问题的关怀，则会缺乏对现实的有效阐释。接受中的误读是不可避免的，如布鲁姆所说："阅读，如我在标题里所暗示的，是一种延迟的几乎不可能的行为，如果更强调一下的话，那么，阅读总是一种误读。"① 他认为没有解释，只有误释，批评也是一种基于误读的创造性行为。从这个意义上讲，中国诗学的寻语历程必然是一个有所遮蔽也有所发明的历程。它是基于当代中国的现实土壤的，有其历时性的理论基础，包括中国诗学和 20 世纪中国诗学的现代进程这样一个整体。20世纪以来，西方的现实主义、浪漫主义、人道主义、现代主义和后现代主义思潮在中国的接受，都贯穿于中国的启蒙与救亡、革命与宣传、改革与创新的历程，中国和西方也正是在历史的坐标中进行着碰撞和交融，传统也正是在这种碰撞和交融中发生变迁。

四、传统的建设性意义

近代以来，解决所有的中国问题都有着一个无法回避的视野，即西学视野，即将中国的传统学术，通过西方的学术规则和学术命题来检验和判断。正如王国维所言："异日发明光大我国之学术者，必在兼通世界学术之人，而不在一孔之陋儒固可决也"②，"中西二学，盛则俱盛，衰则俱衰，风气既开，互相推助。且居今日之世，讲今日之学，未有西学不兴而中学能兴者；亦未有中学不兴而西学能兴者"③。学问之事本无中西，西方治学方法与理论可以作为参照角度，可以借用以协助我们透视因距离太近而无法诠解之处。如李欧梵所述："从西学中发现一些关键问题，由此再求之于中国文化，往往以此更觉得'中学'的渊博和

---

① BLOOM HAROLD. A map of misreading. New York：Oxford University Press，1975：p. 1.
② 王国维：《王国维文集》（第 3 卷），北京：中国文史出版社 1997 年版，第 71 页。
③ 王国维：《王国维文集》（第 4 卷），北京：中国文史出版社 1997 年版，第 367 页。

可贵，我这种方式，也勉可称之为'求西学之源，发中学之本'，对两者都是以其现代的意义为准。"① 中国文学的研究者要摆脱理论单一现状，就必须与西方接替实现沟通。这显然是一种借镜他人以实现自我省思的策略，而如何实现中国本位文化的批评和重建，是问题之关键。

在中国诗学研究中，理论抽取成为其中一个普遍的现象，它是一个选择性、碎片性而又具有建设性的策略。中国学者对西方文化的兴趣，实际上取决于为中国文学服务的层面上，也取决于中国精神生活的发展方向。对于理论视野的这种时代性和碎片性，钱锺书说："一个艺术家总在某些社会条件下创作，也总在某种文艺风气里创作。这个风气影响到他对题材、体裁、风格的去取，给予他以机会，同时也限制了他的范围。就是抗拒或背弃这个风气的人也受到它负面的支配，因为他不得不另出手眼来逃避或矫正他所厌恶的风气。……所以，风气是创作里的潜势力，是作品的背景，而从作品本身不一定看得清楚。我们阅读当时人所信奉的理论，看他们对具体作品的褒贬好恶，树立什么标准，提出什么要求，就容易了解作者周遭的风气究竟是怎么一回事，好比从飞沙、麦浪、波纹里看出了风的姿态。"② 任何一个理论家都不可能超脱于时代而实现理论的完美，他们必然要根据社会条件和个人倾向进行理论的选择和融合。每一种表述不只是某个作者或某个时代的意图和思想的表达，传统融汇于历史之流而处于意义生发的旅行之途。

因此，无论是对民族传统的维护，还是对西方文化的追随，其理论前设都以现实为旨归。以胡适为代表的新文化运动，当其主张打倒旧传统时，所依据的是美国的实用主义思想；以梁实秋为代表的学衡派，当其主张回归中国本位文化时，所依据的是白璧德的新人文主义。梁启超倡今文经学以为戊戌变法提供理论支持，但其最终还是依傍西方的君主立宪制，虽然他也曾从《论语》中找到"宾四门"以佐证君主立宪制，但以古证今之牵强终不比以西证己来得有力。无论其初衷是回归中国传统还是背离中国传统，问题的解决方式已经不再是一个纯粹的中国问题。中西互释的实质是，西方理论成为解决一切问题最为有力也最为直接的理论，而在中国典籍中寻求证据往往成为理论接引的方式。

而问题的实质不在于碎片能否代替整体实现文化的平衡，而在于特定的时代，哪部分碎片能够成为最恰适的思想资源而产生最强劲的思想动力，实现更高层面的意义生成。我们不可能使一个孤立的现代视域与一个封闭的过去视域相脱离，所以理解可被描述为一种现在与过去的视域融合。在这个意义上，传统的出现往往并非是为了言说其自身，而是为了言说一个新的共识。如理查德·鲍曼所

---

① 李欧梵：《当代中国文化的现代性和后现代性》，《文学评论》1999年第5期，第129–139页。
② 钱锺书：《七缀集·中国诗与中国画》，北京：生活·读书·新知三联书店2002年版，第1–2页。

说："这许多的传统化实践，不仅是针对一个社会内部的成员，而且是针对外部的他者，是要向他者宣扬自己的社会。换句话说，它既是为了向社会内部，也是为了在国际或文化间表达自己的主张。"① 当传统被赋予了文化认同的意义时，我们显然是在言说当下的中国文学问题。

【原载于《中国比较文学》2016 年第 2 期】

---

① 理查德·鲍曼著，杨利慧、安德明译：《作为表演的口头艺术》，桂林：广西师范大学出版社 2008 年版，第 219 页。

饮之太和
——叶维廉对中国诗学生态美学精神的开掘与阐发

刘绍瑾

　　近十年来，以生态的视野和理论方法来研究美学问题，特别是阐释中国古典美学精神，渐次成为学术界一大热点。以生态之眼光来看，在比较文学领域享有盛誉的叶维廉先生的理论批评及其比较诗学建构，具有浓厚的生态美学色彩。我们甚至可以说，在以生态精神来阐发中国古典美学思想的学术谱系中，叶维廉是华人学者中的第一人；把生态理论与美学、诗学批评结合得比较好的，叶维廉也堪称较为成功的一个。揭示这一点，不仅更能使我们认清中国生态美学、生态文艺批评的学术历史脉动及其与其他学术领域的精神连接，也对我们研究中国古典文艺美学走向现代并参与当下文化建设具有启发性作用。

一、叶氏早期两本深染生态色彩的诗学著作

　　叶维廉的比较诗学研究在 20 世纪后期的华人学界产生了重大影响。乐黛云先生这样评价："叶维廉是著名诗人，又是杰出的理论家。他非常'新'，始终置身于最新的文艺思潮和理论前沿；他又非常'旧'，毕生徜徉于中国诗学、道家美学、中国古典诗歌的领域而卓有建树。""他对中国道家美学、古典诗学、比较文学、中西比较诗学的贡献至今无人企及。"[①] 这一对叶维廉学术特点"新""旧"之评价，甚为得当。作为一个少小深受中国传统文化浸染而成年绝大部分时间在美国执教并从事学术活动的华人学者，叶维廉的学术身份使他之于中国古典诗学、中国传统美学，具有自我与他者兼而有之的特点。他"置身于"西方文化中心、最新文艺理论思潮的"现场"，参与这些理论思潮的讨论并吸收其思想精华，但同时又始终不忘对中国传统的"根"的体认和再造。这样，他就能把中国古典诗学、中国传统美学放在中西比较的大视野下，以西方最新的理论为参照进行开掘与阐发。这样做的结果，不仅有力地彰显了中国古典美学的世界意义和价值，而且实现了中国传统美学的现代阐释和创造性转化。

---

① 叶维廉：《中国诗学》（增订版），北京：人民文学出版社 2006 年版，封四。

　　而在叶氏用来阐释中国传统并与之对接、互释的西方最新理论思潮中，最为明显也为大家所称道的是现象学美学。然而笔者认为，还有另一思潮也同样重要，但它迄今未能引起注意，那就是其时在美国风行的绿色环保运动和生态理论。

　　关于叶先生与美国绿色环保运动及其生态理论的事实联系，由于笔者所掌握的资料有限，在此难以妄言。但叶氏在 20 世纪 70 年代出版的两本代表性论著，则凸显了十足的生态美学精神。再联系到此时生态环保思潮正在欧美风行，叶先生受到此方面的影响，我想是完全可能的。

　　这两本著作分别是出版于 1971 年的《秩序的生长》和 1980 年的《饮之太和》。由于这两本著作都是叶氏相关论文的集结，因此可以说是集中体现了叶氏在那个时间段（20 世纪 60 年代后期和 70 年代）的代表性成果。《秩序的生长》意在寻求人与自然原始的直接接触，重建人与物浑然合一、和谐共生的秩序和诗境。而这一秩序，在叶先生看来，在生态环境遭到破坏的现代语境下几成破碎的残梦。特别是其中的《饮之太和》一书，更是体现了十足的生态美学意蕴。书名就饶有趣味，尽管它取自《二十四诗品·冲淡》之"饮之太和，独鹤与飞"，但更为根本的则是表达对道家所说的太古之时人与自然的原始和谐的醉心向往。"太和"，《二十四诗品》的注解者一般理解为"阴阳会合冲和之气"①，而笔者则认为，它的意思就是"太古的和谐"，这一美学风格的文化原型就是道家的元古理想。《二十四诗品》中与"饮之太和，独鹤与飞"可相阐发的还有"黄唐在独"②。"独"是道家语境中一个重要概念。"独"者，不偶也，故《庄子·齐物论》言："彼是莫得其偶，谓之道枢。"而所谓的"道枢"，就是"一切差别与对立之诸相悉为扬弃而返归于物自身之本然之境地"③。徐复观先生说："《庄子》一书，最重视'独'的观念，本亦自《老子》而来。老子对道的形容是'独立而不改'，'独立'即是在一般因果系列之上，不与它物相对待，不受其他因素的影响的意思。"④ 从哲学上这一解释可谓正确，但如果我们换一种角度，从文化人类学的眼光来看，那种"不与它物相对待""一切差别与对立之诸相悉为扬弃"的"独立"状态，却是远古时代人们的一种自然的"常态"，一种最基本的存在形式！而一旦人类进入社会大分化的文明时世，人们的意识深处开始出现是非、美丑、利害、善恶等"对待"的辨别，天人关系就出现了朝"遁天倍情"（疏离自然）方向以滔滔不返之势的发展，所以《二十四诗品》的作者以黄帝、唐虞这两个上古帝王来启发读者的联想。《二十四诗品》此处本于陶渊明《时

---

① 郭绍虞：《诗品集解·续诗品注》，北京：人民文学出版社 1981 年版，第 6 页。
② 郭绍虞：《诗品集解·续诗品注》，北京：人民文学出版社 1981 年版，第 11 页。
③ 福永光司：《庄子》，陈鼓应：《庄子今注今译》，北京：中华书局 1983 年版，第 57 页。
④ 徐复观：《中国人性论史·先秦篇》，上海：上海三联书店 2001 年版，第 348 页。

运》之"黄唐莫逮，慨独在余"，而陶渊明的诗文，弥漫着一股对远古自然之世的深深追怀，如《劝农》之"悠悠上古，厥初生民。傲然自足，抱朴含真"；《命子》之"悠悠我祖，爰自陶唐"。他自谓"羲皇上人"，陶醉于"无怀氏之民欤？葛天氏之民欤"①的远古时代那种纯朴简单、与自然同体的境界中，"黄唐在独，落落玄宗"，体味出的是一种太古的和谐，一种纯粹的"大美"！

虽然说笔者的上述解读是否符合《二十四诗品》的语境还不一定得到所有人认同，但是笔者依然坚信这一解释完全符合叶维廉《饮之太和》这一书名的用心与意旨，因为我们在叶氏的那本书中读到了太多的富有生态精神的美学表述。在《饮之太和》中，叶氏历数了西方文化对"荒野的自然界"的"抗拒的态度"，深深感叹"宇宙万物与我们交谈的境界已经完全消失了！"他称引近代诗人罗拔·邓肯（Robert Duncan）的抱怨，斥责西方人"破坏与掠夺自然而不视之为罪恶，却美其名为'改造天机'，如此之妄自尊大！"感叹"西方人对他们的生物环境（自然界）——他们食物、气力、精神的源头作了何等的破坏！""而称工业的煤烟为'黑色的牡丹'！称之为'一切文明之母！'"这样，正如叶氏引美国现代诗人史遒德所说，导致"'生态的平衡'被破坏了：许多鱼类被水污毒化，洛杉矶山上的松杉被浓浊的空气窒死，自然的律动完全被化学和马达的律动所取代"②。

正如德国美学家席勒在《论朴素的诗和感伤的诗》里所启发的，古代诗人"就是自然"，而现代诗人则"追寻自然"。由于从自然、和谐的生态角度来看问题，所以在叶维廉那里，对"生态平衡被破坏了"的现代情势的批评就与回归太和的复归意识紧紧联系起来。他说："无怪乎过度工业化和机械化的西方不断有人呼吁回归太和，回到初民与自然环境之间所保有的一种仪式的和谐。"而回归太和，"不是去了解他们过去如何，而是了解我们为人之本质"（引美国近代诗人罗拔·邓肯语），而是去"掌握远古、原始的形态作为一切基本的维系于自然的文化模子"（引美国近代诗人史遒德语）。③ 也就是说，人类的原初时期，人与自然原本是一体的，人具有与自然万物直接接触和对话交往的灵性与特质。但随着文明的深进，随着人类征服自然的能力和作为的加强，人类开始逐渐与自然界相疏离，并成为破坏自然生态环境的杀手。因此，叶维廉对破坏自然生态秩序的现代情势的批评，对回归太古的和谐、自然的美学理想的追求，都体现了鲜明的生态美学精神。叶维廉接着说：

对史遒德和他的同代诗人，把 primitive 这个字加上"落后"的含义正表示人

① 龚斌：《陶渊明集校笺·五柳先生传》，上海：上海古籍出版社 1996 年版。
② 叶维廉：《饮之太和》，台北：时报文化出版公司 1980 年版，第 197－206 页。
③ 叶维廉：《饮之太和》，台北：时报文化出版公司 1980 年版，第 209－211 页。

把它之为人的神圣的人性作了可耻的歪曲。primitive 就是 "原" "始" 的意思。这一点必须要改正。

　　原始民族的世界观里含有一种我们应该经常参考和学习的智慧。如果我们已经濒临文化发展极致的后期，我们必须设法去了解原始人如何和自然的力量交谈、交往……①

以此观点来看中国古典，叶维廉深深迷恋 "对纯朴远古生活意态的观察者庄子"。众所周知，道家典籍中有丰富的复远古思想资料。老子理想的 "小国寡民"、庄子所主张回归的 "至德之世"，从 "历史的进步性" 来看，可能是一幅生活原始、生产力落后的图景。但如果我们剔除这一思想中的落后、消极因素，从人与自然万物、主体与客体关系的角度来看，从审美的观点来把握，则可以发现，那一回归远古时代的背后包含着对自然万象的天然生机的肯定，包含着对人与自然和谐合一的程序的肯定，包含着对在人与物浑然一体的自然秩序中所获得的原初体验、自然生发的纯粹境界的肯定。叶维廉显然紧紧抓住了这一点，认为我们首先 "要了悟人在万物运作的天放中原有的位置和关系"②，即人在这个世界中只是万物之一体，丝毫没有权利干涉别的事物的存在，万物都是世界中的平等成员，都自由地参与世界的演化与创生。叶先生的中西比较诗学研究尽管主旨在寻求西方现当代以海德格尔为代表的现象学美学同道家美学及其影响到的中国 "以物观物" 的美感视境的会通，但他似乎意识到中国诗学那种 "以物观物" "即物即真" 的美感视境只有在 "古之人" 那样的原发社会里才能得到最充分、最纯粹的呈露。而老庄笔下的 "古之人"，在他看来，在浑然不分、对立与分化的意识尚未成立之前，可以直接地感应宇宙现象中的具体事物，不假思索，不依循抽象概念化的程序，而与自然自发的世界相应和。因此，叶先生对西方那些回归太和的反文化呼声以及道家的复元古思想极为称赞。因为原始人 "全面感知的存在从未割切、区分、间隔而为个人孤立诡异的单元，他与自然环境的关系始终是浑然一体的"。"由于他这种浑然的意态，他能更具体地接近物象而不歪曲其原貌，物自可为物，完整纯朴，与他并存相认，以一种现代人无法洞识无法拥有的亲切感。"③

① 叶维廉：《饮之太和》，台北：时报文化出版公司1980年版，第211页。
② 叶维廉：《饮之太和》，台北：时报文化出版公司1980年版，第243页。
③ 叶维廉：《饮之太和》，台北：时报文化出版公司1980年版，第230页。

二、在比较视野中确认中国诗学"以物观物"的生态美学精神

叶维廉在学术界产生重大影响的是其中西比较诗学。但叶氏的比较诗学研究，却不同于"纯客观"的学究式爬梳，而是诗人兼学者式的，具有强烈的倾向性和理论建构色彩。美国当代重要诗人罗登堡（Jerome Rothenberg）称叶维廉是"现代主义的旗手"，是"美国（庞德系列的）现代主义与中国诗艺传统的汇通者"①，而叶氏所属的美国现代主义诗歌流派，其理论纲领多关注人与自然的和谐亲善关系。除前已引述之罗拔·邓肯、史迺德外，再如叶氏所引美国现代诗人唐林荪关于诗的见解：

> 你问我的诗的态度是怎样的：我想主要是要找出人与自然适切的关系，个人、自我不应该是一个掠夺者，自然应该能为自己说话，在某种适切的关系里说话——不只作背景或象征用。②

把这种诗歌主张和叶先生所阐释、所发掘的中国古典美学"饮之太和""以物观物""即物即真"的传统进行汇通，凸显出的思想和追求，就自然深契于生态的美学精神了。

具体地说，叶维廉的比较诗学是从比较中西山水诗、从中诗英译中所发现的中西语言对表达艺术意象之不同，推究它们对宇宙万物的感应方式的差异，并把以庄子为代表的道家美学与西方现象学进行汇通，阐述了道家美学及其影响所及的中国美学"以物观物"的美感生成特点。他在比较王维和华兹华斯的山水诗时发现，"王维的诗，景物自然兴发与演出，作者不以主观的情绪或知性的逻辑介入去扰乱眼前景物内在生命的生长与变化的姿态：景物直现读者目前，但华氏的诗中，景物的具体性渐因作者介入的调停和辩解而丧失其直接性"③。作者指出，这种不同不是隔夜生成，而是有其历史文化渊源的。因此，叶氏由此推究它们所各自体现的"以物观物"和"以我观物"的感应宇宙万物的方式之不同，指出西方自亚里士多德、柏拉图以来的"以我观物"的方式支配了西方人的审美感悟，使西方人难以保持并呈现自然万物的生机和天趣。在谈到"以物观物"和"以我观物"的文化渊源时，叶氏特别指出庄子的宇宙观、人对宇宙万物的观感方式与柏拉图之不同，指出柏拉图把世界分为理念世界、物质现象世界、艺

---

① 叶维廉：《中国诗学》（增订版），北京：人民文学出版社 2006 年版，封四。
② 叶维廉：《比较诗学》，台北：东大图书公司 1983 年版，第 183 页。
③ 叶维廉：《比较诗学》，台北：东大图书公司 1983 年版，第 144 页。

术模仿世界，是一种以人的概念、命题及人为秩序的结构形式和框架而对宇宙大全的类分和支解，由此而导致以我为中心、以人的知性来对待世界。而庄子的宇宙观是浑一的，人、物质世界、道通过神秘直觉而达到浑然合一的境界。庄子的宇宙观，按他在《无言独化：道家美学论要》（收入《饮之太和》）一文中的说法，一开始便"否定了用人为的概念和结构形式来表宇宙现象全部演化生成的过程"。因为庄子认为归纳与类分、系统和模式必然产生限制、减缩、歪曲：有了概念与类分（即庄子所说的"有封"），则随着起了是非之分，"天机的完整性便开始分化破碎为片断的单元"，所以庄子学术的重点在"设法保护宇宙现象的完整性"。叶维廉称这种宇宙观及对宇宙的观感方式为"以物观物"，并指出这种"以物观物"是中国艺术的主魂，因为中国文学及艺术的最高美学理想便是要"求自然得天趣""即物即真"，要以"自然现象未受理念歪曲地涌发呈现的方式去接受、感应、呈现自然"。中国古典诗之所以能达到物我浑一、超乎语言的自由抒发的境界，除了中文文言句法的自由特点外，主要是透过庄子所谓"心斋""坐忘""目击道存"及郭象发挥的"无言独化"（叶氏认为郭象是庄子最重要的注释者）等方式，把"抽象思维曾加诸我们身上的种种偏减缩限的形象离弃来重新拥抱原有的具体世界"，以虚空却晶莹剔透的心灵去完整感应自然万物的原性。对于中国诗学"以物观物"的诗歌美学精神，叶氏系统地总结道：

　　"以物观物，不以身观物，消除主客而齐物，肯定物各自然、各当其所的自由兴发：不封、不隐、不荣华。语言文字，不应用以把自我的意义、结构、系统投射入万物，把万物作为自我意义的反映；语言文字只应用来点兴逗发素朴自由原本的万物自宇宙现象涌现时的气韵气象。所以复得素朴自然胸襟的诗人，在诗作里逐渐剔除演义性、解说性的程序，增高事物并生并发的自由兴现，向我们提供了一种独特的、不刻意调停、尽量减少干扰的表达方式来接近自然现象的活动。"①

　　"以我观物"与"以物观物"这对概念，最初由宋代理学家邵雍在《皇极经世绪言·观物外篇》中提出："以物观物，性也；以我观物，情也。性公而明，情偏而暗。"后来王国维《人间词话》以此论诗词境界："有有我之境，有无我之境。……有我之境，以我观物，故物皆著我之色彩；无我之境，以物观物，故不知何者为我，何者为物。"其实"以物观物"的思想渊源于道家，来源于庄子所称"丧我""无己""心斋""坐忘"。以此文化精神为基石，王国维区分了上述两种艺术境界："以我观物"主张艺术家从自我出发，把自我的情感外射到自然物象上，从而在人与物、情与景之间找到契合点，并实现它们的融合，达到一种以艺术家的主观情感为中心的情景交融。而"以物观物"以及所达到的"无我

————————

①　叶维廉：《饮之太和·无言独化：道家美学论要》，台北：时报文化出版公司 1980 年版，第 259 - 260 页。

之境"，则是审美主体在超脱世俗尘想，在"心凝形释，与万化冥合"① 的状态下，把自我融会到自然对象中，体悟出宇宙自然的内在精神律动，最终形成物我两忘、物我合一、"不知何者为我，何者为物"的化境。这样的艺术，艺术审美主体不以知性、主观情好来对待自然、分解自然，而是充分保持宇宙自然的天然生机和完整意趣。其实，"无我之境"中也有"我"，有"情"，但其重要的区别在于，"以物观物"的"观者"是超越了个人具体的现实情欲的"大我"，其"情"是超越了世俗是非好恶的"宇宙天地之情"。一句话，是破除了自我中心、人类中心的偏执，超越了社会、文明价值之后的"纯粹的、自然的主体"。正是在这里，一种顺天自化、天人合一的宇宙生态和谐精神得以展现。

叶维廉紧紧抓住这对中国固有概念，并以中西比较的宏观视野、富有生态精神的现代意识对原本就潜含生态意蕴的"以物观物"进行了重点阐释，从而使这一古典概念通向了现代，焕发了生机。在叶氏看来，由于"以物观物"消解了自我中心、人类中心的偏执，将自己的智识忘掉，让主体虚位，"虚以待物"，如此便可包容万物而不伤害万物，任由万物自由兴发。这种境界，庄子称为"心斋""坐忘""虚静"，是摆脱了一切功利是非之心的审美境界，达到这种境界而与外物相接便可"不将不迎，应而不藏"，便可"胜物而不伤"。② 叶维廉这样解说道："物既客亦主，我既主亦客。彼此能自由换位"，诗人依着万物"各自内在的机枢、内在的生命明澈地显现；认同万物也可以说是怀抱万物，所以有一种独特的和谐与亲切，使它们保持本来的姿势、势态、形现、演化"。③ "以物观物"的运思方式一直为中国诗人看重，故而能够物我自由兴发，接近"真实世界"。

对于"以物观物"的运思方式所导致的中国古典诗学具有生态精神的美感视境，叶维廉说："由于诗人不坚持人为的秩序高于自然现象本身的秩序，所以能够任事物毫不沾知性的瑕疵地从自然现象里纯然倾出。"中国山水诗，"景物自然发生与演出，作者毫不介入，既未用主观情绪去渲染事物，亦无知性的逻辑去扰乱景物内在生命的生长与变化的姿态。在这种观物的感应形态之下的表现里，景物与读者之间的距离缩短了，因为作者不介入来对事物解说，是故不隔，而读者亦自然要参与美感经验直接的创造"④。

三、现象学与生态美学的汇通

毋庸讳言，叶维廉那种主张任由自然景象自动、自发、自然显现的诗观，既

① 柳宗元：《柳宗元集·始得西山宴游记》，北京：中华书局 1979 年版。
② 陈鼓应：《庄子今注今译·内篇·应帝王第七》，北京：中华书局 1983 年版。
③ 叶维廉：《比较诗学》，台北：东大图书公司 1983 年版，第 107 页。
④ 叶维廉：《饮之太和》，台北：时报文化出版公司 1980 年版，第 14 – 15 页。

是具备生态精神的，更是现象学的。叶氏的那种具有生态美学精神的诗歌美学理论，体现了现象学与生态美学的汇通。目前国内学术界往往把生态批评与现象学存在论联系起来，叶维廉似乎应该算是华人世界中最早的一个。

如果说庄子的"以物观物"的自然美学与西方古典美学存在着上述重大差异的话，那么在叶维廉看来，庄子所代表的中国古典审美感应方式却又与西方现象学美学获得了"汇通"。因为现象学美学的一个最大的努力，就是要回到现象本身。纵观西方思想，叶维廉认为：

> 现代西方对于宇宙观的调整，颇为繁复……但我们在此只欲指出：所有的现代思想及艺术，由现象哲学家到 Jean Dubuffet 的"反文化立场"，都极力要推翻古典哲人（尤指柏拉图及亚里士多德）的抽象思维系统而回到具体的存在现象。几乎所有的现象哲学家都曾提出此问题。①

叶氏指出，现象学美学家、存在主义者海德格尔所致力的回到苏格拉底以前的原真状态，力求呈现"存在的具体性"，以及梅露彭迪所主张的回到"概念化之前的世界"，重建与世界的直接、原始的接触，这些与道家"以物观物"的感应方式极为相似。他说："要消除玄学的累赘、概念的累赘也可以说是海德格哲学最用力的地方。像道家的返璞归真，海德格对原真事物的重认，使到美学有了一个新的开始。"② 按照叶先生的意思，以现象学美学为代表的西方现当代美学的走向已与西方古典美学大为不同，而道家"以物观物"的自然美学与西方"以我观物"的感应方式所导致的古典美学视境迥异，倒是道家所代表的中国古典诗学"以物观物"的自然美学与西方现当代美学大潮有共通之处。正是从这一"世界性的眼光"来看，叶维廉深爱庄子，他经常"进出于西洋作品之间"，"始终不信服柏拉图以还所强调的'永恒的轮廓'，……还是认为庄子的'化'的意念才迹近实境"。③

如前所述，叶维廉针对"生态平衡被破坏了"的现代情势，提出了"回归太和"的主张。这一回归也是一种现象学意义上的复归。钱锺书曾谈到三种不同的处理天、人关系的学术思想："人事之法天，人定之胜天，人心之通天者也。"④ 这三种天、人关系影响到不同的美感视境，而且"人心之通天"的境界更容易在人与自然尚未疏离分化、生态环境尚未遭受破坏的自然远古时世得到实

---

① 叶维廉：《比较诗学》，台北：东大图书公司 1983 年版，第 56 页。
② 叶维廉：《道家美学·山水诗·海德格》，郑树森：《现象学与文学批评》，台北：东大图书公司 1984 年版，第 169 页。
③ 叶维廉：《秩序的生长·序》，台北：志文出版社 1971 年版。
④ 钱锺书：《谈艺录》，北京：中华书局 1984 年版，第 60 页。

现。有趣的是，叶维廉也引禅宗《传灯录》那段有名的公案来说明不同的感物方式所引发的不同的美感视境：

> 老僧三十年前未参禅时，见山是山，见水是水。及至后来，亲见知识，有个入处，见山不是山，见水不是水。而今得个休歇处，依前见山只是山，见水只是水。①

叶氏同时以胡塞尔的现象学概念来解释这三种观物、感物方式。"依前见山只是山，见水只是水"，无疑是经过"解蔽"之后所达到的澄明、透彻之境。

依笔者理解，"见山是山，见水是水"与"依前见山只是山，见水只是水"这两种境界究竟是什么关系，它们的优劣何在，这可能是叶维廉具有生态美学精神的比较诗学中未能完全弄清楚的问题，也可能是现象学美学所存在的理论空当。尽管在理论上叶氏认为后者才是至境，但在更多的地方却在强调原始状况下的绝对和谐与自发自动。在《饮之太和》中，叶氏有感于"宇宙万物与我们交谈的境界已经完全消失了"的西方现代情势，特别提到兰亭诗人和庐山探幽者，称赏他们共同参与"自发自律的自然"的"颂赞"。但随后又说："但他们虽然'共同'参与，但还是一组诗人墨客。可是在东格林兰的爱斯基摩族人里，我们发现了与自然更纯粹更完全的应和。"② 这实际上就凸显了生态诉求与现象学回归，与原始文化形态、原始思维的关系。叶秀山曾指出："对于原始的思维形式的研究，对人的原始状态的研究，是当代西方思潮中的一个重要方面，因为它直接与哲学的一个基本例题——思维与存在的同一性、主体与客体的同一性有关，所以这个问题对于哲学家就有特别的吸引力。同时又由于这种同一性与感性的形式不可分离，因而对艺术家也同样具有吸引力。"③ 如果以这些观点来看，老庄之主张回复远古自然之世，实是对人类的原初本性、人与自然浑然一体的原始状态以及人对外在自然世界直接而全面的感知方式的极力维护和称赞。这是一个思维与存在、主体与客体同一不分的时代，一个充满了"诗性智慧"的时代。而人的历史发展，人的淳朴、自然的原初本性却在一步一步地丧失！人类与自然浑然一体的原始状态以及人对外在世界直接、全面的感知方式却在逐渐离析、解体！这一"古"与"今"的历史透视，深深影响了中国后世的文学观念，形成了一种具有极强势力、从某种意义上难以反驳的退化思想。在老庄看来，远古自然之时，人与自然浑然一体，人就是自然。而进入文明状态，则导致了人与自然

---

① 见普济：《五灯会元》，北京：中华书局 1984 年版，第 1135 页。引文有些出入，据此本更正。
② 叶维廉：《饮之太和》，台北：时报文化出版公司 1980 年版，第 202 页。
③ 叶秀山：《思·史·诗——现象学与存在哲学》，北京：人民出版社 1988 年版，第 47 页。

的分离，人对世界浑整的感知也开始分崩离析，并为概念、名言等框架所分割。在这样一种存在状态下，"雕饰""谨细"的艺术风气似乎是大势所趋。文明愈发展，趣味愈精细，文学越自觉，则文学雕华、概念化的倾向愈来愈容易发生。"诗性智慧"在一步一步地被"文"化、礼义化所遮蔽。

　　不妨这样认为，西方现代兴起的对远古原始文化研究的兴趣，归根到底还是一种对现代人的思维、对文明人的存在状况日益陷入困境的危机感使然。影响更大的、以海德格尔为代表的存在论现象学哲学、美学，正是这一思潮的集大成的表现者。海德格尔主张抛弃统治西方两千多年的形而上学理性思维体系，返回苏格拉底以前的观念，其核心就是要恢复概念前、语言前的原真状态，以建立与自然世界原始的、直接的接触。海德格尔的这一终极性思路很容易使人们把他与老庄的复远古思想联系起来，因为"双方的思维方式都是一种源于（或缘于）人生的原初体验视野的、纯境域构成的思维方式"①。这种思维方式从本质上是诗性的，是审美活动中最基本的、最重要的特征。

　　【原载于《陕西师范大学学报》（哲学社会科学版）2008 年第 2 期】

---

　　① 张祥龙：《海德格尔思想与中国天道》，北京：生活・读书・新知三联书店 1996 年版，第 13 - 14 页。

混沌之思

——论叶嘉莹的诗学理想

朱巧云

在当代中国古典诗词研究界，叶嘉莹堪称是首屈一指的国际知名专家，其融入生命体悟的个性化学术风格在海内外产生了相当大的影响。而其学术风格的形成，直接源于她"七窍虽凿而混沌不死"的诗学理想。

一、混沌之思

混沌是中国哲学中关于宇宙起源的一种重要观点，常常被解释为混乱、无序、未分化。"气形质具而未相离谓之浑沌。浑沌者，言万物相浑沌而未相离也。视之不见，听之不闻，循之不得，故曰易也。"① 可见，混沌就是万物相混没有分离的一种存在状态。《庄子·应帝王》云："南海之帝为倏，北海之帝为忽，中央之帝为浑沌。倏与忽时相与遇于浑沌之地，浑沌待之甚善。倏与忽谋报浑沌之德，曰：'人皆有窍以视听食息，此独无有，尝试凿之。'日凿一窍，七日而浑沌死。"② 从这个故事来看，庄子认为，宇宙本来是混沌的，要把握宇宙世界，就要用浑一、完整的观点来看，如果将其割裂开来，就会夺走其生命。

叶嘉莹从庄子"七窍凿而混沌死"的故事，生发出"七窍虽凿而混沌不死"的诗学理想。1982 年 12 月底，叶嘉莹为即将出版的《迦陵论诗丛稿》写了一篇序文，在论及诗歌评赏方式时说：

一般而言，其感性成分之较多者，大约便较易于将诗歌中感发之生命做出更好的传达，而且可以在读者间引起一种生生不已的感动的效果，而其缺点则在于缺少知性的考证辨析的依据；至于知性成分较多者，则在考证辨析方面虽可以做出更细密的推论，但却有时又不免反而戕丧了诗歌中感发生命之生生不已的生机。昔庄子曾以混沌为喻，以为七窍凿而混沌死，因此所谓感性的欣赏，有时就

---

① 《十三经注疏·周易正义卷首》（上），北京：中华书局影印本 1980 年版，第 2 页。
② 郭庆藩：《庄子集释·庄子·应帝王》，北京：中华书局 1961 年版。

要求欣赏者需要保持一种浑然完整之生气。我个人回顾自己过去的作品，便也常感到七窍之凿与混沌之生往往有难以并存之势。如何能够做到七窍虽凿而混沌不死，使古今中外的知性材料都能在七窍之凿中效其妙用，而却仍能保持诗歌中感发之生命，使之在读者之感受中不仅不受到斫丧，而且能得到更活泼更完美之传达和滋长，这正是我过去所尝试的途径与今后所追求的理想。①

在古典诗词的批评实践中，叶嘉莹希望能够将感性的体悟、诗意的表达与知性的理论有机融合在一起，使作品的阐释达到既明晰、完整而又有生气的艺术效果。此种诗学理想不只贯穿于她对古诗词的解读中，也行之于她对古代诗论、词论的研析中。

感性的品评是叶嘉莹文学批评中自始至终的坚定不移的选择和态度，这在国内也有着广泛的影响。中山大学林岗教授称叶嘉莹的文学批评是中国"知音品鉴"的式微传统的绝响，这一评价正是着眼于叶嘉莹感性批评的特点而发的。但对中国古典诗词的研究，叶嘉莹并没有完全拘泥于传统的诗词批评理念，而是古今中外的批评方法都兼而用之。她在《多年来评说古典诗歌之体验及感性与知性之结合》一文中详细谈了自己的研究特点，即以感性为主，结合三种不同的知性的倾向：一是传记的，对于作者的认知；二是史观的，对于文学史的认知；三是现代的，对于西方现代理论的认知。② 同时，逐一举例阐述，此处不赘。所以，传记的、史观的、现代的这些知性方法也已融在她的方法论中，渗入到她的批评意识里。读她评诗论词的篇章，或者听她说词，往往陶醉于她富有感染力的感性世界，也对她理性的解读了然于心；既实现了富有生气的感情满足，也有知识的收获。

叶嘉莹的诗学理想，显示出她古典与现代、中国与西方相结合的批评思路。中国古代文艺批评偏重于感性体悟，直观妙解，而西方则侧重于推理思辨，在文艺批评中，将中国感性的欣赏和西方理论的研析完美地结合起来，这是极难达到的境界。叶嘉莹的这种诗论追求，显然是要糅合中西文学批评之特色，为中外诗词之评赏找到一条具有普适性的途径，这不但可以发掘诗词"兴发感动"之作用，又具有理论体系作支撑。这种混沌之思，促使叶嘉莹不断冲破自己的知识局限，走出一条"混沌之路"。因此，与大陆古典诗词研究的学者相比，叶嘉莹的古典诗词及诗论研究，最显著的特色就是在继承中国古代鉴赏批评方式的基础上，巧妙合理地借用西方现代文学理论。这种特色是叶嘉莹诗学理想指导下的产物。饶芃子教授曾说，叶嘉莹的这种研究是"根生"的，是"以才女式的细腻匹配现代学术理念和学术规范"，这一概括式的评价是十分准确的。

---

① 叶嘉莹：《我的诗词道路》，石家庄：河北教育出版社 1997 年版，第 62 页。
② 叶嘉莹：《我的诗词道路》，石家庄：河北教育出版社 1997 年版，第 50 – 51 页。

二、应对现代性的策略

多年来，在诗词品评中，叶嘉莹以感性与知性相结合而达至的混沌之境为研究旨归，这是面对现代性的一个抉择，一种应对策略。

身处纷繁复杂、争论不休的现代性知识背景中，叶嘉莹以她自己鲜明的批评方式表明了其学术立场。在美国和加拿大讲授中国诗词时，为了向西方学生做出逻辑性的理论诠释，使学生更容易明白知晓，叶嘉莹将中国传统的评说方式与西方文学理论结合起来以阐发中国古典诗词的意蕴，使学生获得一种豁然贯通之趣，深受学生的喜爱。时日既久，叶嘉莹"对诗歌之评赏，遂逐渐形成一己之见解。对旧传统之词论，渐能识其要旨及短长之所在，且能以西方之思辨方法加以研析及说明"①，从而"使中国传统中一些心通妙悟的体会，由此而得到思辨式的分析和说明"，对叶嘉莹而言，这更是一种极大的欣愉②。她曾经说："我并不愿意勉强用西方的文学批评理论来评说中国的文学，因为那时常不免有过分牵强之病，只是我也会偶尔地发现中西之间有时也有些非常微妙的巧合之处，有些西方的文论也可以用来解释我们中国的一些文学批评上的问题。"③ 从她阐发的诸多事例中，我们可以体会到她以西释中的自然、会心之处和机缘带来的凑泊之趣。

周发祥曾说："中国古典文学远播欧美，对于那里的读者来说，它无疑是一种异国文学，西方学者予以介绍，自然会用自己读者所熟悉的理论和方法进行阐释或剖析，用他们所熟悉的作家和作品进行类比或反衬，以取得以近喻远、以易解难的效果。"④ 叶嘉莹面对的是西方的读者、学生，所讲的内容对于听者而言是一种异质文学、文论，她在介绍、讲解中国古代文学、文论时，如果完全采用中国传统的批评方法，西方的学者、学生将难以理解，也无法获得一种认同感。因此，叶嘉莹在运用中国传统批评方法的同时，也结合西方文学理论和研究方法来对中国古代文学、文论进行解读、剖析，这无疑有利于西方人对中国古代文学、文论的理解，所以从这个角度讲，叶嘉莹"七窍虽凿而混沌不死"的诗学理想及其指导下的比较文学研究是一种实践诉求，是在异域文化背景中的现实选择结果。

在《论词学中之困惑与花间词之女性叙写及其影响》一篇文稿结尾，叶嘉莹曾引用西方解析符号学之女学者克利斯特娃（Kristeva）的一句话："我不跟随

① 叶嘉莹：《我的诗词道路》，石家庄：河北教育出版社 1997 年版，135 页。
② 叶嘉莹：《我的诗词道路·前言》，石家庄：河北教育出版社 1997 年版，第 18 – 19 页。
③ 叶嘉莹：《古典诗词讲演集》，石家庄：河北教育出版社 1997 年版，135 页。
④ 周发祥：《西方文论与中国文学·引言》，南京：江苏教育出版社 1997 年版，第 2 页。

任何一种理论，无论那是什么理论。"因为叶嘉莹认为"理论"是一种捕鱼的"筌"，叶嘉莹目的只在于得"鱼"而并不在制"筌"。叶嘉莹又引一首小诗来说明她引用西方文学理论解说中国古典诗词的用意。诗云："彩云影里神仙现，手把红罗扇遮面，直须着眼看仙人，莫看仙人手中扇。"叶嘉莹说她引用一些西方文论，"只不过是因为有时仙人之美妙实在难以传述，遂不得不借用一些罗扇的方位来指向仙人而已。"①

由此可见，在传统和现代性之间，叶嘉莹没有做出决绝的选择，既不是完全抛弃传统站在现代性一边，也没有死守传统而摒绝现代性。正如赵一凡教授所说：叶嘉莹借鉴王国维的经验与态度，"对现代性做出自己新的认识与表态。当然，她不会像王先生那么悲观绝望。而对于西洋文化，她的认识也更多更深。这便有了一种既妥协、又抗争的危机应对之法，而且应对得不错，自成一格"②。叶嘉莹的批评之路是传统在走向现代的历程中对取舍法则的探索。这种选择和批评尝试是现代性对中国古典诗词研析的影响表征，也是传统没有完全被现代性所淹没、吞噬的体现。面对现代性，创作者和研究者都在思考前景、出路，不能仍袭传统的那一套，否则会在现实中遭遇尴尬，并难以立足，这是强大的冲击中的出路思索。可从传统中来的人，浸润于古典诗词中的人，又难以完全遗弃那份诗韵、含蓄、美境，所以，叶嘉莹寻找两者的衔接之处，在展现古诗词美韵的同时，也能够为具备现代知识的人所接受，又为其开拓出一个较为开阔的研究空间。作品总是在时代变迁中被接受、被鉴赏，才能延续其生命，才能在再创造中得到生发和增值。或许叶嘉莹身处西方视界下，对现代语境的这种抉择正是使得古典诗词在现代得以生长、增值的好途径。

三、"危机"与"转机"的思考

作为一名海外华裔学者，叶嘉莹"怀京华北斗之心，尽书生报国之力"（缪钺），这也是其"七窍虽凿而混沌不死"的诗学理想产生的动因之一。

她曾指出自己在古典诗词研究道路上有一种由"为己"到"为人"的转变，即由一己赏心自娱的评赏转变为为他人的传承责任的反思。这种转变的原因在于叶嘉莹看到诗词评赏界中存在的一些困惑和危机，产生了一种不能自已的关怀之情。在1973年所写的《漫谈中国旧诗的传统》一文中，叶嘉莹说：

　　自从出国以来，有时常会看到一些评说中国旧诗的西方著作，在理论及方法

---

① 叶嘉莹：《叶嘉莹作品集·总序·汉魏六朝诗讲录》（上），台北：桂冠图书股份有限公司2000年版，第11－13页。

② 赵一凡教授2003年6月6日给笔者的信。

上虽然不乏新意，可是在真正触及中国旧诗本身的评说时，却往往不免有着某些误解或曲解的现象。而且即使是台湾的年青一代的学者和同学们，近年来在他们所写的一些尝试以西方新理论来评说中国旧诗的文字中，在真正触及诗意之解说时，也常不免有着某种偏差的现象。加之近来又听说台湾岛内许多前辈先生都将先后退休，因之乃不免对中国旧诗传统之逐渐消亡，颇怀杞人之忧。

正是这种对中国传统诗学的前途命运所怀有的强烈危机感和深深的焦虑感促使叶嘉莹撰写此长文，并在文中指出：以西方文学理论来补足和扩展中国传统理论是可行的，但必须先对中国诗说传统有深入了解，并提出一些在评说中国旧诗时所当注意的重要问题，以唤起大家对这一方面的注意。① 在 20 世纪 80 年代初中期，大陆青年们对西方理论表现出极大的热情，但对传统的研习则较为冷漠，叶嘉莹对此亦喜亦忧。她在 1988 年写的《对传统词学与王国维词论在西方理论之观照中的反思》一文中表达出这种复杂的心情，她说："忧的是古典诗歌的传承，在此一代青年中已形成了一种很大的危机；而喜的则是他们的态度也正好提醒了我们对古典的教学和研读都不应该再因循固步，而面临了一个不求新不足以自存的转折点。而这其实也可以说正是一个新生的转机。"② 一忧一喜的情感表达，一"危机"一"转机"的理性思考，正可以作为叶嘉莹对中国传统具有强烈使命感的最好诠释。

在海外多年，叶嘉莹对中国传统诗说的研究，不再囿于中国传统文化视野，而是从跨文化的角度，从"他者"的角度来研究，通过多元文化的观照和多种视角解说，叶嘉莹对中国传统诗说鲜明的民族特色体认更深刻，感情更深沉，对之传承的责任感也更强烈。她认为，中国古典文学的研讨和教学，"不求新不足以自存"，借用西方理论对中国古典文学重新加以诠释和评价已经成为一种必然的趋势。既对中国学术形势有如此之认识，故在批评实践中，叶嘉莹以开放的研究心态，从比较文学的视野对中国古典文学和文论进行诠释，假借一些西方理论的观照，对中国传统中某些比较抽象的概念做一些更为科学性、更为逻辑化、理论化的反思，其目的就是："从一个较广较新的角度，把中国传统的词学与西方近代的文论略加比照，希望能借此为中国的词学与王国维的词论，在以历史为背景的世界文化的大坐标中，为之找到一个适当而正确的位置"③，使之走向世界，使我们传统诗说为世界所了解，以其鲜明的特色而成为世界诗学的有机组成部分。在《从中西诗论的结合谈中国古典诗歌的评赏》《对传统词学与王国维词论在西方理论之观照中的反思》等文章和讲座中，叶嘉莹对中国旧诗的评析和估

---

① 叶嘉莹：《我的诗词道路》，石家庄：河北教育出版社 1997 年版，第 139 – 140 页。
② 叶嘉莹：《叶嘉莹说词》，上海：上海古籍出版社 1999 年版，第 143 页。
③ 叶嘉莹：《叶嘉莹说词》，上海：上海古籍出版社 1999 年版，第 194 页。

价，传统诗学的承继等议题继续展开讨论。1986 年至 1988 年，叶嘉莹为《光明日报》撰写"随笔"专栏，在 1986 年写的《前言》中，她指出，"如何将此新旧中西的多元多彩之文化来加以别择去取及融会结合"，是开放政策下处于反思时代的青年们所当思考的一项重要课题。在随笔中，她用西方的诠释学、现象学、符合学、接受美学、新批评等理论对张惠言、王国维的评词方式予以观照，理清了近百年来关于常州词派理论的纷争，并在一定程度上使王国维感发说词方式实现了现代阐释。

叶嘉莹的这些研究成果对我们整理传统诗说具有很好的示范意义，也显示出她与时俱进的研究态度，更体现出她勇于担负承传中华民族优秀传统诗说的历史使命感。她说，她的愿望只是想把自己心中对古典诗词的热爱化为一点星火，希望能藉此点燃起其他人，特别是年轻人心中对古典诗词的热情，她相信我国古典诗词所蕴含的生命和智慧，必将在神州大地上展现出一片璀璨的光华①。叶嘉莹的研究和教学已从初到海外为"小我"修身、立家之谋生而奔波上升到为"大家""民族"而奔走呼号，为国家民族和传统文化尽一份责任的高度。此种高立意使她的研究进入到一种不同的境界，其研究态度弥足珍贵，值得我们学习。

四、关于可行性

叶嘉莹"七窍虽凿而混沌不死"的批评理想主要得益于她双重的文化背景。在异域，她是有着中国传统文化根基的中国人；在国内，她是有着西方文化背景的外籍华人，这两种视角带给她以学术上的自由和创新。徜徉于两种文化之间，站在较高的学术视点上，通过比较对照，叶嘉莹很容易发现两者的优长和缺陷，故而有了此种诗学追求，也走出了一条独特的"混沌之路"。阅读她的著述，我们既会心于她传统的史观、感悟的批评方法，也领略到了她以西方的文学理论如诠释学、女性主义批评、现象学、读者反应论等对中国诗词、词论的阐发、观照的识见和开阔的眼界。但毋庸讳言，叶嘉莹只是一个成功的例子，在实际批评中，"七窍虽凿而混沌不死"是一种难以达至的境界。一则因为感性与理性之间的度不好把握。知性材料的使用，必定会使批评的外在面貌有了变化，七窍凿开，条分缕析，因此，用之不当，会影响作品感发生命的体现。如何恰当、合理地、有机地将两者结合起来，使得知性材料既能有助于诗词全面合理的解读，从整体上体现出批评对象的感发性，又不至于斫伤内在的关涉其整体生命的部分，而且因为这些知性材料的运用，作品更加有生气活力，这是需要长期探索的问

---

① 卢晓丽：《化作春泥更护花——访加拿大哥伦比亚皇家学院院士、中国古代文学专家叶嘉莹》，《南山报》，2000 年 10 月 10 日。

题。感性与知性两者结合的方式、方法也是千变万化的，无法发现一个恒定的模式或公式。二是因为研究主体往往不同时具备中西文化、文学、文论的修养，这限制了他们将批评追求、理想落实到具体的批评实践中。

　　我们提供这两点，并非就否定了叶嘉莹的诗学理想，相反，叶嘉莹本人的研究已向我们昭示其诗学理想和批评之路的意义，那就是：我们中国学者应有所作为。就叶嘉莹诗学理想的本质来说，归根到底是融合中西批评理念，让诗歌的感发生命得到最完美的体现，而中国感发式的批评方式非常细腻，讲究悟性，没有文化和诗学的长久熏染，是很难掌握的，故西方的批评家较难进入中国古典诗学的境界中。我们中国的古典文学、文论的批评家对这一独特的方式体会最深，民族的遗传基因并没有因为几次"西化"而丧失殆尽。另外，西方的批评理论很有体系性，说理透彻、论证严密，相对我们中国的批评体系而言，比较好进入。所以，我们中国古典文论、文学研究者应该在这方面做出贡献。

【原载于《江苏社会科学》2009 年第 1 期】

论孙康宜中国古代女性文学研究的多重意义

朱巧云

　　孙康宜是美国汉学界有名的华人女学者，现任教于美国耶鲁大学东亚语文系。其研究涉及中国古典诗词、比较诗学、文化美学等多个领域，出版中英文学术专著多种，如《词与文类研究》《抒情与描写——六朝诗歌概论》等，另有中英文论文 200 多篇。近几年来，学界对孙康宜的研究关注渐多，目前已有十几篇论文对孙康宜在中国古典文学方面的研究进行了讨论，但对孙康宜中国古代女性文学研究方面的评论还不是很多。赵文君的硕士学位论文《论美国学者孙康宜之明清女性文学研究》梳理了孙康宜的明清女性文学研究，并从"男女双性"的诗学理想、文学史与社会史对话的角度评述了孙康宜明清女性文学研究的价值。本文则从中西方诗学、中国文学的经典化和海外传播等角度分析孙康宜中国古代女性文学研究的学术意义。

一

　　20 世纪 80 年代末，孙康宜有感于北美明清诗歌研究的薄弱，意欲弥补之。在陈寅恪《柳如是别传》的触动下，她撰写了《陈子龙柳如是诗词情缘》，并对柳如是产生了浓厚的兴趣，由此又涉足西方汉学界少有人问津的性别研究领域，撰写了数十篇中国古代尤其是明清时期女性文学、诗学的中英文论文，发表于美国、大陆、台湾的一些杂志期刊，或收录在各类会议论文集和《古典与现代的女性阐释》《文学的声音》《文学经典的挑战》等著作中。

　　对中国古代女性作家尤其是明清女作家的成就，孙康宜予以了充分的肯定，并选取几个角度切入对明清女性文学作品的分析：一是对不同类型的女性诗人作品进行解读和比较。如《柳如是和十七世纪中国诗坛的女性地位》[①]《柳如是与晚明词的复兴》[②]《柳如是与徐灿的比较：阴性风格或女性意识?》[③] 等文章中对柳如是作品的分析，对以她为代表的青楼伎师传统和以徐灿为代表的名门淑媛传统两类女性词人的比较研究，都从不同的侧面评述了明清女诗人所取得的成就以

---

① New Jersey：*East Asian Studies*，Rutgers Univ.，1991。
② 《女性人》，1991 年 9 月号。
③ 《中外文学》1993 年 22 卷第 6 期。

及在 17 世纪文坛上享有的重要地位。二是对明清寡妇诗歌进行分析。在《寡妇诗人的文学"声音"》① 中，孙康宜分析了明清寡妇诗歌在题材、表现手法方面的创新之处，指出明清寡妇诗歌不同于历代男性文人"为文造情"的寡妇诗，常常毫无保留地展示自己的内心世界，给读者一种十分真切而可信之感，为中国文学传统做出了一定的贡献。三是关注明清女子的乱离诗。在《末代才女的乱离诗》②《女性的诗歌见证》③ 等文中，孙康宜对明清之际的才女如毕著、王端淑等创作的乱离诗作了分析，并认为：作为一种具体的女性写作传统，直到晚明以后，女子乱离诗才慢慢建立起来。

20 世纪 80 年代，学界不但对中国古代女诗人研究不足，在中国古代女性诗学的研究方面更是少有成就。孙康宜在分析明清女性作品的同时，更加注重对中国古代女性诗学问题的阐发：

一是对中国"女子无才便是德"观念的讨论。这方面的代表文章是《明清诗媛与女子才德观》④。该文讨论了清代的女子才德之争，也对中国古代女性才德问题的演变史作了细致的梳理与剖析，认为西方理论中"男女分野"的观念不一定吻合明清文化的实际；中国古代的女子才德观因人而异，非"女子无才便是德"一种论调。无论孰是孰非，当今学者应对各种论调的立足点和触媒进行探讨。

二是分析了中国古代文学作品中的"声音"，提炼出三个理论术语：第一，gender mask（性别面具）。在著作《陈子龙柳如是诗词情缘》⑤ 和《〈乐府补题〉中的象征与托喻》⑥《隐情与"面具"——吴梅村诗试说》⑦《揭开陶潜的面具——经典化与读者反应》⑧ 等论文中，孙康宜对中国古代男性作家文本中的性别越界做了分析，将男性文本中通过虚构女性声音建立起来的托喻美学称为 gender mask。在《性别的困惑——从传统读者阅读情诗的偏见说起》⑨ 一文中，孙康宜还讨论了明清时期女性作家如叶小纨、吴藻的戏曲、词中的"女扮男装"现象。因此，gender mask 也涵括了古代女性作家作品中的性别越界现象。第二，

---

① 孙康宜：《古典与现代的女性阐释》，台北：联合文学出版社 1998 年版。

② 北京：《国际汉学》2001 年第 8 辑。

③ 孙康宜：《女性的诗歌见证》，WANG D D & SHANG W. From the Late Ming to the Late Qing：Dynastic Decline and Cultural Innovation，ed. By David Der-wei Wang and Wei Shang，Cambridge：Harvard Univ. Press，2002.

④ 孙康宜：《明清诗媛与女子才德观》，《中外文学》，1993 年第 21 卷第 11 期。

⑤ 孙康宜：《陈子龙柳如是诗词情缘》，台北：允晨文化实业股份有限公司 1992 年版。

⑥ 孙康宜：《〈乐府补题〉中的象征与托喻》，《中外文学》，1992 年 21 卷 1 期。

⑦ 孙康宜：《隐情与"面具"——吴梅村诗试说》，《中国文化》，1994 年第 10 期。

⑧ 孙康宜：《揭开陶潜的面具——经典化与读者反应》，《中国学术》，2001 年 2 卷 3 辑。

⑨ 孙康宜：《性别的困惑——从传统读者阅读情诗的偏见说起》，《近代中国妇女史研究》，1998 第 6 期。

cross – voicing（声音互换）。该术语用来概括中国传统文学中"声音"的男女互补现象。在会议论文《性别理论在中国传统文学研究中有何作为?》① 和《末代才女的乱离诗》等文章中，孙康宜指出中国古诗中的"声音"具有流动性，往往难以确定性别身份。男性作者不仅习惯了用女性声音说话（虽然常常被当作寓言性的解释），而且女诗人们也有意识地力图把自己从女性风格中解放出来而尝试中发出了男性的声音。第三，cultural androgyny（文化的男女双性），特指中国古代文学与文化中男女两性均欲跨越性别区分的一种独特现象。在《走向"男女双性"的理想——女性诗人在明清文人中的地位》②《明清女诗人和文化双性》③ 和宾夕法尼亚州立大学的演讲《论中国批评概念"清"》④ 等文章中，分析了明清时期男性文人的女性化趣味和才女的文人化倾向，认为"文人和才女在'清'的诗学中找到了最大的共识。'清'可谓中国古典的 androgyny。"⑤

三是明清女性作品的经典化问题。在《妇女诗歌的经典化》⑥《明清文学中的性别和经典问题》⑦《从文学批评里的"经典论"看明清才女诗歌的经典化》⑧《明清文人的经典论和女性观》⑨ 等文章中，孙康宜详细探讨了明清女性作品的出版和兴盛情况，认为明清时期女性诗人作品进入了经典化的行列，这一方面归因于女诗人们自觉地出版作品，另一方面则是男性编者和出版者运用各种策略提高女性诗人的地位。

除了对中国古代女性文学、诗学的研究外，孙康宜还组织、倡导召开明清女作家的学术会议，出版相关著述。1993 年 6 月，在耶鲁大学她和 Ellen Widmer（魏爱莲）主持召开了"中国明清妇女与文学"研讨会，这是美国第一次大型的汉学性别研究学术会议，促进了美国汉学界对这一研究领域的关注。1997 年，斯坦福大学出版了由她二人主编的会议论文集《明清女作家》，收录的 13 篇论文从不同角度探讨了明清女作家写作的诸多问题，如妓女写作、身份、规范等。两年后，斯坦福大学又出版了孙康宜和 Haun Saussy（苏源熙）合编的《中国历代女作家选集：诗歌与评论》。2000 年 5 月，由孙康宜倡议，南京大学召开了"明

---

① Presented at the Conference, Interpreting Cultures: China Facing the Challenges of the New Millennium, sponsored by the Swedish Council for Research in the Humanities and Social Sciences, Stockholm, Sweden, May 5 – 9, 2000。

② 孙康宜：《古典与现代的女性阐释》，台北：联合文学出版社 1998 年版。

③ CHEN P & DILLEY W C. Critical Studies（Special Issue on "Feminism/Femininity in Chinese Literature"）. Amsterdam : Rodopi B. V, 2002.

④ East Asian Lecture Series, Pennsylvania State University, University Park, PA, November 20, 2000.

⑤ 孙康宜：《古典与现代的女性阐释》，台北：联合文学出版社，1998 年版，第 83 页。

⑥ 孙康宜：《文学经典的挑战》，南昌：百花洲文艺出版社 2002 年版。

⑦ 王成勉主编：《明清文化新论》，台北：文津出版社 2000 年版。

⑧ 孙康宜：《文学的声音》，台北：三民书局，2001 年。

⑨ 孙康宜：《文学经典的挑战》，南昌：百花洲文艺出版社 2002 年版。

清文学与性别"国际学术研讨会。2006 年，哈佛大学麦基尔—哈佛明清妇女文学数据库建成，为庆祝此事，孙康宜的朋友方秀洁和魏爱莲在哈佛大学主持召开了一次学术会议，会议共收到 23 篇相关论文。2010 年，剑桥大学出版了宇文所安和孙康宜主编的《剑桥中国书史》，孙康宜将她对中国女性文学研究的成果贯穿其中，并积极筹划将此书翻译成中文出版。

二

三十多年来，孙康宜在中国古代女性文学尤其是明清女性文学研究方面的学术活动及成果，对中国学术界、西方汉学界乃至西方文学理论界都有着一定的启发和推进作用，其意义具体体现在：

第一，进一步解构了男性作家独霸中国古代文学史的神话，对现当代中国古代女性文学作品的研究有所启示，也对重写中国文学史有着积极的意义。

阅读过中国古代文学史的人都深深体会到中国女作家的寥落。而早在二十世纪四五十年代，胡文楷就编纂出版了《历代名媛文苑简编》《历代妇女著作考》，后者收录汉魏至明代妇女著作千余种，清代妇女著作达三千多种。① 这些著述虽然没有改变此后文学史中女性作家稀少的格局，但对现当代中国古代女性文学研究起到了奠基作用。孙康宜正是从胡文楷的著述中得到了启发，以极大的热情投入这一领域。她从文学文本出发，对明清寡妇诗歌、才女乱离诗歌、青楼伎师和名门淑媛的作品进行分析比较，揭示出明清女作家创作的风格、写作技巧、写作传统等，并追溯源头，论证了中国文学从产生之初就没有把女性排除在外，所谓诗歌的世界，其实就是男女共同的园地。这些观点进一步解构了现当代中国古代文学史中男性独霸文学圣坛的论调，推进学界对中国古代女性文学尤其是明清女性文学的深入研究。检索当代明清女性文学研究的学术成果，在参考文献中大多都会见到出孙康宜的名字，这正可以说明她在此领域中的学术贡献。

孙康宜的研究，也有助于人们走出认识误区，了解中国古代文学创作的某些真相，对改写中国文学史有着积极意义。孙康宜指出，以往的文学史以男性视角抒写，所以忽略了女性作家；而且，编写者忽视明清两朝的诗词，而中国女诗人偏偏在明清两朝获得了空前的文学成就。因此，既然明清诗词被整体地忽视了，大部分的女诗人也就自然地被排除在"历史"之外。另外，现代中国文学史中的"女性空白"多少受到了"女子无才便是德"错误观念的影响。五四时期"女性主义者"们把传统中国说成一个被"女子无才便是德"的观念统治的时代，但实际上并非如此。当明末清初大量才女涌现时，一些卫道之士感觉受到才

---

① 　胡文楷：《历代妇女著作考》（增订本），上海：上海古籍出版社 1985 年版。

女文化的威胁，他们宣扬"女子无才便是德"，而另一些文人则公开支持赞赏女性诗才。孙康宜在讨论明清女作家作品选集得以繁荣的问题时，除了讨论女作家自身的努力，更是以较多的史料论证了明清文人在此方面的贡献。孙康宜指出，明清男性作家采用多种策略提高女性诗人的地位：一是强调女诗人传统的悠久性及重要性；二是把女诗人的作品放在《离骚》传统的上下文来看待；三是强调女性是最富有诗人气质的性别，认为女性本身具有一种男性文人日渐缺乏的"清"的特质。而明清文人之所以努力提高女性诗人的地位，主要是出于他们对"才"的尊重，对"清"的推崇。① 由此，我们可以得知，明清女性作品的繁荣是一种男女共同构建的文学盛宴，男性文人起到了强有力的推动作用。这一真相的揭示，使得明清文人在中国女性文学创作史中的积极意义凸显出来，而这也说明"女子无才便是德"并非是明清时期文人的共识。孙康宜的研究著述正是对当今许多诗歌选集以及文学史偏见的一种反应，有助于让更多的人了解实际的文学现象，进而改写文学史。

第二，促进了中国古代女性文学在当代的经典化进程，推动中国古代女性作品在海外的传播和研究。

在中国古代文学史上，男性作家作品是经典化的主流，西方汉学界也多以男性作家为主要研究对象。在 20 世纪 80 年代，当孙康宜关注、研究柳如是的时候，美国汉学界女性文学的研究还很少，孙康宜的研究和学术活动具有先锋之意味，开启了西方汉学界新的研究领域，使得中国古代女性文学研究成为美国汉学界一片迷人的风景，吸引了更多汉学家的视线，他们一起将中国古代女性文学推入到西方女性文学作品经典化的行列。这并非是夸大之词，我们从《中国历代女作家选集》的诞生历程就可以看出来。在涉足性别研究领域之初，孙康宜就想编纂一部选集，将中国女诗人全面介绍给西方读者，但这个个人的愿望渐渐地为更多汉学家所关注，并进而参与其中，使之转变为一个极其庞大的合作工程，从一个个人的愿望最终变为美国汉学家集体的行动。这不但说明了孙康宜的愿望符合汉学界的众望，也反映出孙康宜在美国汉学界的号召力和影响力。她曾谈到《明清女作家》和《中国历代女作家选集》产生的动机："希望通过考古与重新阐释文本的过程，把女性诗歌从边缘的位置提升（或还原）到文学中的主流地位。"② "希望能通过大家共同翻译与不断阐释文本的过程，让读者们重新找到中国古代妇女的声音，同时让美国的汉学家们走进世界性的女性作品'经典化'（canonization）行列，所以，我特意找了一半以上的男性学者来共同参与。"③ 这部选集在

---

① 详见孙康宜《妇女诗歌的"经典化"》《明清文人的经典论和女性观》等文章。

② 孙康宜：《文学经典的挑战》，南昌：百花洲文艺出版社 2002 年版，第 99 页。

③ 宁一中、段江丽：《跨越中西文学的边界——孙康宜教授访谈录（下）》，《文艺研究》2008 年第10 期。

众多材料中精选了 120 多位中国古典女作家作品以及有关妇女文学创作的传统理论和评论，集保存、批评和翻译介绍多种功能，而选集的大多数材料都是孙康宜在 20 多年中花了大量精力、时间和财力收集起来的，最终由 63 位美国汉学家参与翻译成英文。此选集的出版让中国古代女作家恢复了她们鲜活的形象，让当代读者听到了她们动听的声音。同样，麦基尔—哈佛明清妇女文学数据库收录了晚明至民国初年妇女著作 90 种，这进一步展示出中国古代女性作家的创作实绩，为研究者提供了丰富的资源。如果说在明清时期，是男性作家和女性诗人合力将女性作品推入了主流文坛，那么在当代，是孙康宜、魏爱莲等这些女学者们与苏源熙等男学者们共同将明清女性作品从中国本土传播到海外，推进到世界性女性作品经典化的行列，对中国古代女性诗歌从边缘位置还原到主流地位有着积极的意义。

第三，孙康宜对中国女性诗学问题的研究，不仅丰富了中国诗论，而且与其他汉学家的成果一起对西方性别理论中"唯别是论"的观点构成了强有力的挑战，以鲜明的特质体现出中国文学、诗论在世界文学理论中的价值。

由于身处西方文学理论发源地耶鲁大学，孙康宜受到系统的理论熏陶，并时刻关注理论的发展与前沿成果，其研究也体现出较强的理论意识。她对中国古代"文学的声音"的格外关注即是受到了西方女性主义的影响。在分析中国古代文本时，孙康宜提出了 cross - voicing、gender mask、cultural androgyny 三个术语。这三个术语都牵涉到性别越界的问题，但所指涉的层面不同。Cross - voicing（声音互换）在文本分析时，用以说明男性作者以女性声音抒发情怀、女性诗人以阳刚之语摆脱脂粉气的写作现象。而 gender mask 是一种修辞美学的概念，"在学理上，强调诗人有意使诗篇变成一种演出，诗人假诗中人物口吻传情达意，既收匿名的效果，又具自我指涉的作用。诗中'说话者'（speaker）或'角色'（persona）一经设定，因文运事，顺水推舟，其声容与实际作者看来大相径庭。"孙康宜还从男女作者的角度分析了这一修辞的意味："它使作者铸造'性别面具'之同时，可以借着艺术的客观化途径来摆脱政治困境。通过一首以女性口吻唱出的恋歌，男性作者可以公开而无惧地表达内心隐秘的政治情怀。另一方面，这种艺术手法也使男性文人无形中进入了'性别越界'（gender crossing）的联想，通过性别置换与移情的作用，他们不仅表达自己的情感，也能投入女性角色的心境与立场。"而"女作家可以通过虚构的男性声音来说话，可以回避实际生活加诸妇女身上的种种压力与偏见，华玮把这种艺术手法称为'性别倒转'（gender reversal）的'伪装'。同时，这也是女性企图走出'自我'的性别越界，是勇于参与'他者'的艺术途径。"① 由此，我们可以看出，gender mask 这一概念有着

<hr>

① 宁一中、段江丽：《跨越中西文学的边界——孙康宜教授访谈录（下）》，《文艺研究》2008 年第 10 期。

丰富的意味，为我们解读中国古代某些作品的内涵提供了理论依据。那么，cross - voicing 和 gender mask 之间存在着怎样的关系呢？笔者以为 crossing - voicing 是 gender mask 的具体体现之一，只要文本中存在着"声音变性"，就体现出面具美学意味。但"'面具美学'是一个很宽泛的概念，可以有多种不同表现方式。关键的一点是，作者很多时候是很狡猾的，不会直话直说，或者别有寄托，或者言此意彼，或者正话反说，有时即使说了真话也强调自己只是戏言等，不一而足。我觉得这些现象都可以涵括在'面具'美学这一概念之下"①，而我们通常所说的象征、托喻等也都可以包括在其中，因此 cross - voicing 只是 gender mask 的其中一种表现形式而已，gender mask 则有着多种表现形式。

至于 cultural androgyny 一词，则是从文化的角度分析了性别越界。孙康宜在讨论明清男女诗人相互认同问题时提出了此概念，认为将 androgyny 翻译为"男女双性"要比"雌雄同体"更能表现出"精神上及心理上的文化认同意义"，"因为在西方，自从柏拉图开始，'androgyny'这个词就表示一种艺术及真理上的'性超越所指'（a kind of transcendental signified）——它既是美学的，也是文化的。"在分析明清男性诗人女性化、女性诗人男性化的时候，孙康宜也更多地从生活情趣、艺术②旨趣等方面进行了论述，并从文化的层面分析了文学中出现的声音互换现象："无论是'男女君臣'或是'女扮男装'，这些一再重复地以'模拟'为其价值的文学模式，乃是传统中国文化及历史的特殊产物。这两种模式各表现出两种不同的'扭曲'的人格：前者代表着男性文人对统治者的无能为力之依靠，后者象征着女性对自身存在的不满于一味的向往'他性'。二者都反映了现实生活中难以弥补的缺憾。"③ 孙康宜的这三个理论术语从不同的层面概括了中国文学中的男女越界现象，是中国传统诗论的一种发展。

20 世纪七八十年代，女性主义批评家如 Barbara Johnson、Sandra M. Gilbert 等人极力强调男女之"别"，以此希望达至男女地位之平等。很显然，如果以这种理论来分析中国古代文学，何以解释其中男女越界的现象呢？因此，孙康宜提醒学界：早期西方女性主义批评家所倡导的"性别差异"的许多言论都很难适用于中国古代文学的研究。④ 她的这些理论观点与其他汉学家的成果一起给西方性别理论中"唯别是论"等观点带来了震撼性的挑战，在深入开拓美国汉学性别研究方面起到积极作用。

---

① 宁一中、段江丽：《跨越中西文学的边界——孙康宜教授访谈录（下）》，《文艺研究》2008 年第 10 期。

② 孙康宜：《文学经典的挑战》，南昌：百花洲文艺出版社 2002 年版，第 306 页。

③ 孙康宜：《文学的声音》，台北：三民书局 2001 年版，第 17 - 18 页。

④ 详见《西方性别理论在汉学研究中的运用与创新》，原文发表于《台大历史学报》第 28 期，2001 年 12 月。收录在《文学经典的挑战》。

　　孙康宜在一次访谈中曾指出，中国某些文学史实"并非要阿 Q 似的强调人家有的我们祖先早已有了，而是为了真正使中国因素能够参与到国际学术对话中去，不要一味地只是'向西方看齐'"①。正是在这种理念的支配下，孙康宜潜心研究中国古典文学，以丰富的材料和坚实的立论与西方学术界展开对话交流。毫无疑问，孙康宜与刘若愚、叶嘉莹、叶维廉、王德威等汉学家一起向西方文学理论界言说着中国文学、诗学的特质，证明着中国文学、诗学对西方理论所具有的"镜像"作用以及在世界诗论的构成和发展中所具有的独特价值和意义。因此，在这样一个多元化的时代，异质文化交流中存在的诸多偏见和误解应该有所改变，西方学术界应正视并参考中国古代文学、诗学及其相关研究成果，纠正已有的偏颇，为理论的发展开拓更广阔的前景。从此角度来说，孙康宜以及其他汉学家对中国古代女性文学的研究具有世界性或者说"全球化"的重要意义。

【原载于《江苏社会科学》2013 年第 3 期】

---

　　① 宁一中、段江丽：《跨越中西文学的边界——孙康宜教授访谈录（上）》，《文艺研究》2008 年第 9 期。

第四辑
中国古典文艺美学

传承与延续：叩问中国古代文论的当代价值

蒋述卓

中国古代文论是世界文明与文学理论体系中重要的一支，它与西方欧美文学理论、东方印度文学理论等共同成为世界文明的宝贵财富。根植于中国文化土壤之中，中国古代文论有自己的思维方法、入思方式、表达方式，有一整套较为完整的理论命题和范畴体系，是具有强烈民族个性和特色的文学理论。对中国古代文论传统的尊重、继承以及在当代的弘扬，是一个成熟民族理应担当的责任。有的学人以西方重逻辑、重理性辨析的传统去苛求，这在思想方法上首先是错误的，同时也是缺乏民族自信的表现。因此，正确对待中国古代文论的当代价值，首先不能自我矮化。只有建立在自信的基础上，才能产生尊重传统的敬仰之心，也才会有重建中国文论身份的信念和希望。

重建中国文论身份，的确是当今先进文化建设的需要。在科技社会飞速发展的今天，东方的思维观并非毫无价值，越来越多的科学家认为，东方宇宙观将所有现象看作统一和相互联系的这种整体意识，恰恰对观察与把握世界最有启示性。西方科学思想是将整体分解成若干类别进行研究，他们虽然也强调有机整合，但却不是以整体为灵魂的。而中国思想中的宇宙观却将本质、变化、整体三者包含为一，在总体上把握并预测着事物的统一本质、相互联系与发展变化。"一切即一""一即一切""万变不离其宗""有无相生""一阴一阳之谓道""道通为一""唯变所适"等，都体现着高度的智慧。中国古代文论的整体观、变化观、辩证观也是表现得最为充分的，这种思维方式本身就是中国宇宙观与哲学意识的表现，它在中国当代文论建设中依然会发挥着"制约和引导"的作用。比如，"相反相成"的思想与马克思主义文论中的辩证观会融合在一起，对于当代文论与文学批评产生着深远的影响；又如，一些中国学者使用较熟练的"原型批评"法，虽是从西方学来，但在他们用以解释中国的经典如《诗经》《楚辞》时，就明显与中国学术研究方法中的"义理、辞章、考据"相统一的方法相融合，同时又受到中国古代文论重整体把握思维方式的引导；再如，古文论的诗性思维方式和表达方式虽然在当代文论中不大好体现，但重视审美分析与审美表达的因子还存在着并起着潜移默化的作用，在一定程度上冲淡了西方文学理论那种纯思辨和纯逻辑推理的色彩。其实，在当代学者的研究中，这种诗性思维方式还起着相当重要的制约作用，如杨义的《李杜诗学》，对李白醉态思维以及对中国文化诗学的研究，对当代诗论建设也是有启发作用的。

中国古代文论所体现的"中和"精神，在价值取向上亦对现代化和当代文论建设起着导向作用。"中和"既是一种待人处事的原则，也是一种处理人与自然、人与社会关系的态度，更是一种人的心态。"和"既对外也对内，既强调保持个体的独立与自主，同时又追求个体与群体、个人与社会的和谐融合，从而达到一种"适中"与"和合"的状态。这种价值观在当代社会发展中肯定是有作用的。

因此，从文化的脉线上说，21世纪中国文化复兴的工程缺少不了古代文论这一环。试想西方文艺复兴时代，又有哪一项不是借向传统的复归而实现新的创造的呢？当代与传统在文化的脉线上是贯通一气的，割断传统不仅行不通，而且也是不明智的。例如，当今的历史剧写作提倡以现代意识去重新处理历史题材自然是可以的，但由于太过于张扬，太过于现代，有的还将现代的民主观、权力观、个人观强加在古人身上，反而使历史与传统变得支离破碎起来。

此外，从文化的精神上说，古代文论所具备的知识、智慧与生命精神充分体现着中国文论的精、气、神，当代文论对其精神的传承与延续也是重建中国文论身份的重要环节。比如，古代文论中的"心物合一"观，强调世界、作家与作品文本三者之间的主客融合，这种主客体之间的"对话""交流"理论应当视为今日文论的智慧源泉，并且仍然发挥着它深远的影响作用，其精髓已深入到中国学人的骨血里面了。庄子很早就提倡"物化"理论，提倡自然与审美主体的双向精神往来；刘勰则说"心"与"物"之间能相互赠答："目既往还，心亦吐纳。春日迟迟，秋风飒飒；情往似赠，兴来如答。"① "目"所及的"物"与"心"所纳的"物"之间存在一种"往还"与"吐纳"的"对话"过程，这种主客融合的"天人合一"智慧观又有谁能否认它的永恒价值呢？事实上，我们在李白的诗、苏轼的词、汤显祖的戏剧、曹雪芹的小说等古人的创作中都能感受到这种大智慧的存在，并深深为其折服，我们当代学人的思想方法中也或多或少打上了这种精神的烙印。其实，在当代的影视与小说作品中，真正的优秀之作，或者说能真正以民族特色打动东方与西方观众之心的，恐怕还是如何运用这种中国式的智慧所创作的作品，而不仅仅只是摹仿西方以"动作"为主、片面注重"目"与"物"的效果的作品。"心物合一""主客合一"这种生存智慧与审美原则应当成为全人类的共同财产才是，它在当代的价值还远没有得以传承与张扬。我们怎么能说古代文论的价值仅仅只能是一种供研究的客体而缺乏当代的价值呢？

---

① 刘勰著，范文澜注：《文心雕龙》，北京：人民文学出版社2006年重印版，第695页。

　　我们还得说到中国古代文论中的生命形式论及它所透露出的艺术生命观在当代的价值。中国古代文论非常重视"气"，"气韵生动"成为古代文论、画论、乐论共同的理论命题，因为它张扬艺术的生命形式，主张艺术作品的有机统一，将艺术生命视为人之生命的精神投射。顾祖钊认为，气韵生动论在整个中国文艺理论体系中处于关键位置，"如果人的传神之处称为'阿堵'，诗的关键之处曰'诗眼'，那么就气韵生动论之于中国文艺理论体系而言，也是牵一发而动全身的'诗眼'所在"①。"气"本是人之生命存在必不可少的成分，血、肉、骨构成人之架构后必须有"气"的贯通，有气则生，无气则亡。古代文人将人之"气"推及于艺术，认为艺术作品之气也就是作品存在的生命关键，并对作品之气"的存在方式进行了非常仔细和多方面的探索，到清代的桐城派还将"气"的探索延伸到语言构成的因素上去，可以说"气"论的探索是十分精微的。但是，为什么有些当代学者会认为"文气"论是模糊的，是难以继承的呢？原因恐怕有两个：一是还不了解古代文气论的精到与精微所在；二是古文论研究者对文气论的内涵、价值所作的当代阐释还不够充分，故而或多或少淹没了它在当代的价值，使其得不到更多的认可。在当代中国画领域，为什么会出现"国画消亡论"的论调？究其实，也与绘画界对古代画论传统包括"气韵生动"论的忽视有关。中国的文艺理论界在20世纪80年代极力推崇美国学者苏珊·朗格的艺术形式是一种生命形式的观点，但却对古代文论的文气论不甚了解，我认为这是很不正常的。在这里，我并不是说我们只要古文论而不要西方文论，而是提出我们至少应该中西并重，中西融合，而不能只认西不认中。古代文论中的"气韵生动"论又何尝退出过我们当代的雕塑、绘画、书法、音乐、文学领域呢？吴为山的雕塑、李可染和赵无极的画、沈鹏和李铎的书法、谭盾的音乐、王蒙与贾平凹的文学等，都继承和延续着"气韵生动"的理论，只不过这些艺术家们没有在理论上去专门指出而已。也就是说，我们在当代对古文论的"用世之心"还没有特意去标明和强调而已，但对其文化精神的传承和延续一刻也没停止过。作为本土传统的中国古代文论，由于当代文类和文化语境的变化，它的某些概念和范畴体系已然失去其效能，但它的精神却是不会失效的，而我们对古文论的继承更多应放在对其思想方法和文化精神的传承和延续上，并在当代文化中发挥其作用。

　　值得高兴的是，古文论界越来越坚信：中国文论的"用世之心"在20世纪远未实现，而不仅仅是简单的"失语"问题。中国文论应当大胆实践，为传统文论在新世纪当代文化中寻找立足点，使古文论中所蕴藏的审美精神、审美理想

---

　　①　顾祖钊：《气韵生动与华夏审美理想》，《东方丛刊》2005年第3期。

活跃于新的语境之中。① 由是而观，古文论界的学者们并不是在提倡古文论的"好箭"在当代的中"的"之用，而是在提倡古文论的"箭法"以及"箭道"在当代仍可继承，使其文化精神、思想方法、审美精神、审美理想在当代仍能焕发其活力。所谓"激活"也正是从这种角度上去说的。

【原载于《学术月刊》2006 年第 6 期】

---

① 王铁仙、王文英主编：《二十世纪中国社会科学·文学卷》，上海：上海人民出版社 2005 版，第 76 页。

反思与求变

——关于中国古代文论研究方法的再思考

蒋述卓

写下这一题目的时候，我的思绪仿佛又被拉回到 20 世纪的 90 年代中期（1994—1997）。那个时候，我们许多学者都在讨论中国古代文论的"失语"与"转换"问题，为此，不少刊物如《文学评论》《文艺争鸣》等都发表过多篇探讨此类问题的文章，笔者亦曾参与过这场讨论。时间一晃又是十七八年了，我们重续这一问题的讨论又将站在什么样的出发点和落脚点上呢？我想，那就是再度反思，旨在求变。

张江先生在 2014 年提出的对当代西方文论特性的"强制阐释"的反思和对我国当代文论构建应走"本体阐释"道路问题的建议①给我们打开了一条新的思路：那就是我们所做的中国古代文论研究是否也存在着一种用西方文论"强制阐释"中国文论的问题？我们如何在中国古代文论研究之中构建起"本体阐释"的方法论意识和研究途径？

"强制阐释"在中国古代文论的研究领域是确实存在的，这种现象不仅存在于文学领域，也存在于哲学、语言学等领域，它不仅仅是 20 世纪 80 年代后才开始，而是在 20 世纪初就已开始。梁启超、王国维、胡适等学术大师就是先行者。胡适因其《中国哲学史大纲》被誉为是"第一个用西方学术方法系统研究中国哲学史"的人，后来的哲学家冯友兰也明确指出过："西洋哲学之形式上的系统，实是整理中国哲学之模范"；王国维的《宋元戏曲考》和《〈红楼梦〉评论》也是运用西方文论模式，如用"悲剧"概念与范畴来阐发中国文学的。对此，当时的学者虽有所警觉但并未意识到他们日后对学科建设和理论研究模式影响的危害，像梁启超就批评过胡适的《中国哲学史大纲》，认为它是以实验主义为基准来研究中国哲学的，常有强人就我的毛病。② 王国维用西方的"悲剧"观念来评论《红楼梦》，就认为唯有《红楼梦》的结局才符合一悲到底的概念，并将其看作是中国文学史的例外。殊不知这种强人就我的模式让我们在中国戏剧归类时

---

① 张江：《当代文论重建路径——由"强制阐释"到"本体阐释"》，《中国社会科学报》2014 年 6 月 16 日。张江：《强制阐释论》，《文学评论》2014 年第 6 期，《文艺争鸣》2014 年第 12 期转载。

② 胡适撰，耿云志等导读：《中国哲学史大纲》，上海：上海古籍出版社 1997 年版，第 1-3 页。

产生了若干的困惑甚至难以自圆其说，导致我们在界定什么是中国古典悲剧时左右为难。

有学者在分析王国维的失误时指出："王国维历来以治学严谨著称，而《〈红楼梦〉评论》却不少生搬硬套、牵强附会之处，最显著之处，就在于把《红楼梦》视为不折不扣的叔本华思想的文艺版，这实际上是把一部作品纳入某个先验的和既成的理论构架之中，以一个先验的僵硬框架为标准，来剪裁活生生的文艺现象，难免削足适履和削头适帽，因为把叔本华这双鞋子和这顶帽子套在《红楼梦》上面并不一定合适。"① 历史地看，这些学者以西方的观念、方法、术语、范畴来研究中国语言、文学、哲学，开启了学术现代化的旅程，是有贡献的，但由此带来的强人就我的弊端却一直得不到纠正，随着意识形态发展的进程，反而愈演愈烈。

大作家茅盾接受苏俄的文艺理论，在 20 世纪 60 年代所写的《夜读偶记》里就完全套用西方文论模式，把中国文学史简单地归为是现实主义和反现实主义的斗争史。由于茅盾所处的政治地位很高，这种观点一出，连中国文学史的编写都得按照这一模式来进行。即使是到了改革开放后的 20 世纪 80 年代，在古代文论研究尤其是《文心雕龙》的研究领域内也照样依此模式去套。如用浪漫主义与现实主义去解释"奇正"的范畴，认为"奇"是浪漫主义，"正"是现实主义；用内容与形式的关系去解释"风骨"，认为"风"是形式，"骨"是内容，因为内容决定形式，所以"骨"是决定"风"的，等等。在中国古典诗学发展历史研究上，也有学者照搬黑格尔"正—反—合"的逻辑体系去演绎和建构中国古典的诗学思想史，认为中国诗学在古代也有一个螺旋式发展的进化过程，有一个"正—反—合"的否定之否定的圆圈演化史②。

用西方的模子套中国古典文论的研究，其实在香港与台湾流行得更早，台湾比较文学界在 20 世纪 70 年代就开始盛行，并冠名为"阐发派"，被认为是"比较文学中国学派"的实绩。代表性学者有古添洪、杨牧、周英雄、郑树森、袁鹤翔等人。虽然这种模子套用法时常受到人们的批评，但流风所及并不为研究者所抛弃。令人不解的是，在大陆后来也时常有学者照搬巴赫金的"复调"小说理论或者"狂欢化"理论模式去分析中国古典小说或民间文学，这似乎成了一种潮流。在文化研究领域亦如是，照搬西方模子几乎成为研究套路。文化研究的本土化问题也亟待解决。

对于中国古代文论的研究如何做到既能尊重原意又能阐发新意，在一些学者那里都已经开始了有益的探索。虽然都没有提出一个"本土阐释"或"本体阐

---

① 代讯：《断裂与延续：中国古代文论现代转换的历史回顾》，重庆：西南师范大学出版社 2002 年版，第 82 页。

② 萧华荣：《中国诗学思想史》，上海：华东师范大学出版社 1996 年版，第 16 页。

释"的模式来，但都提出了许多建设性的、有启发性的意见，有的还通过自己的研究实践做出了示范。像童庆炳的《中国古代文论的现代意义》一书，在 2001 年就针对中国古代文论研究的学术策略问题提出了"三大原则"，即历史优先原则、对话原则、自洽原则。① 此书是童庆炳先生在给学生讲课的讲稿的基础上修改而成的，既有很强的理论性，也有很强的示范性和可操作性，他所提出的"三大原则"对学生从事古代文论研究有很强的指导性，对从事古文论的学者来说也有普遍性的指导意义。后来，他在"文艺学与文化研究丛书"总序里针对"文化诗学"的研究方法问题，又重申了这三条原则，并增加了第四条"联系现实问题原则"。也就是说童庆炳先生此时已把他在中国古代文论研究的学术策略上升为"文化诗学"的研究策略，同时，他还严肃地指出："我们不必照搬西方的文化研究"。因为西方的文化研究主要特色是一种政治批判，它们的关键词及其研究是从西方的历史文化条件出发的，并由此而形成了西方的一批文艺学流派，而"我们的文化研究则要走自己的路，或者说要按照中国自身的文化实际来确定我们自身的文化诗学的思路。"②

　　童庆炳先生提出的"历史优先原则"，说的是将中国古代文论进行"还原"的工作，即将中国古代文论放回到它所产生的文化、历史语境中去研究，考察古文论作者的论点的原意、与前代思想的继承关系、背景因素、现实针对性等。当然，这种还原一般是不可能完全做到的③。依照我的理解，这是我们对待古代文化遗产应该采取的态度，也是一种"实事求是"的研究态度。在研究中保护好古人的原意是极其重要的，是对古人的一种尊重。但吊诡的地方在于，古人在解释前人的经典时同样常常借题发挥、牵强附会，如汉儒的解《诗》与宋人朱熹的解《诗》，就大有强人就我的毛病。对于他们对前人经典的解释，也要用"还原"的原则，将它们的动机、背景、成效、利害关系讲清楚。因此，"还原"的原则首先要做到的应该是从中国古代文论产生的背景、文化环境，包括文化语境、动机以及所产生的成效、提供的智慧出发，抱着实事求是的态度，尽量去"接近"古人的原意，而不是一上来就将它们纳入西方文论的"模子"或者用现代文艺学的观点去套用或解释它们。关于这一点，我在 1985 至 1988 年期间师从王元化先生攻读中国文学批评史博士学位时，得到王先生的指导与其主张"三结合"的研究方法的启发，就曾撰文阐述要将中国古代文论放到中国文化背景中去考察研究。我认为"中国古代文论之所以具有浓厚的民族特色，是因为它植根于

---

① 童庆炳：《中国古代文论的现代意义》的"导言——中国古代文论研究的学术策略"，北京：北京师范大学出版社 2001 年版，第 1 - 3 页。

② 童庆炳：《文艺学与文化研究丛书》"总序"，可见李珥平：《中国古代抒情理论的文化阐释》，北京：北京大学出版社 2005 年版，第 1 - 5 页。

③ 童庆炳：《中国古代文论的现代意义》，北京：北京师范大学出版社 2001 年版，第 2 页。

中国文化背景，而中国文化背景及其传统从它形成以来便与西方存在着差异。我们研究中国古代文论，正是为了揭示我们的古代文学和古代文论是怎样在中国的文化背景中滋长起来的，它带有怎样的民族特色，其发生发展有什么规律，它为世界文学理论提供了哪些有价值的东西"①。当时我着眼的还是古代文论研究的外部因素的研究方面，并未从其内涵与内部研究入手，但所提出的要重视考察中国古代文论产生的文化精神气候、重视它们所受到的本民族传统的思维方式以及传统性格的制约、重视它们的文史哲融合的特点等，对于中国古代文论研究的"还原"问题还是有价值的。关于这一点，我觉得美国学者厄尔·迈纳在其著作《比较诗学》中，从东西方文化体系尤其是文类的不同指出它们各自形成了原创性诗学的方式，这是值得我们借鉴的。他指出，西方诗学是亚里士多德根据戏剧定义文学而建立起来的，于是形成了"模仿情感"的诗学，而中国诗学是在《诗大序》的基础上产生的，其文类基础是抒情诗，于是便产生了"情感—表现"的诗学②。从文类基础的分析出发就是一种从历史文化语境出发的"还原"态度，是对东方文化的实事求是的研究态度与尊重的态度，而不像黑格尔那样，只从西方哲学的视角出发而否定中国哲学的存在。

　　当然，在 20 世纪 80 年代中期，我的思维方式也还是比较僵硬的，同样在《把古代文论放到中国文化背景中去考察研究》一文里，我提出要用历史与逻辑相统一的方法来考察中国文艺史及中国文学思想史，还简单地套用列宁给欧洲哲学史举出的几个圆圈，认为中国古代文论围绕着一些关键的理论范畴形成了一个圆圈又一个圆圈，并认为"整部中国文学思想史就是由一个由肯定到否定、由否定到否定之否定的过程，是由许多小圆圈构成的大圆圈"③。提历史与逻辑相统一的方法在当时是一种时髦，但是现在看来，这样简单的套用未免就有了用西方"模子"去归并中国古代文论的简单化毛病，也有一种理论框架在先、观念在前然后将中国材料往理论框架里装的毛病。前文提到的萧华荣先生的著作《中国诗学思想史》也正是在这种思维定式下写成的。萧华荣先生是指导我的博士生导师组的副导师之一，他与陈谦豫先生一起协助王元化先生指导我，并一起担任我的副导师，他们当时也都受到王元化先生崇拜黑格尔哲学的影响。若干年后，王元化先生对他运用黑格尔哲学逻辑方法问题有过重要的反思，我在此就不多言了。我那时也迷恋这种逻辑思维方法，企图用这种"正—反—合"的模式去研究中国古代文论中的"文气论"，但后来发现这根本难以规范"文气论"内涵的复杂性和丰富性，文章写了近两万字，总觉得难以满意，只好彻底放弃。后来运用新

---

　　①　蒋述卓：《把古代文论放到中国文化背景中去考察研究》，《文艺理论研究》1986 年第 5 期。

　　②　厄尔·迈纳著，王宇根、宋伟杰等译：《比较诗学》，北京：中央编译出版社 1989 年版，第 1 - 49 页。

　　③　蒋述卓：《把古代文论放到中国文化背景中去考察研究》，《文艺理论研究》1986 年第 5 期。

的综合研究方法包括系统论的研究方法，另起炉灶，才完成了《说"文气"》一文①。这篇文章努力从中国文化语境出发去探讨，就显得更实事求是了。

我之所以提我的这一段研究历程，主要是为了说明，如果要建立"本体阐释"的话，坚持"历史优先原则"而不是"观念优先""模子优先"是极其重要的。童庆炳先生所说的"对话原则"，指的是古今对话、中西对话，其实质还是不要强人就我。他指出："古今对话原则的基本精神是：把古人作为一个主体（古人已死，但我们要通过历史优先的研究，使其思想变活）并十分尊重他们，不要用今人的思想随意曲解他们；今人也作为一个对话的主体，以现代的学术视野与古人的文论思想进行交流、沟通、碰撞，既不是把今人的思想融会到古人的思想中去，也不是把古人穿上现代的服装，而是在这反复的交流、沟通、碰撞中，实现古今的融合，引发出新的思想与结论，使文艺理论新形态的建设能在古今交汇中逐步完成。"② 在古今对话中应该这么做，在中西对话中也应该这么做。在这方面，钱锺书先生的《七缀集》所收的七篇文章给我们做出了典范，如其中的《通感》《诗可以怨》，文风平缓，娓娓道来，绝无强人就我的毛病。吾师王元化先生的《文心雕龙创作论》也是这么做的，他在论述某一创作理论问题时往往将西方人关于这一理论问题的阐述作为附录列入文后，而不是用西方理论去强释中国问题。这种善于给读者留下想象空间和发挥余地的做法，反而使理论研究更有中国特色。童庆炳先生秉承他的老师黄药眠先生的传统，也是这么做的，他在进行中西对话时往往要仔细分析中西文化间的差别，而不是强中就西。比如他比较中国的"虚静"说与西方的"心理距离"说，认为它们有相通之处，那就是，认为审美必须摆脱现实的功利欲望的束缚，使人的内心处于一种"澄明"状态，这才有可能去发现普遍事物的美的一面。但是，两者又有很大区别，"虚静"说是心胸理论，"心理距离"说则是注意理论。因此，"虚静"要靠长期的"养气""养心"而成，而"心理距离"只是一种注意力的调整，心理定向的临时转变，与人格心胸无关。③ 同样，中国的艺术"物化"论是"胸次"理论，要靠长期的修养和体验，没有刻骨铭心的体验，是不可能达到"物化"境界的，并举秦观的词《踏莎行·郴州旅舍》最后两句"郴江幸自绕郴山，为谁流下潇湘去"为例来加以佐证。而西方的"移情"说是注意理论，在物我之间，主体把注意力放在自身感情上面，面对着物所引起的情，形成大脑皮层的兴奋中心，于是发生强烈的负诱导作用抑制了周围区域的兴奋，使人的注意力从物移到情，甚至物我两忘，物我互赠，而专注于情。④ 这便是一种很有节制但又非常注意从

① 蒋述卓：《说"文气"》，《中国文学研究》1995 年第 4 期。
② 童庆炳：《中国古代文论的现代意义》，北京：北京师范大学出版社 2001 年版，第 3 页。
③ 童庆炳：《中国古代文论的现代意义》，北京：北京师范大学出版社 2001 年版，第 119－123 页。
④ 童庆炳：《中国古代文论的现代意义》，北京：北京师范大学出版社 2001 年版，第 119－123 页。

中西不同文化环境出发的对话,这种对话有利于更深入地揭示出中国文论的现代意义。本人在论述中国文论中的"文气"说与西方"风格"说时也这么分析过,认为如果简单地把"文气"与西方文论中的"风格"一词等同起来,是不恰切的。西方文论认为"风格即个性",其"个性"偏重于作家的心理素质方面。而"文气"一词还强调作家的血气和精力,主张个性之中的人身之气以血气为内核,然后通过内养外养才形成一定的创作心理素质,而在这心理素质中对道德养成又强调得较多。同时它还从天人合一角度独特地强调了对天地之气的吸收。这种近乎气功炼气式的人身之气是西方"个性"理论所没有的。同样,"文气"说中的艺术之气也不仅仅是"风格",它的含义比"风格"更宽泛,包容面更广,它不仅包括语言风格、文体风格,还包括艺术的魅力、艺术的生命力与内在精神力量。因此,由人身之气化为艺术之气所形成的"文气"理论,要比西方文论中的"风格即人"这一命题的内涵丰富得多,其美学意义与价值也深刻得多。①

　　童庆炳先生说的第三条原则"自洽原则"指的是要达到逻辑的自圆其说,也相当于张江先生所指出的"强制阐释"的第三种毛病即逻辑的自相矛盾。我想,这是从事任何学术研究都应该遵循的最基本原则,规避逻辑自相矛盾的毛病,这恐怕是学者从事学术研究最基本的底线了。

　　童庆炳先生后来加上的第四条原则是"联系现实原则",虽然是就"文化诗学"研究来说的,但对古代文论的研究也是有意义的,当然这条原则也可以包括在古今对话的原则之内。但之所以专门列出来,我认为是指在阐发古代文论的现代意义或者实现古代文论的转换时要指向当下的社会发展现实尤其是文艺发展的现实。1997年时我也提出过类似的意见,当时从"用"的方面强调得比较多。我在《论当代文论与中国古代文论的融合》一文中,提出了三点意见,认为一要立足于当代的人文导向与人文关怀,面向当代人文现实,开展现实与历史的对话,吸收古代文论的理论精华;二是要立足于民族精神与民族性格的继承与发扬,寻找当代文论的现实生长点,探索其在理论意义上和语言上的现代转换;三是从继承思维方式和批评形式入手,将古代文论特有的思维方式以及独有的批评方式与技法融入当代文学批评与文论中去,创造具有鲜明民族特色的当代文论。② 我认为,"没有'用'的实践,就有可能流于空谈。没有'用'的探索,就不知道古今转型的艰难。没有'用'的过程,就很难达到有机的融合"③。现在重读旧文,我还觉得我们"用"的实践开展得太少,大家还不习惯于用中国古代文论的思维方式与语言表达方式去评论当下文艺,因为总觉得用西方文论的思维方式与语言表达方式更顺手。习总书记在中央文艺座谈会上讲话中说到我们

---

①　蒋述卓:《说"文气"》,《中国文学研究》1995年第4期。
②　蒋述卓:《论当代文论与中国古代文论的融合》,《文学评论》1997年第5期。
③　蒋述卓:《论当代文论与中国古代文论的融合》,《文学评论》1997年第5期。

作家的作品要有筋骨、有温度，这就是很中国化的文艺评论方式，为什么我们的文艺评论家要抛却"自家宝藏"不用，却偏爱西方表达方式呢？正因为我们不熟悉用，不喜欢用，于是中国当代文论就愈益与古代文论隔离、疏远乃至古代文论最终失语。

　　古代文论研究的求新求变，并不是跳跃式的、断裂式的求新求变，从"温故而知新"中我们会知道如何求新求变，在"温故"中会渗透反思，在反思中我们会知道哪些该变、哪些东西该有新的增长点、哪些路向与途径已然向我们展开。这也便是我这篇文章重提旧事旧文的意向所在。

【原载于《文艺争鸣》2015 年第 1 期】

新时期中国古代文论研究三十年述评

蒋述卓

逝者如斯，新时期中国古代文论研究的 30 年已成为了一段学术史。改革开放以来，学术思想和学术研究不断走向解放和创新，这一时期的古代文论研究开拓了崭新的领域并取得了丰硕的成果，是 20 世纪 20—40 年代、50—70 年代两个时期无法比拟的。

一、思想解放与研究领域的拓展

新时期之初可以说是一个蓄势待发、拓荒起步的时期。首先，20 世纪 20—40 年代的古代文论研究为新时期提供了基础和参照，这主要体现在"诗文评"资料的整理和中国文学批评史的撰写上。从 1927 年陈钟凡撰写的第一部《中国文学批评史》印行，到 1934 年郭绍虞和罗根泽的《中国文学批评史》（上）、方孝岳的《中国文学批评》，到 1944 年朱东润的《中国文学批评史大纲》，为后世的文学批评史写作提供了蓝本。其次，50—70 年代的古代文论研究受苏联文论的影响而造成停滞，这是学术史上值得反思的一个镜鉴。这一时期，以建立"民族化的马克思主义文艺理论体系"为指导，往往给研究对象贴上现实主义或浪漫主义、唯心主义或唯物主义、内容与形式等二元对立的标签，忽视了文学本身的规律。因而，卸下思想包袱，检讨机械唯物主义的影响，反思研究目的和实现价值定位，重新回归学术本位，以辨清研究方向，成为新时期古代文论研究迫切需要解决的问题。

纠正思想教条化是一个思想不断解放、研究领域不断拓展的过程。1979 年第一次中国古代文学理论学术研讨会的召开，扭转了长期以来对待古代文论遗产古今、中西对立的态度，把古代文论研究提到了新的日程。这次大会成立了古代文学理论学会，标志着新时期古代文论研究的复苏。《文艺理论研究》杂志于 1980 年第 3 期对"文艺与政治"问题进行了集中讨论，发表了丁玲、徐中玉、钱谷融、敏泽、黄药眠、白烨等人的系列文章。其中徐中玉就文学政治化的弊端进行了反思："在解放以后，特别在五七年以后，由于政治上'左'的东西越来越多，而且层出不穷，最后发展到了封建法西斯主义，实行文化专制。文学'为政治服务'，'从属于政治'作为文艺工作的总口号，作为文艺的唯一任务，要求一切文艺作品都要反映一定的政治斗争，都要配合一定的政治任务，理论上显然不合适，实践证明也非常有害。"① 1980 年中国古代文论学会第二次年会召开，这次年会就古代文论的现实主义问题进行了热烈讨论。黄保真的《中国古代文学和文学理论研究中的现实主义问题质疑》一文，② 就文艺理论界长期以来把"现实主义"奉为唯一圭臬和永恒规律，以"现实主义"裁剪中国古代文论的做法进行了反思。以对"文艺与政治"问题的检讨为开端，学术界就政治控制文学进而把古代文论简单化的错误倾向进行了反思，走出阶级斗争和"政治工具论"对学术研究的遮蔽，为重新认识文艺的自身规律及其古代文论的当代意义奠定了思想基础。思想解放又带来了研究领域的不断拓展。

（一）既有文学批评史著作，更有思想史、门类史著作

由黄保真、蔡仲翔和成复旺著的五卷本《中国文学理论史》（1987），意在对文学理论史编写中极左思想的影响进行反思，开风气之先。而以纯文学和杂文学为纲，论述中国文学理论的发展，这是对文学批评史草创时期郭绍虞、罗根泽的《中国文学批评史》（上）著作的回归和借鉴。复旦大学七卷本的《中国文学批评通史》（1996），是文学批评史著作中阵容最为强大的一部。该《通史》注重对中国文学批评作综合的探索，对时代背景、文学体类和文学批评家与文学批评关系作了全面的梳理。罗宗强主编的《中国文学思想通史》代表了中国古代文论研究史撰写的一种新思路。罗宗强认为，文学思想史与文学批评史、文学理论史既有联系又有区别，其研究目的在于描述文学思想发展演变的面貌，探讨影响文学思想发展演变的各种原因，以及对不同的文学思想进行评判。此外，门类史的编写工作中，新时期诗学、词学、小说理论、戏曲理论也都出版了史著，体现了中国古代文论作为一门学科其研究逐渐趋于全面和细致。

（二）新时期古代文论研究的另一领域是对专著的校释、考订和对材料分门别类的清理

文论专著研究方面，《文心雕龙》的校注和释义成果最丰。20 世纪初，《文心雕龙》的系统校勘主要有黄侃的《文心雕龙札记》（1914）和范文澜的《文心雕龙注》（1929），新时期则有王利器的《文心雕龙校证》（1980）、杨明照的《文心雕龙注拾遗》（1982）、詹锳的《文心雕龙证》（1989）、林其锬和陈凤金的《敦煌遗书文心雕龙残卷集校》（1991）。此外，理论研究方面，有王元化的《文心雕龙创作论》（1979）、詹锳的《文心雕龙风格学》（1982）、牟世金的

---

① 徐中玉：《从实际出发看问题》，《文艺理论研究》1980 年第 3 期。
② 黄保真：《古代文学理论研究丛刊·中国古代文学和文学理论研究中的现实主义问题质疑（第 4 辑）》，上海：上海古籍出版社 1981 年版，第 50 页。

《文心雕龙研究》（1995）。但对《文心雕龙》文体论的重视仍然不足，专著方面仅有林彬的《文心雕龙文体论今疏》（2000）。

钟嵘的《诗品》也格外受到关注。曹旭收集了《诗品》的50种版本，他的《诗品集注》（1994）和《诗品研究》（1998）体现了全面搜集整理资料对研究的基础性意义。张伯伟的《钟嵘诗品研究》（1992）不仅重视资料的考证，还从文化的角度对《诗品》与《周易》、儒学和玄学的关系进行了论述。传统方法和释义方法的结合，代表了专著解读中的一种新倾向。张伯伟与曹旭在《诗品》研究过程中的一个共同点是对海外资料的重视，这也是新时期以来资料整理的一个重点。资料整理与研究密切结合，成为新时期以来古代文论研究的一个重要特点。

值得一提的是新时期以来资料考证的成就，特别是对《乐记》《诗格》和《二十四诗品》作者问题的考证，使人们从整体上反思传统考据研究方法对于古代文论研究的重要性。张伯伟的《全唐五代诗格汇考》（2002）和《稀见本宋人诗话四种》（2002）、卢盛江的《文镜秘府论汇校汇考》（2006）则参考域外诗学资料对古代文论著作进行了考证和整理。这体现了古代文论研究界对端正学风的高度重视，学者们在注意吸取新方法的理论营养的同时，也同样注重传统研究方法的发扬和学术基本功的锻炼。

资料整理的成就主要体现在对各种文体、各个艺术门类资料的全局性考察。郭绍虞主编的《中国历代文论选》（四卷本）、陈良运主编的《中国历代文学论著选》，都是系统性的著作。词学方面，有唐圭璋的《词话丛编》（1986）、张惠民的《宋代词学资料汇编》（1993）；小说理论方面，有黄霖、韩同文的《中国历代小说论著选》（1982）、丁锡根的《中国历代小说序跋集》（1996）；戏曲方面，有俞为民整理的《历代曲话汇编唐宋元编：新编中国古典戏曲论著集成》（2006）。这些著作对古代文论资料进行了分门别类的清理。

（三）新时期范畴研究得以展开和深入

中国古代文论范畴是整个古代文论之网的理论结晶，是深入研究古代文论理论内涵的一条切实之路。

20世纪80年代初期，范畴研究主要集中在意境、风骨等方面。之后，中国人民大学出版社的"中国古代美学范畴丛书"从美学的角度出发，综合文学艺术、哲学和政治等诸多方面，对各个范畴进行了多角度、多层次的整理。其中陈良运的《文与质、艺与道》（1992）、袁济喜的《和——中国古典审美理想》（1989）、涂光社的《势与中国艺术》（1990）、蔡仲翔和曹顺庆的《自然、雄浑》（1996）、汪涌豪的《风骨》（1996）分别对各个范畴进行了全面的梳理。有的学者从文化学的角度对文论范畴进行研究，如赵沛霖的《兴的起源——历史积淀与诗歌艺术》（1987）。范畴的系统研究方面，汪涌豪的《范畴论》（1999）以宏观的视野分析了中国古代文论范畴形成的内部规律，即古代文论范畴与创作风尚、古代文论范畴与文体的关系，剖析中国古代文论范畴的逻辑体系。

（四）研究领域拓展到过去被视为禁区的地方，如形式问题、宗教问题

以前，受政治意识形态的影响，文论界以"革命现实主义"作为文学评价的唯一标准，人们往往把注重探讨艺术规律如声律美、形式美和意象美的理论扣上"形式主义"遭到批判"唯美主义"的帽子，文学艺术的美的规律被全盘否定了，文学完全成为政治的传声筒。对文学内部规律的忽视，造成了研究中的许多盲点。

新时期对古代文论形式规律（言意、声律、文体等）和美学特质（风格、意象、意境、滋味等）的文学内部研究有所开拓，如吴承学的《中国古代文学风格学》（1993）、《中国古代文体研究》（2000）都是这方面的力作。文学中的宗教问题也得以解禁，过去，司空图、释皎然的诗歌理论曾被视为"纯艺术论""唯心论""反现实主义"和"神秘主义"遭到批判，而新时期，佛教之于古代文论思维方式和美学特质的影响问题受到了特别的重视，并成为学术领域的一个重镇。由于对文学与宗教关系的重视，许多问题得以深入，如白居易的《与元九书》曾被看作是"一篇最全面、最系统、最有力的宣传现实主义、批判形式主义的宣言"，但却忽视了白居易的禅宗意识；而萧驰的著作《佛法与禅境》（2005）剖析了白居易诗中"不为物所转"的思想，认为这一个案显出禅宗思想推动了中唐诗人突破魏晋以来"感物"诗学传统，[①] 不仅使白居易文论思想的研究更加深入，更将"感物"理论的研究推向了深入。

二、研究方法的多元化与研究目标、研究价值的多元化

新时期之初，对西方心理分析方法、原型批评方法、语言学方法、现象学方法、解释学方法、接受美学方法的借鉴，为文学创作和文学理论研究拓展了思维空间。中国古代文论研究的文化学方法、比较方法以及阐释学方法，都是在这一时期被明确地提出并加以实践的。

（一）文化学的研究方法为古代文论研究开辟了新思路

中国古代文论的文化学研究是对中国古代文论进行哲学、宗教、社会心理等多方面的考察，这符合中国传统文化文史哲不分家的特点。80年代初，王元化

---

① 萧驰：《佛法与禅境》，北京：中华书局2005年版，第166页。

提出了中国古代文论研究的"综合研究法",即古今结合、中外结合、文史哲结合,[①] 正是基于对这一传统的深刻认识。

具体而言,中国古代文论赖以成长的文化语境主要有儒家、道家、佛教思想,理清中国古代文论和诸家思想的内在关联,成为了研究之重镇。陆晓光的《中国政教文学之起源——先秦诗说论考》、李炳海的《周代文艺思想概观》都是对儒家文论起源的有力阐述。刘绍瑾的《复古与复元古:中国古代复古文学理论的美学探源》(2001)对由儒道思想产生的中国复古文化及复古文学理论进行了追根溯源。在佛教与古代文化之关系方面,曾祖荫的《中国佛教与美学》(1991)、蒋述卓的《佛经传译与中古文学思潮》(1990)、《佛教与中国文艺美学》(1992)对佛教观念和思维方式对中国古代文艺美学之影响的探索,开风气之先。皮朝纲的《禅宗的美学》(1995)、张节末的《禅宗美学》(1999)在对禅宗思想与美学关系的研究上,是扛鼎之作。萧驰的《佛法与禅境》(2005)对佛教之"境"与文学之"境"的研究,资料细密翔实,对意境范畴发生的历史渊源重新进行了检讨,是新近不可多得的力作。

关于士人心态、生命精神与古代文论关系的研究,是 80 年代以来研究向深层方向发展的结果。首先,是对古代文论生命精神的发现。袁济喜的《六朝美学》(1989)、罗宗强的《玄学与魏晋士人心态》(1999)重在描述魏晋玄学的士人心态的面貌;朱良志的《中国艺术的生命精神》(1995)对中国艺术的生命精神进行了系统、全面的阐释。其次,是对古代文论与当代人文精神建设之关系问题的探讨。张少康的《走历史发展必由之路——论以古代文论为母题建设当代文艺学》(1997)、袁济喜的《文化关注:中国古代文论研究的新增长点》(2001)、蒋述卓的《禅与中国当代文艺精神的建构》(1999)探索了古代文论生命精神和当前人文精神的建设问题,从精神层次就古代文论的传承问题进行了积极的探索。

(二)比较的研究方法对古代文论研究的启示

新时期以来,比较诗学作为一门学科开始进入人们的视野。钱锺书的《管锥篇》(1979)、王元化的《文心雕龙创作论》(1979),都标志着比较诗学的复兴。

比较诗学理论的系统建构方面,曹顺庆的《中西比较诗学》(1988)、黄药眠、童庆炳的《中西比较诗学体系》(1991)、饶芃子的《中西比较文艺学》(1999)都在比较诗学影响研究特别是平行研究方面取得了成绩,说明比较诗学在自觉向系统性比较的方向迈进。

---

① 王元化:《论古代文论研究的"三结合"——〈文心雕龙创作论〉第二版序》,《社会科学战线》1983 年第 4 期。

　　台湾和海外华人学者对庄子的阐发研究，也是这一时期的一个重要景观。20世纪60年代以来，徐复观、刘若愚和叶维廉都尝试以现象学阐释《庄子》。在比较诗学理论的建构中，叶维廉的《比较诗学》（1983）主张把对双线或单线文化的探讨导归语言、历史、文化三者的复合体的中心，以此作为重新考虑批评理论的解构和再构的主要途径，这体现了海外华人学者对比较诗学理论的自觉建构。

　　文化研究、比较研究的实质是一个阐释问题，不能片面地否定古代文论的现代阐释只是东附西攀，因为只有在这种交流和汇通中，才谈得上当代文论的建设，才谈得上古今、中西文论有效的沟通。

　　（三）借鉴西方的阐释学、系统论等新理论新方法对古代文论进行研究，在新时期以来形成一个潮流

　　20世纪70年代末80年代初期，钱锺书以及海外华人学者张隆溪、叶维廉、叶嘉莹开始接触西方的阐释学和接受理论。80年代，叶维廉在台湾发表了《秘响旁通——文意的派生与交相引发》《中国古典诗中的阐释活动》《与作品对话——传释学初探》等系列文章，尝试建立中国的"传释学"。这一时期，运用阐释学思想解读古代文论，如对"味"范畴、"诗无达诂"思想的解读，成为研究的热点。另一个热点是对中国文学阐释学的建构。1998年，汤一介开风气之先，提出了"能否创建中国的解释学"问题，[①] 并在随后的文章中对这一问题进行了深入讨论。著述方面，李清良的《中国阐释学》（2001）、周光庆的《中国古典解释学导论》（2002）、周裕锴的《中国古代阐释学研究》（2003）都对中国古代的阐释学思想进行了系统研究，是对中国阐释学理论体系的自觉建构。系统论也是古代文论研究中的重要理论和方法，它为古代文论提供了一种整体性思维。上述中国阐释学的创建就是系统论思想整体思维方式的运用，又如张利群的《庄子美学》（1992）就对庄子的内在体系进行了剖析。这些新理论、新方法拓展了古代文论的研究领域，对发掘古代文论的现代价值提供了有益的尝试。

　　以多学科、多角度、多方法的跨文化的视野研究中国古代文论，是一种新的价值取向，它意味着学界对一元中心或二元对立思维方式的反思，如钱中文所言："当今的现代性，应当是一种排斥绝对对立、否定绝对斗争的非此即彼的思维，更应是一种走向宽容、对话、综合、创造，同时以包含了必要的非此即彼、具有一定价值判断的、亦此亦彼的思维。"[②] 古与今、中与西是处于流动状态之中的，食古不化或唯我独尊都不利于拓展研究视野。价值取向的多元，是对机械唯物主义的拨乱反正，它为正确处理古与今、中与西的关系提供了有益的借鉴。

---

　　① 汤一介：《能否创建中国的"解释学"?》，《学人》1998年第13辑。

　　② 钱中文：《文学理论现代性问题》，《文学评论》1999年第2期。

三、对中国古代文论现代价值的重新发现

对中国古代文论由"失语"而引发的"现代转换"问题，是 20 世纪 90 年代后期以来学界探讨最为持久的一个问题。1996 年，曹顺庆《文论失语与文化病态》一文指出当代文艺理论研究最严峻的问题是"文论失语症"，中国文论界的"失语"是由于中国古代文论在面对当代文学时的缺席。曹顺庆的这一思路可概括为由"失语"到对"现代转型"和"重建中国文论话语"的关注，其实质是对古代文论现代价值的探索。

1996 年，陕西召开的"中国古代文论的现代转换"研讨会上，就"古代文论现代转换"问题进行了集中的讨论。讨论这一问题的出发点在于：古今相通与对接的基础和起点在哪里？"转换"的有效性在哪里？从何处出发去转换？"转换"牵涉的问题是多方面的。陈洪、沈立言《也谈中国文论的"失语"与"话语"重建》（1997）一文认为，传统文论因为自身的弱点妨碍其直接转化为现代意义的文论话语系统。王志耕《"话语重建"与传统选择》（1998）一文提出中国古代文论在今天的语境已经消失，只能作为一种背景的理论模式或研究对象存在，但古代文论所栖居的文化家园将永远是我们的母体。朱立元《走自己的路——对于迈向 21 世纪的中国文论建设问题的思考》（2000）一文则就此提出不同的看法，他认为：当代文论的根本危机不是"失语"，而是疏离文艺发展的现实；建设新世纪的文论只能立足于现当代文论新传统，而无法以中国古代文论为母根；现当代文论传统本身就是古代文论不断进行现代转换的动态过程。对于迈向 21 世纪的中国文论，重要的是立足当代，古今对话，中西融通，综合创造。

进入 20 世纪 90 年代末，学术界就 20 世纪中国文论对现代性追求的历程进行了讨论。钱中文从文学理论的现代性出发，认为文学理论的建设面临三种文论传统，建设新的文学理论就应从现实的传统起步，以现代文论为主导，充分融合古代文论和西方文论。古代文论的现代转换，正是文学理论现代性的要求。体现现代性的文学理论，应该是一种建立在平等、对话的人文精神的基础上的文学理论。[1] 以 20 世纪中国文论的现代性历程这一历史整体和理论高度观照古代文论，古代文论的民族特色问题、古今传承问题被赋予了新的内容。强调有机汲取古代文论的内容以建设当代文艺学，成为学术界的一个共识。

更深层的问题在于，如何实现古与今、中与西的对接。党圣元受西方哲学阐释学的启发，从价值哲学的角度对古代文化研究中存在的古与今、中与西的问题

---

[1]　徐新建：《面对现实，融会中西——"西方文论与中国文论建设"学术讨论会综述》，《文学评论》1999 年第 1 期。

进行反思，认为在中国传统文论研究中，古与今、中与西的视界融合对于传统文论经典诠释具有重要的学术意义。他说："超越'荣今虐古'与'荣古虐今'之二元对立之途径，只能是对文化视界融合的高度重视，并把这种融合不断推向深入，在不断的良性的深度的视界融合与古、今思想之间不断的诠释学循环中，古文论思想的无限丰富性才会不断得以展现，同时中国现代文论的理论视界才会不断得以拓展，中国现代文论视界之自主性才会不断地得到加强，进而才可能成为丰富世界诗学思想的一支重要的文化精神力量。"① 基于对 20 世纪以来中国文论研究中中与西、古与今问题的反思，提倡在多元对话中实现中国古代文论当代性的意义，这是对实现古代文论当代价值的进一步探索。

"古代文论的现代转换"绝不是一个伪命题。它所提出和要解决的问题意义重大而深远，它是从对 20 世纪中国文论历程的深刻检讨中得出的命题，又贯穿着对中西文论交汇价值取向的思索，其着眼点与归宿是当代文艺理论的建设，它牵涉到的其实是中国文论历史的纵深和未来的走向。20 世纪初以来，王国维、郭沫若、朱光潜、闻一多、宗白华面对民族的文化现状和现实生存，在古代文论的基础上，融入了自己的时代感受和美的想象，他们的文论建设与这一时期社会的现代性进程是一致的。中国现代理论学者在中西方思想的交汇中成就了自己的文论话语，现当代文论的历史一直是在多元综合中继承和延续着传统文论，选择和接受着西方文论。新时期，传统文化精神也有一定的承续，因而古代文论仍有其用武之地，如对废名的诗歌，如果不从佛教的空观入手进行解读，就很难获得至解；而对当代"新道家"作者如汪曾祺、阿城的作品进行解读，如果不去追溯道家"喜怒哀乐不入于胸次"的自然境界，则不能探得深髓。因此，古代文论在一定程度上并未完全失语，它依然存活在今天的文学世界。

综观新时期的古代文论现代价值讨论，从 20 世纪 50—60 年代以建立"民族化的马克思主义文艺理论体系"为指导，到 80 年代对古代文论民族特色的强调，再到 80 年代后期对"建立具有中国特色的马克思主义文艺理论"的探讨，以及 90 年代下半期以来的现代转换讨论和对古代文论当代价值的探索，其核心是古代文论能否及如何通向现代。对古代文论当代价值的探索，其核心在于如何处理古与今、中与西的关系，这是全球化时代赋予古代文论研究者的文化责任。这一问题为我们重新认识和评价中国古代文论的民族特色和现代意义提供了新视角，也为实现中西文论的比较和对话提供了一个平台。民族特色不会成为文化交流的障碍，中外文化交流史上，佛经翻译理论就"可以看作是植根于中国文化传统中的文学理论与美学理论"②。文化间的交流往往会形成不同文化对话的一些共同

---

① 党圣元：《传统文论诠释中的视界融合问题》，《中国社会科学院研究生院学报》2006 年第 6 期。
② 蒋述卓：《佛经传译与中古文学思潮》，南昌：江西人民出版社 1990 年版，第 6 页。

论题，进而实现理论的整合和创新。

四、结语

当前古代文论研究必然要面对两个方面的工作。首先是理论还原，正如罗宗强所言："第一步而且是最重要的一步工作便是还原。"① 即还原古代文论的理论面貌和文化语境，这是最为基础的工作，没有还原的现代转换只能是蹈空。其次是理论阐释，中国古代文论研究是一个古代文论作为传统文化走向现代的过程，处理古与今、中与西之间的矛盾的办法不在于抛弃传统或背离西方。我们应该以整体的眼光、对话的姿态实现中西文论的互通。以现代文艺学的视野，以多学科、多视角、多方法的融合，寻找古与今、中与西之间的结合点，对古代文论的价值进行更深入的研究，这是适合于当今的文艺批评体系建构的基点的。当代文学创作实践对文学理论提出了挑战，当代文论正处于新变之途中，正如释皎然在《诗式》中所言："作者须知复变之道。反古曰复，不滞曰变。"从这个意义上说，理论是处于生长过程中的，它有着传统的基因，更有着时代的新质，而它的生命力就取决于它应对新的文化现象的能力。

展望未来，我们应该继承古代文论中富于人文精神的部分，这正是现实赋予传统的活力之所在。中国古代文论对诗性体验的追寻，对自然意趣的激赏和对和谐精神的崇尚，都是当代人文精神建设中不可或缺的资源。不同于当代大众文化的平面化，古代文论往往直指心灵幽深之处的澄明境界，从而在自然和自我之间建立起默契的桥梁。从这一意义上说，研究古代文论，意味着继承合理的精神遗产以弥补当代文化生态的空虚，意味着新时期的文论建构必然成为连接过去与未来的创造性活动。

【原载于《学术研究》2008 年第 7 期】

---

① 罗宗强、卢盛江：《四十年代古代文学理论研究反思》，《文学遗产》1989 年第 4 期。

论中国文艺美学的古今对接之途

刘绍瑾

在 21 世纪的中国美学体系建构过程中，对传统美学的继承与弘扬，不是一个"要不要"的问题，而是一个"怎样做"的问题。本文拟就这一问题，对中国美学的古今对接的途径，提出自己的一点看法。

一、从 20 世纪学术史看中国美学的现代化进程

20 世纪的学术史，不只是一个对过去了的研究历史的简单追溯，更是一个对学术转型时期学术思想、学术理路的反思，从对那段学术历史的回顾与反思中能预测未来的可能方向。中国有源远流长、丰富深刻的哲学思想，但第一本中国哲学史著作却要等到 20 世纪的 30 年代由胡适撰写而成；中国在久远的时代就产生了深具特色的文学理论，但第一本中国人写的《中国文学批评史》，却在 1927 年方由陈钟凡先生完成。类似地，中国美学也经历了这样一个学术现代化的进程：一部 20 世纪的中国美学学术史，本身就是在从古典形态到现代范式转型的历史语境中行进的，其间蕴涵了丰富的古今对接的经验和教训。

中国古代本无"美学"一词，更谈不上"美学"这一学科的自觉意识。中国美学的学术"研究"和学科意识，是 20 世纪才出现的事情。20 世纪初的王国维、30 年代的朱光潜引入西方美学的术语、学术框架，开始了中国美学的学术进程。此后的 50 年代至 80 年代前期，又以马克思主义哲学思想为基石，展开一系列关于美学、文艺学问题的讨论。80 年代中期以降，美学研究最引人注目的是对中国古代美学研究的开拓及其兴盛局面。多部中国美学史著作的问世，数以万计的论文的出现，还有全方位研究中国美学民族特色的著作（如儒、道、佛与中国美学）大量印行，奠定了中国传统美学研究的基本格局。这是一个丰富深厚、大有可为的研究领域，以至于一些学术热点甫一形成，立即会把这一视野带入对中国古代的审视。如近几年产生的生态美学热点，中国古代立即被"发现"具有丰富、深刻的生态智慧和审美经验，于是也就自然出现了大量的以生态视点来发掘、阐释中国美学传统经验的论著。

回首 20 世纪中国美学研究的学术历史，我们可以获得这样一个重要启示：中国古代美学在整个美学研究的格局中有逐渐走高的趋势，对其的深入研究，是

美学研究"中国化"的标志。

在中国美学草创之初，以王国维、朱光潜为代表的美学前辈，确实主要是通过转译、传播西方美学概念来开展其现代美学建构的。但在其过程中，中国传统美学的因子是不可或缺的，也是不可低估的。我们甚至可以说，王、朱二人的美学建构，是以西方现代美学的概念为色相，而以中国古典美学精神为底蕴的。王国维更是在批评形式上由早年的醉心德国美学转向中国古老的诗话词话批评，提出了一系列富有中国传统民族精神的审美概念。朱光潜尽管长年留学欧洲，其早期的美学思想容易被人看成是克罗齐、康德、叔本华等西方美学的中国版，但他在解释、传播西方美学概念时，也经常运用中国古代的审美经验进行对接。如被朱先生本人视为其早期代表作的《文艺心理学》的缩写本《谈美》（1932 年开明书店出版），其中的一些标题就是采用了中国古典文艺批评的言论。这样，在以西方美学为骨架的现代美学观照下，中国古典美学精神得到了新的阐扬和发挥。意大利汉学家沙巴提尼教授就认为朱光潜是"移西方文化之花接中国传统文化之木"，而这个"传统之木"便是以庄子为代表的道家。而且，在朱光潜早期的美学著作中，写成于 20 世纪 30 年代的《诗论》与中国诗歌美学关系最深，堪称20 世纪前半期有关中国诗学研究的有数之作。这说明，能够在学术历史上存留下来的有价值的研究，大多是那些对中国传统资源以现代视野进行阐发、开掘的论著。

在 20 世纪中期相当长的时间内，中国美学界主要以马克思主义哲学为基石。由于思想方法简单，加之那时美学研究中本质主义的盛行，相对忽略了中国传统美学的自身特征和价值。而 80 年代中后期中国古代美学研究的兴盛，则极大地改写了 20 世纪的中国美学学术史。有一引人注目的现象值得深思，那就是宗白华美学价值的被"重新发现"。在贩卖西学（包括马克思主义）、本质主义盛行、体系建构的时代，宗白华写于二十世纪三四十年代的探讨中国美学、艺术问题的论文，未能引起美学界的足够重视。但是到了中国古典美学大受关注的时代，宗先生那些探讨中国艺术意境、畅论"世说新语时代"的审美文化的论文，却受到学界的极力追捧。宗白华美学研究的"读者反应、效果"的沉浮，几乎成为20 世纪中国美学发展历史的一个缩影。笔者认为，宗白华的美学研究和以徐复观为代表的港台新儒学的"中国艺术精神"阐释，对我们思考传统美学的当代境遇、进行中国文艺美学的古今对接，具有最大的启发意义。

二、在通向现代的中国古典美学范畴中见出传统美学的当代意义

20 世纪的美学学术史还昭示我们：对古典美学进行现代阐释，实现中国美学的古今对接，是学术发展的必然。从 20 世纪 20 年代提出用科学的方法"整理

国故"，到 50 年代开始提倡的"古为今用"，再到 90 年代热炒的"现代转换"，这方面的理论、方法提出了不少，但现在最需要的是扎实的、具体的实践。在现阶段，笔者认为，一些畅谈中国美学值得继承的优良传统的宏观论述固然有其价值，但从问题、范畴、概念入手，探讨其古今对接的可能性的具体、个案研究，却尤为需要。待到那些通向现代的古典文艺美学范畴、概念系列得到成功清理，宏观上的中国古典美学的现代价值建设也就水到渠成了。

清理通向现代的中国古典文艺美学范畴、概念，笔者以为应包括以下三个方面：

首先，是对中国古典文艺美学进行现代阐释。我们提倡关注古典、注重传统，并不意味着恪守一种复古守旧的价值观念。而且事实上，所谓的传统，也不是铁板一块、一成不变的。学术研究追求客观真实，力求还原历史，这是无可厚非的，但绝对的"客观"是不存在的，所谓的"还原"也只能是相对的。"我们不能两次踏进同一条河"，现代人的知识背景、文化语境形成的"视界"，必然被带进被阐释的对象——中国古典美学中去。更由于"美学"这一学科的概念框架本身来自西方，它是中国学术现代化的产物。中国古代尽管有着丰富的美学思想资源，但本身并无与之对称的概念系统。有人甚至提出"中国古代有美学思想而无美学"，"中国古代的'美学'实际上主要是一种'潜美学'"①。这一说法当然无法得到大多数人的认同，因为它体现的是一种"西方中心论"思维。但我们从 20 世纪美学研究的大势来看，"美学"研究的最初动因确是来源于西方，随着美学研究的深入，人们渐渐把注意力转到对中国古典审美经验和美学思想的发掘上。而中国 20 世纪的特定历史，所谓的"现代"，又往往和"西方"交接在一起，所以，中国古典美学和西方美学之间的关系，它们的比较、选择、融通，就成为 100 多年来中国美学建设的焦点。中国古代美学的学术研究、中国文学批评史的学科建构，正是在这一学术大背景下进行并得以发展。在 20 世纪的中国古代美学研究中，不仅隐含了一种"天然的"中西比较意识，而且本身就暗含古今对接的学术企图。

其次，是对 20 世纪学术史上的阐释活动本身进行历史反思。有些阐释有"误读"之嫌，如朱光潜以"移情"说解读王国维的"有我之境"，以"情趣"和"意象"两大美学概念的结合关系来类分"隔"与"不隔"。这些阐释过程中的"误读"现象尤其值得研究和深思，它不仅提示我们理解的历史性以及由此而带来的古今差异，而且引导我们正视古典文艺美学范畴在向现代延伸、开放过程中所具有的张力和限度。另外，学术史中一些针对古典文艺美学问题而形成的

---

① 萧兵：《中国的潜美学》，湖北省美学学会编：《中西美学艺术比较》，武汉：湖北人民出版社 1986 年版，第 125 页。

研究热点，深深回应着"当下"的"现实关怀"。如，袁枚及其"性灵"诗学，是得不到那个时代官方和精英阶层的青睐的。但到了 20 世纪的前半期，情况可就不一样了。20 世纪前半期是一个"重新估定一切价值"、对传统富有批评精神和勇气的时期。"五四"新文化运动以来的个性主义思潮所形成的"当代视野"，深深影响到作为"国学""国故"之一的古典文艺美学研究，使其无论在选材还是在对具体问题的评价上，都被打上了鲜明的时代印记。把儒家传统当作整个中国诗论、中国文学批评的传统、标准、主潮，认为"一部中国文学批评史，只是'载道派'独占的局面"①。这是 20 世纪前半期学术界的主流看法。在反传统、张个性的时代，学术界就有人特别注重从传统学问中寻找那些反叛旧思想而与新思潮具有相通、相近之处的批评，并对其予以大力阐发和推崇。毫无疑问，袁枚及其"性灵"说，就成为当时学术界以"当代视野"大力阐述的对象。因此，这一时期对袁枚及其"性灵"诗学的重视和研究形成一股"热潮"。初版于 1948年的钱锺书《谈艺录》就曾言他"窃不自揆，以《诗话》为据，取前人论衡所未及者，稍事参稽，良以此书家喻户诵，深入人心，已非一日，自来诗话，无可比伦。故为之批郤攻隙，复借以旁通连类"②。尽管钱氏《谈艺录》论袁枚部分旨在对之作"批郤攻隙"的工作，但他之所以这样做，正是有鉴于《随园诗话》"家喻户诵，深入人心""自来诗话，无可比伦"的景况，透露出随园所受重视之盛。在今天看来，袁枚在中国古典意境高格看来有"芜杂""浮浅"之失的"性灵"诗学，在后现代"消解经典""消解深度"的文化语境下，其意义又将如何呢？可见，古典的"性灵说"在 20 世纪中国美学学术视野中的阐释史、反应史、效果史，其本身就是一部鲜活的古今对接的历史，其间蕴涵着丰富的经验和教训。

第三，是对存活在现代批评中的中国古典文艺美学范畴、概念、术语的研究。"存活"的说法，由扬州大学的古风先生提出，他在 2004 年申报成功的国家社科基金项目，题名即为"存活在现代文论中的中国古代文论范畴"。笔者很认同他的这一工作，并认为，如果我们认真研究在现代文艺批评、现代文艺美学建构中存活的中国古典文艺美学范畴、概念、术语，分析它们的古典意义及其在现代的生成、延展，那对我们思考中国传统美学的当代境遇、中国美学的古今转换，具有直接的、实质性的意义，中国古典文艺美学那种一以贯之、生生不息而又不断创化的精神，于斯可见。这样的研究比起那些口号上的倡导、宏观上的把握有价值得多。朱自清先生曾谈到研究中国古代文论中一些主要术语的重要性，因为这些术语用得太久，意义也渐趋含糊不清，"若有人能用考据方法将历来文

---

① 朱荣泉：《随园诗说的研究·序》，见顾远芗：《随园诗说的研究》，上海：商务印书馆 1936 年版。
② 钱锺书：《谈艺录》，北京：中华书局 1984 年版，第 197–198 页。

评所用的性状形容词爬罗剔抉一番，分别决定他们的义界，我们也许可以把旧日文学的面目看得清楚些"①。中国古典文艺美学中那些"用得太久""意义也渐趋含糊不清"的概念、术语，在新时代更显复杂。存活在现代批评中的中国古典文艺美学范畴、术语，有的本身就是古代的重要范畴，如"比兴""气韵生动"，有的则是扩大了它在古典时期的意义，如"意境"；有的大体上沿袭了古典时期的含义，而有的则出现了较大的变形。如"言志"，在古典时代就有一个不断阐释、不断赋予新意的过程。到了现代，人们也在不断地运用这一概念。周作人就从中国新文学源流的角度和视野来阐释中国这一古训，认为"中国文学始终是两种互相反对的力量起伏着。过去如此，将来也总如此。"这两种"互相反对的力量"便是"言志"和"载道"，正是"这两种潮流的起伏，便造成了中国的文学史。"据此，周作人把"言志"理解为"人人都得自由讲自己愿意讲的话"，而"载道"则是"以文学为工具，再借这工具将另外的更重要的东西——道——表现出来"②。而朱自清先生的名著《诗言志辨》，同样也是带着深刻的"问题意识"而对当时理论批评界关注的重大问题所做的回应，在其咬文嚼字的爬罗剔抉背后体现着鲜明的时代精神。

当然，从事这项有意义的工作，也给我们的研究者提出了更高的要求。它不仅需要研究者具有扎实的中国古典文艺美学的功底，同时也需要他具备雄厚的现代文艺批评的知识背景，并且需要具备把两者"通观""打通"的理论视野和意识。

三、从海外华人学者的中国古典美学研究中见其世界意义

对中国古典文艺美学进行观照，如果说大陆学界是第一只眼睛的话，那么外国学者是第二眼睛，海外华人学者则是第三只眼睛。这三种眼光有似于惟信禅师所说观山水之三种境界："老僧三十年前未参禅时，见山是山，见水是水。及至后来，亲见知识，有个入处，见山不是山，见水不是水。而今得个休歇处，依前见山只是山，见水只是水。"③ 第一只眼易于执滞，第二境界则容易产生"隔"和误读，唯第三只眼"入乎其内，出乎其外"，站在中西文化冲突、交融的前端，以比较的意识和视野，故所得中国古典文艺美学之观审，最具启发和深思。近年来的学术界，颇兴域外汉学、海外华文文学研究之风，皆因这些研究以中外文化交流、融合的视野来观照文学的传播、阐释和发展，为传统的文学研究注入了新的内容。海外华人学者（含在海外求学且经常往返海外的港台学者）作为

---

① 朱自清：《中国文评流别述略》，载《大公报》1933 年 11 月 11 日。
② 周作人讲校、邓恭三记录：《中国新文学的源流》，北京：北平人文书店 1934 年版，第 34 - 37 页。
③ 普济：《五灯会元》，北京：中华书局 1984 年版，第 1135 页。

一种学术群落，其文化身份有着特别之处。他们是龙的传人，对中国传统文化怀着一种"根"的体认和漂泊异乡而产生的"乡愁"之所寄。而他们生活、受教育的主体环境，又往往是西方文化主宰的现代文明地带。这就使得他们的文化身份之于中国传统，具有"自我"与"他者"，"看"与"被看"兼而有之的色彩。再加上他们没有经历大陆破坏传统的政治运动，传统对于他们而言又是一个没有断裂的存在。这些特点就使得他们具有与纯粹的大陆学者不同的文化立场、思维方式和阐释视野。他们往往经历了由少小的"国学"根底、到青年的浸淫西学、最后归返传统的过程。浸淫过西学再"改治中国文学"，这样的眼光就如同惟信禅师所言"而今得个休歇处，依前见山只是山，见水只是水。"得到的可能就是化境，就是中西古今的融通之境，就是面对异质文化的挑战而来的创造性转化之境！

以徐复观、方东美、唐君毅等为代表的港台新儒学所阐释的"中国艺术精神"，就是在世界文化整体格局中，以中西比较的眼光而对传统美学精神的阐释和弘扬。曾几何时，现代新儒学在相当长的时期内因其"保守""守旧"遭到诸多批判和冷落。但随着20世纪80年代以来的思想解放，特别是随着90年代以来中国的综合国力的提升、国际地位的提高，新儒学开始受到学者关注，行情有越走越高的趋势。现代新儒学在20世纪由被冷落到受重视的历程，确实给我们弘扬、光大中国传统美学带来了鼓舞。学术界在一片"失语"的恐慌中呼唤"自己的声音"，港台及海外新儒学立足传统、放眼世界，谋求中国传统文化创造性转化的思想方法，对我们思考中国美学的古今对接具有直接的启发作用。

以叶维廉为代表的海外华人学者的比较诗学研究，寻求跨中西文化的共同的文学规律和美感视域，在这一学术视野中所进行的中国古典文艺美学审视，同样对我们思考中国传统美学的当代境遇、中国文艺美学的古今对接提供了方法论上的启示。叶维廉在比较诗学实践中虽也贯穿着其不固执于一种文化模式的主张，但却把着力点放到了对中国传统诗学的发扬上。其比较诗学活动，也重在寻求受庄子影响的中国传统诗学的美感视域与以海德格尔为代表的西方现象学美学的汇通。叶先生有着浓厚的庄子情结，对庄子的喜爱常溢于言表。这一思路可以说贯穿在他此后的整个比较诗学活动中。在叶维廉的比较视野下的"同异全识"中，叶氏认为，与受道家影响的中国美感视域之"以物观物"迥异，西方古典美学体现的是一种"以我观物"感悟程式。而以颠覆古典程序为特征的西方现当代美学的走向和趋势，又与庄子为代表的道家美学、受道家影响的中国传统美学精神有其相通之处！正是在这一比较格局的"同异全识"中，庄子以及中国传统美学的生命力和世界意义就凸显出来了。在叶氏的阐释面前，目前国内那些对中国传统美学妄自菲薄的论家应该汗颜。

海外华人学者关于中国古代美学的抒情传统的研究也非常值得关注。从旅居美国的陈世骧、高友工，到晚年定居美国的王文生，都有这方面的重要成果问世并产生重大影响。对中国美学中的抒情传统的阐发，实际上也是经历了"亲见知识""得个休歇处"之后的"见山只是山，见水只是水"之境，是在与西方进行比较参证之后所揭示出来的中国传统文艺美学的民族特性和世界意义。

经常往返于美国与港台、谙熟西方五花八门文学理论的黄维樑先生，曾深感中国古代文论"在国际文论界毫无地位，这是不公平的"。他立志要做的工作，就是争取公平。他说："《文心雕龙》体大虑周，是承先启后的文论宝典。我国当代的学者，向它'取熔经意'，然后'望今制奇，参古定法'，加以汇融'通变'之后，'自铸伟辞'，我相信是可以有所建立的。以此向外国宣扬，成为一套有益于中外文学的理论或'主义'，我们的声音就出现了。"① 笔者以为，针对中国古典文艺美学，作为中国人的当代学者，应该有这样的使命感和紧迫感。

【原载于《思想战线》2007 年第 2 期】

---

① 黄维樑：《中国古典文论新探》，北京：北京大学出版社 1996 年版，第 167 页。

周代礼制的"文"化与儒家美学的文质观

刘绍瑾

对孔子及其儒家美学的文质观，学界习惯于以现代美学思维（如内容与形式、内在性情与外在修饰的二元框架）解说之，这固然道出了儒家美学的某些重要方面，但也遮蔽了它的一些真实内涵和精神要义。本文从周代礼制的"文"化态势入手，揭示儒家美学文质观的思想文化之源；从儒道对照的角度，阐述持从周、宗周立场的儒家和批判周代礼乐文化的道家文质观的重大差异，以期为儒家美学这一重要内容提供一个新的思考和解释。

一、从"郁郁乎文哉"到"周之弊以文胜"

文与质是中国古代文论中一对常见的范畴。究其最初的含义，"文"是指形式、现象，"质"是指内容、本质。再延伸，就是本然与修饰的关系，以至于在风格上则表现为华美、艳丽与朴素、典雅的区分①。

然而，我们在这里感兴趣的是，"文"作为西周文化制度通向艺术、审美的联结点这一特点。"郁郁乎文哉！吾从周"（《论语·八佾》），"久矣，吾不复梦见周公"（《论语·述而》），"克己复礼为仁"（《论语·颜渊》），儒家创始人孔子对西周礼乐隆盛的文化可谓魂牵梦绕了！要真正理解孔子及其儒家美学的文质观，就必须首先从孔子所魂牵梦绕的周代礼制入手。在周代，"礼"渗透到上层文明社会的各个方面。据《礼记·中庸》，当时"礼仪三千，威仪三千"。礼在周代乃至后来一直被视为"经国家，定社稷，序民人，利后嗣"（《左传·隐公十一年》）的天纲大法，具有至高无上的地位。《礼记·哀公问》曾记载孔子言论："丘闻之，民之所由生礼为大，非礼无以节事天地之神也，非礼无以辨君臣上下长幼之位也，非礼无以别男女父子兄弟之亲、昏姻疏数之交也。"所以"礼"就是要把已分化了的不同等级差异合理化、制度化、仪式化，以做到"贵贱有等"（《荀子·礼论》）、"长幼有序"（《孟子·滕文公上》）、"男女有别"（《礼记·大传》）、"贫富轻重皆有称"（《荀子·礼论》）。礼是以"一套象征意义的行为及程序结构来规范、调整个人与他人、宗族、群体的关系，并由此使得

---

① 参见李炳海：《周代的文质概念与古代文论的文质理论》，《古代文学理论研究》第13辑，上海：上海古籍出版社1988年版。

交往关系'文'化，和社会生活高度仪式化"①。从这个意义上，礼一方面是对社群中的人的行为的规范，另一方面则是对人脱离动物性、粗鄙状态的"文"化、雅化、高尚化的努力。因为西周的文化制作，使人"文"化，从本质上来说就是对人的雕琢，日本美学家今道友信就把礼的这一方面功能概括为"一种优雅和模范行动的体系"与"举止文雅的艺术"②。用今天的术语，可以说周代礼制所体现的是一种社会生活的美学，它追求的是一种合乎社群价值的理性、适宜、和谐、（言行）规范、（举止）高雅的状态和境界。礼的"文"化，使它通于艺术，通于美学，使它成为一种积淀了丰厚的社会价值内涵的感性形式。辜鸿铭认为英译《礼记》，书名不取"Rite"而用"Art"，是深有用心的。

周尚文，刘勰在《文心雕龙·征圣》中就列举了"先王"时代"政化贵文""事迹贵文""修身贵文"。从广义上讲，一切制度、器物、人的修养，都是"文"。司马光说："古之所谓文者，乃所谓礼乐之文，升降进退之容，弦歌雅颂之声。"③"礼自外作，故文。"（《礼记·乐记》）"礼有以文为贵者：天子龙衮，诸侯黼，大夫黻，士玄衣纁裳。"（《礼记·礼器》）"文之以礼乐"（《论语·宪问》），西周文化中最为重要的礼乐制度正是"文"的核心内容。《国语·鲁语下》云："夫服，心之文也。如龟焉，灼其中，必文于外。"如果说"其中"是内质的话，那么表现出来的可见、可闻、可感的东西就是"文"了。《礼记·乐记》更认为："屈伸、俯仰、缀兆、舒疾，乐之文也。""升降、上下、周还、裼袭，礼之文也。""乐之文""礼之文"是礼和乐的表现形式，指人的表情、动作、服饰、语言、声调等，它们是社群中人们诚敬思想的外在表现形式。本来，文与质、本质与现象、内容与形式是不可分割的一体两面。然而，"质"是无形的，只有"文"才具体可感，并能示人以遵循、学习的准依。因此，在西周文化以及儒家思想中，一方面高度重视人的内在诚敬等真实的伦理亲情，并由此得出文附于质、内容决定形式的结论；另一方面又大量生产出可供社群共同遵循的形式条文，从而更凸显"文"的重要性，甚至于出现了如后人所说的"周之弊在文胜"（钱大昕《老子新解·序》）的现象。《礼记·表记》载孔子言夏、商、周三代文化之不同，就触及了这一点。其言：

　　夏道尊命，事鬼敬神而远之，近人而忠焉。先禄而后威，先赏而后罚，亲而不尊。其民之敝，蠢而愚，乔而野，朴而不文。

----

① 陈来：《古代宗教与伦理：儒家思想的根源》，北京：生活·读书·新知三联书店1996年版，第248页。

② 今道友信著，蒋寅等译：《东方的美学》，北京：生活·读书·新知三联书店1991年版，第96页。

③ 司马光：《答孔文仲司户书》，蒋述卓、刘绍瑾等编：《宋代文艺理论集成》，北京：中国社会科学出版社2000年版，第181页。

殷人尊神，率民以事神，先鬼而后礼，先罚而后赏，尊而不亲。其民之敝，荡而不静，胜而无耻。

周人尊礼尚施，事鬼敬神而远之，近人而忠焉。其赏罚用爵列，亲而不尊。其民之敝，利而巧，文而不惭，贼而蔽。

这里尽管对夏、商、周三代文化的概括不一定完全正确，但谈到的三代文与质的特点及其流弊，则是非常值得注意的。夏人由于处于文明之初，保持了人类自然状态的许多东西，正如清人孙希旦所解释的那样，"上之文网疏，则下之机智少"。因此他们"骄倨而鄙野，朴陋而无文"。周代是中国已进入成熟的文明时期。"追逐其章，金玉其相。勉勉我王，纲纪四方。"（《诗·大雅·棫朴》，朱熹《诗集传》："追，雕也。"，"相，质也。"）周代礼制所重视的礼仪层级化，也增加了生活中的繁文缛节。"尊礼尚施则文胜。……文胜则实意衰，习于威仪揖让之节，故其敝也，便利而儇巧；相接以言辞，故其敝也，文辞多而不以捷给为惭；仪物繁多，故其敝也，伤害于财力，至于困敝而不能振也。"因此，礼乐隆盛的周代文化，确实有一种"文胜"的特点和发展为"后世之虚饰"[①]的潜在内涵。在比较了三代不同的文化特点后，《礼记·表记》又传孔子之言，总结道："虞、夏之质，殷、周之文，至矣。虞、夏之文不胜其质，殷、周之质不胜其文。"正是在肯定了周代"郁郁乎文哉"的"尚文"的同时，也指出了他"质不胜文"的某些片面性。尽管《礼记》中所载的"子曰"不一定真的出自孔子之口，但这里论到的周代文化特点及其流弊，我认为还是切当的。此后，尚周的儒家信徒同样继承了周代这一"文胜"之弊，《刘子》就曾这样概括儒家思想的特点及其可能出现的弊端：

儒者，晏婴、子思、孟轲、荀卿之类也。顺阴阳之性，明教化之本，游心于六艺，留情于五常，厚葬文服，重乐有命，祖述尧舜，宪章文武，宗师仲尼，以尊敬其道。然其薄者，流广文繁，难可穷究也。[②]

这里所说的儒者"文繁"之"薄"，正是"周之弊在文胜"的合乎逻辑的发展。汉代大儒扬雄《法言·先知》的一段话，也足以见出周代文质观的这一特点，其曰：

圣人，文质者也。车服以彰之，藻色以明之，声音以扬之，诗书以光之。笾

---

① 参见孙希旦：《礼记集解》，北京：中华书局 1989 年版，第 1310 – 1311 页。
② 《刘子·九流》，据林其锬、陈凤金《刘子集校》，上海：上海古籍出版社 1985 年版，第 301 页。

豆不陈，玉帛不分，琴瑟不铿，钟鼓不擅，则吾无以见圣人矣。

本来，孔子就坚持认为："礼云礼云，玉帛云乎哉？乐云乐云，钟鼓云乎哉？"（《论语·阳货》）玉帛、钟鼓这些礼、乐的外在表现形式只是为了表现真实的礼、乐内容（主要是伦理亲情），才有存在的价值。但是，只有内质，不仅有蹈空之弊，而且对社群的人来说没有示范作用。因此，像玉帛、钟鼓，以及扬雄所列举的车服、藻色、声音、诗书等"文"的形式，不仅必不可少，而且成为周代文质观的核心。对于这一制度来说，"文"这些外在形式的要素不仅依附于内质，是对质的彰显，更重要的是对本来无形的内质体制化、程式化、定型化，使之成为上层贵族社会人人学习、操练的"轨仪可范"的东西，成为在社群交往中可以流通的生活艺术了。毫无疑问，这一"文"的特点正是对艺术设立规范，并使之经典化、教条化的内在深层文化根源。其"文胜"之"弊"、"文繁"之"薄"，有启"后世之虚饰"的潜在内涵和现实可能性。

二、孔子的文质观

正如历史学家杨向奎所说："宗周社会思潮凝聚到周公而有制礼作乐；凝聚到孔子而有新儒家的产生。"[①] 因此，孔子的文质观，不仅是儒家美学文质观的集大成者，也是周代礼乐文化的传承者、弘扬者。但是，孔子生当春秋之际，不仅面对"礼崩乐坏"的情势勇敢地承担起挽救、维护、光复周代文化的使命，同时也针对当时已经出现的"周末文胜之弊"显示出了难得的清醒。可以说，孔子是在极力肯定周代礼制的"文"化机制、尊崇周代尚文的文化格调的同时，又对周代礼制日益走向烦琐、僵化和因"文胜之弊"而产生的浅薄、巧饰风气表达了不满。其文质观的最大亮点，是追求文质兼善、和谐相济、避免偏胜的"时中"精神。"时"，《孟子·万章（下）》曾说孔子为"圣之时者也"，意谓孔子能根据时代、社会的变化而对古代的礼乐制度加以适当的损益、变通。而"中"呢？则是适宜、不走极端，与孔子哲学上的"中庸"思想紧紧联系在一起。我们看《论语》所载孔子有关文质观的论述，必须从具体的时机、语境上加以体会。

说到孔子的文质观，人们首先当然会想到《论语·雍也》中的一段话："质胜文则野，文胜质则史。文质彬彬，然后君子。"避免文质偏胜，追求文质兼备，这应该是孔子文质观的最高美学原则。《礼记·表记》亦曾载子曰："情欲信，辞欲巧。"但具体的情况则是，那种兼善、兼备的理想状况只是一种理论上、理

① 杨向奎：《宗周社会与礼乐文明》（修订本），北京：人民出版社1997年版，第222页。

想上的要求，而更多的时候则需要在具体时空语境下去具体把握、运用。而怎样把握、怎样运用，则需要我们贯彻前面所说的"时中"精神。不然，我们会看到《论语》中看似矛盾的文质论述。

首先是尚文。这是以周代礼制作为社会文化蓝本的儒家文化的一个共同特点，孔子更是这样。"文之以礼乐"，人文教化以及外在的礼节修饰、进退揖让、言辞艺术，是孔子君子人格的一个重要表征。《左传·昭公二十五年》曾载孔子曰："言之不文，行而不远。"而有关孔子尚文、重文思想，《论语·颜渊》篇最为直接：

> 棘子成曰："君子质而已矣，何以文为？"子贡曰："惜哉，夫子之说君子也，驷不及舌。文犹质也，质犹文也，虎豹之鞟犹犬羊之鞟。"

《论语集解》引孔安国注："皮去毛曰鞟。虎豹与犬羊别者，正以毛文异耳。今使文质同者，何以别虎豹于犬羊耶？"棘子成认为，君子保持自然天性就可以了，何必要用礼法修饰？而在孔子弟子子贡看来，如果不要文饰，君子小人就没有区别了。君子小人之别正体现在包括礼义教化、举止讲究、言辞修饰的"文"上。这一思想也正如《荀子·富国》所言："雕琢、刻镂、黼黻、文章，使足以辨贵贱而已。"

而《论语·乡党》那段夫子令门人敬羡不已的文雅举止，更是孔子尚文、重文的一个活"标本"：

> 孔子于乡党，恂恂如也，似不能言者。
> 其在宗庙朝廷，便便言，唯谨尔。
> 朝，与下大夫言，侃侃如也；与上大夫言，訚訚如也。君在，踧踖如也，与与如也。
> 君召使摈，色勃如也，足躩如也。揖所与立，左右手，衣前后，襜如也。趋进，翼如也。宾退，必复命曰："宾不顾矣。"
> 入公门，鞠躬如也，如不容。
> 立不中门，行不履阈。
> 过位，色勃如也，足躩如也，其言似不足者。
> 摄齐升堂，鞠躬如也，屏气似不及者。
> 出，降一等，逞颜色，怡怡如也。
> 没阶，趋进，翼如也。
> 复其位，踧踖如也。

这段关于夫子优雅、修饰、适宜的言行举止的生动描述，把周代礼文所讲究的"升降进退之容"演示得淋漓尽致！对此，持从周、尚文立场的儒家门徒只是敬羡，而批判周代礼乐文化的庄子则可能恰恰相反。《庄子·田子方》就嘲讽那些儒生"进退一成规一成矩，从容一若龙一若虎"，失于刻板、虚矫。

但孔子的伟大、深刻之处在于，他也看到了周代礼制尚"文"的某些弊端。因此，我们在同样的文本《论语》中看到孔子不少尚质的言论。《八佾》载："子夏问曰：'巧笑倩兮，美目盼兮，素以为绚兮。何谓也？'子曰：'绘事后素。'曰：'礼后乎？'子曰：'起予者商也！可与言《诗》已矣。'"绚，即有文采。全祖望《经史问答》："夫巧笑美目，是素地也。有此而后可加粉黛簪珥衣裳之饰，是犹之绘事也。所谓绚也，故曰绘事后于素也。而因之以悟礼，则忠信其素地也，节文度数之饰，是犹之绘事也，所谓绚也。"① 这就明确主张质素先于、重要于外在的文饰。又《学而》言孔子曰："巧言令色，鲜矣仁。"《公冶长》："巧言、令色、足恭，左丘明耻之，丘亦耻之。"《集解》引孔安国注："足恭，便辟貌。"又《季氏》："益者三友，损者三友。友直、友谅、友多闻，益也。友便辟、友善柔、友便佞，损矣。"清人黄式三《论语后案》谓"便辟者，习惯其般旋退避之容，一于卑逊，是足恭也。善柔，马注云面柔，是令色也。便佞，《说文》作'谝佞'，郑君读辩，辩谝义同，是巧言也。"② 前面对"升降进退之容"极尽赞赏，而这里却对"般旋退避之容"深表反感；"辞欲巧"中对言辞的巧饰表示肯定，而这里则持否定态度。对于这些看似矛盾的地方，我们需要把它们放到具体的时机、语境之下进行审视。这是孔子对当时（即后来儒家经生所说的"衰周之世"）"文胜"之"弊""文繁"之"薄"的批判，它们远离了孔子所主张的文质兼善、兼备的境界。

更值得玩味的是《先进》篇的开首那段话：

> 先进于礼乐，野人也；后进于礼乐，君子也。如用之，则吾从先进。

历代对这几句话的注解歧义最多。此处"从野"，岂不与孔子"质胜文则野"互相矛盾？但如果我们从孔子不满"周末文胜之弊"，追求文质兼善、和谐相济、避免偏胜的"时中"精神出发，则此处的解释就顺了。历代一些注家实际上也触及了这一点。朱熹《四书章句集注》引程子曰："先进于礼乐，文质得宜，今反谓之质朴，而以为野人。后进之于礼乐，文过其质，今反谓之彬彬，而以为君

---

① 全祖望：《经史问答》，沈云龙选辑：《明清史料汇编》集五，台北：文海出版社1967年版，第1804页。

② 黄式三：《论语后案》，顾廷龙主编、续修四库全书编撰委员会编：《续修四库全书·经部四书类》，上海：上海古籍出版社2002年版，第597页。

子。盖周末文胜，故时人之言如此，不自知其过于文也。"并指出孔子"盖欲损过以就中也"[1]。明代政治家张居正亦云："盖周末文胜，古道寝薄，孔子伤今思古，欲损过以就中，故其言如此。"[2] 而民初岭南大儒简朝亮更是坚持"文质之中"并引《礼记》作证："礼表记言周之敝者，则云'文而不惭'。故言周之质者，则云'不胜其文'。今辩礼乐而失其中也，诬野人夺君子。其不惭也，其文胜也。"[3] 无论朱、张的"损过以就中"，还是简氏有鉴于周弊文胜而坚持的"文质之中"，都切合孔子的一贯主张和整体思想。近人钱穆的注解则更为明确："先进之于礼乐，文质得宜，犹存淳素之风。较之后辈，转若朴野。君子多文，后进讲明礼乐愈细密，文胜质，然非孔子心中所谓文质彬彬之君子。"[4] 这些注释从一个方面有力支撑了笔者对上述孔子文质观的基本看法。

当然，还需指出，孔子所谓的文与质，在一定的语境之下含义有很大的变化。就以"礼"来说，当它指车服藻色、进退升降等节文度数时，它是"文"，是形式，因此孔子认为它就像"绘事后素"一样"后于"忠信等内在的思想；但当"礼"作为一种道德诉求和人格修养，它则可能成为质、成为内容了，故孔子要"立于礼"，深叹"礼云礼云，玉帛云乎哉？乐云乐云，钟鼓云乎哉"。再就是从本然（质）与修饰（文）这层含义来看，孔子及其儒家信徒大多强调后天的修养和修饰，而认为本然、原始状态是鄙陋、粗野不文的。综之以观，孔子的文质观，可说是一种带有尚文色彩的文质兼备论。

三、儒道文质观之对照

有趣的是，道家的文质观表面上与儒家有相似的地方，都强调质实、素朴，但于内在精神上两家却背道而驰。老子有一经典言论，曰"朴散则为器"（《老子》第二十八章）。浑朴未分、天真未凿的状态往往被老庄当作"道"的最重要的形象指称。正如王弼注云，真朴"散则百行出，殊类生，若器也"。也就是说人类历史是由混沌同一分化而为奇态百生、奇技百出，由原始的简单发展为越来越复杂的过程。儒家所倡导的仁义礼德等概念，就是这种越来越复杂的社会状态的反映，后来制作上越来越繁复、精致的文饰、技巧等也都在这一"朴散为器"的情势下应运而生。《庄子·缮性》云：

德又下衰，及唐虞始为天下，兴治化之流，枭淳散朴，离道以善，险德以

---

① 朱熹：《四书章句集注》，北京：中华书局1983年版，第123页。
② 张居正讲评：《论语别裁》，西安：陕西师范大学出版社2007年版，第158页。
③ 简朝亮：《论语集注补正述疏》，北京：北京图书馆出版社2007年版，第308页。
④ 钱穆：《论语新解》，北京：生活·读书·新知三联书店2002年版，第275页。

行，然后去性而从于心。心与心识，知而不足以定天下。然后附之以文，益之以博。文灭质，博溺心，然后民始惑乱，无以反其性情而复其初。

这里，"然后"的语序中明显包含了"历史"的观念，包含了对文明、文化状态的否定。在庄子看来，后世一切形式的"文"化，都是对原始美好人性的质朴、自然的离散。人类失去了原初的和谐、纯一，"然后附之以文"，达到了"文灭质""言隐于荣华"的本末倒置的地步。"反其性情而复其初"，则是回返到文化状态前的朴素、简单、与自然同体的原始自然状态。对于庄子的这一文质观，孔子肯定深表不满，而认为这是没有修饰、没有教养，而流于"野"了，"质胜文则野"即是此意。对于儒道文质观的这一不同，我们从《说苑·脩文》所载孔子与子桑伯子的相互评论中看得更清楚：

　　孔子曰：可也简？简者，易野也。易野者，无礼文也。
　　孔子见子桑伯子，子桑伯子不衣冠而处。弟子曰："夫子何为见此人乎？"曰："其质美而无文，吾欲说而文之。"孔子去，子桑伯子门人不说，曰："何为见孔子乎？"曰："其质美而文繁，吾欲说而去其文。"故曰：文质修者谓之君子，有质而无文，谓之易野。子桑伯子易野，欲同人道于牛马。

这段重要讨论是对《论语·雍也》所载话题的阐释和发展："子曰：'雍也可使南面。'仲弓问子桑伯子，子曰：'可也简。'弓曰：'居敬而行简，以临其民，不亦可乎！居简而行简，无乃大简乎！'子曰：'雍之言然。'"简，是后来中国美学的一个重要思想，组合成诸如"简放""简狂""简易""简淡""简省"等美学概念，与自然、平淡、朴素、疏野相通。孔子说子桑伯子"可也简"（意谓可以但失于简单、朴陋），表明儒家文质观对上述美学观的怀疑和不取。《庄子》一书《大宗师》篇有子桑户、《山木》篇有子桑雩，俞樾《庄子平议》认为二者乃同一人物："雩音户，则固与子桑户同矣。"此处流于"易野"、被儒家人物视为"欲同人道于牛马"的子桑伯子，可能就是《庄子》所载人物。他的行为简放无礼，属于庄子所谓的"得道之人"。孔子和他，互相指责对方，一方"质美而无文"，一方"质美而文繁"，颇能见出儒道文质观上的差异。孔子批评子路"野哉"（《论语·子路》），正是因为子路好勇质直，而缺少"文"的修饰和规范，流于粗野、鄙陋了。

　　与儒家的极力推崇周代礼乐文化不同，老庄认为礼乐文章有失性命之情，它是朴散素分、虚伪公行的根源。"信言不美，美言不信"（《老子》第八十一章），"天地有大美而不言"（《庄子·知北游》），真正的美是不需要文饰、言说的，它从自然质实的状态中诞生。针对儒家所崇尚的周代礼制因"文胜""文繁"而走向虚饰、文饰甚至矫情的现象，道家特别是庄子提出了尖锐而犀利的批判。《论语·乡党》那段描写孔子令门人敬羡不已的文雅举止，尽显夫子的优雅、修饰和适宜。而《庄子·田子方》则言："中国之君子，明乎礼仪而陋于知人心。"（"中国"在当时指北方中原）他们"进退一成规一成矩，从容一若龙一若虎"，言行举止依循一套刻板的礼仪程式运转，很容易导向"习惯性的伪善"（恩格斯语），导向虚矫和失真。这几乎就是对上述孔门极力称羡的优雅举止的讽刺和批判！日本学者青木正儿曾经指出，儒家是"文化主义"，而道家是"非文化主义"，并且这两大思潮深深影响了中国文学思想①。这表现在文质观上，就是儒家在"文质彬彬"的前提下崇文，而道家则是彻底地尚质。唐代老子注家陆希声亦略窥斯旨，他在《道德真经传序》中说："天下方大乱，……于是仲尼阐五代之文，以扶其衰；老氏据三皇之质，以救其乱。"② "文益其质，故人生而学，非学不入。"（《国语·晋语四》）崇文者重视学养、强调规范；而尚质者则"不尚贤，不使能"，否定后天的学养和规范，剥落文采，刊华求质，主张纯任天机，质朴自然。

非常重要的一点是，在儒家文论所主张的文附于质的所谓"内容决定形式"的抽象表述里，"质"已经不是自然固有的东西了。"君子义以为质。"（《论语·卫灵公》）尽管孔子有"绘事后素"的说法，把"绘事"这类"文"的行为视为比质素次要的东西，但接下来启发的却是"礼"这一外在表现形式"后于"忠信、仁义等内在的道德内容。也就是说，儒家文质观中所讲的内质，更多地导向一种理性化了、通过后天人文化育而成的社会道德内容。从这种意义上，"质"为"文"（取其人文化育之意）内化而成，这就与道家所崇尚的纯朴、自然有很大的不同。儒家的这一因内符外（"灼其中，必文于外""绷中彪外"）、文质合一的观点，在历史的发展中就更多地走向了"有德者必有言"、道德与文章合一的主张。后世论儒家文质者之所以很难跳出窠臼，在于对儒家所讲的"质"只是从抽象地去认识，好像文质观一旦由文化观而延伸到文学理论，与"文"相对的"质"则成了与外（外在形式）相对的内（内在性情）了，而忽视了儒家文质观的具体内容。而这一具体内容一旦与道家的文质观相比较，就很清楚地见出它的特点。尽管同是儒家的孟子、荀子对人性善恶的看法对立（一主"性善"，一主"性恶"），但却有一共同的思想基础：极力重视后天的道德修养和人文化育。孟子主张"尽心知性"（《孟子·尽心上》）、"收其放心"，以"养浩然之气"（《孟子·公孙丑》）来充实人的性情和内质；而荀子则认为："性者，本始材朴也；伪者，文理隆盛也。无性则伪之无所加，无伪则性不能自美。性伪合，然后圣人之名一，天下之功于是就也。"（《荀子·礼论》）尽管表面上性

---

① 青木正儿：《中国文学思想史·序论》，《古代文学理论研究》，丛刊·第 13 辑上海：上海古籍出版社，1988 年版。

② 陆希声：《道德真经传序》，见陈鼓应：《老子注译及评介》，北京：中华书局 1984 年版，第 395 页。

（天生）伪（人为）并重，实际上更强调"虑积焉、能习焉而后成"（《荀子·正名》）和"注错习俗之所积"（《荀子·荣辱》）的后天积养和努力，表现的是一种集文成质、积学养性的观点。反观道家，情况就大不一样了。庄子认为"朴素而天下莫能与之争美"（《庄子·天道》）、"天地有大美而不言"。在彻底的尚质主义者道家看来，儒家所主张的通过道德修养而成就的性情、内质，全都是"灭质"之"文"，都是骈拇枝指的丧真失性之举。儒家的文化行为，正如宋代《老子》注家范应元所云，必然使人"离质尚文"①。

四、"野""拙"等对儒家美学文质观的补充

从美学的角度来看，"文质彬彬"、文质合一当然是最理想的状况，但后来的历史发展，则是"文"与"质"各自发展而形成偏胜的局面。"文胜质则绣其鞶帨，而血流漂杵。质胜文则野于礼乐，而木讷不华。历代相因，莫能适中。"②崇尚周代礼制的儒家美学就有"文胜""文繁"而启"后世之虚饰"的情况发生。这样，在以后的中国美学中，就形成了以文、巧、丽、华、艳、美等为一方，以质、野、朴、拙、素、丑等为另一方的文质论范畴群。后世美学对"野""拙"等的追求，可以理解为对日益走向"文胜""文繁"的儒家美学文质观的一个重要补充。

从周代文质观中引发出来的"野"，成为后世文学批评中一个常见概念，而且其中颇能见出儒、道文质观的差异。班彪评司马迁《史记》"质而不野"（《后汉书·班彪列传》），钟嵘评左思"野于陆机"（《诗品·晋记室左思》），萧统亦有"丽而不浮，典而不野"（《答湘东王求文集及诗苑英华书》）的理想标准，其他如刘孝绰之言"深乎文者，兼而善之，能使典而不野，远而不放，丽而不淫，约而不俭，独擅众美，斯文在斯"（《昭明太子集序》）。独孤及之称"直而不野，丽而不艳"（《唐故殿中侍御史赠考功郎中萧府君文章集序录》），这些"野"皆源于孔子"质胜文则野"，意指文辞粗率，不注意雕饰，是一个贬义词。而刘熙载所说："野者，诗之美也。故表圣《诗品》中有《疏野》一品。"③ 这一"诗之美"之"野"主要指不拘礼法、任性而行的人格的自然表现，以及任其丑朴、不加雕饰的简易、自然的美学风格。《二十四诗品·疏野》云：

---

　　① 范应元：《老子道德经古本集注》，见萧兵、叶舒宪：《老子的文化解读》，武汉：湖北人民出版社1994年版，第124页。

　　② 颜真卿：《唐尚书刑部侍郎赠尚书右仆射孙逖文集序》，《唐文粹》卷九二，《文津阁四库全书》（集部），第449册，北京：商务印书馆2005年影印本，第374页。

　　③ 刘熙载：《艺概》，上海：上海古籍出版社1978年版，第53页。

惟性所宅，真取弗羁。控物自富，与率为期。筑室松下，脱帽看诗。但知旦暮，不辨何时。倘然适意，岂必有为？若其天放，如是得之。

孙联奎《诗品臆说》谓通篇"无非'率真'二字"，他解释说："篇中'性'字、'真'字、'若'字，无非是'真率'二字。率真者，不雕不琢，专写性灵者也。"又说："有真性故有真情，有真情故有真诗。"这种真率，是一种脱尽俗尘的性情美，一种剥落文采的自然平淡美。从文化人类学批评的角度来说，这种率真又是文明人对文明价值、规范的不满和偏离，它明显受到道家复古思想的影响。至于明清时期那些民歌理论所道的"野"，乃是指其作者无闻无识、其风格质朴自然，重在没有受到文明风习的浸染。这一"无文化"的特点，与道家复归元古的思想也是一致的。这里对"野"的不同态度，足以见出儒之崇文与道之尚质的不同。

宋人包恢曾说："圣贤矫周末文弊之过，故礼从野，智恶凿。野近于拙，凿穷于巧。礼智犹然，况诗文乎！"[1] "野近于拙"，在中国文学思想上，那种具有反文化色彩的尚"野"观，与"拙""朴""丑"等范畴相连相通。刘熙载云："文有古近之分。大抵古朴而近华，古拙而近巧，古信己心而近取世誉，不是作散体便可名古文也。"[2] 谈的是古近文学风格的不同，而这一不同又与庄子"文灭质，博溺心""无以反其性情而复其初"的历史演化（退化）相对应！陈师道说："宁拙毋巧，宁朴毋华。"这一律则，"诗文皆然"[3]。罗大经《鹤林玉露》云："作诗必以巧进，以拙成。故作字惟拙笔最难，作诗惟拙句最难。至于拙，则浑然天全，工巧不足言矣。……杜陵云，'用拙存吾道'，夫拙之所在，道之所存也，诗文独外是乎？"[4] 明代复古派诗学家谢榛《四溟诗话》卷四有一段话，甚是精彩：

一夕，读《道德经》"大巧若拙"。"巧""拙"二字，触其心思，遂成《自拙叹》云："出门何所营？萧条掩柴荆。中除不洒扫，积雨莓苔生。感时倚孤杖，屋角鸠正鸣。千拙养气根，一巧丧心萌。巢由亦偶尔，焉知身后名。不尽太古色，天末青山横。"《漫书野语》云："太古之气浑而厚，中古之风纯而朴。"夫因朴生文，因拙生巧，相因相生，以至今日。其大也无垠，其深也叵测，孰能

---

① 包恢：《书侯体仁存拙稿后》，蒋述卓、刘绍瑾等编：《宋代文艺理论集成》，北京：中国社会科学出版社 2009 年版第 1038 页。
② 刘熙载：《艺概》，上海：上海古籍出版社 1978 年版，第 53 页。
③ 陈师道：《后山诗话》，何文焕编：《历代诗话》，北京：中华书局 1981 年版，第 311 页。
④ 罗大经著，王瑞来点校：《鹤林玉露》丙编卷之三，北京：中华书局 1983 年版，第 288 - 289 页。

返朴复拙，以全其真，而老于一邱也邪？①

"拙""朴"都通于道家所称道的浑朴未分的远古文化精神，庄子就曾称其理想的"建德之国""其民愚而朴"（《庄子·山木》）。画家石涛《画语录·一画》曾敷陈老子"朴散则为器"言："太古无法，太朴不散，太朴一散而法立矣。"②"朴散""法立"几乎成了一个被打开了的潘多拉盒子，以后文繁礼昌、奇技百出、竞新弄巧的历史，就使得追求"巧""华"的审美风尚成为滔滔不返之势。这样看来，古代美学有关文质方面的讨论和辨析，又和中国古代极为浓厚的复古主义思想有着深刻的精神关联。

【原载于《文艺研究》2010 年第 6 期】

---

① 谢榛：《四溟诗话》卷四，丁福保辑：《历代诗话续编》，北京：中华书局 1983 年版，第 1229 页。

② 道济著，俞剑华标点注释：《石涛画语录》，北京：人民美术出版社 1959 年版，第 1 页。

器物之喻与中国文学批评

——以《文心雕龙》为中心

闫月珍

关于中国文学批评的象喻传统，目前学术界的探索主要有三端：一是以自然物喻文；二是以人喻文，钱锺书曾对中国文学批评之"人化传统"有过开创性的论述，吴承学进而将之命名为"生命之喻"；① 三是以锦喻文，古风将之命名为"锦绣之喻"。② 事实上，除此之外，以器物及其制作经验喻文也是中国文学批评非常普遍的现象。本文将以《文心雕龙》为入口，探讨中国文学批评中的器物之喻，探讨中国文学批评与器物及其制作经验的直接关联，以期为中国文学批评方式的形成找到更为深层的原因。

一、中国文学批评中的"工匠"

匠，木工，亦泛指工匠。《说文解字》言："匠，木工也。从匚，从斤。斤，所以作器也。"段玉裁注曰："工者，巧饰也。百工皆称工称匠，独举木工者，其字从斤也。以木工之称，引申为凡工之称也。"上古典籍中有着关于工匠的丰富记叙。《庄子》中梓庆削木为鐻、轮扁凿轮、工倕旋矩、画工解衣般礴、匠人锤钩、北宫奢铸钟等故事展示了技艺出神入化的境界。孔子说："工欲善其事，必先利其器。居是邦也，事其大夫之贤者，友其士之仁者。"（《论语·卫灵公》）这里以工匠为喻，说明治国需要贤良仁义之士作为施行仁政的工具。孟子说："离娄之明、公输子之巧，不以规矩，不能成方圆；师旷之聪，不以六律，不能正五音；尧舜之道，不以仁政，不能平治天下。"（《孟子·离娄上》）也以工匠

---

① 钱锺书：《中国固有的文学批评的一个特点》，《文学杂志》1937 年第 1 卷第 4 期。20 世纪 30 年代，钱锺书就曾关注过中国文学批评"把文章通盘的人化或生命化"现象。吴承学称人化批评为"生命之喻"，即用人体及其生命运动比喻文艺作品，以说明作品是一个有生命力的整体（吴承学：《生命之喻——论中国古代关于文学艺术人化的批评》，《文学评论》1994 年第 1 期）。

② 古风所谓"以锦喻文"，即指以锦绣之美比喻文学之美。以"锦绣"作为审美参照物来批评文学，是一种经典的具有中国特色的文学审美批评。（古风：《"以锦喻文"现象与中国文学审美批评》，《中国社会科学》2009 年第 1 期）"以锦喻文"实际上是将织物制作经验运用到文学领域，在这个意义上说，以丝织锦绣喻文也是一种"器物之喻"。

为喻，说明施行仁政对治理国家的必要性。古代以工匠为喻说明治国思想、伦理思想和艺术观念是一个突出的现象，这说明器物制作经验是一个具有很强涵盖力的语言系统。在这一历史语境中，以工匠为喻说明文学规律，也是非常普遍的现象。

由工匠引申出了中国文学批评具有审美意义的术语。一是以"匠"喻作者。"匠"不仅精专一艺，更兼造化之奇，如李白《登金陵冶城西北谢安墩》诗云："哲匠感颓运，云鹏忽飞翻。"其中"哲匠"即指艺术家。二是以"匠心"喻文学艺术中创造性的构思。唐代王士源《〈孟浩然集〉序》言："文不按古，匠心独妙。"匠以专攻术业为前提，文学艺术创作也以精巧的构思取胜，这正是以匠喻文学艺术创作的原因之一。而缺乏艺术特色则谓之"匠气"，如王夫之《姜斋诗话》卷下："征故实，写色泽，广比譬，虽极镂绘之工，皆匠气也。"三是以"匠"喻文学艺术的锤炼。如《二十四诗品·洗炼》"如矿出金，如铅出银，超心炼冶，绝爱淄磷"，以冶工喻诗歌写作之去芜存精；唐代孙过庭《书谱》"必能傍通点画之情，博究始终之理，镕铸虫篆，陶钧草隶"，以冶工喻学习书法经博采众长而后独成一家的过程，"匠心"来自锤炼和融会的功夫。

以《文心雕龙》为例，其中出现了"规矩"2处、镕括3处、"定墨"1处、矫揉1处、"雕琢"3处、"刻镂"1处、"镕铸"1处、"镕钧"1处、"陶钧"1处、"陶铸"1处、"陶染"1处、"杼轴"1处、"斧藻"1处。[①]以器物及其制作经验论文，以刻工、乐工、染工、木工、织工、轮工、漆工和镕工等工匠为喻，是《文心雕龙》通篇行文的鲜明特点。这一方面秉承了古代典籍关于技艺的语汇，另一方面启发了后世关于文学技艺论的思考。以器物及其制作经验为喻，《文心雕龙》将创作纳入了一个广阔的言说空间，这一言说空间为其论文提供了参照性的话语。

以"雕龙"喻写作，刘勰继承了古已有之的"雕"和"龙"的观念，自认为写作《文心雕龙》是一件神圣的事业。《序志》篇首即说："夫文心者，言为文之用心也。昔涓子琴心，王孙巧心，心哉美矣，故用之焉。古来文章，以雕缛成体，岂取驺奭之群言雕龙也。"[②] 刘勰特别指明《文心雕龙》是一部"言为文之用心"的书，他认为文章的形成是"雕缛成体"的结果，承认"雕"是文章成体的重要环节和手段。"雕"指在竹、木、玉、石、金等器物上刻镂花纹和图案，此处喻为修饰文辞。以"雕"喻写作，扬雄早有论述。《法言·吾子》说："或问：'吾子少而好赋？'曰：'然。童子雕虫篆刻。'俄而曰：'壮夫不为也。'"扬雄把赋当作雕刻虫书和篆书的工艺小技，认为这与儒家修身、齐家、

① 陈书良：《〈文心雕龙〉释名》，长沙：湖南人民出版社 2007 年版，第 108－111 页。

② 范文澜注：《文心雕龙注》，北京：人民文学出版社 2006 年版，第 725 页。下引《文心雕龙》均出自此书。

治国、平天下之追求不可相提并论。显然，刘勰的用意与扬雄不同，他非常重视"雕"成器、成文的意义。《礼记·学记》言："玉不琢，不成器；人不学，不知道。"可见，儒家强调后天教化对人的改变。刘勰正是循此意命名其书，以"雕"喻写作的人文意义。龙在古代语境中为神圣之物，《周易·乾》曰："云从龙""飞龙在天"。《庄子·逍遥游》言："藐姑射之山，有神人居焉……乘云气，御飞龙，而游乎四海之外。"《楚辞·九歌》言："驾飞龙兮北征，邅吾道兮洞庭。""龙"之宛转飞动不同于凡物，刘勰以"龙"喻"文"，为"文"赋予沟通天人的意义，这与他"道沿圣以垂文，圣因文以明道"的看法一致。在上述互文性文本中，《文心雕龙》以"雕"喻作文成篇，以"龙"之飞腾喻文章之沟通天人，把文章的地位提升到了树德建言的高度。

如果把作文喻为作物，那么二者共同的经验是什么？刘勰所关注的第一个问题是材与巧的关系。《征圣》中说："然则志足而言文，情信而辞巧，乃含章之玉牒，秉文之金科矣。"《说文解字》有言："巧，技也"；"技，巧也，从手，支声。"刘勰将"巧"严格限定在"志足""情信"的基础之上，反对空洞地追求文辞技巧，这与器物制作求"材美工巧"的经验相吻合。《尚书·泰誓下》有"作奇技淫巧以悦妇人"的说法，刘勰发展了这一观点，《体性》曰："雅丽黼黻，淫巧朱紫。"巧丽过分，便会造成淫靡纤巧的后果。《征圣》曰："然则圣文之雅丽，固衔华而佩实者也。"可见，刘勰是以雅正来驾驭和统率技巧的。对"巧"的警惕来自对器物功用的重视，刘勰以木工为喻说明这一问题，《程器》曰："《周书》论士，方之梓材，盖贵器用而兼文采也。是以朴斫成而丹雘施，垣墉立而雕杇附。"[①]《周书》议论士人，用木工选材、制器、染色来作喻，既重实用，又重文采。为文之道，亦如梓人治材，应兼顾实用与文采。木料成器而后涂漆，墙壁砌成而后粉饰。无论是工匠之技，还是文章之法，都与儒家注重事物功用相关。一旦技巧太过，与器物的功用不符，再高超的技巧都成不了"美巧"，反而堕入了"淫巧"的地步。

刘勰所关注的第二个问题是写作之"文"与"笔"的关系。在他看来，"文"与"笔"的关系正如雕刻之"纹"与"刀"的关系。一方面，《文心雕龙》以器物之"纹"比文章之"文"。《原道》言："夫以无识之物，郁然有彩；有心之器，其无文欤！"《情采》言："若乃综述性灵，敷写器象，镂心鸟迹之中，织辞鱼网之上，其为彪炳，缛采名矣。"性情之灵由抒写而成，器物之象由刻镂而成，这与仓颉造字、蔡伦造纸，用以写作文辞一样，它们都因"人为"而文采焕发，这正是"人文"的意义。另一方面，《文心雕龙》还以雕刻之

---

① 与此相对，《道德经》有"朴散为器"之说，意为木料被制作为器物。在"朴散为器"过程中，产生了"规（圆规）、矩（方尺）、准（测量水平的准器）、绳（测量垂直的墨线）"，道家反对这些人为巧构。《庄子·胠箧》也言："毁绝钩绳而弃规矩，攦工倕之指，而天下始人含其巧矣。"

"刀"比喻写作之笔。《养气》言："逍遥以针劳，谈笑以药倦，常弄闲于才锋，贾馀于文勇，使刃发如新，凑理无滞，虽非胎息之万术，斯亦卫气之一方也。"养气则笔如利刃，所谓"刃发如新"。《文镜秘府论·论体》言："心或蔽通，思时钝利，来不可遏，去不可留。"也是以刀之钝利喻构思之钝利。陆机《文赋》言："至于操斧伐柯，虽取则不远；若夫随手之变，良难以辞逮。"此处以伐木者操斧喻写作者遣言。以"刀"这一工匠最为常见的工具喻作文之笔，即是将作者比喻为工匠，《文赋》言："体有万殊，物无一量。纷纭挥霍，形难为状。辞程才以效伎，意司契而为匠。"① "司契"即掌管法规，方廷珪解释这一句说："文之修词，如工之程才，才可用者存之。文之立意，如匠之书契，理不谬者主之。"② 陆机以工匠为喻，从选材和立意两方面对文章写作进行了描述。

具体而言，《文心雕龙》以各类工匠的制作活动为喻说明创作规律，包括文质关系、文章构思、材料组织和篇章布局等内部问题，以及文学与时代、文学与社会之关系等外部问题。

如作者以刻工刻纹和乐工作乐为喻，说明语言修辞的重要。一是求文采之精。《文心雕龙》言为文之用心，精细有如工匠雕刻龙纹，并以材质饰以花纹喻言辞饰以文采。文章描述事物穷形尽相之妙，则如《物色》所谓"巧言切状，如印之印泥，不加雕削，而曲写毫芥"。二是求声律之谐。《神思》曰："刻镂声律，萌芽比兴。"刘勰还用乐工奏乐来喻文章写作，以说明音韵和谐对文章的重要性，《声律》曰："若夫宫商大和，譬诸吹籥；翻回取均，颇似调瑟。瑟资移柱，故有时而乖贰；籥含定管，故无往而不一。"文章音韵贴切，其体才会圆转自如。《文心雕龙》还以乐工为喻，说明勤学苦练对写作的重要性，《知音》曰："凡操千曲而后晓声，观千剑而后识器。故圆照之象，务先博观。"先要博采众长，然后才能精于术业，这正是由博至专的途径。

以漆工涂漆和染工染色为喻，说明文采之必要及其与质地的辩证关系。《情采》言："夫水性虚而沦漪结，木体实而花萼振，文附质也。虎豹无文，则鞟同犬羊；犀兕有皮，而色资丹漆，质待文也。"文依附于质，质依赖于文，这在天然之物和人工之物方面均有体现。《情采》又言："夫能设模以位理，拟地以置心，心定而后结音，理正而后摛藻，使文不灭质，博不溺心，正采耀乎朱蓝，间

---

① 以刀喻笔，在中国文学批评中并不鲜见。如《筱园诗话》卷1言："诗家之用笔，须如疱丁之用刀，官止神行，以无厚入有间，循其天然之节，于骨肉理凑肯綮处，锐入横出，则批却导窾，游刃恢恢有余，无不迎锋而解矣。人所难言，累百言而不能了者，我须一刀见血，直刺题心，以数精湛语了之，则人难我易，倍觉生色。人所易言，娓娓而道之处，彼不经意，而平铺直叙，我转难言之，惨淡经营，加以凝炼，平者侧行逆出使之奇，直者波折回环使之曲，单者夹写进层使之厚，浅者剥进翻入使之深，则人易我难，无一败笔，自臻精妙完美之诣。"（郭绍虞编选：《清诗话续编》，上海：上海古籍出版社1983年版，第4册，第2339页）

② 方廷珪：《昭明文选集成》第20卷，清乾隆三十二年（1767），培英堂藏版。

色屏于红紫，乃可谓雕琢其章，彬彬君子矣。"以质地为根本，以文采为外饰，质地的品相得以提升，文采的修饰有所依附，相得益彰，这是刘勰通过分析自然和人文两个世界的现象对文质关系进行的归纳。

以陶工制陶和木工定墨为喻，论构思之心理状态和写作之行文过程。《神思》言："是以陶钧文思，贵在虚静，疏瀹五藏，澡雪精神，积学以储宝，酌理以富才，研阅以穷照，驯致以怿辞，然后使玄解之宰，寻声律而定墨；独照之匠，窥意象而运斤：此盖驭文之首术，谋篇之大端。"文思之静如制作陶器时转轮一样，须虚静清洁，陶器之体才得以成立；声律之锤炼则如木匠根据绳墨的界限，砍去多余的木料，剩下理想的形象。工匠根据设计意图，在选好的材料上，经过砍凿去掉多余的部分而形成作品，这一做"减法"的过程，与言辞之提炼过程是一致的。

以纺工织布为喻，论文章之经营组织。杼、轴，指织布机上的两个部件，即用来持纬线的梭子和用来承经线的筘。《神思》言："视布于麻，虽云未费，杼轴献功，焕然乃珍。"陆机《文赋》也曰："虽杼轴于予怀，怵佗人之我先。"李善注为："杼轴，以织喻也。"杼轴被用来比喻诗文的组织和构思。王元化一反以往诸家如黄侃将"杼轴献功"解释为"文贵修饰"之说，而认为"杼轴"具有经营组织的意思，他说："'布'并不贵于'麻'，但经过纺织加工以后，就变成'焕然乃珍'的成品了。"① 这一解释更为清晰和准确。

又以木工筑室和裁缝做衣为喻，论文章各部分作为有机整体之连贯。《附会》曰："何谓附会？谓总文理，统首尾，定与夺，合涯际，弥纶一篇，使杂而不越者也。若筑室之须基构，裁衣之待缝缉矣。"文章写作与木工筑室和裁缝做衣一样，需处理好部分与部分之间的关系，以实现整体平衡。刘勰还以裁缝为喻论文字连缀的作用，《章句》曰："巧者回运，弥缝文体，将令数句之外，得一字之助矣。外字难谬，况章句欤？"刘勰从整体着眼，通盘考虑文章的写作过程。大到篇章，小到字句，其连贯与呼应直接关系着文章体制的形成。他还以木匠制轴之术比喻统领文章之术，《总术》曰："所以列在一篇，备总情变，譬三十之辐，共成一毂，虽未足观，亦鄙夫之见也。"轮毂集中了轮辐，体积虽小却是车轮的核心，这正如《总术》一篇是创作论的指导。《事类》言："故事得其要，虽小成绩，譬寸辖制轮，尺枢运关也。"事类得体，则如车轴管制车轮，门枢转动大门。以轮和枢为喻，刘勰旨在说明文章体制应圆通流转。文章的篇章字句互为关联，其中任何一部分都要服从于通篇的意旨，这样才能使文章成为一个有机的整体。

作者还以染工染丝为喻，阐明外界环境对作家和作品的影响。染，原意用染

---

① 王元化：《文心雕龙讲疏》，上海：上海古籍出版社 1984 年版，第 133 页。

料着色，引申为熏染、影响。《周礼·天官》说："染人，掌染丝帛。""染"是礼乐制度的体现，地位的等级决定了衣着的色彩。《礼记·玉藻》说："士不衣织。"汉代郑玄注："织，染丝织之，士衣染缯也。"染的作用是使材质变得有色彩，以产生异于原质的文饰效果。《文心雕龙》以染工为喻，一是说明后天熏陶、染化对人的塑形作用，如《体性》曰："夫才有天资，学慎始习，斫梓染丝，功在初化，器成采定，难可翻移。"童子学习之始应慎重，这正像木工制轮、染工染丝，一旦器物成形而采饰确定，则无法再变更。二是说明文学与社会变迁的关系。《时序》曰："故知文变染乎世情，兴废系乎时序。"文学与时代风气、时代变迁这些外部因素有关联。此外，"染"还被用以说明语言修辞之功效，《隐秀》曰："润色取美，譬缯帛之染朱绿。"语言修辞犹如织物染色，它们都需通过彰显质地的美感才可能通达文质彬彬的审美理想。

　　文明是从制造器物开始的。燧人氏、有巢氏、神农氏，因其造物之伟大而成为中华文明的始祖。《礼记·礼运》言："昔者先王未有宫室，冬则居营窟，夏则居橧巢。未有火化，食草木之实、鸟兽之肉，饮其血，茹其毛。未有麻丝，衣其羽皮。后圣有作，然后修火之利，范金，合土，以为台榭、宫室、牖户，以炮，以燔，以亨，以炙，以为醴酪。治其麻丝以为布帛，以养生送死，以事鬼神上帝：皆从其朔。"正是纺织麻丝、冶炼金属、建造房屋等器物的制作，将人从茹毛饮血的自然状态引领到不同以往的文明境地。《考工记》载："百工之事，皆圣人之作也。"①制陶、镕铸、纺织、雕刻、建筑和缝纫等，是最早的器物制作活动，它们奠定了中华文明的基石。

　　与上述器物制作一样，文章写作也是人文的重要组成部分。器物制作与文章写作的共同之处在于，它们都是与自然现象相对的人文活动，文学与器物的这一同类关系、文字表达与器物制作的相通之处，使得器物及其制作经验成为文学参照的对象。

　　概而言之，《文心雕龙》的器物之喻主要包括三个方面：一是相关工匠，如雕工、镕工、裁缝、木工、陶匠、轮匠、梓人、轮人、函人和矢人等；② 二是相关制作方式，如雕、镂、陶、染、矫、揉、裁、镕和铸等；三是相关器物，包括作为参照准则的器物和作为成品的器物。作为参照准则的器物如规矩、绳墨、辐毂、檃括、模范、型和钧等；作为成品的器物如锦绣、陶器、兵器和青铜器等。四是器物的形态，如隐秀、繁缛、雅丽和圆通等。文章的写作与器物的制造在营

---

①　闻人军：《考工记译注》，上海：上海古籍出版社2008年版，第1页。下引《考工记》均出自此书。

②　雕工，刻治骨角的工匠；镕工，冶金的人。梓人，《考工记》载木工有七，其一为梓人，掌造饮器、食器、射侯、乐器等器物；陶匠，制造陶器的人；轮人，制造车轮的人；函人，制甲的人；矢人，造箭的人。关于古代的工匠分类，《考工记》列有30种；《礼记·曲礼下》则言："天子之六工，曰土工、金工、石工、木工、兽工、草工，典制六材。"

构、成形和对法度的遵守上有相通之处，如《正纬》之"盖纬之成经，其犹织综，丝麻不杂，布帛乃成"，用纺织成布表达组织成文。又如《论说》之"是以论如析薪，贵能破理。斤利者，越理而横断；辞辨者，反义而取通"，用斧头伐木之利比喻论说破理之辨。总之，刘勰的《文心雕龙》以工匠制作器具比喻作者写作文章，打破了器物制作与文学写作之间的壁垒，将两者在共同的经验层面上统一起来。

二、器物制作与法度、典范观念

中国古代的器物制作在漫长的历史发展中积累了丰富的经验。新石器时代出现了原始陶器，这一发明利用了黏土柔软而可塑性强的特性；商周时期则处于青铜器时代，青铜器的制作分制模、制范和浇注三个步骤，浇注完整的器形即铸。青铜器主要作为礼器，其作用在于明贵贱、辨等列、纪功烈、昭明德，体现了强烈的伦理意识和严格的等级观念。除了青铜器，当时车的制造也取得了杰出成就，且分工细致，如"轮人"专门制造车轮，"舆人"专门制造车厢，"辀人"专门制造车杠。汉代漆器十分发达，成为日常实用器物。器物制作是材料被构形的过程，材料是器物的物质基础，构形则是材料的具象化。从陶器发展到青铜器和漆器，材料和工艺从简单到复杂，体现出器物的制作与材料的发现是同步发展的。

百工制作器物，必须遵循一定的法度和准则。《考工记》专门记载了这些法度和准则，阐明了以"礼"为核心的器物制作规范，其所说百工涵盖车辆、铜器、兵器、礼乐饮射、建筑水利、陶器六个系统。《文心雕龙》的器物之喻即来源于此类器物制作经验。《考工记》曰："天有时，地有气，材有美，工有巧，合此四者，然后可以为良。"材料的取舍是制作的首要考量对象。《文心雕龙·事类》也曰："夫山木为良匠所度，经书为文士所择，木美而定于斧斤，事美而制于刀笔，研思之士，无惭匠石矣。"可见，《文心雕龙》接受了《考工记》"材美工巧"的思想，《书记》则明确以工匠制作器物比喻写作："制者，裁也。上行于下，如匠之制器也。"认为文章之写作与器物之制造一样，都要经历材质的构形这一过程。①

以器物经验为喻，许多作为参照准则的器物，在中国文学批评中被用来比喻文章写作所应遵守的法度。

如规、矩，分别是校正圆形、方形的两种工具；绳、墨，木匠以细线濡墨打

---

① 刘若愚曾概括出中国文学理论之"技巧理论"，他说"根据文学的技巧概念，文学是一种技艺，正像他种技艺，例如木工，唯一不同的是，它是以语言，而不是以物质为材料。"（参见刘若愚著，杜国清译：《中国文学理论》，南京：江苏教育出版社2006年版，第133页）

直线的工具，也是用来指正曲直的。规矩、绳墨往往被喻为法度、准则。"工"在甲骨文中是"矩"的象形，矩是木工必备的工具，"工"后来成为工匠的通称。《礼记·经解》言："故衡诚悬，不可欺以轻重；绳墨诚陈，不可欺以曲直；规矩诚设，不可欺以方圆。"衡石、绳墨和规矩是准确掌握事物重量、曲直和方圆的必要工具。《征圣》言："文成规矩，思合符契。"《神思》言："规矩虚位，刻镂无形。"刘勰认为无论是有形之文还是无形之体，均需用规矩对其加以限制和约束。《镕裁》篇曰："规范本体谓之镕，剪截浮词谓之裁。裁则芜秽不生，镕则纲领昭畅，譬绳墨之审分，斧斤之斫削矣。"刘勰将镕匠、裁缝与木工的功夫相比，认为它们对文章体制的限定和语言的精炼起着决定性的作用。这些参照物不仅是制物和作文之依据，而且还被喻为修身之准则，如《孟子·告子上》所言"羿之教人射，必志于彀；学者亦必志于彀。大匠诲人必以规矩，学者亦必以规矩"，即指明对法度和准则的遵守是成器和成事的关键。

辐，联结车辋和车毂的直条；毂，车轮的中心部位，边与车辐相接，中用以插轴。车轮由轴承、辐条、内缘、轮圈，即毂、辐、辅、辋四部分组成，其中，辐与毂体现了多与一相辅相成的关系，如《考工记》言："毂也者，以为利转也。辐也者，以为直指也。"《文心雕龙·事类》言："众美辐辏，表里发挥。"辐辏，指车轮的辐条内端聚集于毂上，这里比喻学习应博采众长，以使才能和学问得以有效发挥。《体性》言："故童子雕琢，必先雅制，沿根讨叶，思转自圆，八体虽殊，会通合数，得其环中，则辐辏相成。"童子学习写作，须全面学习八种风格，融会贯通，使之相辅相成。刘勰以辐毂喻文章写作中多与一的关系，认为以雅正为范，则找到了文章体制的根本。

檃括，矫正竹木弯曲或使之成形的器具，揉曲叫檃，正方称括。矫揉，使曲的变直为矫，使直的变曲为揉。檃括、矫揉引申为情理和文辞上的矫正、整理。《通变》言："斯斟酌乎质文之间，而括乎雅俗之际，可与言通变矣。"《镕裁》说："蹊要所司，职在镕裁，檃括情理，矫揉文采也。"檃括、矫揉，是材料成形、成器的前期功夫，这里喻将文章的情理和文辞进行限定，最终形成体制和文辞两方面都典雅纯正的作品。

钧，制陶器所用的转轮。陶人作瓦器，需法其下圆转者。以陶工作器为喻，刘勰将情和采限定在"宗经"的范围内，若偏离了这一范围，则会流于形式而缺乏雅正的风格。刘勰强调"六经"是一切文章的典范，《原道》言："至夫子继圣，独秀前哲，镕钧六经，必金声而玉振。"《征圣》言："夫作者曰圣，述者曰明。陶铸性情，功在上哲。夫子文章，可得而闻，则圣人之情，见乎文辞矣。"钟嵘《诗品》言："咏怀之作，可以陶性灵，发幽思。言在耳目之内，情寄八荒之表。"《神思》有"陶钧文思"之说，也以制作陶器喻修养文思。制作陶器需以"钧"作参照，而修养情思则需以六经作参照，将纷乱的思绪引向静而纯的境地。

上述规、矩，绳、墨，辐、毂，隳、括和钧，是以材制器最为基本的参照物。写作文章需遵循必要的法度，这正如工匠制作器物需必要的参照物。从材料的选择到形构的完成，参照物起到了决定性的作用。

明代鲁观熰将这类工具和参照物归纳为一体，以说明法度对诗歌创作的重要性：

铸有型，陶有钧，梓匠之于绳墨，绘事之于粉本，机锦之于花样，皆式也。良工神艺，舍之无以成其能，故曰有物有则。①

将型、钧、绳墨、粉本、花样这些参照物并列而论，是对它们所体现的法度意义的认可。中国古代特别是元代以来有大量的诗法著作，将诗看成可以制作的对象，这正源于对有迹可循的法式的追求和遵守。

因此，由器物制作的参照物引申出中国文学批评的法度概念。《管子·七法》言："尺寸也、绳墨也、规矩也、衡石也、斗斛也、角量也，谓之法。"法指效法、遵守。《墨子·法仪》言："天下从事者，不可以无法仪，无法仪而其事能成者无有也。虽至士之为将相者，皆有法；虽至百工从事者，亦皆有法。百工为方以矩，为圆以规，直以绳，正以悬，无巧工不巧工，皆以此五者为法。……故百工从事，皆有法所度。今大者治天下，其次治大国，而无法所度，此不若百工辩也。"《淮南子·时则训》将权、衡、准、绳、规、矩统称为"六度"，即六种法度。上述参照物不仅指手工意义上的实物，也隐喻社会制度和文学体制方面的法度。在使用各种材料制作器物的过程中，产生了许多朴素的经验和法则，这些经验和法则是器物制作所必须遵从和依赖的。在这个层面上，一切器物制作过程，无论运用何种材料或方式，都与由言成文的法度和规则有相通之处。

由器物制作的参照物引申而来的法度概念，在诗、文、戏曲和小说理论中均有体现。

如元代《诗法家数》有《作诗准绳》部分，分别从立意、炼字、琢对、写景、写意、书事、用事、押韵和下字九个方面就作诗的法则进行了说明。又如明代何景明主张学古由"领会神情"入手，他批评李梦阳未能"自创一堂室，开一户牖，成一家之言"②，对此，李梦阳反驳道："规矩者，方圆之自也，即欲舍之，乌乎舍？子试筑一堂，开一户，措规矩而能之乎？措规矩而能之，必并方圆

① 鲁观熰：《冰川诗式序》，梁桥：《冰川诗式》，万历间翻刻本，哈佛大学燕京图书馆藏胶片。
② 何景明：《与李空同论诗书》，郭绍虞主编：《中国历代文论选》，第3册，上海：上海古籍出版社1980年版，第38页。

而遗之可矣，何有于法？何有于规矩？"① 李梦阳以工匠倕和班为喻，认为文法之不可废弃，如工匠之于规矩。在他看来，法则是天生的："文必有法式，然后中谐音度。如方圆之于规矩，古人用之，非自作之，实天生之也。"② 李梦阳提倡学古，其理论主张正取自器物之喻。

清代李渔则以缝纫和建筑为喻，说明戏曲创作规律。他论戏曲结构的"密针线"一节以缝纫为喻，说："编戏有如缝衣，其初则以完全者剪碎，其后又以剪碎者凑成。剪碎易，凑成难。凑成之工，全在针线紧密，一节偶疏，全篇之破绽出矣。每编一折，必须前顾数折，后顾数折。"③ 李渔论戏曲之主题，以建筑为喻说明主题明确即所谓"立主脑"，而主题不明确，"则为断线之珠，无梁之屋"。④ 建筑营构正如戏曲写作，他说："至于结构二字，则在引商刻羽之先，拈韵抽毫之始。如造物之赋形：当其精血初凝，胞胎未就，先为制定全形，使点血而具五官百骸之势。倘先无成局，而由顶及踵，逐段滋生，则人之一身当有无数断续之痕，而血气为之中阻矣。工师之建宅亦然：基址初平，间架未立，先筹何处建厅，何方开户，栋需何木，梁用何材，必俟成局了然，始可挥斤运斧。倘造成一架而后再筹一架，则便于前者，不便于后。"⑤ "间架"一词乃建筑术语，指房屋建筑的结构：梁与梁之间称为"间"，桁与桁之间称为"架"，李渔以之比喻戏曲创作要从整体营构上进行考虑，而不能只限于局部。

清代主张"肌理"说的翁方纲强调诗法，其《诗法论》云："文成而法立。法之立也，有立乎其先、立乎其中者，此法之正本探原也；有立乎其节目、立乎其肌理界缝者，此法之穷形尽变也。"⑥ 桐城派的代表人物刘大櫆也以工匠为喻倡文法："故义理、书卷、经济者，行文之实；若行文自另是一事。譬如大匠操斤，无土木材料，纵有成风尽垩手段，何处设施？然即土木材料，而不善设施者甚多，终不可为大匠。故文人者，大匠也；神气、音节者，匠人之能事也；义理、书卷经济者，匠人之材料也。"⑦ 格调派的张谦宜兼以建筑、音乐、纺织、

---

① 李梦阳：《驳何氏论文书》，郭绍虞主编：《中国历代文论选》，第 3 册，上海：上海古籍出版社 1980 年版，第 46 页。

② 李梦阳：《答周子书》，郭绍虞主编：《中国历代文论选》，第 3 册，上海：上海古籍出版社 1980 年版，第 52 页。

③ 李渔：《闲情偶寄·词曲部·续修四库全书》，上海：上海古籍出版社 2002 年版，第 500 页。

④ 李渔：《闲情偶寄·词曲部·续修四库全书》，上海：上海古籍出版社 2002 年版，第 499 页。

⑤ 李渔：《闲情偶寄·词曲部·续修四库全书》，上海：上海古籍出版社 2002 年版，第 496 页。此处，李渔又以人体为喻，说明戏曲结构的形成方式。人的体格与建筑的结构都是有系统的整体，以此说明文章体制，正是从"制作"层面而言的。自然造物与人工造物在这一层面是统一的。

⑥ 翁方纲：《诗法论》，郭绍虞主编：《中国历代文论选》，第 3 册，上海：上海古籍出版社 1980 年版，第 519 页。

⑦ 刘大櫆：《论文偶记》（选录），郭绍虞主编：《中国历代文论选》，第 3 册，上海：上海古籍出版社 1980 年版，第 434 页。

雕刻喻文章格局、音调、语句、文字，并说明它们都讲求对整体和局部的考究：

格如屋之有间架，欲其高竦端正；调如乐之有曲，欲其圆亮清粹，和平流丽。句欲炼如熟丝，方可上机；字欲琢如嵌宝器皿，其珠玉珊翠之属，恰与歁窍相当。机所以运字句，气所以贯格调。若神之一字，不离四者，亦不滞于四者。发于不自觉，成于经营布置外，但可养不可求，可会其妙，不可言其所以然。读诗而偶遇之，当时存胸中，咏哦以竟其趣，久久自悟已。①

张谦宜将多种器物制作经验引申到文学领域，认识到文章锤炼的完美功夫，是基于法度而达到所谓"发于不自觉，成于经营布置"的境地。

由器物制作的原料和工具又引申出中国文学批评的典范概念，法度中体现着典范，典范与法度是相辅相成的。

如模、范，是铸造器物的工具。模指的是用泥塑成的器物，在表面涂蜡之后，再雕刻精密的花纹；在模的基础上制作出的东西称为范，用这个范才能倒铸青铜器物，即模是用来制范的。镕，铸器的模具。模、范、镕引申为效法、取法。《定势》曰："镕范所拟，各有司匠。"詹锳义证："镕范，此处指学习对象。"② 铸，按甲骨文字形，上面是双手拿"鬲"，下面是"皿"。鬲、皿表示熔化金属的锅炉，铸指锤炼和雕琢金属，浇制成器。镕、铸引申为出乎规范而造就成物。"镕"又作"熔"，张立斋解释《镕裁》篇曰："镕主化，化所以炼意；裁主删，删所以修文。表里相应，内外相成，而后章显文达。"③ 镕而正，裁而适，它们起到了规范体制和删剪浮辞的作用。

型，浇铸器物用的模子。《荀子·强国》曰："刑范正，金锡美，工冶巧，火齐得，剖刑而莫邪已。"杨倞注曰："刑与形同；范，法也。刑范，铸剑规模之器也。"《说文解字》释"型"曰："铸器之法也，从土刑声。"铸造器物，一需材料经得起锤炼；二需"模""范"周正。这一观念引申到文学领域，一是求取材上效法经典，二是求风格上崇尚典雅。"模范""规模"均有这两层含意，如宋代李如篪《东园丛说·韩愈诗文》曰："愚观愈之书，其文章纯粹典雅，司马迁、扬雄殆无以过，其行己亦中正，可为后人模范。"又如宋代吴曾《能改斋漫录·议论》曰："然不易其意而造其语，谓之换骨法；规模其意形容之，谓之夺胎法。"文章写作与器物制作一样，都须有法可依、有式可循，从而达到正与奇的辩证统一。

---

① 张谦宜：《斋诗谈》卷3，郭绍虞编选：《清诗话续编》，第2册，上海：上海古籍出版社1983年版，第810－811页。

② 詹锳：《文心雕龙义证》，上海：上海古籍出版社1989年版，第1119页。

③ 张立斋：《文心雕龙注订》，北京：国家图书馆出版社2010年版，第284页。

《文心雕龙》以镕铸为喻，说明"经"对文学的规范性意义。镕铸即化金以铸器，其中如何选择合适可塑的金属是关键，这样才能确保模子中的物质在冷却后能够成器。论及经书的规范性作用时，《宗经》说："若禀经以制式，酌雅以富言，是仰山而铸铜，煮海而为盐也。""经"是文章体式的依据，《尔雅》是文章文辞的宝藏，"禀经制式"即依据六经与《尔雅》达到典范与法则的统一。刘勰虽强调"经"之典范意义，但也强调形式独创之重要，《辨骚》曰："虽取镕经意，亦自铸伟辞"，《宗经》曰："性灵镕匠，文章奥府"，锻炼性情也像冶工冶炼金属一样去芜存精，最后有所成器。刘勰并未将性灵铺张开来，而是将其限制在取法经典的前提之下，这正是《宗经》的意旨。

在刘勰看来，学习经典与创新并不矛盾，它反而会提升文章的生命力。《原道》言："镕钧六经，必金声而玉振"，"镕钧"以镕铸金属和制作陶器为喻，"镕钧"六经即取材和取法于六经，从而陶铸成文。《风骨》言："若夫镕铸经典之范，翔集子史之术，洞晓情变，曲昭文体，然后能孚甲新意，雕画奇辞。"通过工具"模""范"和手段"镕""铸"，一是将"经"作为取材和效法的对象，二是将"经"置于典范和雅正的地位。将文章作为对经典的模仿，赋予了"经"以正典的地位。针对齐梁过分追求文字雕饰和韵律齐整的形式主义文风，刘勰提出了以经典为范和以自然为道的观点。所谓"宗经"，正是为了明确六经的典范地位。

以"经"为正统，中国文学批评追求法度与典范的统一。《体性》言："典雅者，镕式经诰，方轨儒门者也。"《定势》曰："模经为式者，自入典雅之懿。"取法于经典，自有儒家典雅之美。可见，刘勰期望以六经作为效法的典范，以实现雅正的美学范式。《明诗》曰："观其结体散文，直而不野，婉转附物，怊怅切情，实五言之冠冕也。"詹锳认为："刘勰所谓'直而不野'是说《古诗十九首》虽然纯任自然，还是有一定的文采，并没有到'质胜文则野'的程度。"[1]萧统《答湘东王求文集及诗苑英华书》曰："夫文典则累野，丽亦伤浮。能丽而不浮，典而不野，文质彬彬，有君子之致。吾尝欲为之，但恨未逮耳。""典而不野"和"直而不野"，均指典雅纯正，文质相符。《二十四诗品》有"典雅"一品，《〈诗品〉臆说》解释道："典，非典故，乃典重也。彝鼎图书自典重。雅，即风雅，雅饬之雅。"[2]"典雅"意为文辞工整，语出典籍，法诸六经，从而不失规范。

虽然法度和典范使得文章合乎体制，但文章写作的变数难以尽言，即《神思》所谓"伊挚不能言鼎，轮扁不能语斤"。陆机《文赋》亦云："若夫丰约之

---

① 　詹锳：《文心雕龙义证》，上海：上海古籍出版社 1989 年版，第 193 页。
② 　孙联奎：《〈诗品〉臆说》，清道光三十年（1850），延庆堂藏版。

裁，俯仰之形，因宜适变，曲有微情。……是盖轮扁所不得言，故亦非华说之所
能精。"神理之数，须工匠在实践中领会，神而明之，存乎其人。这正如《孟
子·尽心下》所言"梓匠轮舆能与人规矩，不能使人巧"，规矩可以言传，高明
之处则需要心领神会。《庄子·天道》也称造轮的工人"有数存焉"，其微妙
"得之于手而应于心，口不能言"。可见，中国古人不仅重视器物之"技"，更重
视器物之"道"。以手艺的规范解释文学中的常，以手艺的入神解释文学中的
变，正源于对器物之功用性和艺术性的领悟。

三、器物之喻的天文和人文意义

器物是人文的载体。中国古人的世界观，一言以蔽之，可概括为天、地、人
三才之道，又有所谓天文、人文之别，如《周易·贲》所言："观乎天文，以察
时变；观乎人文，以化成天下。"天、地、人三才中，人是沟通天、地的中介，
因而人所制作的器物就具有了沟通天、人的意义。在实体意义上，人文集中体现
为器物；天文则集中体现为自然。《周易·系辞上》言："形而上者谓之道，形
而下者谓之器。"道指天道，器指器物。《周易》将道器并举，由器溯道，由器
显道，"器"最终落实到了形质的层面。器物制作与文章写作一样，是材料形式
化的过程，它们都是通向"道"的途径。因此，《文心雕龙》的器物之喻不仅具
有制作层面的意义，更具有观念层面的意义。以器物之喻论文章写作，正源于两
者在人文层面的共同性。

由天、地、人的区别和联系，产生了中国文学批评最为重要的象喻传统。一
是自然之喻，大凡天之日、月、星、辰、风、云、雷、电和地之山、水、植物、
动物，都成为文学的比拟对象。以生机盎然的自然物象比喻文章之体态面貌，是
非常普遍的现象。二是器物之喻，即以器物制作的参照物、制作方式和器物成品
为喻，说明创作规律和创作风格。三是生命之喻。天文和人文两端，即自然现象
和社会现象的区分，决定了中国文学批评的象喻方式，不仅以天文之自然喻文，
还以人文之器物喻文。首先，由于器物之成型过程与文章之写作过程有着一致之
处，虽然前者的材料是自然界的木、石、金等，后者是文字，但二者都要实现材
料与形式、审美和功用的统一。因而，以器物之喻阐述文学规律最为直接、形
象。其次，由于人文被认为是仿效天文而来，所以中国文学最终仍可归于天文，
这意味着文学不仅在风格上求自然，在节奏上更求与天地同体。《周易·系辞
下》曰："是故易者，象也。"根据胡适的考证，"象"通"相"，象是原本的模
型，物是仿效这模型而成的："先有一种法象，然后有仿效这法象而成的物

类。"① 所以，"象"不仅是形象，更是法象。《周易·系辞上》曰："法象莫大乎天地。"天地在观物取象中具有最为重要的意义。人文乃仿效天文而来，这是中国文学批评最终究人文于天文之因。再者，《周易》将天、地、人三者并立，并将人放在中心地位。"身"亦是一个小天地，如清代钱泳《履园丛话·臆论》说："人禀天地之气以为生，故人身似一小天地，阴阳五行，四时八节，一身之中，皆能运会。"中国哲学中有天人之间的取象类比，即以身体为一个小天地。以身体为喻，虽是从身体的微观角度将文学拟人化，但这实际上是将文学与天地精神相关联。因此，在自然之道的层面，中国文学批评将自然之喻、生命之喻和器物之喻统一了起来。

无论是以自然喻文，还是以器物喻文，其所阐明的意义往往在于法度与自由、人工与天然之间的辩证关系。如果没有法度和规则，艺术将失去依附的躯壳；如果仅囿于法度和规则，艺术则将失去自由的灵魂。庄子笔下有许多技术娴熟的匠人，他们不仅技艺超群，而且常常突破技术性的限制，"官知止而神欲行"（《庄子·养生主》），依照心灵感受，超越技术的运用，达于自由之境。儒家和道家看待工匠有着鲜明的差别，前者重视雕琢成器，以求文质彬彬；后者否定人工巧构，认为工匠所作是所谓"残朴以为器"（《庄子·马蹄》），是对事物自然本性的戕害。《庄子·天地》云："吾闻之吾师，有机械者必有机事，有机事者必有机心。""技"的应用往往破坏了人的纯朴，这与自然无为的境地是背道而驰的。为了克服"技"的限制，庄子提出了由技进道，追求不受规矩限制、随心所欲的自然境界。

《文心雕龙》论自然与人文之关系，其意本于《周易》。《原道》开宗明义，溯源文章之道："心生而言立，言立而文明，自然之道也。"《文心雕龙》认为，人文与天文平行，都是自然之道。其所论之文章，具有人文礼乐的性质。《情采》言：

> 故立文之道，其理有三：一曰形文，五色是也；二曰声文，五音是也；三曰情文，五性是也。五色杂而成黼黻，五音比而成韶夏，五情发而为辞章，神理之数也。

其中黼黻、韶夏、辞章实为锦绣、音乐和文学，皆为人文之内容。形文、声文和情文并举，以言其共同的特点是由人工制作而来。钱锺书言："《文心雕龙·情采》篇云：立文之道有三：曰形文，曰声文，曰情文。人之嗜好各有所偏，好咏歌者，则论诗当如乐；好雕绘者，则论诗当如画；好理趣者，则论诗当见道；好

---

① 胡适著，耿云志等导读：《中国哲学史大纲》，上海：上海古籍出版社 1997 年版，第 61 页。

性灵者，则论诗当言志；好于象外得悬解者，则谓诗当如羚羊挂角，香象渡河。而及夫自运谋篇，倘成佳构，无不格调、词藻、情意、风神、兼具各备。"① 钟嵘《诗品》序评曹植言："陈思之于文章也，譬人伦之有周、孔，鳞羽之有龙凤，音乐之有琴笙，女工之有黼黻。"都是从形文、声文和情文的观念来进行批评，以说明文学之于情感的感荡，与织物之于视觉、音乐之于听觉的感触一样，它们所引起的感官经验是相通的。

刘勰以器物制作喻文章写作，其实质在于"礼"。《序志》言："予生七龄，乃梦彩云若锦，则攀而采之。齿在逾立，则尝夜梦执丹漆之礼器，随仲尼而南行。"梦中执漆器而行，意味刘勰将文章落实到器物，又将器物最终落实到"礼"的层面。文章的原义是错杂的色彩或花纹，又引申为礼乐制度，如《论语·泰伯》言："巍巍乎其有成功也，焕乎其有文章。"礼所以经国家，定社稷，利人民；乐所以移风易俗，荡人之邪。礼乐作为人文，是文明的产物，这是它不同于自然的地方。章太炎说："古之言文章者，不专在竹帛讽咏之间。孔子称尧舜'焕乎其有文章'，盖君臣朝廷尊卑贵贱之序，车舆衣服宫室饮食嫁娶丧祭之分，谓之'文'；八风从律，百度得数，谓之'章'。文章者，礼乐之殊称矣。其后转移，施于篇什。"② 礼乐包括器物和制度两个系统的规则和等级。以器物及其制作经验喻文，正源于文学和器物都归属于作为人文的礼乐。它们的完形都是人为的结果它们都要在制作方面实现材质与形构的统一，形构和规则的协调。由此，《文心雕龙》中渗透着关于文学的礼乐观念。

中国文学批评的象喻传统既指向自然，也指向器物，其实质不仅在于天文和人文的分端，更在于天文与自然、人文与器物之间的对应和从属关系。自然之喻和器物之喻的分野正如《隐秀》所言：

故自然会妙，譬卉木之耀英华；润色取美，譬缯帛之染朱绿。朱绿染缯，深而繁鲜；英华曜树，浅而炜烨。隐篇所以照文苑，秀句所以侈翰林，盖以此也。

秀之用与隐之体，正如朱绿绚烂于织物，英华光耀于草木，它们一婉曲一明显，符合自然之道。卉木之自生自灭与缯帛之人工巧构不同，虽然两者在由质显文的层面上是一致的。《原道》曰："傍及万品，动植皆文：龙凤以藻绘呈瑞，虎豹以炳蔚凝姿；云霞雕色，有逾画工之妙；草木贲华，无待锦匠之奇。夫岂外饰？盖自然耳。"刘勰认为龙凤、虎豹、云霞和草木之纹理和色彩，是造化的杰作，这也隐含了以自然为美的观念。

---

① 钱锺书：《谈艺录》，北京：中华书局 1984 年版，第 42 页。
② 章太炎撰，庞俊、郭诚永疏证：《文学总略》《国故论衡疏证》，北京：中华书局 2008 年版，第248 页。

大体而言，器具制作包含两层意义：一是人工器物；二是人为制作。这与天然之物和自然生长相对。对器物的引用和类比隐含了两个观念：一是物我两忘、物我合一的自然境界；二是物有其序、物有其用的技艺境界。因此，由器物之喻又引申出自然与人工两个范畴，中国文学批评往往借助这一对范畴表达作品创作和风格的差异。钟嵘《诗品》载："汤惠休曰：'谢诗如芙蓉出水，颜诗如错采镂金。'颜终身病之。"李白则赋予这一典故以新的意义，他说："清水出芙蓉，天然去雕饰。"① 一方面要遵守法度，另一方面又追求自然之境，这是中国艺术在自然与人工间的迂回。而能否达到自然与人工的双重维度，在更高层面实现艺术的化境，这实在是一个难题。《尚书·皋陶谟》言："无旷庶官，天工，人其代之。"天的职司可由人代替执行。黄庭坚也提出了"天工"与"人工"的对举："天工戏剪百花房，夺尽人工更有香。"② 他这样评价陶渊明："至于渊明，则所谓不烦绳削而自合者。"③ 黄庭坚以教人学习古人旧作而为人诟病，但他事实上还是以自然为旨归。因此，由器物及其制作经验引申出自然与人工两端，主人工而追求入于自然，主自然而又落实于人工，执两端而不偏，把写作最终置于有迹可循的轨道。而在艺术创作中，对法度的遵循与对法度的超越融为一体，工匠和艺术家、技术与艺术的界限被超越，日常生活与精神生活的界限被消解，这即所谓化境。

由器物及其制作经验引申而来的自然与人工的分别，被中国现代美学所传承，成为一条明确的线索，即对自然美与人工美的区分。梁启超在区分歌谣与诗时，就是以自然美与人工美为两个方向。他认为"好歌谣纯属自然美，好诗便要加上人功的美"，歌谣和诗的分野在于前者由自然歌咏而来，后者由人工创作而来。梁启超并没有以天籁废人工，他说："但我们不能因此说只要歌谣不要诗，因为人类的好美性决不能以天然的自满足。对于自然美加上些人工，又是别一种风味的美。譬如美的璞玉，经琢磨雕饰而更美；美的花卉，经栽植布置而更美。原样的璞玉、花卉，无论美到怎么样，总是单调的，没有多少变化发展。人工的琢磨雕饰栽植布置，可以各式各样，月异而岁不同。诗的命运比歌谣悠长，境土比歌谣广阔，都为此故。"④ 梁启超既肯定原始歌谣的天然性，又肯定诗歌的雕饰美，对这两端各有所赏。

宗白华认为魏晋六朝时出现两种美感：一是"芙蓉出水"的平淡素净美；

① 李白：《经乱离后天恩流夜郎忆旧游书怀赠江夏韦太守良宰》，《全唐诗》卷170，北京：中华书局1999年版，第1756页。
② 黄庭坚：《腊梅》，任渊等注：《山谷诗注》，第1册，上海：商务印书馆1937年版，第90页。
③ 黄庭坚：《题意可诗后》，《豫章黄先生文集》卷26，《四部丛刊》影印嘉兴沈氏藏宋本。
④ 梁启超：《中国之美文及其历史》，《饮冰室合集》，第10册，北京：中华书局1989年版，第1页。

一是"错彩镂金"的华丽繁富美。① 前者以清新、自然为特色，被历代文学家所崇尚，在文学史上有一条延伸不断的发展线索。宗白华曾分析《周易·贲》的美学思想，即文与质的关系问题。"贲"即饰，用线条勾勒突出的形象，是"斑纹华采，绚烂的美"；"白贲"则是"绚烂又复归于平淡"。他引荀爽"极饰反素也"一语，结合中国艺术的发展，指出："有色达到无色，例如山水花卉画最后都发展到水墨画，才是艺术的最高境界。"② 他综合考察建筑、绘画和文学这些艺术门类，将自然提升为中国美学的终极追求：

所以中国人的建筑，在正屋之旁，要有自然可爱的园林；中国人的画，要从金碧山水，发展到水墨山水；中国人作诗作文，要讲究"绚烂之极，归于平淡"。所有这些，都是为了追求一种较高的艺术境界，即白贲的境界。白贲，从欣赏美到超脱美，所以是一种扬弃的境界。③

器物及其制作经验揭示了中国文学批评一系列命题和范畴的秘密，规定了中国美学形态的分别。以器物为入口，从发生学的角度检讨中国文学批评，我们会发现，它是超越文学领域的。

结语：器物之喻作为普遍的文学经验

中国文学批评以工匠的器物制作经验为喻说明创作规律，杼、轴，规、矩，绳、墨、辐、毂，模、范和钧等器物隐喻着中国文学批评关于法度的观念，模、范等器物和镕、铸等制作活动又引申出中国文学批评关于典范的观念。器物作为人文意义上的实体，同时又是形而上之道的显现，故器物之喻具有天文和人文的双重意义。中国文学批评的器物之喻并非偶发的现象，它是一种具有普遍性的文学经验。

首先，由器物及其制作经验生成了中国文学批评的一些基本理论和基本范畴。器物经验是人类最为普遍的原初经验，在这个意义上可以说，器物经验为文学经验奠定了基础。器物制作与文章写作之间存在一种亲和关系，它们虽采用不同材质，但在构思之考究、制作之精细和法度之规范方面是一致的。由器物制作

---

① 宗白华：《中国美学史中重要问题的初步探索》，《美学散步》，上海：上海人民出版社1999年版，第35页。

② 宗白华：《中国美学史中重要问题的初步探索》，《美学散步》，上海：上海古籍出版社1999年版，第45页。

③ 宗白华：《中国美学史中重要问题的初步探索》，《美学散步》，上海：上海古籍出版社19999年版，第45－46页。

经验形成一个强大的言说系统，使得器物制作超越了其实物意义，具有了语言学、文化学和哲学意义。因而，引导我们进行参照和表达的语汇，并非直接源于辞典或古籍，由器物制作积累而来的经验成为建构文学思想的重要来源。

中国文学批评范畴的形成与器物制作经验密切相关，这主要是受到"近取诸身，远取诸物"（《周易·系辞上》）的隐喻思维的影响。当代的隐喻认知学认为，隐喻不仅是修辞，更是一种思维机制和认知力量，对思想观念的形成起着一种引导性的作用。所以，"一种文化的最基本价值，将与此文化中的最基本概念的隐喻结构紧密关联"①。人们需要用隐喻描述关于世界的经验，通过意象的类比实现表达的明晰，因此，隐喻被看作是语言的本质。在中国古人的表述中，器物超脱了其产生的原始语境，成为这样的隐喻。由器物制作经验所建立起来的术语逐渐被固化在语言中，影响了文学艺术范畴和命题的表述方式。由此，器物之喻打通了文学与雕塑、音乐、绘画、建筑、纺织、制陶、缝纫及铸造等之间的界限，使得它们之间的经验可以相互借鉴和延伸。

其次，器物及其制作经验极大地丰富了中国文学批评的言说空间，并为中西诗学提供了可供沟通的话语。器具制作经验是一种普遍性的认知经验，以器物作为艺术的参照物，这在东西方文论中均有体现。②韦勒克说："最古老的答案之一是把诗当作一种'人工制品'，具有像一件雕刻或一幅画一样的性质，和它们一样是一个客体。"③古希腊人用"制作"一词来表达他们对艺术的理解。柏拉图把工匠的制作活动和诗文、绘画的创作活动都视为运用技艺的活动。他认识到，诗是由制作而来的，而工匠的活动与艺术创作活动的不同之处在于其参照物，前者参照理念，后者参照实物。④在他看来，理念之于器物，正如器物之于诗。亚里斯多德则把诗歌、绘画、雕塑、演奏等艺术活动和医疗、航海、战争等专门职业的活动都归入工匠的制作活动。古希腊人从自然与人工的角度思考诗的起源，"事实上，在古希腊人看来，任何受人控制的有目的的生成、维系、改良

---

① LAKOFF G & JOHNSON M. Metaphors we live by. London：The University of Chicago Press，2003. p. 22.

② 黑西俄得曾把作诗比作编织（rhapsantesaoidēn）。阿尔卡伊俄斯和品达也把作诗比作组合或"词的合成"（thesis）。阿里斯托芬直截了当地指出，诗（指悲剧）是一种技艺。巴库里得斯和品达不仅把诗人比作编织者和组合者，还把他们喻为工匠、建筑师和雕塑家。亚里士多德著，陈中梅译：《诗学》，北京：商务印书馆1996年版，第284－285页。

③ 勒内·韦勒克、奥斯汀·沃伦著，刘象愚等译：《文学理论》，南京：江苏教育出版社2005年版，第158页。

④ 柏拉图的《斐莱布篇》中，苏格拉底认为木工是技艺中较高的知识类型，他说："建造这门技艺大量使用尺度和工具，追求精确性，这样一来就使得建造比其他大多数种类的知识更科学。"（柏拉图：《斐莱布篇》，56B）如前所述，汉语亦将原意为木工的"匠"引申为工匠。可见，木匠往往被看作制作活动的典范。

和促进活动都是包含 tekhnē 的活动"①。正是通过 tekhnē 的隐喻，柏拉图和亚里斯多德将器物、诗学和哲学纳入了同一话语领域以进行探讨，通过器物和诗在制作层面的共同性，巧妙地表达了他们对文艺的看法。② 因此，希腊人对诗的理解同样受器物经验的支配，即通过形式和材料这对范畴思考器物与诗在制作上的相通之处。

基于对古希腊"技艺"观念的理解和对现代技术的反思，海德格尔开始了他对艺术作品本源的思考。一方面，他从器物的层面出发考察艺术作品的本源，在他看来，"长期以来，在对存在者的解释中，器具存在一直占据着一种独特的优先地位"。③ 艺术创作与器物制作之间存在一种亲缘关系，"伟大的艺术家最为推崇手工艺才能了。他们首先要求娴熟技巧的细心照料的才能。最重要的是，他们努力追求手工艺中那种永葆青春的训练有素"④。另一方面，海德格尔又以器物为基点反思现代技术的弊病。他推崇古希腊包括艺术在内的技艺之经验，他说："在西方命运的发端处，各种艺术在希腊登上了被允诺给它们的解蔽的最高峰。它们使诸神的现身当前，把神性的命运与人类命运的对话熠熠生辉。而且，艺术仅仅被叫做 τεχνη。"⑤ 现代技术破坏了人与自然的亲缘关系，人类企图通过对自然的耗费和利用，以达到控制自然的目的，这与古希腊的技艺观念背道而驰。海德格尔以器物为喻，其用意即在于以古希腊对技艺的看法为参照，反思现代技术给人与自然带来的弊端。

在古典文明时代，器物制作与质朴的艺术创作尚未分离，二者均从与自然之道的关联中获得意义。而在工业时代和电子时代，现代技术滋生了大批量的艺术复制品，电视、电脑等电子媒介又使屏幕成为这个时代的主导，由此决定着艺术的生产和传播。在这个技术主导一切的时代，古典意义上的器物制作日益远离了人们的生产活动和生活感受，古老的器物制作经验日益成为历史尘器覆盖之下的秘密。技术的过度发展造成了艺术规范性的缺失，也使得艺术缺乏深层的精神维度和人文价值。

以器物之喻考察中国文学思想的言说方式，为我们解开中国文学批评方式之

---

① 陈中梅：《试论古希腊思辨体系中的 tehknē》，《哲学研究》1995 年第 2 期。tehknē 来自印欧语词根 tekhn，后者意为"木器"或"木工"。

② 技艺（tekhnē）作为隐喻，对古希腊哲学思想的形成具有决定性的意义。古希腊哲学思想是按照技艺的逻辑展开的，相关文献见 WILD J. Plato's Theory of Texnh；"Aphenomenological Interpretation. "Philosophy and Phenological Research, 1941（3）: pp. 255–293.

③ 马丁·海德格尔著，孙周兴译：《林中路·艺术作品的本源》，上海：上海译文出版社 2004 年版，第 23 页。

④ 马丁·海德格尔著，孙周兴译：《林中路·艺术作品的本源》，上海：上海译文出版社 2014 年版，第 46 页。

⑤ 马丁·海德格尔著，孙周兴译：《海德格尔选集·技术的追问》，上海：上海三联书店 1996 年版，第 952 页。

秘密提供了视角，也为我们解读西方诗学之逻辑提供了线索，更为我们分析当前文学艺术的态势提供了借鉴。器物之喻是一种穿透力极强的言说方式，因而成为一种普遍的文学经验。

【原载于《中国社会科学》2013 年第 6 期】

郭绍虞与西方文学思潮

——《中国文学批评史》研究范例论析

闫月珍

郭绍虞二卷本的《中国文学批评史》（上册完成于 1934 年，下册完成于 1947 年）因其系统性奠定了他在 20 世纪 30 年代以来中国文学批评史学科的开创地位。但对于郭绍虞撰写批评史著作的内在架构，学术界并没有一个透彻的分析，这也是导致相关评价不够到位的根本原因。本文试图以二卷本《中国文学批评史》为对象，剖析郭绍虞组织架构文学批评史的内在理路，以期为文学批评史的写作与评价寻找一条可供借鉴的道路。

清代《四库全书》总目"诗文评"提要大体勾勒了中国文学批评的发展脉络：

文章莫盛于两汉，浑浑灏灏，文成法立，无格律之可拘。建安黄初，体裁渐备，故论文之说出焉，《典论》其首也。其勒为一书，传于今者，则断自刘勰、钟嵘。勰究文体之源流，而评其工拙；嵘第作者之甲乙，而溯厥师承，为例各殊。至皎然《诗式》，备陈法律；孟棨《本事诗》，旁探故实；刘攽《中山诗话》、欧阳修《六一诗话》，又体兼说部。后所论著，不出此五种中矣。

在《诗文评》提要看来，文学体裁的逐渐齐备为论文之作的出现提供了基础，上述论文著作，或备陈法律，或旁探故实，或体兼说部，大体上已经囊括了中国诗文评著作的几种主要形态。《四库全书》总目提要所录毕竟只是目录学意义上的诗文评。这些诗文评著作虽被分类于集部，有着共同的归属领域，但它们之间却缺乏现代学科意义上的有机联系。《四库全书》集部之诗文评其目录学性质决定了其远非现代意义上的文学批评史。这些彼此独立成体的论文和著作如何能够有机地联系起来，重新言说文学批评的历史，是超出于总目的编撰设想的。

郭绍虞撰写中国文学批评史，他有两方面的工作：一方面是材料的搜集，除《四库全书》诗文评类外，他还广罗史书中的文苑传、艺文志、选集别集中的序跋评注、诗话词话、书牍传志等，甚至笔记、评点、论诗也尽力网罗。因而能够"在古人的理论中间，保存古人的面目"；另一方面是批评史观的建立，即以一种新的价值观念重构和重评传统诗文评，并以一种新的历史观念使史的连缀成为可能。郭绍虞在《我怎样研究中国文学批评史》中提到时人"大都受西学影响，懂得一些科学方法，能把旧学讲得系统化，这对我治学就很有帮助"①。这两方面的工作，正如朱自清所言："现在写中国文学批评史有两大困难。第一，这完全是件新工作，差不多要白手起家，得自己向那浩如烟海的书籍里披沙拣金去。第二，得让大家相信文学批评是一门独立的学问，并非无根的游谈。换句话说，得建立起一个新的系统来。这比第一件实在还困难。"② 而如何成就中国文学批评史的系统，其切入点正在于郭绍虞所言"科学方法"，这与郭绍虞身处之社会思潮密切相关，这里拟对其分别进行论析。

一、纯文学与杂文学

中国传统意义上的文学内容广博，郭绍虞之所以能够披荆斩棘，以两卷本的容量提纲挈领地完成对中国文学批评的历史概括，正得益于纯文学观念的介入。郭绍虞以"纯文学"与"杂文学"之别做为筛选文学批评材料的尺度和驾驭文学批评史的纲领。

"文学"一词，学界往往以为是传自日本，但据意大利学者马西尼的考证："早在 19 世纪此词已以'literature'之意来使用了，所以不应该把它看成是日语'借词'，西方来华人士最早以现代意义的'literature'使用过'文学'这一概念。"③伊格尔顿在考察西方文学概念的发展历程时指出："只有在所谓'浪漫主义时期'开始之后，我们对于文学的总概念才开始有所发展。'文学'一词的现代意义只有到了十九世纪才真正开始流行。"④ 浪漫主义运动赋予了想象和情感以无可比拟的优越性，以想象和情感为文学的特质是近代西方浪漫主义运动的直接后果。早期中国文学史、文学批评史正是在"纯文学"观念的笼罩下书写的。"纯文学"观念对传统文学观念进行了有条件的筛选。

如果以这个标准去界定，则在中国古代能称之为"文学"的只有诗、词、曲、小说。而 20 世纪 20 年代"中国文学批评"这一称谓的确定也正是建立在上述文类基础之上的。早期中国文学批评史的开创者从陈钟凡到郭绍虞，一直对"纯文学"情有独钟。即便是采取了"折中义的文学"的罗根泽先生，虽然考虑到了中国文学文体的特殊性，但他所取也限于"文章"一类。他们正是运用现

---

① 郭绍虞：《我怎样研究中国文学批评史》，《书林》1980 年第 1 期。

② 朱自清：《评郭绍虞〈中国文学批评史〉上卷》，《清华学报》1934 年，第 9 卷第 4 期。

③ 马西尼著，黄河清译：《现代汉语词汇的形成——十九世纪汉语外来词研究》，上海：汉语大词典出版社 1997 年版，第 250 页。

④ 特雷·伊格尔顿：《二十世纪西方文学理论》，西安：陕西师范大学出版社 1986 年版，第 21 页。

代意义的"文学"观念对中国固有的文学观念进行抽绎的,这也正是"纯文学"观念之于中国学界的可取之处。

如检讨"中国文学史"的由来,它大半是受纯文学观念的影响而产生的。从民国时期的一批著作可以看出这种观念影响之深入,王国维的《宋元戏曲史》、梁启超的《中国之美文及其历史》、刘经庵的《中国纯文学史纲》、罗根泽的《乐府文学史》、王易的《词曲史》、刘麟生的《中国骈文史》、鲁迅的《中国小说史略》、李维的《诗史》、陈柱的《中国散文史》等,都是现代学者对于纯文学观念从史的建构方面的支持。在现代学者的视野中,中国古书关于文学的编撰是鱼龙混杂的,它总是处于文献分类之一的"集",又常常列于经、史、子之后。它尾随于经学史学子学强大的阵容,且又以骚、总集、别集的形式出现。这种分类不能满足他们对于"文学"的期盼。于是从文体入手,对诗、赋、词、曲乃至小说的历史演进进行勾勒成为他们重建中国文学文献形态的措施。这种重建的结果是把上述"纯文学"从文献中剥离出来,并以历史进化的观念使它们得以贯穿。朱自清曾注意到了纯文学和杂文学这两个概念在中国古代文学中的特殊性,他说:"所谓纯文学包括诗歌小说戏剧而言。中国小说戏剧发达得很晚;宋以前得称为纯文学的只有诗歌,幅员未免过窄。"①

中国文学批评史的建构在文体上与文学史的建构相一致。于是在文学批评史著作中看到的便是关于上述纯文学文体的理论论述。这不仅体现为文学批评史中所谓"文学"与传统的"文学"概念的大相径庭,更体现为对诗、词、曲、小说诸文体理论的解读成了文学批评史撰写中的头等大事。早期文学批评史的撰写者是以"纯文学"作为文学观念演化的正确导向的,如陈钟凡1927年版的《中国文学批评史》几乎原封不动地接受了美国亨德对文学的定义"文学者,藉想像,感情,及趣味以表现思想之文字也"。

与这一历史气候相应,郭绍虞的《中国文学批评史》是以纯文学与杂文学的分野立论的,如他所言:"盖文学批评所由形成之主要的关系,不外两方面:一是文学的关系,即是对于文学之自觉,二是思想的关系,即是足以佐其批评的根据。由前者言,文学批评常与文学发生相互联带的关系。易言之,即文学批评的转变,恒随着文学上的演变为转移;而有时文学上的演化,又每因文学批评之影响而改变"。② 文学批评与文学的关系,实质上就是文学批评与纯文学和杂文学的关系。而文学批评的自觉,实有赖于纯文学观念的形成。朱光潜在谈文学批评学科的建立时说:"我们第一步工作应该是把诸家批评学说从书牍札记、诗话及其他著作中摘出。如《论语》中孔子论诗、《荀子·赋篇》《礼记·乐记》、子

---

① 朱自清:《评郭绍虞〈中国文学批评史〉上卷》,《清华学报》1934年第9卷第4期。
② 郭绍虞:《中国文学批评史》(上册),上海:商务印书馆1934年版,第1页。

夏《诗序》之类，搜集起来成一种批评论文丛书，于是再研究各时代各作者对于文学见解之重要倾向如何，其影响创作如何，成一种中国文学批评史。"① 文学批评史的写作最初是建立在对传统文学观念突破的基础上的。郭绍虞将文学批评学说从众多著作中抽绎出来，正是以纯文学观作为材料取舍标准的。

基于纯文学和杂文学之别，《中国文学批评史》主要择取儒家和道家两条线索行文：

中国文学批评史中的主要问题，不是乌烟瘴气闹什么"文以载道"的说法，便是玄而又玄玩一些论神论气的把戏，前者是儒家思想的发挥，后者是道家思想之影响。这两家思想在中国文学批评史上竟发生了这样大的影响。

以纯文学为正宗，郭绍虞这样看待"文学之自觉"②：

迨至魏、晋，始有专门论文之作，而且所论也有专重在纯文学者，盖已进至自觉的时期。③

以纯文学为正宗，郭绍虞以"情感"鉴定文学的内质。正如他在论述南朝文学时说："热情腾涌而喷薄出之以流露于文字间者，当时的批评家往往称之为性情或性灵。这是文学内质的要素之一——情感。"④ 但对于情感在中国文学中之不同表达，郭绍虞没有作进一步的阐释。⑤

首先，如果以情感作为纯文学的要素，庄子并不符合这个意义。《庄子·德充符》借仲尼之口曰："审乎无假而不与物迁，命物之化而守其宗也"，"是非吾所谓情也。吾所谓无情者，言人之不以好恶内伤其身，常因自然而不益生也"。《庄子·大宗师》曰："若然者，其心忘，其容寂，其颡頯；凄然似秋，暖然似春，喜怒通四时，与物有宜而莫知其极"，庄子向往的是去除心机和欲望的自然之情⑥。郭绍虞认为道家思想"成为纯文学发展之助力"，显然，这与他所谓纯文学的情感特质是互相矛盾的。

---

① 朱光潜：《中国文学上未开辟的领土》，《东方杂志》1926 年第 23 卷第 11 号。

② 中国"文学的自觉"一说，始于日本学者铃木虎雄《中国古代文艺论史》，其后为中国学者所沿袭。见拙文《文学的自觉：一个命题的预设与衍异》，《华南师范大学学报》2005 年第 1 期。

③ 郭绍虞：《中国文学批评史》（上册），上海：商务印书馆 1934 年版，第 74 页。

④ 郭绍虞：《中国文学批评史》（上册），上海：商务印书馆 1934 年版，第 120 页。

⑤ 除情感之浓烈外，情感之平淡也是中国文学情感的另一种表述方式，特别是受老庄和禅宗影响下的唐代韦应物、释皎然等人的禅诗。

⑥ "自然情感"之论，援引自张节末教授，他称庄子的情感观念为"自然情感论"（张节末：《中国古代审美情感原论》，《天津社会科学》1998 年第 1 期）。

其次，郭绍虞评价曹丕、曹植曰："盖丕、植一方面在创作上沿袭古典文学的旧型，以开六朝淫靡之风气；一方面在批评上不脱儒家传统的论调，以致不能导创作入正轨，转开后世文人主张文以明道或致用的先声。"① 这里，郭氏并不认为曹丕和曹植已经脱离了儒家文以致用的传统；但他却又说："迨至魏、晋，始有专门论文之作，而且所论也有专重在纯文学者，盖已进至自觉的时期"。郭绍虞一面指出曹丕、曹植文学批评文以致用的观点，一方面又指出其纯文学的倾向。前者倾向于文学工具论，后者倾向于文学审美论，这两者之间显然有一段需要弥合的距离。

二、先天之知与经验之知

20 世纪前三十年，德国启蒙思想家康德在中国思想界的影响颇大，对康德原著的翻译、康德思想的译介成为新文化运动中的热潮，梁启超、王国维、蔡元培等学者均对康德的哲学、伦理学和美学进行过研究和阐释。康德哲学传播科学、理性、自由、民主的精神，这一潮流顺应了中国学者进行社会改造和文化重建的愿望，对于长期受封建专制统治的中国文化而言，如黑暗中的一缕阳光。康德哲学关于审美判断的超功利性、无目的而又合目的性的思想，也与中国学者对文学之独立性和审美性的想象合拍，如蔡元培就据康德推出"以美育代宗教"，强调美学在社会生活中的作用，体现了"五四"前后中国文化界的启蒙追求。

郭绍虞对道家的阐释，在相当程度上受到康德的影响。

首先，他用"先天之知"阐释庄子所谓"神遇"，他说：

至其暗示给批评家之方法者即在于鉴赏艺术也要取神遇的态度。这个和他的名学有关，因为他的知识论立言高远，富于神秘的色彩。他所重的知识是性知，是先天之知。这先天之知，是不用经验，不以触受想思知的。②

其次，他还用"直觉"阐释所谓"听之以气"，他说：

听以耳的是感觉，听以心的是思虑，这我们都能明白；至于不听以耳，不听以心，而听以气的性知，未免玄之又玄了。庄子所谓听以气云者，即是直觉。盖庄子之所欲探讨而认识者，即庄子之所谓"道"。道是宇宙的本体而非宇宙的现象。明宇宙的现象须后天的经验之知，故是常识所能辨别的；明宇宙的本体贵先

---

① 郭绍虞：《中国文学批评史》（上册），上海：商务印书馆 1934 年版，第 75 页。
② 郭绍虞：《中国文学批评史》（上册），上海：商务印书馆 1934 年版，第 37 页。

天的性知，所以是超常识的。①

郭氏以先天的性知与后天的经验之知作为本体与现象的分别；先天的性知是绝对和独立的，是排斥经验的。在郭氏看来，"神遇"正是超越了耳听目视的感觉而与道合一的境界。

这涉及郭绍虞对康德的理解。第一，是如何看待康德所谓先验之知与经验之知。郭绍虞一面认为庄子所重是先天之知，另一面他又认为"庄子所谓听之以气即直觉"。显然，先天之知，是不用经验，不以触受想思知的。而"直觉"（集中在经验层面上的概念）和"先天之知"（集中在先验层面上的概念）是否是一个层面的东西，直觉如何能够进入先天性知的层次，郭绍虞并没有进行阐述。庄子是否排斥经验而求先天呢？这就涉及他对"道"的看法。《庄子》说道是神秘的，又说道是可经验的。庄子以道为无所不在，而不以之为超越，要人于蝼蚁梯稗中见生天地之原理。因此，道是否是先验之知，值得疑问。

第二，是如何看待直觉。

现代汉语语境中的直觉，指不经由理性分析而直接了悟的心理状态和观照方式。它具有"无概念""无功利"的特点，对于把握超验的世界，洞察事物的底蕴乃至达到自由之境，比理性更直接。

郭绍虞以直觉作为先天性知与经验之知的分别，显然是在超验的层面理解直觉。王国维说："夫'intuition'者，谓吾心直觉五官之感觉，故听嗅尝触，苟于五官之作用外加以心之作用，皆谓之'intuition'，不独目之所观而已。……'intution'之语，源出于拉丁之'in'及'tuitus'二语。'tuitus'者，观之意味也，盖观之作用，于五官中为最要，故悉取由他官之知觉，而以其最要之名名之也。"② intuition 意味着五官感受与心理作用的协调，一方面包含着耳听目视，另一方面包含着心理作用。从词源上看，直觉并非只与先天性知相关，它也与经验之知相关。

在康德看来，受时间、空间和偶然性的限制，人并不能把握自然本身，人们所把握的只是自然的现象（appearance）。康德区分了对象的两个领域：一是所显现出来的方面，即现象；另一是不显现出来但是先验地存在着的方面，即物自身或本体。正如我们看到的雪花不是雪本身而只是表象，这是因为雪本身并非直接在经验里出现而只是通过表象而显现的。经验的直观之对象，我们把它们泛称为现象。但即便如此，并不意味着康德所谓现象是幻想而非真实，康德所谓 phenomenon 或 appearance 是经验地为真实的（empirically real），这就不同于柏拉图

① 郭绍虞：《中国文学批评史》（上册），上海：商务印书馆 1934 年版，第 37 – 38 页。
② 王国维：《王国维文集》（三），北京：中国文史出版社 1997 年版，第 42 页。

所谓虚妄的现象。康德之意在于经验其实绝非只具有感性之方面，所以康德并没有把直觉和经验对立起来，其实已有"超验"之理解与直觉参与。经验一方面是感性的，另一方面也是直观（直觉）的。

第三，是如何看待所谓神遇。

欲达到这种神化妙境，在郭绍虞看来不外三端，其一，这完全是天才和环境的关系，其二，这完全更是工夫的关系；其三，这完全更是感兴的关系①。康德认为自然通过天才替艺术制定规则，天才具有独创性、典范性和自然性，美是合乎自然的内在法规的创造，是"无法而法，乃为至法"的自由境界。而艺术的显著特点就是直觉性以及有限与无限的统一。艺术不同于技术，前者是自由和愉快的，而后者是劳动且是痛苦的。康德将美分为纯粹美与依附美。前者是静观的，后者是理性的；前者是无关利害的，后者是有关道德的。纯粹美（不同于依存美）不涉及利害计较、目的概念和道德观念，这是康德为审美之独立所开辟的一块净土。

郭绍虞以康德哲学阐释庄子，他更欲彰显庄子"神"的超越、自然和自由精神。郭绍虞肯定了"道家之于中国文学批评有着独特贡献"。他说：

> 儒家尚用，道家不主用；儒家论道近于学，道家论道近于艺；所以儒家虽多论文之语而意旨切实，不离于杂文学的性质；道家虽不论文而其精微之处却转能攫得纯文艺的神秘性。故其所谓"神"的观念，精微处却与文艺的神秘性息息相通，成为纯文学发展之助力。②

由对纯文学的肯定，进而对道家思想之于文学的意义予以肯定，这是郭绍虞不同于当时其他文学批评史写作者的显著之处。

郭绍虞以康德思想为解剖刀而发现了庄子的精神实质。郭绍虞对庄子"透彻而微妙"之处的领会，显然暗合于康德"纯粹美"之见解。正如他所言："故所谓'神'的观念，由儒家言是其文学批评上的问题，由道家言则否；但论其在文学批评上的价值和影响，则道家所论固胜于儒家。"③ 他的《中国文学批评史》认为周、秦时期的文学批评，唯儒家思想最为重要，因儒家偏尚实用，其文学观不免有文道合一的倾向，仅足为杂文学张目，不足为纯文学发展之助力。④ 纯文学不受限于目的和内容，这与道家所谓"神"超越利欲和形体的精神是一致的。

---

① 郭绍虞：《儒道二家论"神"与文学批评之关系》，《燕京学报》1928 年第 4 期。
② 郭绍虞：《儒道二家论"神"与文学批评之关系》，《燕京学报》1928 年第 4 期。
③ 郭绍虞：《儒道二家论"神"与文学批评之关系》，《燕京学报》1928 年第 4 期。
④ 郭绍虞：《中国文学批评史》（上册），上海：商务印书馆 1934 年版，第 7 页。

三、复古与演进

19 世纪末以来，严复的译著《天演论》流传甚广。严复诠释的进化论蕴含强烈的生存竞争思想，这与近代中国救亡图存的历史使命相契合。《天演论》受到中国知识分子的热烈欢迎，是由于它满足了他们解释中国社会困境和寻找民族复兴出路的需要。王国维在 1904 年撰写的《论近年之学术界》中称："近七八年前，侯官严氏（复）所译之赫胥黎《天演论》出，一新世人之耳目。比之佛典，其殆摄摩腾之四十二章经乎。嗣是以后，达尔文、斯宾塞之名腾于众人之口，'物竞天择'之语见于通俗之文。"[①] 1905 年，王国维在《论新学语之输入》中说："严氏造语之工者固多，而其不当者亦复不少。"[②] 王国维认为"Evolution"译为"天演"值得思考，"进化"与"天演"实有不同。将"进化"译为"天演"，可以看出严格将"进化"神圣化和自然化了。大势所趋，进化论的思想逐渐蔓延到了社会科学领域，如梁启超 1922 年在南京科学社生物研究所所做的《生物学在学术界之位置》，就高度肯定了进化主义对整个社会现实的影响，他说："一种学问出来能影响于一切学问而且改变全社会一般人心，我想自有学问以来，能够比得上生物学的再没有第二种。"胡适的《中国哲学史大纲》解读《庄子》，认为它有生物进化论的大旨，有关于"物种由来"的溯源。

文学界对于莫尔顿（R. G. Moulton）的文学进化思想多有译介和借鉴。1922 年，陈钟凡就发表论文《中国文学演进之趋势》，依据莫尔顿《文学之近代研究》对中国古代文学文体演进进行宏观描述，开创了运用进化史观分析中国文学的先河。[③] 1926 年，郑振铎主编的《小说月报》第十七卷第一号刊登了莫尔顿的《文学之近代研究》，莫尔顿强调文学研究的科学性方法，即"文学的统一""归纳的观察"和"进化的观念"。受此影响，1927 年郑振铎发表《研究中国文学的新途径》，批评自《文赋》中国文学批评就没走上过正确的轨迹，研究的新途径与新观念要建立在"近代的文学研究的精神"的基础之上，即莫尔顿在《文学的近代研究》中所说"文学的统一研究""归纳的考察"和"进化的观念"。"文学的统一研究"即文学研究要以文学为单位，不应以"国"或"时代"为单位；"归纳的考察"即要用证据证实结论；"进化的观念"即时代的观念。郑振铎认为，进化观的最大启发就是对贵古贱今思想的清醒从而肯定文学的发展，郑振铎言："文学史上的许多错误，自把进化的观念引到文学的研究上以后，不知

---

①　王国维：《王国维文集》（三），北京：中国文史出版社 1997 年版，第 37 页。

②　王国维：《王国维文集》（三），北京：中国文史出版社 1997 年版，第 41 页。

③　陈中凡：《中国文学演进之趋势》，《文哲学报》1922 年第 1 期。

更正了多少。达尔文的进化论，竟不意的会在基本上改革了人类的种种谬误的思想。"①

本于美国莫尔顿的《文学之近代研究》，1925年郭绍虞发表了《中国文学演化概述》，郭绍虞认为中国文学演进的趋势是自由化、散文化、语体化，中国文学起源于早期歌谣，歌谣分化为叙事诗、抒情诗和剧诗②。1927年郭绍虞又发表《中国文学演进之趋势》，对中国叙事诗、抒情诗和剧诗各自的演化进行了分析③。采用进化论历史观对中国文学发展趋势的描述，郭绍虞试图梳理出新文学与传统旧文学之间一脉相承的关系。

1934年完成的《中国文学批评史》（上册）专设《中国文学批评演变概述》一章，认为中国文学批评分为三个时期，一是文学观念演进期，二是文学观念复古期，三是文学批评完成期：

> 自周、秦以迄南北朝，为文学观念演进期。自隋、唐以迄北宋，为文学观念复古期。南宋、金、元以后直至现代，庶几成为文学批评之完成期。④

批评史的发展是"正—反—合"的进化，从文学观念演进期到文学观念复古期，再到文学观念完成期，这是郭绍虞对中国文学批评史发展脉络的总体认识。

关于中国文学批评的复古期，郭绍虞认为："演进期固然是演变，复古期也未尝不是演变。所不同者，演变的方式和倾向而已。"⑤ 因复古而进化，这是郭绍虞的进化观。他认为："自古代以至北宋，恰恰成为文学批评之分途发展期。在此分途发展期中的前一时期，即自周、秦至南北朝，是文学观念由混而析的时期；而其后一时期，即自隋、唐以至北宋，却又成为文学观念由析而返于混的时期。所以自表面看来，似乎一个是演进而一个是复古。"⑥

郭绍虞写作《中国文学批评史》，其进化观是和纯文学观有机融合在一起的，即以纯文学观作为中国文学批评演化的内在尺度，以进化观作为中国文学批评演变的历史线索，对纯文学观念的肯定与对演进历史的乐观得以并行不悖。以纯文学观念为尺度，那么文学批评史的顶峰如他所言当在自周、秦以迄南北朝，

---

① 郑振铎：《研究中国文学的新途径》，《中国文学研究》上卷（《小说月报》1927年第17卷号外），上海：商务印书馆1927年版。
② 郭绍虞：《中国文学演化概述》，《文艺》1925年第1卷第2期。
③ 郭绍虞：《中国文学演进之趋势》，《中国文学研究》上卷（《小说月报》1927年第17卷号外），上海：商务印书馆。
④ 郭绍虞：《中国文学批评史》（上册），北京：商务印书馆1934年版，第2页。
⑤ 郭绍虞：《中国文学批评史·自序》（上册），北京：商务印书馆1934年版，第2页。
⑥ 郭绍虞：《中国文学批评史·自序》（上册），北京：商务印书馆1934年版，第1-2页。

正如郭绍虞以纯文学观念解释魏、晋、南北朝文学观念时说："至魏、晋、南北朝，论思想则道家之外益以释家，论学术则两汉经生孜孜致力之训诂章句诸学又皆中止，这实是儒家学术思想最为消沉的时期。因此文学方面亦尽可不为传统的卫道观念所支配，而纯文学的进行遂得以绝无阻碍，文学观念亦得离开传统思想而趋于正确"[①]；而以进化观为线索，则文学批评史的顶峰如他所言当在南宋、金、元以后直至现代。显然，郭绍虞对上述两者有所融汇，以复古为演进，认为实则"历史上的事实终究是进化的。作家虽受复古说的影响，无论如何终不会恢复古来的面目，维持古来的作风。非惟如此，作家因受这种影响，反足以变更当时的作风，反因复古而进化"[②]。对中国文学批评史所作的"正—反—合"式的描述，其核心还是进化观。

四、纯艺术批评与现实主义批评

1917 年 11 月 7 日，以列宁为首的俄国布尔什维克党成功地进行了社会主义革命，推翻了资产阶级临时政府，在世界历史上建立了新式的苏维埃政权。俄国革命对东方国家的民族解放运动具有重要的启示和示范，"走俄国人的道路"成为一种历史选择。1919 年"五四"运动爆发，中国青年在俄国革命和马克思主义、资产阶级民主科学思潮的影响下进行了反帝反封建的爱国主义运动。这一时期，《新青年》《每周评论》（月刊）、北京《晨报》副刊、《解放与改造》《新潮》等，成为宣传十月革命与马克思社会主义学说的重要刊物。知识分子充满激情和抱负，试图通过向国人传播新思想，唤起民众的觉醒，号召他们起来争取自身自由、平等与民主的权利，以达到改造旧社会、建立新社会的目的。

在这样风云变幻的历史时期，郭绍虞积极撰述，介绍俄国文艺思想。1919年，郭绍虞到五四运动的策源地北京，担任北京《晨报》副刊的特约撰稿人，发表著译颇多，如编撰《马克思年表》，介绍了马克思的生平[③]。郭绍虞翻译了日本人高山林次郎的《近世美学》[④]；他曾为《解放与改造》杂志撰写《社会改造家列传》，译介了欧文、圣西门、傅立叶、莎士比亚、别林斯基等外国思想家的传记，表达他对于文学和社会光明未来的向往。1919 年，郭绍虞加入北大"新潮社"。1920 年，他在社团刊物《新潮》（the Renaissance）上发表了《从艺术上企图社会的改造》。此文中，他向往由俄国倡导的社会主义制度，认为社会改造

---

①　郭绍虞：《中国文学批评史》（上册），北京：商务印书馆 1934 年版，第 8 页。

②　郭绍虞：《中国文学批评史·自序》（上册），北京：商务印书馆 1934 年版，第 2 页。

③　郭绍虞著：《马克思年表》，《晨报》副刊，1919 年 12 月 1 日。

④　高山林次郎著，郭绍虞译：《近世美学》，《学灯》（上海《时事新报》副刊），1920 年 3 月 2 日至 4 月 29 日；《晨报》副刊，1920 年 2 月 26 日至 6 月 29 日。

不仅是物质上的改善，同时需要精神上的充分改造；而要使艺术获得发展，必要改造贫富不均的社会制度①。郭绍虞反对唯美派极端的艺术独立论，认为"唯美派极端的独立论，和现在的社会制度，显而易见是冲突的"②。郭绍虞"从艺术发展上企图社会的改造"的理想与俄国的现实主义文学主张是一致的。这正是"五四"新文化运动时期青年知识界所主张的批判旧制度、旧文化，建设新制度、新文化的声音。即使钻进"象牙塔里""故纸堆中"，个人与时代和社会仍有着共同的律动。

1921 年元旦，郭绍虞与沈雁冰、郑振铎、叶圣陶等人共同发起成立"文学研究会"，文学研究会刊物《小说月报》宣布"以研究介绍世界文学、整理中国旧文学、创造新文学为宗旨"。文学研究会注重译介 19 世纪俄罗斯文学和苏联文学，赞扬列宁领导下的苏维埃政权，反映了社会主义思想对新文学阵营的影响日益深化，也反映了新文学家向俄国、苏联文学寻找精神力量的迫切心情。知识分子们从俄国十月革命看到了中国社会和中国文学应该走的道路。1921 年，《小说月报》专辟 12 卷号外《俄国文学研究》，郭绍虞在此专号发表《俄国美论与其文艺》，对 19 世纪俄罗斯由别林斯基的纯艺术批评到车尔尼雪夫斯基和杜勃留波夫的革命民主主义者的现实主义艺术论进行了评介。卒章显其志，郭绍虞说：

> 这一篇的意旨即在说明社会的改善，文学亦肩其责任，而文学的发达，又不仅在创作一方面更须赖有正确忠实的批评者。吾人一想到中国文学正在筚路蓝缕之时，创作方面固须注重，批评方面亦不可忽视。为中国文学的前途计，对于光明的指导者，其渴仰的希望为何如！③

从郭绍虞对社会制度与文学批评关系的思考，我们可以窥见其建设文学的主张、参与时事的热情和改造社会的理想。

大凡写作，往往必受限于时代和历史的需要，所谓"文章合为时而著"。如果我们从现代阐释的角度进行比照，会发现以西方文学思想解读中国文学批评，固然是"五四"的一个时代动向，但之于历史洪流中的郭绍虞，其写作理念与现实处境正处于一种互相激荡又互相抵牾的状态。

首先，郭绍虞的文学批评史写作有着内在理路，虽在表述形式上"以问题为纲"，但其下潜藏着纯文学与杂文学、先验之知与经验之知、复古与演进三条线索，它们担负着作品本身的架构，使之成为一个有机整体。可以说，没有上述三

---

① 郭绍虞：《从艺术上企图社会的改造》，《新潮》1920 年第 2 卷 4 号，国立北京大学出版部。
② 郭绍虞：《从艺术上企图社会的改造》，《新潮》1920 年第 2 卷 4 号，国立北京大学出版部。
③ 郭绍虞：《中国文学演进之趋势》，《中国文学研究》上卷（《小说月报》1927 年第 17 卷号外），上海：商务印书馆 1927 年版。

条线索，就没有郭绍虞版本的文学批评史。倾向于纯文学，是对文学自身审美性和独立性的确认；倾向于演进，是对文学和社会未来态势的乐观向往；倾向于先验之知，是对审美超越性的确认。

其次，郭绍虞受俄国文学思潮影响，提倡文学改造社会之用，但于文学批评史写作中却推崇"纯文学"之无用和无欲；郭绍虞向往文学进化之积极结果，对文学之乐观期待显然又与"纯文学"无待于"知"和"用"的理念相违。郭绍虞要发掘中国文学思想所蕴含的现代性意义，但这种研究不是静止和出世的。身处"五四"之际，任何一个有理想有抱负的青年都会投身于历史的潮流，而自觉担负起改造社会、启迪民智的历史使命。郭绍虞将改造人生和社会的希望寄寓于文学批评史写作，这正是郭绍虞"整理中国旧文学"之学术使命和历史背景。

最后，从西方拿来道理和见解分析中国的诗文评，并自觉形成中国文学批评史的系统表述，这一内化程序正是由甄别和筛选到接受和创构的过程。现代意义的文学批评史著作，不得不借用西洋思想，把它作为切入问题的方式和解释叙述的工具，从而将古代的文学批评论文专著进行学科意义上的取舍和连缀，使其联结成为一部系统的文学批评史。将纯文学与杂文学、纯粹之知与经验之知、复古与演进、纯艺术批评与现实批评这四对本身带有正反性质的理论合于一体写作批评史，虽然可以达到最终协调，但却是以突出一个主导而隐蔽其他达成的，这正是上述理论矛盾的最终解决；而在更高的层面上，将本土和上述外来不同语境的理论归于一个体系，必然引起多元的价值取向，其中有相逆行的现象但也有其相融合之处。

就在郭绍虞的《中国文学批评史》（上册）出版之际，1934 年 10 月 17 日钱锺书撰写《论复古》一文，从折中的角度批评了郭绍虞《中国文学批评史》推崇纯文学和进化论之价值取向是"依照自己的好恶"而"不能算是历史观"[①]。一周后，郭绍虞《谈复古》一文对此予以回应[②]。郭绍虞认为自己提出"纯文学"与"杂文学"，"复古"与"演进"之分，并无褒贬之意。虽然郭绍虞强调其中立原则，但纯文学与杂文学、复古与演进之分，不仅成为《中国文学批评史》隐含着的写作架构，更成为进行材料取舍和判断文学价值的标准。

其实早在 1934 年郭绍虞写作文学批评史之际，他就曾强调试图还原古人理论的本来面目，其《自序》说："我总想力避主观的成分，减少武断的论调。所以对于古人的文学理论，重在说明而不重在批评。"[③] 但事实上，郭绍虞的文学批评史著述无论是架构理念和价值取向，都受"五四"时期西方文学思潮之熏

① 钱锺书：《论复古》，《大公报·文艺副刊》第 111 期，1934 年 10 月 17 日。
② 郭绍虞：《谈复古》，《大公报·文艺副刊》第 112 期，1934 年 10 月 24 日。
③ 郭绍虞：《中国文学批评史·自序》（上册），北京：商务印书馆 1934 年版，第 2 页。

染。而文学思潮正构成了任何一种解读的视阈，古代经典正是在这个视阈中实现了其在不同时代的意义增值。个人与文学思潮之间的关系，正如其时郑振铎所说："中国的文学曾因与印度的文学的接触，而生了一个大时代。现在却是与西方文学相接触了，这个伟大的接触，一定会有一个新的更伟大的时代出现的。文艺复兴的预示，即隐隐的现于桃红色天空的云端了。"①《中国文学批评史》正体现了郭绍虞一代知识分子的未来社会理想和"中国文艺复兴"的梦想。

【原载于《文学评论》2010 年第 1 期】

---

① 郑振铎：《研究中国文学的新途径》，《中国文学研究》上卷（《小说月报》1927 年第 17 卷号外），上海：商务印书馆 1927 年版。

第五辑
教学实践与理论探索

问题意识·个案研究·集群会通

—— "海外华文文学与诗学" 全国博士生学术论坛的学术总结

饶芃子

　　各位专家、各位与会的青年朋友："论坛"学术委员会邀我为本次研讨会作一个学术总结。我参加过许多研讨会，包括国际学术会议，始终认为，学术研讨会只不过是为大家提供一个讨论问题的平台，或者是构建一座彼此对话的"桥梁"，通过讨论、对话，彼此交流看法，获得新的信息和经验，从而诱发出种种新的思维，拓展了自身的学术视野，如能做到这样，就让人满意了。所以真正的学术总结不是一时能做得出来的。本次"博士生学术论坛"也是如此。但既然我的发言是以"总结"为名，就接着这个"题"，对本次"论坛"的组织和与会博士生的论文、发言谈谈自己的看法，特别是就研究问题的方法和与会专家、博士进行沟通和交流。

　　本次"论坛"共收到18个省市和地区（包括港澳台）43所高校和研究机构的博士、博士生提交的101篇论文，由于篇幅关系，参照匿名评审时专家意见，选取其中的26篇辑成论文集。在101篇论文中，有52篇是个案研究，近20篇是诗学研究或带有诗学意味的论文，还有关于亚裔文学、华语传媒、华语电影、港台澳文学研究的，范围相当广泛，方法也比较多样。有宏观的立论，也有微观的分析。以个案研究的论文为例，就包括作家、作品、学者、刊物、文艺团体等46个具体研究对象，有一些研究对象是以往未能触及的。

　　本次"论坛"收到的论文，有一个突出的特点，就是创新意识、问题意识比较强，结论也比较明确。从研究对象涉及的区域看，有研究北美和欧洲的，也有研究东南亚的，但没有收到研究澳大利亚华文文学的论文。在东南亚华文文学中，对泰国华文文学和新加坡华文文学关注得较少。事实上，这两个国家的华文文学历史悠久、成果丰硕，我们学科的不少研究者早期还是通过泰、新华文文学而进入到世界华文文学领域的。在研究方法上，也有所拓展，不少论文采用了比较的方法、心理分析的方法，特别令人高兴的是，审美（文学性）的研究受到多数论文作者的重视。论文不只是停留在思想和文化的一般阐述，而是有文本的细腻解读，对作家心灵的探索，以及对作家生存状态和作品中的艺术形象内在联系的追问。我一直认为，对经典文本个案的研究，应对文学作品中的艺术形象进行审美的解读，并且要有精神层面的探讨。审美研究是探索这一领域文学性的基础，也是关系到它作为一个有世界性和民族性的特殊文学领域具有何等审美价值的重要问题。

从"论坛"的研讨形式看，有大会的学术报告，也有分论坛的讨论。推荐到大会作报告的九位博士，均作了充分的准备，效果良好。在分论坛中，有个人的专题发言，也有自由讨论和专家的评议，当中不无交锋，气氛十分活跃。在简短的时间里，共有60多人次在不同的会场发言，达到了举办这样一个层次论坛的初衷和期望。

下面，本人就论文的写作和研究方法谈两点学术方面的看法，供大家参考。

第一，关于文学研究的问题意识。从本次收辑进论文集的26篇论文看，都能够从自己的研究范围、对象中发现、提出新的问题。我个人认为，对于年青学者来说，学术研究和学术思想的演进、深化，关键在于能不断地提出新的问题。因为能提出一个新的问题，就意味着有一种新的思路。一篇优秀的论文，一部好的学术著作，开头能吸引我们的就是它所提出、设置的问题。问题的发现和提出，表现出研究者的知识水准、领悟力和洞察力，也就是个人学术的思维能力、创新能力。对于与会青年学子，今后如何逐步建构起自身的学术领地？重要的就是要通过严格的科学方法，一个一个地去解决本学术领域存在或涌现的问题，例如去完善某一种论说，又如推翻某一种片面、不正确的偏见，或提出新的观点得到学术界的回应……能发现问题，有问题意识，对于青年学者至关重要。我经常这样鼓励我的博士生，从博士论文开始就要选择一个有学术生命力的"长线"问题，也就是说，这个问题并非一次做完就没有后续，而是可以不断开拓，"庭院深深深几许"，是足以向深处走而且越走越宽的，进而可以建立自己的一个学术领地。当然这个学术领地的大小，要看你努力的结果，还要看学术机遇和研究对象本身的思想和文化的含量、价值。而要做到这样，不但应该在学术研究中，持一种严肃的学术态度，还应有理论、有方法、有实证分析。所以问题和方法，作为严格意义上的学术论文，尤为重要。根据我个人的认识，问题意识是对事物"内在理性"的一种突破，以质疑、索解的科学态度去审视自己的研究对象，运用知识和经验去判断外界和自身，使其不断补充、完善、发展。对于博士而言，这个要求是不高的。记得曾经有学者做过一个调查，将1994年到2003年发表的564种刊物上的1 109篇论文进行分析，其中有新见、有问题的只占3.7%，许多论文无问题、无方法，甚至无结论，大而化之，自话自说，有的是用综合、描述的话语来铺叙成自己的文章。为何？我想是因问题的缺失与方法的缺失，以及作者研究目的不明确。当然，这个调查是七八年前的事，现在情况如何？我们没有去调查，不过从此次"论坛"收到的论文看，多数是有问题意识的，而且也有自己选择的方法和不同程度的实证。存在的问题是：有一些论文对所研究课题的学术史交代得不够清楚，梳理不细致，或者只将与课题相关的资料目录罗列出来，没有综合辨析，因而显得针对性不强，缺乏新意。事实上，对前人成果的阅读、筛选、归类、辨析的过程，是发现问题和引发自己学术兴趣和关注点的基础。这一点我希望博士生们能有所认识。

第二，关于个案研究。我一向赞成青年学者做研究先从个案做起，我自己也很有兴趣于个案研究。20 世纪 90 年代，我撰写的《〈三国演义〉在泰国——文化影响的"宫廷模式"》（载《中国比较文学》1996 年第 1 期），《在中国现代文学批评的起点——论王国维的〈红楼梦评论〉及其他》（载《文艺研究》1996 年第 1 期），很被学界关注，这两篇均是个案研究论文。我自己在做个案研究的过程也有许多体验和收获。夏中义教授是国内学界研究个案很成功的学者，他认为做个案的方法与创意在于：在文献学层面给予对象（某一作家、理论家、学者或著作）以整体性逻辑还原。从学术的发展看，这一看法十分深刻，这种"还原"的陈述与追问应该包括：作者是一个怎样的人？处于什么样的生存状态？有哪些著作或作品？哪些是他的标志性成果？有何创新与贡献？其写作背景和心理动因是什么？为何能给文学界、学术界带来大的影响？从精神层面去探询对象，追问其深层意义。这样做，有助于改变以往某些文学史、文论史、学术思想史存在的纯粹概念和范畴的演化，改变只重历史、政治的背景原因，而忽略了作家、理论家、思想家的创造力及其作用的研究现状。做个案研究，一定要把作者的"话语"肌理弄清楚，特别是他们的个性追求和学术思路，个人对现实的体悟、感应、评判和创见，以及历史如何给他们提供某种际遇和空间，从一个"点"，沉潜到历史的深处，在学术上做出自己的贡献。这样来研究作家、诗学家、学者和理论，就能感受到"史的脉动"和"人的体温"，于是，远逝的历史就被我们唤醒，重新活在新的学术场域中。

我们此次论坛的主题是"海外华文文学与诗学"，因而应有诗学命题的意义。从诗学层面去探询我们的研究对象，难度较大。记得海外著名华人学者夏志清在他的著作中曾说，做此类研究，要学会"集群会通"式的探讨，我很赞同他所倡导的这一方法。"集群会通"式的探讨，就是不要一开始就急于寻求新体系、大理论的建构，而是要根据自己已有的知识和有兴趣的学术问题，去面对各种诗学话题的延伸状态，如文论中的学派、观点、范畴，等等。"集群会通"就是要在操作层面上，由清理到"会通"。从其原生状态梳理起，只有在一个一个问题具体清理基础上才可能达到"会通"，才有可能进行言之有理、持之有据的立论，才会有一定层面的"会通"。如果是从事比较诗学方面的研究，这种"会通"可以是同中见异，也可以是异中见同；"会通"的清理可以是从作者提出的理论，也可以从作品所隐含的文论"话语"，还可以从读者接受方面去"会通"。与此同时，我们还要考察作者创作中的文化立场、姿态、意志和诉求，以及形成的理论的合理性和局限性。

最后，我希望与会博士生继续努力，如果说这一次时间太短，大家意犹未尽，以后我们还会举办这一类型的论坛，希望青年朋友们有机会再来暨南园，让我们以辛勤的劳作迎来一个又一个的学术"春天"！

谢谢大家！

【原载于《暨南学报》2010 年第 3 期】

高校理应要为文化产业的创新作贡献

蒋述卓

　　高校之所以要为文化产业的创新做出贡献，这主要是由高校的角色和地位决定的。我们知道，高校具有三大功能：第一是人才培养，第二是科学研究，第三是社会服务。从这三大功能当中我们可以看出，随着现代知识经济时代的到来，本着与时俱进的理念，高校应该走出象牙塔，与社会联系更加紧密，尤其与文化产业学科的发展联系得更加紧密。

　　前几年高校与社会联系比较紧密的可能是经济和管理学科，各个高校管理学科的 MBA 培养是最热门的，每到周末这些人就挤满了学校，国外也是如此，MBA 中心是建得最好的。但是自 2005 年之后高校发生了一个新的变化，文化产业这个学科在高校得到了长足的发展，以北京大学、中国人民大学、中国传媒大学、上海交通大学为首，不少高校开展了文化产业学科的研究，我们很多学者都加入到了文化产业学科建设中来。

　　文化产业的发展在高校里得到了重视，发生的这一变化令人欣喜。我认为高校现在更应该为文化产业的学科做出自己的贡献。大家知道，现在地方文化产业的项目都交给高校来做：比如人文奥运是由金元浦教授在做；中南大学的欧阳友权教授一直在做文化品牌的报告；花建教授为顺德做文化产业规划；熊澄宇教授为广州做文化产业规划，等等。还有很多学者跟地方联系都很紧密，前两年我带领了 40 多人的队伍做了深圳市文化产业规划项目（2008—2020），这从学科建设来说有了非常好的基础。就如何贡献来说，我认为可以有这样几个方面：

　　首先是观念上的贡献。从这几年来看，高校首先在理念探索上给文化产业学科做出了重大贡献。比如文化产业学科的介绍，文化产业学科一些重要案例的个案分析，包括对个案给予总结、提升、推广，都是高校做的。高校从理论探索和启蒙的角度都是有贡献的。另外对一些文化产业发展过程当中的一些经验和不足进行总结，甚至做出一些批判性、建设性的意见，包括今年在北京大学举行的文化产业新年论坛的时候，我看到有高校的学者对旅游景点"印象系列"也做出了批判，认为文化产业发展到了现在大家都去一窝蜂地做"印象系列"，这就复制滥了，缺乏创新。这些批判性的意见对文化产业学科的发展、对文化产业本身的发展都是有意义的。

　　其次，通过在学科内涵上的探讨对学科建设做出了重大贡献。比如说文化产业学科的构成与分类，经过诸多学者的讨论已逐步清晰。我今年在北大文化产业新年论坛上也谈到了文化产业学科构成的核心部分：第一是文学艺术，第二是传播与营销，最后是管理。今后在科技发展与文化的结合、新的文化业态的兴起、新的文化业态的产生可能会对文化产业产生哪些推动方面等问题，还要进行深入的研究。

再次是研究方法上的贡献。主要有三个方面：一是跨界的融合。因为文化产业学科是一个融合的学科，多种学科融合在一起，在方法上必须有跨越学科的研究方法。我们做文化产业学科研究或文化产业规划时，往往有很多不同学科的教师和学生参加，有学哲学、历史、文化的；有学经济管理的；有学旅游和文化地理的；有学文学、艺术设计、影视编导的，这种学科融合的资源只有在高校里才能得到；二是理论必须与实践结合。做文化产业尤其是创意产业不仅要想得出，还要做得出。如我们现在做创意建筑、做文化产业园区设计、担任戏剧导演，不仅仅是一个理念，更重要的是看最后拿出的成果社会是否认可；三是社会调查，社会调查的方法与其他学科也有不同，尤其是带着队伍下去调研的时候，如何与政府部门以及企业对话就是一门艺术。如何从调研中看到文化产业发展的现状和方向，能够看到未来的发展趋势，这是非常重要的，社会调查方法也要有新的思路。

最后是人才培养。搞文化产业的老师，首先自己要成为创意型的人才，才能培养出创意型的学生。我们应该在这方面加强对师资的培养，要注重在实践中锻炼教师。文化产业培养的是综合型的人才，这是很有难度的，而创意型人才又都是略带偏执性的，对事业很执着，对他们我们应该包容。

【原载于《深圳大学学报》2010 年第 5 期】

艺术与智慧之光

——谈饶芃子教授的研究生教学

朱巧云

在 2007 年 12 月 12 日暨南大学举行的"饶芃子教授从教五十周年庆祝大会"上，饶芃子教授深情地说："我人生中最明媚的春光在讲台上，最有活力的形象是学生的形象"；"我深知自己是平凡的，说到底，我只是学生们的老师"。平凡的话语显示出饶教授不平凡的心性与追求，这是她对自己身份的定位，折射出她对教育事业的热爱。

饶芃子教授是暨南大学文艺学博士生导师，全国著名的文艺理论家。从教五十年来，饶教授在教书育人中做出了突出的成绩，是暨南大学的一面旗帜。她教授了 29 届本科生，13 届硕士，13 届博士，培养了数十位硕士和 44 名博士。她指导的学生中获各种奖励的很多，如广东省研究生最高奖"南粤优秀研究生"、广东省"十佳博士"、国家教委首届人文社会科学优秀成果奖等，很多学生也都成为国内外知名的专家、学者和文化界、传媒界的精英。毕业的博士中，有 20 多位已评上教授，其中 9 位还是博士生导师。饶教授因科研和教学成果突出，多次被评为校级、省级、国家级先进工作者。1989、1993、1997 年饶教授的文艺学研究生教学先后三次获广东省优秀教学成果二等奖。这些荣誉，积淀着饶教授的智慧和心血，是她倾心于教育事业的见证。

一、因材施教，培养学生的理论意识，激发学生的学术热情

饶教授对硕士生、博士生教学的区别和联系有着深刻的认识。她说，硕士生教学，是要让他们对学科的历史有所了解，要指导学生阅读学科发展过程中若干经典性、有代表性的著作，了解当今有开创性的新成果。……激发其对学科的热情，培养他们的问题意识、创新意识和独立思考能力。而博士生的教育更多是在思想和精神层面上的培养，引导学生探讨学科潜在的良好传统，启发他们关注学科发展中存在的重大问题，对他们进行学术品味、人格力量、专业道德和学术规范的训练，激发他们对专业的深厚感情，使其具有一种生命的依托感，培养他们

的创造力和科学研究能力。这种因材施教的方法，也是饶教授在文艺学研究生教学中取得突出成绩的因素之一。

饶教授的学生来自内地各省市和港澳地区，也有留学生，学生的专业背景除了文艺学外，还有比较文学与世界文学、中国现当代文学等相关专业，饶教授因材施教，循循善诱，立足本专业，扬长避短，取长补短，培养学生的理论意识，激发学生的学术热情。

比较文艺学主要是进行中西文论的比较，对于国学基础好的学生，饶先生着重指导他们加强西方文论的修养；而西学背景出身的学生，则补足他们国学方面的基础。博士生入学的第一学期，饶教授给文艺学的博士生开设专业学位课"比较诗学"，在讲课的同时，布置学生精读本专业的一些代表性著作，如宗白华的《美学散步》、刘若愚的《中国的文学理论》、厄尔·迈纳的《比较诗学》等，并引导学生关注文艺学发展的最新成果，打好理论基础，与时俱进。教学中，饶教授非常注意师生互动，根据各届学生的特点选择一两部本专业的经典著作组织课堂讨论，也经常请一些专家来校演讲，为学生们创造与专家对话的机会，还常带领在读学生参加国际、国内本专业或相关学科的学术会议。

教学的成功不仅仅体现为学生对知识的掌握，更在于学生对所学专业的热爱，有学术传承的使命感，饶教授的教学即是如此。她多元的教学方式不仅为学生打下坚实的学术根基，提高了他们理论水平，也使学生受到学术的熏陶，分享学术发展的喜悦，拓展了学术思路，更为重要的是将他们一步步引领到文艺学领域，激发了他们的学术热情和学术传承的信念。

二、科研是重心，创新是灵魂

科研能力的培养是研究生教学的重要内容，而学位论文的撰写是其中最重要的一环。饶教授认为学位论文的撰写要从课程论文的训练开始，循序渐进，积累经验，水到渠成。她常对学生讲，学位论文的选题很关键，尤其是博士论文，这是一个人在学术道路上安身立命的起点，关涉到未来学术的发展。因此，博士生入学后不久，饶先生都要讲"如何撰写博士论文"专题课，就选题、创新等问题指点迷津。例如学位论文的选题，她指出，要选择那些路碑式的、具有广阔阐释空间的、有学术价值的问题，所选论题要有足够的分量，在三年内能完成并可以达到高学术水平。同时，选题要在理论层面上有张力、有价值。为了拓展本学科的领域，还可以从跨学科的"交叉地带"中发现和提出一些学术问题，采取挖古井的方法，深挖下去。

饶先生也非常重视论文写作以及规范问题。针对学生忽略课题的学术史、不理清概念、不会选择典型个案等容易出现的问题，饶教授多次强调。她说，理清课题学术史，一是避免做重复研究，二是知道从何处起步，寻找创新点；对于论题，要明确其时间度和空间度，对论题相关的概念、范畴给予明晰地界定，并说明在哪个层面、角度上使用它们。而个案一定要选择那些有创意、有容量、有张力，具有长久意义的经典性文本。同时，她常提醒学生，论文写作一定要加强"论"的成分，开掘材料中的理论意义。

此外，饶先生经常鼓励学生要勇于创新。"人无我有，人有我优"，这是饶先生指导学生撰写学术论文的指导思想之一。她曾说："培养创造力是研究生教育的关键。研究生在学期间，学习专业知识不是为了重复它，而是要以它的理论为发端，研究和解决本学科本专业的新问题，真正的革新者不是模仿者，也不是移植者，而是创造者。"她希望学生在知识储备、思维能力等方面，有自己的特色，形成优势，在学术上有所创新。师者，人之范也。饶教授本人的研究和教学生涯就是教学科研互动、不断创新的历程。她在比较文学和海外华文文学方面的开拓学界共知，她教学内容的先进性、教学方法的不断更新、多元化，学生们深有体会。

三、人格是做人的底座

饶教授德高望重，她认为："人格、文章、人品、文品，是统一的，人品是文品的根基。""人格的完善是一辈子的事情。"因此，在教学中，她很重视对学生人格的培养。

饶教授在一次接受记者采访时说："我们对学生的培养不仅是学术上的，还应该是人品道德方面的培养，即使是研究生、博士生也不例外。""在我看来，人格是做人的底座"，"我认为，人要成功最起码要是个正直、诚信的人，还要有健康的人格，懂得自尊、自爱和自信，这是我对学生的要求，对学生的品德和情商的培养一直是我教育学生的一个重点。"

一次，一位学生未能按学术规范撰写课堂论文，为此饶教授专门为他们讲授了一堂题为《现代人的成功之路：诚信、上进、团队精神》的课。据学生的回忆，饶教授当时神情凝重，从做人要诚信正直谈起，讲到了做学问也要有诚信。她鼓励学生在学业和生活中要积极进取，充满热情，在开发自我、发展个性的同时，还要顾此及彼，有团队意识。她的一些话语如"正直的心是无价的""要做一流的人"等，学生们铭记在心。

饶教授教导学生做人、做学问要"大气学养、优容雅量"。这两句话，实际上也是她做人、做学问的真实写照。饶教授的大气宽容、深厚学养、优容典雅素为人们敬重，而她在科研、教学、行政等方面都取得成功，正缘于此。

　　饶教授的学生、暨南大学副校长贾益民教授说：饶老师"热爱自己的工作，用生命诠释文学，把教书变成了一门艺术；她并不是一味灌输知识，而是激起学生求知的热望，教会学生如何去发现和创造。"50 年中，饶教授将艺术与智慧的光芒撒满学生的心田，在"点亮"别人的同时，也"点亮"了自己。

【原载于《暨南学报》（哲学社会科学版）2008 年第 1 期】

理论何为?

——文学理论授课中遭遇的诘问及回应与反思

朱巧云

几年来,我给成教、全日制本科生讲授过《文学概论》《西方文论》《文艺心理学》《比较文学概论》,给一年级文艺学研究生讲授《创作理论研究》《中外文学名著个案研究》等课程,曾多次被学生问到诸如"理论有什么用"之类的问题。虽然,每门课开讲之前都会讲课程的教学目的、意义,但这类问题还是会不断被提出来。就学生的实际情况来说,成教汉语言文学本科的学生在专科时所学专业大都不是中文,相当一部分还是理工科出身,他们文学底子差,一些简单的基础问题也答不上,对于文学理论更是一头雾水。全日制的本科生一年级学习《文学概论》,普遍感到困难,一时难以适应,到了大四,学习《文艺心理学》《西方文论》等课程也还是颇有些难度。而文艺学的研究生,同样存在着一定的困惑,对理论的意义和价值认识不够。

一、理论的作用

1. 解惑、启迪的作用

当学生提出这类问题时,有时候我并不急于讲解理论的价值,而是根据上课的内容和面对的不同学生,我会反问学生一些问题,如"何谓文学?""文学艺术有何作用?""文学作品有哪些成分构成?""为什么一部作品如《红与黑》《喧哗与骚动》刚产生时无人问津,但后来却誉满全球?""亚里士多德、黑格尔等人的悲剧理论有何价值?""你如何看待网络文学?"等,让学生思考、回答。虽然他们都看过大量的文学作品,但让他们谈谈对文学的看法,总结各种文体的特点,对常见的一些文学现象进行分析时,他们往往有些力不从心。此时,我会引出文学理论的价值之一:解惑、启迪的作用。

文学理论就是关于文学的各种问题、困惑的一种解答、回应,向我们展示文学艺术的各个方面,让我们了解文学的意义、功能等。不论何种理论都会从某一个视点引导我们去观察文学,认识文学,并启迪我们思考文学的各种问题。当然,对于文学的所有问题的回答,都有从不同角度出发的多种立论,这就使文学理论具有了多样性，随着时代的变化，文学创作方式的改变和文学形式的丰富，理论会更加繁多。而且所有文学理论并不是万能的，某种观点、结论并不具有永久的效用。正如伊瑟尔所说："文学理论使我们意识到解释是多种多样的，解释的有效性也在不停变化。""因为每一个理论都以不同的假设为出发点，追寻一个特定的目标，范围上各有局限，并且产生出它的竞争者们无法产生的东西。软理论（指人文科学理论，笔者注）的接受是通过一致性看法，而不是通过检验，因此对这种接受来说，通常最重要的就是理论具有的相对说服力。"① 另外，文学的很多问题都没有标准答案，就像"有一千个读者就有一千个哈姆雷特"，但还是会有一个大多数人认可的说法，也就是说，虽然没有定论，但还是有公论的。例如，对于小说的认识，巴尔扎克认为小说是一个民族的秘史，米兰·昆德拉认为小说是人类精神的最高综合，普鲁斯特认为小说是寻找逝去时间的工具。莫言在 1984 年至 1990 年，曾 7 次从不同的角度谈论小说，如"小说是小说家猖狂想象的记录""小说是梦境与真实的结合""小说是一曲忧郁的、埋葬童年的挽歌""小说是人类寻找失落的精神家园的古老的雄心"等。但"剥掉成千上万小说家和小说批评家给小说披上的神秘的外衣，展现在我们面前的小说，就变成了几个很简单的要素：语言、故事、结构。语言由语法和字词构成，故事由人物的活动和人物的关系构成，结构则基本上是一种技术"②。文学不会终结，文学理论也不会停止探索。文学理论的这些特点也是需要向学生阐明的。

2. 帮助我们欣赏、分析文学作品，认识当代新兴的创作现象

文学理论大多都是在作品分析基础上总结出来的，自然对我们分析、理解作品有帮助。鉴于大多数学生对作品的评价停留在感性认识基础上，在讲这一点时，我会以具体的例子来讲解分析作品不但要知其然，还要知其所以然。一部作品，是优是劣，要从哪些角度去分析，可以用哪些方法来呈现作品的意义。文学理论也会为我们认识当前的网络文学、手机短信、文学的戏仿等新兴的文学形式和剖析当前文学创作中消解深度、消解价值等创作现象提供一些角度和方法。文学理论的学习会让我们不再囿于感悟式的品评，而是能够将切身的感悟与理论的深刻剖析结合起来，提高我们的鉴赏力。

3. 提升我们的思辨力，培养理论意识

文学理论课程旨在培养学生的理论素养，引导学生理性地认识文学现象。因此，在授课过程中，要训练学生对文学现象及文学理论本身的思考，让他们在进入理论世界，领略理论魅力的同时，能够辨析理论的意义和不足。我在给研究生上课时，针对如何读书的问题，指出了三个步骤：第一步了解著作说了什么，掌

---

① ［德］沃尔夫冈·伊瑟尔著，朱刚、谷婷婷、潘玉莎译：《怎样做理论》，南京：南京大学出版社 2008 年版，第 1、7 页。

② 莫言：《莫言文集·小说的气味》，北京：当代世界出版社 2004 年版，第 362 页。

握主要的观点和论证;第二步对理论的评价,其可取、合理之处何在?为什么?不合理、要批判的有哪些地方?为什么?第三步,这些理论对你有何启发,也就是你对这个问题是如何思考的。我认为王国维所说的"入乎其内,故有生气,出乎其外,故有高致"的观点也适用于文学理论的学习。

二、理论教学中的实践训练

在这几年的教学中,我也尝试用多种方法来激发学生学习理论的热情,让学生多一些实践练习,在实际运用中体会理论的价值和作为。

1. 布置阅读书目

除了介绍通读性、基础性的经典名著外,根据上课的章节内容布置一些相关的著作、文章和作品,并在上课的过程中提出问题以考查学生阅读的情况。

2. 课堂讨论

具体有两种情况:一是上课时当堂提出问题,让学生讨论,如讲到文学创作时,提出"作家的谋利动机必然会影响作品的质量吗?为什么?"让学生自由发言。这种形式的讨论每节课都会有。二是事先布置好讨论题目,安排专门课时进行讨论。如上《西方文论》时,把学生分成几组,讨论悲剧理论、天才论、摹仿说等,安排他们看柏拉图、亚里士多德、康德、叔本华、尼采、黑格尔等人的相关理论。

3. 分组讲解部分课程内容

在《文学概论》课上,安排 2009、2010 级学生讲解中外文学批评方法、文学与其他意识形态的关系、表现手法、文学体裁等内容;给 2006 和 2007 级全日制学生上《西方文论》课时,让他们讲解西方当代的一些批评流派如女性主义、弗洛伊德精神分析等。

4. 课堂写作

上课时,就某一理论问题让学生写成书面评论,如给 2008 级上《文学概论》时,让他们就"意象、典型、意境"内涵和关系这一问题加以分析。另外,也会让学生课堂阅读文学作品,即时写成评论文章,曾让 2006 级学生阅读《最后一片叶子》、2009 级学生阅读《笨狗》,珠海学院 2003 级学生看《罗生门》电影,然后用半节课或一节课的时间完成评论。

5. 写读书报告和课程论文

《创作理论研究》《中外文学名著个案研究》等研究生课程基本上采用读书报告和当堂讨论的形式。全日制本科生也采用这种方法,如让 2006 级学生阅读弗洛伊德的《创作家与白日梦》、福柯《作者是什么》、巴尔特《作者的死亡》等著述,写一篇关于文学创作中作者角色与功能问题的文章;阅读并翻译《文心雕龙·体性》篇时；让 2010 级的学生就"文学的功能""文学创作的动机""文学创作的心理""文学创作的价值追求"等问题写 2 500 字以上的论文。给 2007级学生上《西方文论》时，让他们选择一种西方文学批评方法分析一部文学作品。学生交来的论文我都会批阅意见和评定成绩，并返还给学生。

一般来说，每门课程中至少会用到以上其中四种方式。从这几年的实践训练来看，效果还是很不错的，对提升学生学习理论的兴趣有所促进，例如，有些学生作业写得不好，看了我的批阅意见后，还会重新写一篇交给我看；有时候在课堂讨论中学生争相发言，气氛很好；安排学生讲解课程内容，他们都积极认真地准备讲稿，制作精美的 ppt，而且对他们所讲的问题有较深的理解；有些学生能够在讲解的基础上，将理论运用到论文的写作中，如 2006 级的伍茂源同学，让他讲解了巴赫金的理论后，他就将巴赫金的对话理论应用于毕业论文写作中，很有理论深度，获得优秀的成绩，还被评为校级优秀毕业论文。就学生写的小论文来说，尽管无法杜绝抄袭现象，但还是有很多同学写得很不错，如 2007 级《西方文论》的课程作业中，有些同学用后殖民主义理论分析《基督山伯爵》、用黑格尔的悲剧理论分析《新白娘子传奇》的悲剧意蕴等，都令人耳目一新。另外，当场评论的作业很多也蛮有见地。这些方式方法，都有利于启发学生积极思考，训练他们分析问题、写作论文的能力，逐步培养他们的理论意识。

三、反思

在教学过程中，我也受到学生的启发，不断去反思文学理论课的教法，并对理论的价值、意义等问题的认识有所深化。

1. "理论何为"的补充论述

第一，理论与创作的关系问题。

"理论有何用"是一个古老的问题，对于作家和一般读者来说，理论仿佛处在一厢情愿和高高在上的状态，对创作和阅读并不产生实际的影响。一般的读者不会用理论来指导自己的阅读。作家需要理论吗？对于这个问题，有不同意见。一般认为作家创作更多的时候不是受理论的支配，如莫言曾经认为："研究创作美学的书与作家的创作不会发生什么关系，作家更不会用创作美学来指导自己的创作。"[1] 在 80 年代末中国作协、鲁迅文学院与北京师范大学研究生院联合举办的首届文学创作研究生班上，莫言经常逃课，尤其是童庆炳老师的课。

然而，理论对创作、阅读应该是有帮助的。作为一般读者，如果我们学习掌握了某些理论，我们对作品的品评就不会停留在"好"与"不好"的评价和零

---

[1] 童庆炳：《维纳斯的腰带——创作美学·序三》，上海：上海文艺出版社 2001 年版，第 9 页。

星的感受，而是头头是道、条分缕析地发表自己的见解。理论对创作的影响也是有帮助的，我们可以通过中国当代一些作家的体会来了解一下这个问题。

作为农民作家的代表陈忠实在创作中，曾认识到自己理论素养的缺乏影响了创作的深度，所以他潜心研习，独自思考，开放探索，转换观念，更新手法，并在长期的创作实践中，悟出了文学与创作的"两层纸"理论——"文学仅仅是一种个人的兴趣""创作实际上是一种体验的展示。"① 此种理论的升华对陈忠实的创作无疑起到较大的鼓舞作用。

尽管莫言曾持理论无用的观点，但在其后的创作过程中，莫言觉得自己当初的认识是肤浅的，他指出，有一定创作实践的作家了解一点创作心理美学，对于今后的创作肯定有帮助。迟子建说："虽然现在我记忆不起童庆炳老师每节课所讲的具体内容，但我想课上所受的启迪已经在不知不觉中悄悄注入了学生的作品之中。就像一个人成长必须摄取多种营养，……老师的课对我们而言，就是这其中的一种。缺了它你不至于失衡，但汲取了它的营养你会变得更为丰富。"② 李杭育在《创作·理论·感觉》中谈到：作家要有悟性，而悟性是"一种很飘忽、很浑沌的直觉洞察的能力，是将理性思辨和感觉经验浑然交融（而不是生硬的拼凑）的最高智慧；它超越理性，又被理性升华了，而归根结底是还原于感觉的。""为了修炼这种悟性（无疑，每个作家都少不了悟性这种智能，无非是有大小强弱的差别），对待理论或理性思辨我以为取这样的态度比较好：不拒绝，也不执着。""即便是天赋很好的作家，也是多少要一点理论的好。"③

王先霈主编的《新世纪以来文学创作若干情况的调查报告》中有一个关于《1977—2003 年大学教育与作家创作关系的调查》，这个调查关注高等教育对文学创作发生的影响，中国当代作家的文学观念和文学呈现与没有接受过高等教育的作家的不同。他们选取了 1949 年出生，1981 年大学毕业的在中国大陆有影响的 126 位作家，如查建英、张辛欣、韩少功、刘索拉、卢新华、林白、王小波、马原、李杭育、刘震云、皮皮、苏童、格非、毕飞宇，等等。研究认为：大学教育对他们的思维方式、文审美意识、文化品位、价值观等有深刻的影响。大学虽然不是直接培养作家的，但大学给作家提供了滋养心灵的特殊空间。很多作家以不同的方式批评、指责学校的教学模式、老师、教材、管理体制，但他们还是认为，影响最大、印象最深、忆念最切的还是大学生活。如"莽汉诗人"的代表李亚伟在《中文系》一诗中调侃大学教育，但他说当他老了回忆一生经历的时候，"我终身引以为傲的一件事是大学四年"，尽管"我无休止的旷课至少三年

---

① 陈忠实：《兴趣与体验》，《陈忠实文集》第 5 卷，西安：太白文艺出版社 1996 年。
② 童庆炳：《维纳斯的腰带——创作美学·序三》，上海：上海文艺出版社 2001 年版，第 13—14 页。
③ 李杭育：《创作·理论·感觉》，《当代作家评论》1985 年第 6 期。

以上"①。而理论之于这些作家的影响何在？这篇调查指出：就当时的情况来说，国外的文学艺术以及各种文化信息较早在大学里介绍、传播，作家对国外文学新的创作方法、艺术形式如萨特、巴特、德里达、福柯等现代主义、后现代主义的理论比较早地接触到，陈建功、韩少功、方方、刘震云、张辛欣、苏童等成就突出的作家其作品无论思想内涵、生活内容还是艺术手法，其大学所受的教育和理论影响显而易见。②

第二，人类自身力量、价值的确证。

有人说，既然关于什么是文学，什么是诗之类的问题没有统一恒定的答案，那这样的问题就是伪问题。然而，面对这样的"伪问题"，历代的文学家、理论家站在时代大潮中，依据他们的创作、研究满怀激情地做出解释，共同建构了文学理论史，这不仅是作为作家、理论家的自觉，也是他们或者说是人类自我确证的体现。刘若愚曾说："即使我们永远达不到确定的回答，假如每个批评家都将自己所谓的文学说明白，倒是有帮助的"③。理论家的自觉不仅仅出于理论的自觉，更是对自我的认知，对自我价值的衡量。伊瑟尔指出："长久以来，人们一直以为没有必要对阐释活动的自身环节进行分析。人们想当然地把阐释活动看成自然而然的过程，至少是因为人类要生存靠的就是持续不断的解释行为。"④ 伊瑟尔认为，对意义的追问及阐释是人类生存的一种手段。因此，我们在考虑理论的实际效用时，我们也应该返归到人存在的价值和意义这个本源的问题上去思考，这正如哲学的存在一样，而文学理论本身与哲学有着千丝万缕的联系。尽管德里达对理性予以解构，但我们这个世界还是需要理性，需要理论，否则我们只会停留在平面和现象上。理论不会过时，也不会无用的。即使抛开理论的其他用处，理论是人类自身力量、价值的确证这一点却是永远不会消失的。每当学生问："现在戏剧处在这样一个萧条的时期，我们学戏剧创作理论还有多大的意义？"，我便用以上的观点做了回答。

2. 理论的抗拒与陌生化——当代"理论何为"问题的提出语境

在这样一个以实用为标杆的时代，文学理论对于学生找工作以及在社会工作中仿佛没有多少实际的价值，所以，学生不愿意花时间去读理论著作，他们要考各种证书，考英语四六级，准备公务员考试，等等。另外，解构主义中对理性、权威、传统、高尚等的颠覆与解构，已渗透到年轻一代的思想里。记得在《金

---

① 李亚伟：《英雄与泼皮》，《诗探索》1996 年第 2 期。

② 王先霈主编：《新世纪以来文学创作若干情况的调查报告》，沈阳：春风文艺出版社 2006 年版。

③ （美）刘若愚著，杜国清译：《中西文学理论综合初探》《中国文学理论》附录，台北：联经出版事业公司 1981 年版，第 217 页。该文原载于美国《中国哲学杂志》1977 年第 4 卷第 1 期。

④ ［德］沃尔夫冈·伊瑟尔著，朱刚、谷婷婷、潘玉莎译：《怎样做理论》，南京：南京大学出版社 2008 年版，第 1 页。

婚》中，文丽的儿子说："人活着无非两种：一种是做个痛苦的哲学家，一种是做头快乐的猪。我宁愿做一头快乐的猪也不愿意做痛苦的哲学家。"这种寻求简单、快乐的生活哲学成为年轻人的信仰。大学生不再崇尚理论，不再狂热追逐时新的理论，不再深入钻研理论，对理论的抗拒与陌生是普遍的现象。学生的读书报告大多是在叙述书中理论观点，很少有批判意识，而写论文时对理论的生吞活剥和拉杂运用更是比比皆是。因此，在这样的社会文化大背景，质疑理论的效用也在所难免。

3. 培养学生良好的学习习惯——理论教学任重道远

有人说，习惯决定命运。这有一定的道理。记得在给某一级学生上《文学概论Ⅱ》时，我布置了6种著作和7篇文章，虽然事先声明这些并非一学期的阅读任务，有些著作可以在以后的岁月中阅读，班里却顿时像炸了锅，吵吵嚷嚷，有人说没有时间读这些书，而且在后来上课的过程中，他们强烈要求在第三节课时给他们放电影，理由是大家在一起看电影很有感觉，老师、学生都不累。我不但没有采纳这种意见，还对他们进行了"说教"，引起一些学生的不满和反感。这件事对我的冲击很大。我以为，文学理论教学不仅让学生掌握基础知识，提高理论素养，更要在培养学生良好的学习习惯上下功夫，让学生养成读书的习惯、思考的习惯、写作的习惯、批评的习惯。在具体教学中，要鼓励学生在接受前人理论的基础上多思考，从多个角度看问题，不可盲从某一种理论，要有勇气、胆识怀疑先哲的理论，还要有大胆细致的求证精神，在阅读思考中形成个人的见解，在讨论中各抒己见，不要人云亦云。尤其是对大学一年级的学生，从一开始就应严格要求，让他们形成好的学习习惯。我系从2010级开始的背诵、写作训练，我觉得这就是很好的方式。

【原载于《暨南高教研究》2012年12月】

文化观照与现实关怀

——蒋述卓文艺思想述评

郑焕钊

一、文化视野中的宗教艺术研究

20 世纪 80 年代，随着新时期思想和观念的解放，对文学审美本质的重新肯定成为人们进行学术研究的前提。与此同时，以学术方法的创新为前提，对文学审美本质及其规律的重新阐释构成新时期文艺理论的重要特征，以学术方法的创新为前提，对文学审美本质及其规律的重新阐释，构成新时期文艺理论的重要特征，文艺社会学、文艺心理学、文艺文化学、比较文艺学等学科就在这一趋势下产生。宗教文艺作为文艺文化学的一个方面，从宗教角度探讨中国文学和审美的内涵、特征和规律，构成当时古典文论文化学研究中的一股重要力量。

蒋述卓教授对宗教文艺的研究从兴趣开始，逐渐走向有意识的学科建构。从博士论文《佛经传译与中古文学思潮》开始，他相继完成《佛教与中国文艺美学》《山水美与宗教》《宗教艺术论》等专著，以其"宏观俯视"与"微观剖析"（钱仲联语）的研究方法，在宗教文艺研究领域实现了多个突破：如《佛经传译与中古文学思潮》是第一本系统研究佛经翻译与中古文学思潮的专著，《佛教与中国文艺美学》是本土第一部对佛教与文艺美学进行深层次系统探讨的著作，《宗教艺术论》是国内首部从文化学的角度系统对宗教艺术的含义、特征、媒介等进行研究的成果。这些突破正得力于他对方法论的自觉。

对文学与文化关系的深刻认识，构成蒋述卓文学观念和方法的基础。早在1986 年刚刚攻读博士学位之际，他就发表了《把古代文论放到中国文化背景中去考察研究》的文章，认为古代文论的浓厚的民族特色是因为植根于中国文化背景，研究古代文论正是为了揭示其在中国的文化背景中滋长的方式、民族的特色和发生的规律，以之丰富世界文学理论，并为本土文论建设提供帮助。而在中国文化背景中，精神气候、思维方式和民族性格、哲学的渗透与科技的发展对古代文论的发展都具有重要的影响。而在后来发表的《文学与文化关系漫谈》中，更对文学与文化的关系进行系统的阐述，他指出，"文学与文化之间存在着有机的内在联系。文化可视为一个大系统，在这个大系统中包含有文学，也就是说文学与文化间存在着部分与整体之间的重合，而且文学这一部分与文化这一整体之间存在着相同与类似的信息。文化作为涵盖面较文学更宽泛的学科来说，在许多方面呈现为文学的本源、传统、背景与环境"。将文化设置为文学研究的背景，实际上是为文学研究提供一种观察视野。

对文化与文学关系的"渗透"和"折射"之深刻理解，形成《佛经传译与中古文学思潮》一书最为基本的方法论特色，并由之带来研究视野开拓和研究结论的创新。作为国内首部从佛经传译的角度来观照中古文学思潮变化的学术著作，该书深入探讨了佛经传译与中古文学思潮、志怪小说与佛教故事、玄佛并用与山水诗的兴起、四声与佛经的转读、齐梁浮艳藻绘文风与佛经传译、北朝质朴悲凉文风与佛教等六方面的关系。他指出，当佛教中的哲学、道德、审美诸观念渗入中国文化结构之中后，便会成为中国社会文化精神、文化氛围的一部分，然后才在文学思潮的嬗变中折射出来。① 以整个社会心理和时代精神作为文化中介，来探索佛经传译对中古文学思潮的影响，这就突破了以往研究中从直接的宗教题材和形式进行比附的简单做法，可以揭示更为隐秘的影响关系和更深层次的影响效果。著名学者钱仲联先生高度评价该书，称许"其征引译经诸贤论述文献，沉沉黔颐。取材也丰而硕，论证也真而谛，盖能以宏观俯视，微观剖析者"。因此，钱仲联先生认为，"是书之刊，将为中古文学论史探讨者及编撰者增益新知无疑耳"。② 该书经乐黛云的极力推荐而被季羡林先生收录进其主编的"东方文化"丛书，受到学术界的好评，在大陆及港台都产生重要的影响。

20世纪90年代初，文艺美学在中国刚刚兴起，蒋述卓教授出版《佛教与中国文艺美学》一书，从文艺观念和理论层面来系统探讨佛教对中国文艺的影响，这在当时极具开拓性。在蒋述卓看来，中国古代文论、文艺美学的很多概念具有相通性，而基于中国文化基本精神的影响，诗、文、画、乐在创作和评论上也彼此沟通、互相渗透，提供了整体观照的必要和可能③。然而，"佛教在宗教意义上提供的只是一种宗教图式，在哲学意义上提供的是丰富而又独特的世界观、认识论和思维方式，就本身而言并无所谓文艺美学观念，但它却深深地参与了中国古代文艺美学的形成过程"④。这就意味着，在佛教与中国文艺美学之间，需要以文化作为中介来寻找两者影响的途径。因此，文化视野在这里就不仅仅成为学术研究的一种可供选择的视野，而是决定研究是否实现的根本所在。事实上，在这之前，尽管坊间已有佛教美学相关著作的出版，但对于佛教如何与文艺美学发

---

① 蒋述卓：《传译与中古文学思潮》，南昌：江西人民出版社1990年版，第2页。

② 蒋述卓：《佛经传译与中古文学思潮》，南昌：江西人民出版社1990年版，第2页。

③ 刘绍瑾、李凤亮：《文艺美学的反思——"文艺美学在中国"学术研讨会侧记》，《学术研究》1999年第2期，第113页。

④ 蒋述卓：《宗教文艺与审美创造》"自序"，广州：暨南大学出版社2005年版，第2页。

生关联、佛教又是如何具体影响到中国文艺美学这样具有根本性和关键性的问题，却由于研究方法的限制而无法开展或进行深入研究。《佛教与中国文艺美学》将这一问题作为主要解决的课题，一方面，极力挖掘佛教对中国文艺美学产生影响的概念、思想和思维方式，努力构建佛教与中国文艺美学的内在理论体系；另一方面，力图挖掘佛教影响中国文艺美学的途径，尤其注意当一个佛教概念被中国文艺美学所吸收时，它是如何转换过来的，有没有什么中介，它们在哪些地方有相通之处或契合点，除了在细节上寻找一些实证之外，还特别注意文化精神氛围的影响以及佛教思维方式对古代文艺美学思维方式的启发与改变。前者注重研究的系统性，后者注重研究的深层次。在这一方法的统摄下，该书系统地研究了佛教心性学说与文艺创作心理的关系、佛教境界说与艺术意境理论的关系、佛教法身论与艺术传神论的关系、禅宗与艺术独创论的关系、禅学与诗学的关系、佛教与艺术真实论的关系、佛教与中国文艺美学中的悲剧意识的关系、佛教对文艺美学通俗化倾向的推进的关系、佛教中道观与艺术辩证法的关系等，组合成全面、完整的佛教与中国文艺美学理论系统。正如评论者所言，这一系统，"既能认清佛教对中国文艺美学的影响和贡献，亦能认清这种影响和贡献在文艺美学发展史中的价值和地位，也有利于研究者和读者从更广阔的文化、宗教、社会背景下去考察中国文艺美学发展的历程和趋向，认清佛教与中国文艺美学联系的现实意义和有益昭示"①。而在纵深层面，突破了以往同类研究只注重佛教对文艺美学中某一观点、某一理论的启发，如佛教的"顿悟"启发了宋代严羽等的"妙悟"说、佛教的"境界"启迪了唐代王昌龄的"意境"说等，而能够从深层次上抓住这些佛教观点或理论与文艺美学观点和理论的内在联系，揭示出这种理论联系的原因和内在机制。

　　从佛教与中国文学的阶段性研究，到佛教与中国文艺美学的整体性和深层次观照，再到宗教艺术论的系统建构，正显示出蒋述卓教授对宗教文艺研究的逐渐自觉化。作为国内首部从宗教人类学和文化学的角度对宗教艺术进行系统研究的著作，《宗教艺术论》填补了国内这一领域的空白。诚如王德胜所言，"从发生学的意义来认识宗教与艺术间的关系，无论其对于人类宗教精神、宗教活动的把握有多么深刻和独到，都不能代替对于'宗教艺术'本身问题的揭示。因为很显然，即便'艺术'的发生在人类精神的审美之维上被确定了，但由于宗教作为一种意识存在的特殊性和复杂性，却仍然使得'宗教艺术'作为一个问题被遗留在了一般艺术学的范围之外"②。宗教艺术作为一种特殊的艺术形态，正需要从宗教活动自身去寻求其特殊的发生发展规律，以及其内涵和特征。在《宗教

---

① 张立群：《佛教与中国文艺美学》，《文学研究》1993 年第 4 期，第 153 页。
② 参见王德胜：《认识宗教艺术》，《中华读书报》，2000 年 4 月 5 日。

艺术论》中，蒋述卓教授将宗教艺术界定为"以表现宗教观念，宣扬宗教教理，跟宗教仪式结合在一起或者以宗教崇拜为目的的艺术。它是宗教观念、宗教情感、宗教精神、宗教艺术与艺术形式的结合"①，这一界定凸显了宗教艺术的宗教性特征（表现宗教观念，宣扬宗教教理，跟宗教仪式结合在一起或者以宗教崇拜为目的），而并非一般性的受到宗教影响的艺术。原始艺术因为自身也就是原始宗教，因而它们都是原始艺术，而对人为宗教时代宗教艺术范围的划分，也能够让人们不至于无法把握。由此，这一概念的清晰性和有效性对于重建宗教艺术的理论就具有了根本性的意义，显示出这一概念巨大的学术价值。当然，《宗教艺术论》的创造性和贡献不止这一方面，对宗教艺术审美价值的认识，透过跨学科的文化学视野来进行学术观照，以大量的中国少数民族的本土资源作为基础，建构本土的宗教艺术理论，丰富了对世界宗教艺术的原有理解。

二、批评理论建构的现实关怀

对洛夫中、后期诗歌的禅意走向及其实验意义的批评，对史铁生作品中的宗教意识的探讨，对宗教艺术与当代艺术之间关系的关注，呈现出蒋述卓教授文艺思想的另一个鲜明特征，即对现实的关怀意识以及对文艺未来的关注。他对以宗教文艺为中心的古典文艺美学的研究，其原初动力正是为了建构当代具有民族优秀内涵的本土文艺理论，而对当代文学发展和人文环境的极大关切，使他在当代文艺理论的建构中，始终保持着一份古典的人文情怀和融通古今的自觉意识。

（一）关于古代文论现代转换中的"融合古今文论"思想

蒋述卓教授最有启发性的思考是提出"古为今用"意义上的"用"，并不是一般意义上的"利用"，而是"转换"意义的"用"。在这里，"转换"是从整体出发的，而"利用"则是从部分着眼。"'利用'是把古代文论当作文化传统的一部分，努力使古代文论传统在现代社会的条件下生成新的东西"，"转换是从整体出发，不是说古代文论的思想内容和话语体系可以全部实现转换，而是指可以从整体出发去对待古代文论传统，将其视为可再生、可重建的东西，使它在现代社会中获得新的生命"。② 区分"转换"与"利用"正在于明确古代文论现代转换的基础，是对于古典文艺理论精神的尊重，从解释学的意义上确立了古今对话的主体性。古代文论之所以可"用"，其当代价值和现代意义的发挥，就在于古代文论所具有的独特精神和智慧。当代文论之所以需要古代文论的参与，正

---

① 蒋述卓：《宗教艺术论》，广州：暨南大学出版社1998年版。
② 蒋述卓、刘绍瑾：《古今对话中的中国古典文艺美学》，广州：暨南大学出版社2012年版，第46页。

是当代文论"西化"所产生的对本土文学创作和现实人文语境的隔膜。古代文论之所以"失语",一方面是古代文论者不了解当代文学创作和批评的情况,对当代人文现实缺乏必要的理解,而另一方面又与当代文论参与者对古代文论的漠视有关①。从这一意义上,要进行古代文论现代转换,实现古代文论与当代文论的融合,其基础就在于对古代文论当代意义和现代价值的理解。他指出,"文化是流动的,中国古代文论作为中国文化传统的一部分,也随着文化传统的流动而进入当代文化与文学的建设中。古代文论作为精神文化、思想观念方面的遗产,更是以其思想的继承性和超越性,跨越时空,对当代文化建设产生积极影响"②。

基于上述认识,他认为古代文论的现代价值和当代意义,主要是在人文精神方面,"作为本土传统的中国古代文论,由于当代文类和文化语境的变化,它的某些概念和范畴体系已然失去效能,但它的精神却是不会失效的,而我们对古代文论的继承应更多地放在对其思想方法和文化精神的传承和延续上,并在当代文化中发挥其作用"③。因此,他反对将转换理解为一种挪移,用古代文论的范畴去解释当代文学的问题,从而造成生硬和不合的简单化做法。"现代转换首先应该有一种思维方式的调整,有一种对当下文艺生产状况的精神回应。"而正因此,在古今文论的融合上,他提出了三种途径:①立足于当代的人文导向与人文关怀,面向当代人文现实,开展现实与历史的对话,吸收古代文论的理论精华;②立足于民族精神与民族性格的继承与发扬,寻找古代文论的现实生长点,探索其在理论意义上和语言上的现代转换;③从继承思维方式和批评形式入手,将古代文论特有的思维方式以及独有的批评方式与技法融入当代文论批评与文论中去,创造具有鲜明民族特色的当代文论④。

(二)关于当代批评失语中的"文化诗学"的批评建构

1995 年,在《走文化诗学之路——关于第三种批评的构想》中,蒋述卓教授提出"文化诗学"的批评建构思想,成为国内"文化诗学"的首创者之一。他指出"文化诗学,顾名思义就是从文化的角度对文学进行批评。这种批评既不同于过去传统的文艺社会学中那种简单的历史批评或意识形态批评,又不简单袭用西方后现代主义文化或西方人所建立的第三世界文化理论的文化批评理论。它应该是一个立足于中国本土文化语境、具有新世纪特征、有一定价值作为基点并且有一定阐释系统的文化批评"⑤。"文化诗学"阐释系统以文化关怀和人文关怀

---

① 蒋述卓:《论当代文论与古代文论的融合》,《文学评论》1997 年第 5 期。

② 蒋述卓、刘绍瑾:《古今对话中的中国古典文艺美学》,广州:暨南大学出版社 2012 年版,第 7 页。

③ 蒋述卓:《传承与延续:叩问中国古代文论的当代价值》,《学术月刊》2006 年第 6 期。

④ 蒋述卓:《论当代文论与古代文论的融合》,《文学评论》1997 年第 5 期。

⑤ 蒋述卓:《走文化诗学之路——关于第三种批评的构想》,《当代人》1995 年第 4 期。

为价值基点，从叙述者的文化立场与文化背景、文学作品与文化背景的关系，以及批评的时代性三个层次，来建立批评的话语系统，在具体操作上，重视分析作品表现出来的文化哲学观、作品所具有的文化内涵和反映的社会文化心态，并要求从跨世纪的角度关注作品对文化人格的建设。文化诗学的批评建构，尤其重视在文化对话中完成，强调要在东方与西方、现在与未来、作者与大众、作品与社会之间进行对话，其以文化作为立足点，在中西文化融合的基础上运用概念、术语。与当时正在国内学界如日中天的文化研究不同，"文化诗学"的本土建构，尤其重视文学文化批评的审美性，"着重发扬中国传统批评理论与方法的优势，使传统文学批评理论与方法在现代化的转化过程中得到审美维度的再确立和审美意义的再开掘"。而同时也"使西方文学批评的各种新理论与方法在经过中国文化的选择、过滤与转化之后，归结并提升为审美性，从而成为文化诗学的有机组成部分"。①

　　作为一种阐释系统的建构，文化诗学具有强烈的现实语境，这就是当前文学批评的双重"失语"现象：一方面，批评界面临多元化的创作却找不到对应的理论与方法进行批评，而中国传统的批评话语一时又派不上用场；另一方面，一些持后现代主义理论的批评家操持西方话语来批评文学，看似有语实则货不对板，仍是"失语"的情形。从这一角度来看待蒋述卓的文化诗学批评建构，我们可以发现这实际上是他对于古代文论与当代文论融合的另一种阐释。尽管"文化诗学"这一概念最早是由美国新历史主义首席代表斯蒂芬·格林布拉特（Stephen Greenblatt）在 1980 年《〈文艺复兴自我塑型〉导论》一书中提出的，但与童庆炳等其他学术团队一样，中国本土文化诗学的建构，自始不是作为美国新历史主义的一种回应或模仿，而是基于本土文学理论和文学批评的现状有针对性地发起和建构的。但与童庆炳"文化诗学"团队的"古代文论的意义阐释派"，以刘庆璋、程正民、张进教授为代表的"比较文学研究派"和以蔡镇楚、侯敏、郭宝亮为代表的"传统文献资料考证派"的理论不同，对现实的强烈的关怀意识、对融合古今文论的学术追求，构成蒋述卓"文化诗学"以文学批评为核心的学术特色。他的文化诗学批评在价值基点上的人文关怀和话语方式上的审美诉求，正源自于对古代文论现代价值的实践倡扬。而他与学术团队一起完成的《文化诗学：理论与实践——20 世纪中国文学批评的跨义化视野与现代性进程》一书，正是在回顾 20 世纪文论在文学批评的文化诗学方面的成功与失误中，来寻找文化诗学批评的精神基础和理论资源，为 20 世纪中国文学理论和批评建设的策略选择提供借鉴，具有强烈的中西对话的意识。特别需要注意的是，在回顾西方文学批评的文化轨迹时，所选取的六位批评家巴赫金、韦勒克、诺斯罗普·弗

---

① 蒋述卓：《走文化诗学之路——关于第三种批评的构想》，《当代人》1995 年第 4 期。

莱、海登·怀特、厄尔·迈纳、詹姆逊等，非常鲜明地代表了 20 世纪西方批评理论的各个重要方向，尽管他们阵营不同、时代不同、观念不一，但其内在的文化整体性和方法论却代表了融合形式/文化批评的"文化诗学"的趋势。对 20 世纪中国文学批评进程的回顾，则尤其重视中西对话、古今融通的文化诗学批评的经验启示，因为西方批评理论的意义重在理论特色和启示，而 20 世纪中国文学批评的现代进程则直接构成当下本土文化诗学建构的历史语境和现实前提。王国维的初步试验，郭沫若、闻一多、朱光潜在西方文论中国化上的"融而未冥"，宗白华在跨越古今、融合中外基础上的自我建构，乃至王元化以"综合研究法"所建立的独具个性的文化诗学方法论，正展示出一条文化诗学建构的本土轨迹，这种理论反思极富寓意。正是以此，蒋述卓一方面回应了古代文论转换讨论中质疑古代文论现代转换可能的疑问，另一方面也为本土文化诗学建构提供富有启发意义的范例，为其阐释系统提供坚实的理论基础。

　　（三）对城市化和消费时代的诗意认同

　　世纪之交，蒋述卓教授在中国学术界首倡"城市诗学"、建构面向大众文化时代的文艺文化学，并关注消费时代和传媒时代对文学存在方式及其意义所带来的变化，以一种宏观的文化视野和乐观的历史理性，及时地回应中国文艺现实的最新变化，并以其一贯的人文情怀，试图以文艺介入的方式为当代中国社会的变化建构一份诗意的认同。对城市化和消费时代的诗意认同，其理论基础同样与文学和文化的关系相关，因为文学艺术的创造活动受到各种因素的制约，政治、经济、空间、时代、技术、媒介等都直接制约着文学艺术的创造和发展，影响着文学艺术形式和内容的变化①。

　　20 世纪 90 年代中国迎来城市化的热潮，促使当代中国的文化空间和文学空间发生极大的变化。蒋述卓敏锐地意识到，城市化的到来，对于一直以乡土文学为主体的中国文学而言具有极大的意义，因为城市文学的发展，能够进一步拓展中国文学的表现空间与审美格局，为中国文学的现代性提供深广的展示空间，使市民多样性的审美追求得到充分的体现，并为新型的阅读审美感受的形成提供基础②。作为国内首部城市文学和电影方面的专著，《城市的想象与呈现》从城市审美风尚和意识，当代都市文学的现状特征、审美价值，都市女性小说的审美意识流变，当代城市电影的状况，电影中的城市文化形象和内涵、叙述方式等方面，对城市审美、文学和电影的现实进行极富条理的梳理，对 20 世纪 80 年代以来城市文学与城市电影的审美流变进行剖析，并对其文化内涵进行揭示。尽管有

① 蒋述卓：《城市的想象与呈现》，北京：中国社会科学出版社 2003 年版，第 1 页。
② 蒋述卓：《城市文学：21 世纪文学空间的新展望》，《中国文学研究》2000 年第 4 期。

些地方仍显得单薄，但作为开创之作，该书却成为当代城市文学和电影研究不可迈过的基石。

从城市文学到城市诗学，凸显了蒋述卓教授对当代城市的独特理解和现实关怀。他指出，在西方作家的笔下，城市往往成为遭诅咒的对象，是反诗意的，但城市发展至现在，由于有科学技术与文化的支持，城市的经营日趋人性化、诗意化，城市也可以建设成为人诗意栖居之地①。也就在这一意义上，他提出"城市诗学"的构想，并将研究的视野从城市文学转向城市文化，如对广场文化、都市文化风景线等城市文化空间的研究，并构想对城市建筑、道路、交通、购物商城、社区文化、时装表演等进行综合的研究。与当代以"实践性品格、政治学兴趣、批判性取向以及开放性特点"为基本特征的文化研究对于城市文化和大众文化的批判性分析不同，蒋述卓教授对于城市文化和大众文化予以更多的肯定，因此，他在城市文化的研究等方面具有了一种理论原创的能力，比如对于打工文学的思考，他区别了现实关怀和终极关怀，认为"对于发展中国家来说，现实关怀仍然是作家人道主义精神的重要部分，文学的底层意识仍然显得十分重要和必要"②，以现实关怀观照打工文学现象，使他能够发现其透露出来的新人文精神，作为"这个时代这个社会的一脉气息、一种文化状态、一个阶层精神、面貌的表现"，其所具有的文化意义和理论意义也就获得了体现。

消费时代和新兴传媒时代的降临，从经济和技术两个方面，对文学的发展同样造成"撞击"，文学在消费主义和技术媒介的推动下，其存在方式发生了新的变化，并引发了日常生活审美化现象的出现。面对文学边界的扩张，学术界发出"文学终结论"的担忧，对文学边界的危机和意义的危机忧心忡忡。与这种悲观不同，蒋述卓教授借助于历史的理性鉴照，对此表达了一份不同于学界的乐观态度，他指出作为人文学者，应该承认消费时代的到来，积极应对文学的变化。面对文学的扩容，应该确立一种开放、流动、多元的文学观，因为在历史的长河中，"文学"本身正是在社会各种"媒介"的启发、催化与传播中获得灵感、素材和意义的。媒介对文学的影响不自今日始，只不过因为当下电子媒介的发达，视觉形象的凸显，传统的文学观似乎受到了当代媒介文化更为强烈的侵袭。但是，文学既不会因为传媒的发达而湮没，也不应固守其成而画地为牢③。积极应对传媒时代文学所发生的变化，思考"什么是文学"的文学性以及传媒时代文学存在方式的变化，才是人文知识分子所应具有的一种姿态，也是文艺学学科自我调整和建构的需要④。文学理论要对现实具有阐释的能力，就必须积极应对文艺现实

---

① 蒋述卓：《城市的想象与呈现》，北京：中国社会科学出版社 2003 年版，第 283 页。
② 蒋述卓：《现实关怀、底层意识与新人文精神》，《文艺争鸣》2005 年第 3 期。
③ 蒋述卓、李凤亮：《传媒时代的文学存在方式》，桂林：广西师范大学出版社 2010 年版，第 285 页。
④ 蒋述卓：《消费时代文艺学的自身调整与建构》，《学术研究》2006 年第 3 期。

的变化。

　　针对人们对消费时代由于文学艺术的商品化和日常生活审美化所可能带来的文学艺术的意义减弱、感染力削减和创造个性的丧失的担忧和恐惧，蒋述卓认为，人们面对这个现实时，对其可能的负面影响想象得多，而对其积极意义思考得太少。他认为，文学扩容所导致的日常生活审美化对于文学而言也并非坏事，"一个时代有一个时代的文学艺术，在当今信息时代与消费时代，文学艺术发生扩容、变异并产生变种，应该是可以理解、容忍并逐渐接受的"①。在蒋述卓看来，坚守一份"日常生活的诗意"，认同一种消费时代的文学意义，对理解和把握当下"文学"生态及其存在方式是极为重要的。他对消费时代文学意义的辩护，正意图从积极或正面的方面去理解文学存在的价值以及发展的前途问题，以此来纠正当前的理论界、批评界对文学存在的价值、文学的意义、文学的发展路向太过于悲观的情绪，使得人们对于消费时代文学的意义具有一种更为积极和乐观的姿态。

【原载于《新疆大学学报》（哲学·人文社会科学版）2012 年第 6 期】

---

① 蒋述卓：《消费时代文学的意义》，《文学评论》2005 年第 6 期。

第五届全国文艺学及相关学科博士点建设会议评述

傅 莹

由暨南大学、深圳大学联合主办的"第五届全国文艺学及相关学科博士点建设研讨会",于 2006 年 4 月 14 至 16 日在深圳"青青世界"度假村举行。与会者除主办单位外,有来自中国社科院文学所、上海社科院、北京师大、复旦大学、浙江大学、华东师大、南开大学、武汉大学、中山大学、西北大学、河南大学等单位的专业人士 60 余人。会议在"文艺学建设的新语境和新问题"这一总主题下,分五个专题分别讨论了"文学经验与理论创新""比较诗学研究新视野""文化研究与当代知识图景""中国现当代文学批评与文本理论""古代文论的当代意义"以及博士生培养问题。会议讲究实效,气氛热烈。

大会开幕式由深圳大学文学院院长吴予敏教授主持,暨南大学党委书记、副校长蒋述卓教授代表主办方讲话,认为本次会议是暨南大学中文学科"品牌会议"的延续,抓住文艺学学科前沿问题及博士点建设问题进行研讨,有望促进国内文艺学学科与博士点建设的力度,取得丰硕的教学与科研成果。他同时指出,这次会议是暨南大学和深圳大学进行第二次联合主办的会议,代表着两校文艺学学科紧密合作相互促进的成果。深圳大学副校长刘洪一教授在会上也代表深圳大学致欢迎词。

本文就本次文艺学及相关学科专家学者的学术成果,特别是关于对当前文艺学学科存在的问题、发展的思路和研究的成果,作一个学理性的归纳与评述。

一、文艺学学科的反思与重构

文艺学学科史的梳理、问题的反思和当代形态的重构,近年来为文艺理论专家学者所关注。焦虑是思考与行动的开始,碰撞是激情和火花的来源。"学科边界""民族话语"和"文化研究"等问题,成为本次会议交锋的热点。

开幕式上,深圳大学胡经之教授和暨南大学饶芃子教授、蒋述卓教授分别作了讲话,胡经之教授提倡文艺学研究的现实与批评精神,针对日常生活审美化与审美的日常生活化等问题,发表了自己的看法。饶芃子教授回顾了 1996 年至 2006 年暨南大学举办的五届(其中两届与深圳大学合办)文艺学及相关学科博士点建设研讨会的历史,就历届会议讨论问题的递进与深化,作了学理性阐释,并强调本届会议议题是学科对话与文艺学学科内在基本问题的研究。

中国中外文艺理论学会会长、中国社会科学院文学研究所钱中文先生在大会主题发言中，回顾了当代文学理论的三次转向：第一次是 20 世纪 80 年代初期，由文学政治学、文学社会学转向文学审美意识形态，提出了"主体论"的文学观，强调诗意的审美，因而 80 年代中后期出现了文艺心理研究的高潮，以及随之而来的比较文学勃兴；第二次是 90 年代初期出现的语言学转向，文学理论界更多关注文体、语言、修辞、象征和隐喻等本体问题；第三次是 90 年代中后期文化研究的转向，进而追问文学理论是否终结在文化研究的热潮中，并继而指出当下文学理论界值得关注的热点问题：第一是文学理论对现实社会以及文艺现象不够了解，丧失了与现实对话的能力；第二是价值失范，专家没有信念、标准，很难对出现的文学与文化现象进行评价；第三是对西方文论的态度，直接拿来与有区别地借鉴，处理得始终未能尽如人意；第四是如何评价大众文化，应持公正包容的态度，但日常生活审美化离不开审美判断；第五是文化研究与文学理论关系的思考。他认为传统与经典并非一成不变，它需要不断解构、建构和更新。一味彰显图像艺术会让感性享受下滑，引发新问题。图像艺术是表象的肤浅的容易淡忘的；而文字艺术冲击灵魂，让人铭心刻骨，甚至改变人生观。文化研究不可能取代文学理论，后者可以越界、扩容，但不会被吞并；第六应该坚守人文科学的人文精神，理论家要有勇气，有普遍、崇高和终极的人道关怀；第七比较文学近年有了长足的发展和进步。

一些中生代学者则主张以文化研究替代文学理论，文艺学不存在扩容问题，批评中国现有的文学理论是苏联文学理论体系的延续，且带有强烈的本质主义色彩。

二、中国当代文论的民族化

进入信息时代，各民族之间的文化交流日益频繁，中国当代文学理论与批评呈现出多元化的格局。究竟如何面对西方的霸权话语，如何整理开掘中国古代文论的宝藏，建设有中国特色的当代文学理论，围绕以上问题，现场讨论热烈，专家们提出了不少富有建设性的思路和观点。

浙江大学王元骧教授作了题为《有关中国文学理论的民族特色问题》的报告，认为"五四"至1985 年，是认识论、再现论的文学理论观，文学的本质是真；1985 年之后，科学主义、人本主义、个人主观非理性等多元因素共存，文艺学经历了知识论、存在论和文化主义几个阶段。中国现当代文论唯西方马首是瞻，缺乏自己的观点，且丧失了传统。文艺学应该从观念和方法论两个层面进行反思清理，激活传统文论，构建具有民族特色的当代文学理论体系。

暨南大学朱寿桐教授从另一个角度呼应了这一观点。他认为中国现代文论处于缺失状态，究其原因主要是以文学基础代替创见，以经验代替理论思考。现代文论从鲁迅开始就"朝西看"，"中国化"的过程中应在民族文论基础上各取所需。事实上以往文学政治化过程中，往往以倡导代替理论，有结论、判断而少演绎。加上对民族文论传统的资源重视不够，造成了中国现代文论的缺失。

华中师大黄曼君教授批评当前文论话语喧嚣，主张文学理论的批评化，重视20世纪审美批评的社会价值论，以文学与文学理论的方式，把握整体的社会人生。

就古代文论如何进入到现代文艺学知识体系和框架之中，学者们的发言，既有形而上的理性思考，也有实证性个案研究，获得与会学者的好评。

北京师范大学李春青教授认为，当今中国的文艺学体系是逻各斯中心影响下的西化知识系统，要凸显民族特色，古代文论从三个层面给我们提供了现代意义：首先是思维方式维度，中国传统文论的体认方式，在阅读文本的基础上表达审美感悟；其次是言说方式维度，感性与理性的形象化表达，跃动着读者的生命意识，今天我们依然可以将鲜活的体验与理论的表述结合起来；再次是价值取向维度，可以追踪古代文论的人生境界，彰显人的生存智慧，人的生命色彩，这恰恰符合了现代倡导的人文精神与人文关怀。

暨南大学邓乔彬教授认为，研究古代文论不能孤立地就范畴论范畴，应该将诗与书、诗与画、诗与乐联系起来，其跨学科意识和方法，既能发掘中国古代文论的现代意义，也为现当代文论的拓展提供了启示。

西北大学张弘教授主张，古代文论研究应深入到微观的实证层面，重新审视佛教与古代文论的关系。他认为佛教对中国文化的影响并没有涉及诸如语法方面的深层次，未改变中华民族的思维方式，范畴发达，但知识体系弱小；西方是范畴与知性的结合。真正要复兴古代文论，应从教育入手，从小体认传统思维方式：同时倡导开放的胸怀和多元的思想，不作无谓的宏大建构。

三、文学经验与理论创新

文学理论的批评化和文学批评的理论化，一度成为人们关注和争论的焦点。这次会议中，不少学者或是从理论层面入手，或是实证研讨。就文学文本和理论生发，作了有意义的思考和研究。

南开大学刘俐俐教授将文本批评理论建设作为文艺学学科发展的切入点，提出在大量个案分析的基础上，把握文本的生存方式，了解文本分析的性质。思考两个重要问题：一是文学经典生存方式、其性质、功能和发展态势；二是面对文学经典，我们应该做什么？通过文本分析这个聚焦点，我们至少可以达成四个目标：一是促进批评理论的建设，方法有效是有限的，无效是经常的，所以要常常开掘新的理论生长点；二是促进文学作品本身的理论概括；三是回到文本，在文本的研读中，发现文学作品和人文精神的联系；四是重新认识和发现文学理论范畴。

深圳大学吴予敏教授开宗明义地指出，文学经验有广义和狭义之分。狭义的文学经验注重个体阅读及其个体体验；广义的文学经验非局限于文学书写的文字形式与个体阅读方式，非纯粹的审美经验判断。在此基础上，他就"文学性"的思考，提出了自己的见解：第一可以从间性研究入手，探讨主题、媒介和文本间性问题；第二是关于"文学性"的评价，它是审美表征的系统化，依赖于文化谱系和文化心理结构；第三关于文艺学和文学理论的边界性，可以从对象、方法论和价值取向等角度研讨，以避免价值失范和学科危机。

华南师范大学戴伟华教授以"学术重新和研究范式"为题，指出文艺学往往从宏观角度进行阐述，而古代文学侧重于从微观角度进行事实的求证。如果学科之间相互借鉴，会有意想不到的发现。以五言诗的起源为例，他认为学科发展不是知识的积累，而是范式改变引发的。中国的诗学是阅读的理论，而非创作的理论，尤其《诗经》时代；过去从《诗经》到《楚辞》中寻找五言诗的起源，那是一种范式下的产物，也找寻不到正确路径。汉末观念突破之前，没有文人进行创作，观念突破后才出现五言诗。范式转向不是预设的，这个发现与库恩的理论相吻合。学科之间往往是相通的，实证可以佐证理论观点，理论因实证更加坚实。

以往对中国诗学发展规律认识不够，描述性的知识居多，规律性的探索不够；库恩的理论在中国人文学界得到重视和讨论，但西方理论多大程度上合适人文学科，值得深究。

四、比较诗学的新视野

深圳大学刘洪一教授就"流散叙事与比较诗学"问题谈了自己的看法，认为可以从人的生存方式入手思考文学。从"流散"的本义、犹太文化的存在模式的梳理，到当下"流散"文学成为普遍的世界现象，辨析了其叙事渊源以及在后结构主义话语中的处境，重视流散叙事的比较诗学意义。

暨南大学李凤亮副教授据此提出从流散文化角度研究 20 世纪中国文学批评的"海外视野"，指出海外华人学者批评理论作为中西文化的交汇点，其中蕴含的全球化时代的"学术流散"倾向，中西文化交流中的"话语权力"关系，20世纪中国文学批评"现代性"的复杂面貌等问题，值得深入探究；这一探究将为批评理论、比较诗学研究提供新鲜的学术话题。

暨南大学饶芃子教授结合自己的研究实践，就这个专题进行了补充：华人诗学这个维度，是现实存在。华族文化向外移动后，在中外文化的交替碰撞中，有极丰富的理论资源；研究中应重视变异和转向，多数情况下，这是他们进入"他者"文化、感受差异并反观自身的结果；这一领域恰恰是比较诗学中有张力的问题，因其中有交汇的视野和新的文化内涵。

河南大学的张云鹏教授以"中国现代比较诗学的历史建构与发展"为题进行了交流，提出中国现代比较诗学理论之维的现实性、比较诗学的可能性和中国比较诗学的历史发展轨迹等问题。另外，深圳大学郁龙余教授提出用"新感觉论"代替"新通感论"的观点。

五、文化研究的新景观

自 20 世纪 90 年代以来，文化研究在中国学术界成为显学。文化研究与文学理论的关系问题，不仅涉及学科争论，甚至引发了学者间的代际"战争"。这次研讨，专家学者们提出了文化研究的新理路和新成果。

暨南大学蒋述卓教授谈及当下文学存在着两极，有许多矛盾困惑。首先是文学现象与都市消费社会相似，有精英高雅的文学，也有打工文学；其次是青少年消费文本与经典文学之间的矛盾异常突出，作为理论工作者，批评也好，赞同也罢，都必须在了解的基础上进行解释；再次是文学研究强调"文学性"和"人文立场"，而文化研究关注的是文学生产的视野等。文化研究将社会文化现象作为文本，其思维方法对文艺学颇有启示。我们应该采取开放的态度，指出其中存在的问题，或许可挖掘出学术创新的爆发点。

河南大学金惠敏教授就文化研究理论问题，进行了一次知识谱系的回顾，随着"拟像"时代的到来，文化现象符号化、媒介化与日常生活审美化。文学与文化语境都变成了文本，深度意义被消解，文艺学必须面对新的文化现象，不能仅仅停留在追问"谁在审美泛化"等道德层面的评价问题。

中山大学高小康教授认为文化研究有自己学科的视野、逻辑和方法，如果仅仅限于文艺学语境中进行研究的话，有"非法逃票"的嫌疑，文化研究关注人对社会想象、感受的认知，属于基础语境部分，他主张从"文化图像研究"着手，或者叫"形象"研究，它是文化研究的起点，并以上海、深圳等城市图像符号为例，进行言说。武汉大学张荣翼教授就武汉城市图像现场解读：江北的武汉关，以前的领馆，现在政府官员办公所在地，是经济发展的见证；江南的黄鹤楼，曾是历史文化的咏叹，当今以平民百姓的休闲场所出现，昂贵的门票，使得普通老百姓无缘进入，违背了重建的初衷；而横跨长江天堑变通途的武汉长江大桥，则是 50 年代中苏关系的图像象征，是政治意识形态的物化，它像一条扁担，挑起历史和现实、经济与文化的重担。它们无疑是最具典型性的武汉城市图像。

有学者仍然坚守精英文化的立场，指出德国纳粹奥斯维辛屠杀之后，社会文化等一切都变了。利奥塔批评大众文化，詹姆逊也反对大众文化，只有中国学者拥抱大众文化，在官方和大众之间两边讨好。写诗般做学问，抓住概念乱飞，等等。

另外，还有几位专家学者就文艺学及相关问题，作了专题报告。东北师大孟庆枢教授从文本理论谈融会中西贯穿古今问题，河南大学屠友祥教授讨论符号的空洞性与充实性问题，深圳大学庄锡华教授就胡适文学思想的三大矛盾进行了阐述，武汉大学於可训教授就当下文本经验对文艺学建设的意义提出了自己的看法，深圳大学郁龙余教授提出印度诗学给我们的启示，深圳大学王晓华教授就文艺学的命名进行辨析，李健教授就中国古代文论的感悟传统进行了梳理。

暨南大学饶芃子教授在大会闭幕式上，作了充满激情的总结发言，从四个方面回应了与会者的各种学术见解：第一，关于文艺学自身的发展。当前文艺学向文化研究转型，有许多值得反思的问题。她赞同钱中文先生对文艺学学科的反思精神和主要观点。就主体而言，反思是一种功力的表现；从客观现实来看，文艺学只有在不断的反思中，找出学科存在的问题，才能不断发展。第二，关于如何建构当代中国有民族特色的文艺学问题。她认为当下的问题是倡导多，构建少，引入多，演绎少。反思现代文论缺乏自己话语体系，开掘传统文论资源，并在经典文学文本的阅读中，发现提升相应的理论话语。第三，关于如何面对大众文化和各式先锋批评的问题，她认为应当本着人文关怀的态度，召唤批评精神。既然大众文化受到民众的喜欢，它就隐含着民众的心声与情感。为了大众文化健康发展，为了当下文学创作的多元共存，批评家应该举起"人文精神"的旗帜，批评家要"在场"，要分析研究乃至批评，不要"失语"。同时，她也一再强调宽怀之心和包容态度的重要。第四，关于文艺学与相关学科的互动问题。这是每届文艺学及相关学科博士点建设会议关注的中心问题之一。不同学科之间应该对话交流，在"互看"中获益。借鉴相关学科科学有效的研究方法，促使我们文艺学学科不断创新，同时从其他学科的观照中，认识总结自己学科的经验和缺失，改变当前不足的地方。每个学科都在发展中，不是死水一潭，而是"活物"，学科间彼此激发，才能将研究推向新的未来。此外，她还认为博士生的培养应该重视学科史的教育与博士生论文的撰写。

饶有意思的是，这次会议出现一批会议"名牌主持人"，如许明、胡明、党圣元、高小康等，大会的主持和小结发言，点评犀利，反应敏锐，幽默风趣。概括之余往往引领出尖锐的学术问题，有"点穴"之功效，成为这次大会的亮点。

十年光阴，似水流年。在青青的春天，青青的世界，第五届文艺学及相关学科博士点建设研讨会，就学科建设与博士生培养等问题，进行了一场严肃而多维的对话与交流，相信对于今后学科建设和博士生的培养，是经验的小结，更是走向未来的新起点。

【原载于《文学评论》2006 年第 4 期】

第六届 "文艺学及相关学科发展" 学术研讨会综述

梁晗昱

2013 年 11 月 21 至 23 日，第六届 "文艺学及相关学科发展" 学术研讨会在暨南大学隆重召开。此次会议由暨南大学文学院、暨南大学文艺学学科、《文学评论》编辑部和《文艺研究》编辑部共同主办。大会开幕式由暨南大学文学院院长王列耀教授主持，暨南大学党委书记、文艺学学科负责人蒋述卓教授代表暨南大学致欢迎辞，并转达了中国世界华文文学学会名誉会长、暨南大学文艺学学科资深教授饶芃子先生的贺信。中国社会科学院外国文学研究所所长、《文学评论》主编陆建德研究员和《文艺研究》副主编陈剑澜分别致辞。来自全国 30 所高校和科研机构的 50 余名代表围绕相关专题展开了热烈讨论。

一、文艺学的学科发展及反思

文艺学本身体系庞大，发展过程中不可避免地存在一些问题，所以需要从历史和当下反思学科的发展。

张福贵教授指出，已成为学科定论的基本理论和常识往往对学术研究形成了某种限定，当下文艺学及相关学科的发展都是在学科反思缺位的情况下进行的，文学学科体系变革的滞后性、先验主义思想和教科书模式对体系性创新的限定、破解文艺学学科难题都体现出学科反思的必要性和迫切性。王一川教授通过回顾1985 年中国文学界和文论界的大事件，反思文艺学发展的得失，以求确立当代文论建设的原初动力。陈剑澜编审指出，中国的文论、画论、书论进入现代知识制度以后，其微妙的思想逐渐丢失，我们应当通过中西比较和对照将之逐渐寻回。马大康教授认为，作为话语表现形式的文学活动和文学研究之间不可避免地存在断裂，只从话语的某个层次进行文学批评不能真正全面把握文学。他呼吁关注话语对文学和文论的影响，以求理论研究更加接近文学。王坤教授认为，文学理论去掉了文学本来具有的消遣性知识特性，造成了知识生产对文本性的收束，引进知识生产到文学理论要适度。欧阳文风教授指出，文艺学的学科研究需要培养敏锐的问题意识，打破当前学科界限分明的弊端，跳出学科本身，以宏阔视野进行研究。周兴陆教授认为，传统文论在现代并没有 "失语"，而是通过不断调整姿态适应现代社会，虽然在 20 世纪的社会文化背景里，中国学术思想处于

"受动"地位，但传统文论可以"能动"地补救当代文论中的偏颇倾向。

二、当代中国文论的建构和借鉴

建立当代中国的文论一直是文艺学界关注的重点课题，如何建构当代的中国文论，怎样借鉴外国文论，专家学者就此提出看法。

高建平研究员认为，建立当代中国的文学理论应该根据中国文学实践学习和借鉴西方文学、钻研和继承中国古代文学理论。他强调只有基于当下文学实践，才能建立起既是当代又是中国的文学理论。危磊教授指出，西方马克思主义文论乃至苏俄马克思文论只是我们建构具有当代形态中国文论的参照系，建构中国特色的当代文论，需要结合全球化浪潮，对西方思想文化及文论和中国传统文化及文论，进行"批判与创造"统一的全新的审视超越与思想原创。李健教授认为，中国现代文学理论一直处于借用和模拟的尴尬境地，有民族特色的文论话语体系尚未形成，中国现代文论的话语建构应以中国古代文论为主，外国文论参与中国现代文论的话语建构要遵循必要性和适宜性相融合的原则。彭修银教授指出，"文学学"概念源自英法，侧重社会学和心理学的研究方法，"文艺学"源于德国，侧重心理学和美学的方法，所以不能简单地等同。20世纪初的留洋学者多是在西方学习古典文化，却在日本接受的西方现代精神，因此在建构当代中国文论和借鉴西方理论时，要注意中国和日本的学术渊源。

三、文学史的重写和文学史观的重塑

谢天振教授指出，翻译的本质是通过文字的转换实现文化的交际，因此需要树立正确的文学史观，重新审视翻译文学与中国文学史的关系。宋炳辉教授从文学观念层面和逻辑上提出，翻译文学要进入中国文学史的叙述必须要对文学权属观念进行反思，同时引进"中介"和"不确定性"概念。欧阳友权教授认为，网络文学的出现，让文学固有的形态异动，作为历史性存在、价值性存在和功能性存在，网络文学应该写入当代文学史。张慕华编辑指出，重写中国古代文学史首先需要对"文学"进行重新界定，打破纯文学问题和应用文学文体、主流文学文体和民间文学文体之间的隔膜。再者应该引入文学美学理念，打通文学史、文学批评及文学理论的界限，以多元化的思维方式和理论、开放的视野，在世界开放的环境中展开。苏桂宁教授指出，改革开放以来，文学艺术的生产及传播方式发生了很大改变，大众介入文艺创作使得文化权利下移，文学艺术更加普及。我们应该对文本进行直接的分析判断，重新思考现下的文学史观。

四、文学生产与文化批评

信息时代新媒介的参与改变了文学生产方式和文学批评模式，学者们就新时期下的文学生产和文化研究各抒己见。

王德胜教授指出，"以简约细小或破碎分裂作为具体行动的空间占有形态，以迅捷发散、复制性传播作为情绪意志的时间存在方式"的"微时代"改变了当下的生活方式和文化艺术的生产与传播方式，同时也直接带来了一种平凡叙事、文化共享、碎片化文化体验和"微"意义表征的"微时代美学"。蒋述卓教授认为，当下的文化研究应以马克思主义为指导，以当下发展为基点，以文化研究为参考，避免政治化。要有重构价值取向的追求，力求建立文化生态的平衡，立足审美以生产自己的理论话语。李凤亮教授指出，"新创意时代"的来临使得文学从小众走向大众，从一维走向多维，呈现出极强的跨界性、商业性和多重开发性。文学的个人化、视觉化、精短化、碎片化成为当前文学消费的重要变化。要以发展的眼光看待"新创意时代"文学的变化，这样才能推动文学研究的发展。阎嘉教授以霍加特的《识字的用途》为例，指出文化研究应该从文本转向"活文化"的研究，要以跨学科的方法让文化研究表现出对社会问题、政治问题、阶级问题、价值问题的关怀。赵炎秋教授从媒介的存在形式、传播形式和操作形式谈了媒介对文学、文化发展的重要作用，认为媒介不断进步导致的社会生活、科技、文学样式的发展，能否给人类带来幸福、使未来的文学和艺术形式更加高级，对这个问题还不能过早下定论。

五、中国古代文学批评的新发现

王秀臣副编审以"诗味说"为例探索中国文论的古今对话和中外演变。他认为"诗味说"源于五行之说，经过《尚书》《礼记》等发展成为中国文学批评史上重要的理论，是抒情本体论诗学的重要组成部分。刘锋杰教授认为，"五四"以来对"文以载道"的批判造成了长期以来对"文以载道"的误解，简单地将"文以载道"等同于工具论，过分强调其政治性而忽略了它的道德内涵。"文以载道"的"载"具有个体性、融合性和批判性，并非是政治动员的工具。刘绍瑾教授认为道家文艺美学不仅为中国现代美学建设提供了丰富的精神资源，还是中西比较视野下引介西方美学理论的"前在视野"和中国美学走向世界的"形象大使"。陶原珂教授指出，在古代文学范畴观念的历史梳理中，一名之下的术语释义与多家思想的梳理远未完善，还有待分层处理，因此可以借鉴西方词典学中术语翻译的系统性和规范性、学科知识点的构成、术语知识点的适度阐释和关联等方面的体例思想完善古典文学范畴概念。闫月珍教授指出，中国文学批评里器物之喻打通了技艺与文学的关系，容器的空间、意味、重量和错彩镂金的观念与文学批评思路相通，以容器喻文是中国古典文学批评中文学认知的一种方式。

六、西方文论与其他

胡亚敏教授提出用反思的精神重读马克思主义，强调从马克思主义本身的批判意识出发重新审视当下的马克思主义研究的重要性，指出在整体把握马克思主义的基础上，中国也可以更新马克思主义理论。姚文放教授指出，福柯将"话语"生产的规则和实践放在一定历史条件和文化语境下进行考察，形成一种特定视角，在话语问题上打开一条通往历史、社会、政治、文化的路径，这种方法对于文学理论具有直接效用和参照效用，而后者更具价值。张永清教授从哲学、经济、宗教、技术和法律层面谈了作者理念本身的范式转换，指出在历史的进程中作者经历了作为制作者、创造者、生产者和书写者的转换。刘俐俐教授指出当下既有的"故事学"只是关于日常生活组成部分的口头故事之"故事学"，无法涵盖书面文学乃至其他载体中的故事现象。她认为超越民俗学学科故事学的更基础和更具普遍性的故事形而上理论，才具有包容所有故事的能力，因此需要借助人类学重新界定故事的概念和故事的特性。傅修延教授指出，当下人文学科的话语、术语以及方法都被技术学科规范，使目前中国文论和文学研究陷入危机。吴子林副编审认为当下学界援用"帕里—洛德理论"理解和阐释"神授艺人"现象有其不合理性。他指出我们必须反思理性的局限所在，打破学科藩篱，调整自己的研究方式和对话策略以适应对象本身的特点。赵静蓉教授认为中国现代史上遭遇的精神危机，是事实与自我理想不相符的认同焦虑，个体要实现自我认同和族群认同就需要将私人生活融入社会生活当中，消除"我"与世界关系的陌生化。

大会闭幕式上，高建平研究员对此次会议作了精到的总结，他指出，文艺学学科要发展和超越就要吸取不同资源；在变动时代下文艺学的发展仍要坚持人文精神；建构中国当代文艺理论的时候要在整合中国传统文论的基础上以批判的精神借鉴西方理论。蒋述卓教授在闭幕式致辞上表示，这次会议各个议题都得到了深入的探讨，每位学者在文艺学学科各自的研究领域都各有专长，这样的讨论增进了文艺学和相关学科的了解，希望今后继续加深这样的对话，在探讨中发掘新的学术增长点。

【原载于《暨南学报》（哲学社会科学版）2014 年第 2 期】